汴京春深

卷・捌

笑春風

小麥 著

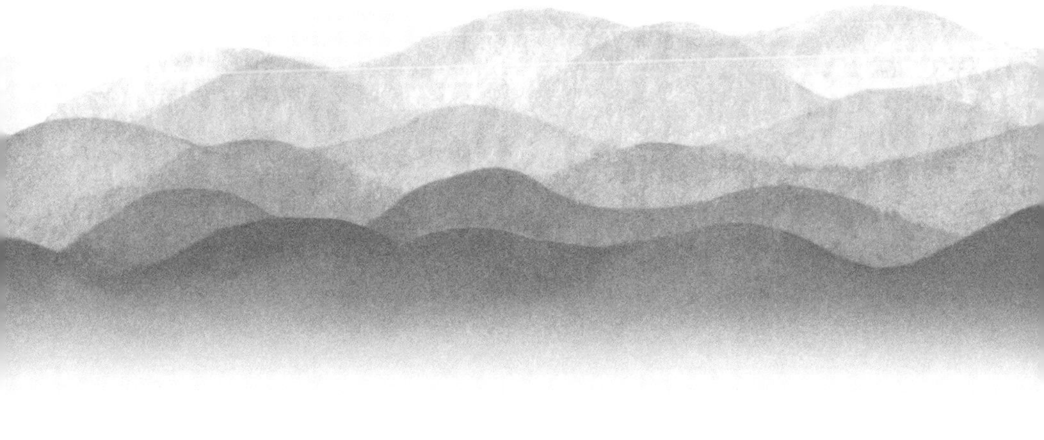

好評推薦

《汴京春深》是極少見的寫實又引人入勝的史話感世情小說，在這個繁雜時代難得能讓人沉下心去讀的作品，小麥以細膩真實筆觸描寫大宋汴京千年畫卷，讀來猶如生活其間，跟著書中人物經歷他們人生的喜怒哀樂，隨著他們的情緒而共鳴，起承轉合無不有著雋永氣息，令人感受大宋文化千年來經久不衰的魅力，手不釋卷，脈脈留香。

——晉江 S 級作者 聞檀

著有《良陳美錦》、《首輔養成手冊》、《嫡長孫》等多部古代言情小說現象級作品

這是我看小麥的第一本小說。我還記得當時欲罷不能，不眠不休看這本小說的感覺。小麥以老辣細緻的文筆娓娓道來，營造出一種濃厚的真實感，大到時代背景、文化民俗，小到普通百姓的生活百態，一群熱血少年的故事彷彿真的讓你置身在歷史洪流之中，隨著小九娘他們一起成長，一起進入小麥打造的那個波瀾壯闊的時代……。

——網路讀者 五月

《汴京春深》讀了三次，第一次讀言情，喜歡小兒女的萌動與成長，義氣與愛情。第二次讀歷史，重新理解北宋的文官體制與庶民社會的文明高度，忍不住拿出《蘇東坡新傳》與之對照，小說出入歷史虛實之間，十分巧妙。第三次讀人性與政治，如何在汙濁的朝堂爭鬥廝殺間，不忘利民報國初心？作者從小庶女的視角出發，編織出集合情愛、陰謀、黨爭、家國情懷的精彩小說。

——網路讀者 春始

《汴京春深》像一幅優美的畫卷，借作者如椽巨筆展現宋朝的生活、社會和文明，一讀再讀之下不由佩服小麥做功課之深，每個細節都經得起推敲。小說又像一首動聽的樂曲，九娘、六郎、太初等一眾出色的孩子，哪怕賣餛飩的凌娘子甚或只出場幾次的小丫頭，都各有各的精彩，最終編織成這恢宏篇章。最讓我感慨的是小說雖以古代為背景，表達的核心卻有難能可貴的現代性，九娘對自己的接納和她在城破時保護一方百姓的擔當，這二者所呈現的智慧不相上下，同樣令人欽佩。

——網路讀者 辛夷

《汴京春深》讓我喜歡的，不僅僅是裡面描寫的主角們跌宕起伏的愛情和親情，還有更多的友情。在小麥妙筆下，徐徐展開的汴京畫卷中，九娘和身邊少年少女們的共同成長，種瓜得瓜，更讓我掩卷長歎。

如果人類確實需要某種情感關係作為安全港，在我看來，友情是不可缺少的一種，有時甚至超過愛情和親情。愛情裡面有排他，有動物性，有本能，而友情它完全取決於一個人的自由意志和本質。沒錯，我說的是太初。

生命中能存在至少一個無條件希望你好、你也無條件希望對方好的朋友，你的自我肯定與自我價值感都會爆棚吧！說實話，我的第一反應是立刻把這本書推薦給正在青春期情緒激盪中的女兒。

——網路讀者 WendyLee

這是看小麥的第一本書，就是從這本書開始成為作者的粉絲！

《汴京春深》不但文字優美，情節清新，更是妙句橫生，讓人忍俊不禁。裡面的每一個角色都塑造得栩栩如生，有血有肉：重新面對自己的王玞，堅韌的六哥，清風明月一樣的太初……一一如同親見。

在歷史脈絡上的改編，巧妙避開了正史的局限，帶給讀者爽快的故事，讓我們輕鬆地在作者開展的闊美北宋歷史背景裡，偷窺那些或許存在過的人、事、物、情！推薦大家一定要看。

——網路讀者 下午茶

已經想不起是怎麼入了麥大的坑，從《汴京春深》追到《大城小春》再到如今的《萬春街》。猶記得久不追書的我那會兒經常半夜餵奶拍嗝時看更新了沒有，彼時初為人母，讀到九娘對蘇昉的舐犢之情感同身受，常忍不住濕了眼眶……。而後隨著九娘和六郎一對小兒女的成長，隨之展開的一整幅大宋江山圖，汴京兒女英雄夢，真的把大家帶入了那個波瀾壯闊的歷史畫卷與之同呼吸共命運。

《汴京春深》是我唯一一本一刷再刷的古言重生文，每重刷一次都有新的感悟，文中每個人物都栩栩如生，常常讓我覺得自己就站在他們身邊，有時一臉姨母笑地看著他們成長，有時又為他們的遭遇熱淚盈眶，酸楚不已。

——網路讀者 黎一凡

這麼多年看過不少歷史古言。私以為一個小說作者，發表多少作品和發表形式其實不是關鍵，最重要的是當梳理宋朝背景作品的時候，這位原作者的作品是不是必須被提及，無法被繞過或者被一筆帶過。自看過《汴京春深》以來，我越來越認同這個觀點。

——網路讀者 清景無限

——網路讀者 凱羅

自序

七年前，作為一個賦閒在家的家庭主婦，我終於決定實現學童時期閃閃發亮的夢想：寫一本小說。

之所以選擇以北宋為小說背景時代，是希望吸引更多大陸的年輕人去瞭解那個時代。曾經受歷史課影響，我也認為宋朝乃積弱之朝。所謂的大宋與西夏、遼、金等諸強並存，完全不大也不強，不復大唐萬國來朝的磅礡氣象，更有歲貢之辱靖康之恥，莫須有罪名殺岳飛，奸臣一籮筐昏君無數，想想就來氣。隨著年歲漸長，我卻越來越喜歡宋朝。

起因十分好笑，論壇上有一個穿越帖，詢問大家如果穿越你選擇穿越去哪個朝代？我想來想去選擇了宋仁宗時期。為何？毫無疑問，那是歷史長河裡中國最接近民主憲政和工業革命的時代。戶籍遷移自由、女性財產繼承權、取消宵禁、商業和個體經營的極度發達、銀行業的雛形、科舉考試資格取消出身限制、出版與新聞自由、國民私有財產受到保護、老幼福利慈善制度、王在法下……以上種種都讓我心生感歎：原來中國人類文明曾經抵達過那樣的高點。

這個高點，並不是指國家或軍事力量強大，而是一種自視與包容。宋朝清醒地認識到自己這個帝國不是世界的中心，只是世界的一員，於周邊諸國的外交政策無法高高在上頤指氣使，於國內的治理上倚重士大夫集團，向三權分立靠攏，限制皇權。例如北宋的皇宮是歷朝歷代裡占地面積最小建築成本最低的，屢次擴張計畫都因為拆遷會擾民而擱置。

文明的構建基礎離不開文化，毫無疑問，宋朝的高度文明也催生出了無數自由的靈魂，在詩詞文學、書法繪畫、瓷器刺繡、飲食建築、科技醫療等全方位抵達了中國歷史的巔峰。

文化沒有高下之分，只有差異之別，但文明卻有落後與先進的鴻溝。宋朝滅亡於鐵騎之下，不只是農耕文明敗與遊牧文明，也是文明被野蠻摧毀的過程。在此之後，元、明、清，都是極為鮮明的中央集權時代。元、清是殖民時代，無論從國民的個人權益還是女性的權益來看，無論從法制還是風俗的角度去考量，都在全方位地退步。這是人類文明的落後。

這就是《汴京春深》誕生的重要緣由之一，希望讀者能喜歡我展現的北宋生活畫卷，從而對宋朝產生興趣。

其次我很想呈現一群少年的成長歷程，以及重生的女主角如何重新認知自我，如何敢於接受一段實力相當彼此滋養的愛情。出於已婚已育婦女的小心眼，我從蘇軾髮妻王弗和元祐太后孟氏身上得到了塑造女主角的靈感，但當故事開始後，角色獲得了獨立的生命，開啟了他們自己的故事，我不再是創造者而是敘述者。簡中連載兩年，經歷了國際搬家，不免有創作上的小遺憾，好在最後順利完結，也獲得了許多讀者的認可和喜歡，更多人因此購買了《東京夢華錄》等我推薦的書籍，可謂意外之喜。

寫作《汴京春深》的過程對我而言也是一場難得的學習體驗，因為追求背景的立體和真實，經常需要參考各種參考書籍，有時糾結於某個細節六七個小時，終於釋疑，在文中卻只不過用了短短十幾個字甚至一個字也沒用上，而整個探索的過程如同蜘蛛結網，從點到線到面，不得不閱讀更多的書籍，最後自己也沉迷其中，獲得了書寫以外更大的快樂和滿足。

《汴京春深》連載到第四個月時，突然登上了晉江金榜第一，二〇二一年底交由上海讀客文化在各大電子閱讀平臺上出版，二〇二二年在沒有人宣傳推廣的情況下，陸續登上了各大榜單，在番茄小說的總榜、古言榜、出版榜蟬聯冠軍超過半年之久，在微信讀書、掌閱、咪咕、七貓等平臺上均取得了不俗的成績，並於年底授權了影視版權。二〇二三年喜馬拉雅上架了《汴京春深》的有聲小說，上架兩週，前五十集便登上了小說榜第十一名。

非常高興能與時報出版合作，希望臺灣的讀者能喜歡《汴京春深》。

小麥

二〇二三年一月三十日

- 服飾參考書籍：《中國古代服飾史》周錫保 著。
- 地理參考書籍：《中國歷史地圖集》譚其驤 主編；《汴京遺蹟志》等等。
- 文民俗禮儀生活參考書籍：《東京夢華錄》、《夢粱錄》、《武林舊事》、《江南野史：南唐書》、《老學庵筆記》、《蘇東坡集》、《東坡志林》、《蘇東坡傳》（林語堂 著）、《蘇東坡新傳》（李一冰 著）、《宋遼西夏金社會生活史》、《宋朝人的吃喝》（汪曾祺 著）、《唐宋茶業經濟》（孫洪升 著）等等。
- 官職參考書籍：《宋代科舉與文學》（祝尚書 著）、《資治通鑑》、《宋史》、《宋會要》、《宋會要輯稿》、《宋代蔭補制度研究》（游彪 著）、《宋樞密院制度》（梁天錫 著）等等。
- 戰爭參考書籍：《武經總要》（曾公亮、丁度 等撰）、《中國城池史》（張馭寰 著）、《中國兵器史》（周緯 著）、《北宋武將群體與相關問題研究》（陳峰 著）等等。
- 朝政參考書籍：《北宋中央日常政務運行研究》（周佳 著）、《宋代女性法律地位研究》（王揚 著）、《宋代的政治空間：皇帝與臣僚交流方式的變化》（日本平田茂樹 著）、《祖宗之法——北宋前期政治述略》（鄧小南 著）、《宋代司法制度》（王雲海 主編）。

第三百二十一章

六娘被憋得羞窘難當，又疼得厲害，一時竟沒有意識到章叔夜口中的「有了」是什麼意思，待反應過來，整個人都有點懵。以前只聽說木樨院的笑話，三嬸偶有腹痛，三叔就會問是不是有了身子。不想風水輪流轉，這話竟從章叔夜口中對著自己問了出來。她連連搖頭，眼淚直掉。

章叔夜手足無措，趕緊輕聲安慰她：「你莫怕，婦人有了身子自己也不知曉的很多。是我考慮不周，再過一個時辰我們換了船，我會儘快尋個大夫的。」

六娘漲紅了臉細聲道：「我內急。」聲如蚊蚋。

章叔夜一怔，惴惴不安的心反而鬆了下來，便伸手將自己的小衣割了一片下來，疊了兩下送到六娘手邊：「實在忍不得，先用這個墊著解了。」他小心翼翼地將六娘身上的麥秸用朴刀略撐了開來，又把自己身邊的麥秸輕輕挪到兩人之間，直到看不見彼此，凝神聽了聽，艙外並無人察覺，才輕聲道：「情勢危急，當不拘小節。」他頓了頓，加了一句：「你莫放在心上。」

六娘死死盯著手裡的布，羞得連腹痛都顧不上了，昏暗中只看得出不是藍色就是黑色的，觸手細軟，和孟忠厚自小用的尿布十分相似。

可一想到這個，越發難以憋住。六娘強忍著眼淚，伸手去解裙帶，偏生越急越慌，發麻的手不停發抖，竟將裙帶打了個死結。她手忙腳亂，趕緊將裙襬從麥秸裡輕輕抽出來，抖著手捲至腰間，將那溫熱的棉布墊入身下。至於難堪和事後如何是好，她實在無暇去想。

章叔夜隔著麥秸聽她死命壓抑著哭聲，可隔在兩人之間的麥秸都在輕輕抖動，不由得暗暗歎了口氣，一頭一臉的汗卻都順著頭頸流入衣襟內。他只恨不得自己是瞎子聾子和啞巴，好令她不那麼羞窘。

六娘腹痛漸漸好了，卻依然蹲著一動也不敢動。「你莫放在心上。」是她先前對章叔夜說的，他方才又還給了自己。可她實在無地自容，鼻中隱約還有那氣味，不知他會不會也聞到。自出生到現在，她從未這般狼狽不堪過。即便被迫嫁給趙棣，還被下了藥，六娘也只想著總有一日能逃出生天，此時此刻，她真是想死的心都有了。不知為何，章叔夜那坦蕩蕩的笑容又浮現了上來，眼中淚越發忍不住往下直流。

良久聽不到聲響，章叔夜壓著嗓子輕輕咳了一聲：「還痛嗎？」不管如何，只要換了船，他還是要想法子請一位大夫替她診一診的。

六娘抽噎著嗯了一聲。

兩人誰也沒有動，也沒有開口。

又過了一會，章叔夜聽見船體一震，外頭各種聲音響了起來，他細細聽了聽，原來已到了午時，糧船臨時泊在了一個渡口，船上軍士和雜役都去渡口邊的攤販買茶飯菜食，不少人大聲罵娘，抱怨船上極差的寡粥稀湯。

再等了片刻，外頭漸漸沒了聲音，只有黃河水擊打在船體上的浪聲。隔壁艙傳來硬物擊打艙身的聲音，三長兩短，接著又兩長三短。章叔夜挪開兩人之間的麥秸，不敢看六娘，只輕聲解釋道：「走，我們要從船舷一側入水，想法子換一艘民船往鄭州去。」

六娘垂首點了點頭，想起自己手中還死死攥著捲起來的裙襬，趕緊放了下來，慢慢站了起來。她蹲得太久，一站起來頭暈眼花，腿腳極麻，直接就一頭栽了下去。

章叔夜趕緊一伸手抱住她，見她滿面淚痕，雙目緊閉暈了過去，實在不忍弄醒她，便側過身子，將六娘背了起來。他拿起朴刀，猶豫了一瞬，用刀鞘撥動麥秸遮住了那暗處黑乎乎的一塊棉布。

在章叔夜背上的六娘輕輕睜開眼，正好看在眼裡，趕緊又緊緊閉上了眼。卻不知道人真暈時完全脫力，和假暈並不同。

章叔夜臉上一熱，反手托住六娘的腿，悄聲無息地出了這處草料堆。

六娘離開洛陽的消息送往翰林巷時，孟建正在翠微堂嘟嘟囔囔。

孟建早間在廣知堂外聽各部官員議論，打探到火藥庫爆炸和城牆被炸開的事和孟存少不了干係，便記在了心裡。等回到木樨院待程氏醒轉，他將後頭那些榮耀之事一一說了，不免也提起此事。想來想去，如鯁在喉，不吐不快，索性跑到翠微堂，將大理寺和刑部、工部幾個官員的話說給了老夫人聽，氣鼓鼓地一口咬定孟存必定是認了阮姨太太做生母，才做出這等大逆不道之事，陷害兄長，勾結叛黨，荼毒京城百姓，甚至連女兒都捨得獻給趙棣。

杜氏因事關孟在，沉默不語。九娘卻因六娘而不忍多說。老夫人摩挲著數珠，只靜靜聽著孟建嘮叨，不發一言。自從得知孟存去了洛陽，她還是存著一線希望的，只可惜事與願違。那是她親自撫育長大的兒子，她耳提面命，悉心教導，要他忠君報國，上對得起天地祖宗，下無愧於子孫族親。這許多年來，她看得到他身上有圓滑之處，為官幾年後，逐漸有了取巧奉迎之道，可她卻一葉障目，總想著官場需要這些而直接為他開脫了。

積沙成塔，冰凍非三尺之寒。既忘初心，便易入歧途。大道之行被拋之腦後，他甚至還不如阿嬋……

孟建想到自己被青玉堂養成了一個高不成低不就的平庸之人，只覺得自己的天資全因身世而被埋沒了。可也虧得老天有眼，他還是靠阿妧出了頭。他越說越氣：「果不其然，龍生龍，鳳生鳳，老鼠的兒子——」

梁老夫人將數珠砰地砸在了小几上。孟建嚇了一跳，停住了口，無邊無際的委屈和鬱悶湧上心頭，就這樣的關頭，老夫人還不肯認了他這個親生兒子。孟存都變成這樣了，還是她的心頭肉。

看著孟建一臉的不平和委屈，梁老夫人斥道：「孟叔常！先安定侯、贈太尉孟山定是老鼠嗎？」

孟建回過神來，趕緊站起身跪了下去，垂頭喪氣道：「兒子不敢。請母親責罰。」

梁老夫人深深吸了口氣，冷聲道：「叔常，你既然已接了三老太爺一房，我不過是你的大伯娘。仲然再有不是，也是你的堂兄，他所犯罪行，若經查實無誤，上有朝廷法規懲治，下有宗族家廟責罰。你對著我一個老婆子說這些做什麼。」

孟建呆呆看著榻上端坐如鐘面容冷淡的老夫人，在心裡盤旋了好幾個月的那點火苗，被冰水倏地澆了個透心涼。他顧不得九娘還在給老夫人打扇，伏地哭了起來：「大伯娘——？那我的娘呢？我的娘親呢！為何一個兩個都不要我這個兒子？陛下是我的乘龍快婿了，我光宗耀祖了！你為何——」

他慟哭失聲，宛如孩童無依無靠。

梁老夫人視線落在他不停顫動的襆頭上，手中捏緊了數珠，終於還是挪開了眼：「四十歲的人了，當朝國丈，日後也是要攝太尉的人，竟如三歲小兒哭鬧不休，成何體統。阿妧，去扶你爹爹起來。」

九娘輕輕放下宮扇，疾步走到孟建身邊，只覺得這個糊塗爹真是比沒了娘的阿昉更可憐。「爹爹，婆婆說得極是，若給陛下看到你這模樣，只怕會發脾氣的。」九娘柔聲道：「爹爹侍奉婆婆向來恭謹，婆婆口硬心軟，不然為何會為了爹爹特意趕回汴京來？」

孟建原本還拗著脾氣想要再訴盡心中難受，聽了九娘的話，倒慢慢地起了身，胡亂抹了一下臉，坐了回去，一言不發。

梁老夫人吸了口氣，沉聲道：「禮法上是一說，但情理上，你們三個通通都是我的兒子，掌心掌背都是肉。叔常你說，家裡何時將你當過庶子對待？一應吃用、僕從、月錢、進學、成親、分院子，你和你兩個哥哥可有過一絲不同？你來翠微堂，我可有給過你臉色看？更不消說你媳婦還掌了府裡的中饋這許多年。你若心裡亮堂，怎會說出這種計較的話來？無論是彥弼，還是阿嬋、阿妧，都依然叫著我婆婆，兄弟姊妹之間相親相愛，又有誰會像你這般鑽入牛角尖裡不肯出來？」

論到口舌之辯，孟建哪裡是梁老夫人的對手，方才那洶湧的委屈變成了自慚和隱隱的自責。「是兒子錯了。」孟建垂頭喪氣地道。

這時，二門的管事婦人到廊下稟報：「老夫人，張相公派人給九娘子送來一封信。」

等九娘拆了信，又細細看了兩遍，才將信呈給老夫人，柔聲道：「婆婆放心，章叔夜已經救出了六姊，正趕回京城呢。」

梁老夫人一震，急急看完信，許多天的憂心終於解開了一些，她抬起頭，牽過九娘的手，哽咽道：「阿嬋多虧了有你這個妹妹。」那孩子若是曉得了孟存的所作所為，還不知要如何難過呢。

至於孟存夫妻的下落，翠微堂裡卻無一人提起。

這夜，汴京城萬人空巷，爭相目睹新即位的皇帝將樞密使陳青陳太尉送出南薰門。

陳青率領駐紮在城外的陳家軍，連夜趕往應天府，將會合陳太初，迎戰高麗軍和叛軍。而皇宮西南邊的二府八位和都堂，皆燈火通明。籌備皇帝冊后之誥的翰林學士院、御史臺、禮部、太常、尚書內省，修繕城門的工部和營造工匠還在等皇帝歸來繼續稟報進展和實驗結果。刑部和兵部的人還在都堂偏廳裡整理火藥庫一案。數百人濟濟一堂，忙得熱火朝天。

也有那素日憊懶的官員背著人打哈欠。這位陛下，可不是先前的幼帝和體弱的先帝，極其勤政，而且永遠精神抖擻，目光如電。想起那位先前在都堂屏風後頭代太后聽政的孟女史，未來的皇后，似乎也是這般不眠不休。打哈欠的官員歎了口氣，狠狠掐了自己大腿內的嫩肉一把，警醒了過來，繼續辦差。

鄭州城東新密縣五指嶺，黃河經此將變成汜水河，流入鄭州城內。入夜後，暗夜無月，烏雲籠罩，風越來越大，黃河水高高低低起伏著，還有一些民船在順流而下，想趕在大雨前進入汜水河的碼頭安心歇泊。

一艘不起眼的雙帆船上，一個背著藥箱的大夫正擰著脖子看著來路，哀聲歎氣到底問著身邊的年輕郎君：「郎君究竟何時能放在下歸家？」

章叔夜笑道：「到了鄭州，便賃好馬車送大夫回去，藥箱背著很重，不如坐下用些點心。」

那大夫跺足道：「你！我看你說得可憐才匆匆跟你上船診脈，你卻——我家中妻小去哪裡尋我？」

章叔夜扭頭看了看黑沉沉的艙內，溫和地道：「大夫放心，我兄弟還留在你家附近，自會去告知，診金兩貫錢也已送達。」

大夫一聽診金竟有兩貫，不由得一呆，人也軟了下來，索性放下藥箱，一屁股坐在了船頭，抬頭看看這濃眉大眼的年輕人，歎了口氣，連連搖頭：「看你也是個有心的仔細人，怎地自家娘子卻弄成這樣？」

章叔夜皺了皺眉，蹲下身來：「什麼這樣？大夫不是說她一切安好嗎？你只開了個安神的藥方——」

大夫回頭看看，船艙裡頭悄然無聲，四周也無人，便壓低了聲音道：「這位郎君，請恕在下無禮，敢問你是不是個無父無母的孤兒？」

章叔夜心中一驚，面上不顯，只笑道：「無妨，大夫原來還是位神算子。不錯。在下年幼時爹娘便去了。」

大夫歎了口氣，甚是可惜地道：「那就怪不得了。再請問你家娘子是不是個極端莊賢慧的？」

章叔夜看著不遠處低低壓來的層層烏雲，心裡卻想起為數不多的幾次見面，點了點頭：「正是。」

大夫笑歎道：「唉，郎君糊塗，你和你家娘子成親多時，卻一直不曾圓房，這處子腹痛，怎會是有了身孕？難不成感於天要生個聖人不成？我看你家娘子是難以啟齒，才得了這心病。」世上的傻子不少，可眼前這種看起來一點也不傻的郎君會傻成這樣，他從未見過。

幾滴豆大的雨點悄聲無息地落在章叔夜臉上，一道閃電劈在河面上，雷聲轟隆，大雨將至。龍虎相交，倒把黃河捲。半空裡雷聲，鬼神難測辯。

大夫忙不迭地拎起藥箱躲進了前頭的船艙，朝後頭努了努嘴：「快去陪你家娘子啊，她沒暈，先前是睡著了而已。」他也只能幫到這裡了，這夫妻敦倫之事，難不成還要他細說不成。

風急浪大，大雨嘩啦啦傾盆而下。章叔夜三五步跨入了六娘所在的後艙，已全身濕透。

六娘被雷聲驚醒了過來，恍惚間不知身在何方，只覺得搖搖晃晃，忽地眼前多了個黑影，嚇了一跳。

「是我。」章叔夜低聲道，因船顛簸得厲害，他也不掏出火摺子了，矮身坐在了榻邊的地上，盤起了腿：「下大雨了，船顛得厲害，你可暈？」

六娘將身上的一塊薄布向上拉了拉，眼睛才適應了黑乎乎的船艙內，見章叔夜臉上水光淋淋，便拿出帕子遞了過去：「還好，章大哥你擦擦臉吧。」

章叔夜看著帕子頓了頓，伸手接了過去。

就這麼一遞一接，六娘不免想起麥秸堆裡他遞給自己的那塊藍布，幸好船艙內黑得很，他也看不見自己臉紅。

章叔夜擦乾了臉，卻把帕子疊了疊放在手裡看了看，塞入自己懷裡，輕聲道：「大雨洗塵，弄髒了你的帕子，待我回頭洗乾淨再還給你。」

六娘猶豫了一剎，柔聲道：「不打緊，章大哥留著用也無妨。」她的帕子依然還是老夫人的老規矩，不繡閨名，誰拿了也無所謂。

章叔夜沉默了片刻，將大夫開的藥方說了。

六娘聽了前兩味藥，後頭卻只聽得見雨打在篷上極響，便只嗯了兩聲。

章叔夜實在無話可說，看著艙中小几上的蠟燭從燭臺上跌了下來，伸手接了捏在手裡，涼絲絲的有點黏感。

窗外陡然一道白光急閃，雷聲炸過，彷彿就在兩人的耳邊。六娘嚇得一抖。

雷聲還未絕，章叔夜忽地開口道：「趙棣這廝如此欺你辱你，我定不會放過他。」可他心裡又有點高興，熱乎乎的。

第三百二十二章

六娘在隆隆雷聲中聽到章叔夜這句斬釘截鐵的話，一怔。她和趙棣只在大婚那日見了一面，這句趙棣欺她辱她，從何說起。趙棣碰也沒碰過她。她恨的是阮玉郎，還有身不由己任人擺布的命運。

「他不曾欺辱過我。」六娘輕聲細語道，又覺得這話似乎在為趙棣辯白什麼，便低聲添了一句：「我見過他兩回，只說過幾句話……」但那私密之事卻是萬萬說不出口的。

章叔夜手中的蠟燭斷成了兩截，心跳得發慌。她是在告訴他嗎？趙棣冊封她為皇后，卻不碰她，對她自然是一種侮辱；可若碰了她，豈不是更大的侮辱。這一剎章叔夜甚至覺得趙棣也不是大奸大惡之徒。

艙外傳來呼喊聲，章叔夜轉頭看了看低頭不語的六娘：「你別動，我出去看看。」

六娘正暗自咀嚼自己的話會否令他誤會，等回過神來，章叔夜已開了艙門，又轉身將艙門關好，雨絲從那一線縫隙裡飛揚進來，門內已濕了一大片。六娘看到章叔夜似乎笑了笑，那句小心只能噎回肚子裡。

她將自己埋入膝間，心中亂成一片。來路坎坷，前途茫茫，爹爹不知會怎樣，還有娘親一定傷心欲絕，兩位兄長杳無音信，婆婆、阿妧和家裡的人定在為她擔心。她孟嫻這般不知羞，竟在琢磨著一個僅僅是相識之交的男子的心思。

六娘猛然將薄布拉起，一股腦地罩在了自己頭上，布上的皂香味竄入鼻中，她深深嗅了嗅，把自己裹得更緊。

兩張帆放了下來，桅杆被閃電劈斷，砸破了前艙的蓬，艙中全是水，船夫們和章叔夜的手下正在往外舀水。船身被波濤不斷掀上去拋下來，船底撞擊在水面時發出巨震，不停地東倒西歪。船舷幾次吃水，更多的河水湧了進來。那大夫受了驚嚇，抱著藥箱蹲在水中死死抓著斷了的桅杆簌簌發抖，看見章叔夜嘶聲喊叫：「你送我回去——快送我回去！」

兩貫錢再金貴，也不該拿命換，初初就不該看著他忠厚老實，跟他上了這賊船，只可惜這時叫天天不靈，悔之已晚。

章叔夜放眼河面，方才前前後後和他們一同趕往新密汜水河去的十多隻民船，除了一艘三桅大船猶在波峰尖上飄搖，餘者竟都已翻了船，滂沱大雨中的咆哮河水裡不見人影。

六娘在艙內依稀聽到那大夫的哭喊，想了想，還是下了榻，一開門，狂風捲入一片雨，打了她一頭一臉。她好不容易辨認出船頭那手持長篙極力平衡船身的人是章叔夜。

章叔夜雙臂注力，每逢船舷歪斜要栽入水面，便躍起用篙壓向另一端，他見六娘出了船艙，大吼道：「回去——！」

風大雨大浪大，哪裡聽得見。六娘見他對著自己在喊什麼，不知哪裡生出一股勇氣，顧不得裙子濕透纏在腿上，撈起一個浮在艙底的木桶就開始往外舀水。她和九娘一同練了三年騎射，雖不如九娘下功夫，手上力氣也不小，飛速舀了幾桶水潑出去，見那大夫還在哭天喊地，便將手中桶塞入他懷中，示意他快些幫忙，轉頭又找了一個雙耳大木盆，這大木盆盛滿了水卻極重，她猛然一抬，險些跟著木盆一頭栽入水裡。

一根長竹篙陡然伸出，將木盆堪堪穩住。六娘喘著氣，再拚命端起木盆，灑了大半水出去的木盆終於被她抬了起來。

這盆水潑出船外，九娘回過頭看向船頭。

章叔夜似乎又朝她喊了句什麼，被風雨吞沒。

船身被大浪高高拋起，再重重落下，整條船上的人都倒向一邊。

那大夫剛舀了半桶水，身不由己地撞向剛收回木盆轉過身來的六娘。

一聲驚呼都來不及發出，六娘連人帶盆已翻出船舷。

章叔夜手中長篙剛剛穩住船身，未及攔住，眼睜睜地看著六娘落水。

他不及多想，將長篙塞入屬下的手中，喊了聲：「穩住！」一彎腰抄起纜繩，繞至腰間，一頭扎入水中。

水中波濤洶湧，章叔夜沉入水中，四處張望，河水中暗漆漆的，沒有六娘的蹤影。他浮出水面，深深吸了口長氣，強迫自己冷靜下來，看到下游方向黑乎乎一團隨波逐流而去，立刻鬆開腰間纜繩，全力往下游而去。

六娘一入水，下意識就死死抱住了木盆。幸虧那木盆翻了過來，帶著她也沉不下去，她雖然也會水，在這樣翻滾的浪濤之中徒勞無功，只能半趴在木盆上，浪來屏息閉眼，浪去時才睜開眼大喊救命。

不多時，她就看到有人朝自己快速地靠近來。

一道閃電破空而下，劈在章叔夜身後，章叔夜的身影一頓，忽地沉了下去。六娘尖叫一聲，抱著木桶拚命想朝他游過去，卻被浪推得更遠。

阿妧說的那句「他把我看得比他自己還重」，在她耳中嗡嗡地迴響。原來這世上真的有人會將另一個人看得比自己更重要，原來這世上真的有一個人會不顧自己安危地來救她，即便是因為阿妧的囑託，可他要是因她而死，她又怎能獨活下去。

轉瞬間，波濤中又露出了章叔夜的頭，再次向她游過來。六娘死死盯著他不斷划動的手臂，終於肆無忌憚地放聲大哭起來。

章叔夜奮力一撈，將木盆撈近，再伸手將六娘攬入懷中，才無力地趴在木盆上，大口喘著粗氣。他兩條腿火辣辣地痛，不停地在抽筋，方才閃電劈在他身後，差不多有兩丈遠，他還是被電得連心跳都停了幾息，在水中喝了幾口水，才慢慢恢復知覺。竟然還能游到她這邊，章叔夜自己都不知道哪裡來的力氣。

六娘一手抱著木盆，一手死死拽著章叔夜的衣襟，只覺得他身子漸沉，她急道：「章大哥你沒事嗎？」

章叔夜卻覺得自己心跳得越來越慢，人也昏沉無力，他竭力朝六娘笑了笑，輕輕喊了聲：「阿嬋？」人卻身不由己地從木盆邊上慢慢滑開來。

她是叫阿嬋吧。不是秋蟬的蟬，是嬋娟的嬋。

六娘趕緊將木盆拉近，想把他扶上來，木盆一歪，險些從她手中滑走。

「章大哥——！」

章叔夜一驚，抬腿用力踩了兩下水，幫她抱穩了木盆。

「抱住我——抓穩盆。」六娘嘶聲喊道。

章叔夜愣了愣，似乎腿已經好了，心跳也慢慢加快了速度，他將木盆和六娘攬在一起，抱在懷裡。

六娘甩了甩滿臉的水，低頭去解裙帶，她先前不慎將裙帶打了個死結，上了船後便解了開來，以防萬一只是繞了個麻花，濕透了的裙帶好不容易才被拽了下來，她身上那條真紅羅裙立刻順水飄走了。

六娘把自己和章叔夜用裙帶交叉繞了一圈，穿過木盆一側耳朵下的洞，打了個結，又打了個結，用力拉了拉，不見鬆動，才放了心。轉過頭她大聲喊道：「這般我們就死活都在一起了。」

章叔夜靠在她濕漉漉的秀髮邊上，笑了起來。

「好。」

黑夜大雨中兩人靠著木盆隨波濤起伏，緊緊依偎在一起。

一刻鐘後，烏雲肆虐了這大半個時辰，帶著狂風暴雨滿意而歸。半圓的月亮探出頭來，夜風輕拂，河水漸漸恢復了輕波蕩漾，不斷有木船殘骸漂過。章叔夜他們這條雙桅船殘破不堪，卻一直未曾散架，前方不遠就是新密縣，入了汜水河，便再不會有這般驚濤駭浪。船上的大夫還抱著那木桶，呆呆看著水面，他殺了人嗎？

眾將士全神貫注留意著河岸兩側，忽地有人高聲喊了起來：「在那邊！」

大夫噗通一聲跌坐在艙底。

這半年來，京城幾乎每日都有皇榜，甚至一日張貼幾次告示，經歷了許多驚濤駭浪的士庶百姓已然麻木，可這日早間，汴京城還是轟動了。

新即位的皇帝趙栩詔告天下，立孟氏為皇后，十二位文武重臣為使，翰林巷孟府作皇后行第，更要出宮親迎皇后。

洛陽的偽帝也是冊孟氏為后。這一個孟府，竟出了兩個皇后。昔日和六娘、九娘同窗的幾位小娘子不少早已成親，聞訊後滋滋有味地同身邊人說起往事，頗有榮焉。好幾人不約而同地派女使相約一場女學同窗會，自然少不了將帖子也送到翰林巷來。畢竟無論哪個皇帝最後坐穩江山，她們總是皇后的同窗，也算沾親帶故了，在婆家對著妯娌姑嫂說話聲音都響了一些。

翰林巷孟府的回事處裡，不到午時，已收到上百封帖子，各色官員的名刺，各家親戚舊故的請帖堆成了山。還有那心急的特地派了管事來道賀，想著能約到孟建。就連那戶部往日對孟建不理不睬的同僚上司，也都派人送了帖子來，約著要去喝上一杯，更有孟建那八竿子打不著的同年、同期應試的舉子，甚至他國子監的同窗，也有送帖子來道賀的。

回事處的管事不敢怠慢，雖不怕得罪人，但世家大族的規矩一板一眼，略加刪減後，依然有五六十張帖子分別送往了長房、翠微堂和木樨院。

孟建將手中二十多張帖子仔細看了看，勾出戶部和御史臺的幾張，擬好了九月裡的幾個日子，一一交代給隨從。

程氏如打了雞血一樣，四更天就起身，只差沒一唱天下白，到了午後就有些犯睏，正靠在羅漢榻上打著盹兒，聽屏風外頭孟建交代的聲音，反而來了精神，想著要把七娘、九郎、十郎他們幾個從眉州接回來。如果母親身子尚安，便將父親、母親一同接來，也能見上一眼皇帝外孫女婿，體會體會那皇家氣派。這大半年程家產業縮水了大半，更能彰顯自己的風光。

程氏一邊讓女使準備文房四寶，一邊讓人去請九娘和林氏過來說話。按例，九娘雖已記做了三房的嫡女，生母林氏能封郡夫人，大節裡也能入宮覲見。程氏想著從八月開始就要把林氏的月錢加個倍，再多派兩個女使給她使喚，這樣的好事當著九娘的面說，才顯得出自己的好。

片刻後，女使回來笑盈盈地道：「聽香閣裡忙著在縫嫁衣，姨娘說即刻就來。」

「胡言亂語。」程氏笑著啐了她一口：「虧你還是我孟家的丫頭，這個都不懂。皇后的大衣裳，都是禮部和宮裡特特地做的，尚書內省還沒人來量尺寸呢，什麼嫁衣不嫁衣的。」

女使漲紅了臉辯解道：「奴看著那朱紅的裙衫好看得很，才以為——」

程氏蹙眉想了想，便丟開了一旁，取過筆來給眉州寫信。

又過了一個時辰，吉時到了。孟府大開正門，焚香奏樂，孟建大步跨出門，理了理衣冠，看向巷口。翰林巷裡設了步障，禁軍重甲陣列，全無閒雜人等。

等了半個時辰，有兩個禮部的小吏飛馬前來通報：「禮直官、通事舍人、太常博士已引納采、問名使從制案出，載於油絡網犢車出宣德門了。」

孟建趕緊向皇城方向行禮。

由此開始，不斷有小吏來報納采問名使到了何處。兩刻鐘後，已聽到鼓樂聲遠遠傳來。而孟府裡不斷有僕從將消息送往二門，再由侍女傳往翠微堂。

等車駕抵達大門外，制案被請下犢車，翰林學士梁燾攝太尉以及御史中丞鄭雍攝宗正卿面對制案而立。孟建退入大門內。儐者站到孟建左邊，面北一拜，又走出門去高唱：「敢請事——」

梁燾和鄭雍高聲應道：「梁燾（鄭雍）奉制納采。」

儐者再回到門內告訴孟建。

孟建朗聲道：「臣孟建之女，既蒙制訪，臣不敢辭。」

儐者出去告訴兩位使者，再入內引孟建出大門，向制案行禮。

梁燾和鄭雍入了大門高唱：「皇太后制。」孟建再拜。

「諮忠義子孟建，渾元資始，肇經人倫，愛及夫婦，以奉天地、宗廟、社稷。謀於公卿，咸以為宜。率由舊典，今遣使持節太尉梁燾、宗正卿鄭雍以禮納采。」梁燾高聲宣讀完皇太后制書，看向孟建。納采答文一早已送到孟府，不知道這位忠義子可背得出來。

孟建拜完皇太后制，恭謹地道：「皇太后嘉命，訪婚陋族，備數採擇，臣之女未閑教訓，衣履若而人。欽承舊章，肅奉典制。臣孟建稽首。」

翠微堂裡得到消息說三郎君將納采答文說得聲情並茂，程氏搖著宮扇道：「就那兩張幾行字的紙片哦，郎君可背了不下七十多遍呢。聽說當年禮部試都沒這麼用功過。」

堂上眾人不由得都大笑了起來。孟在也不禁笑著看向九娘：「你娘說得沒錯，你爹爹當年一背書就頭疼。」

程氏立起眉毛衝著杜氏喊道：「打人不打臉，我說家中漢子不打緊，大伯怎地在侄女兒面前下她爹爹的威風，大嫂快說句公道話。」

這下連梁老夫人都繃不住笑了起來。十一郎笑著撓撓頭，他背書三遍就熟，看來是隨了過目不忘的九姊，幸虧沒隨了爹爹……

這時梁燾和鄭雍又已經出了大門，儐者再按照方才的禮儀開始問名禮。

梁燾的聲音甚是清亮：「兩儀合德，萬物之統，以聽內治，必咨令族。重宣舊典，今遣使持節太尉梁燾、宗正卿鄭雍以禮問名。」

孟建高聲答道：「使者重宣中制，問臣名族。臣女，孟程夫婦所生，先臣故太尉孟瑞之遺微孫，先臣故殿前司副指揮使孟令之遺曾孫，先臣故安定侯孟山定之遺孫，眉州士紳程勇之外孫女，年十五。欽承舊章，肅奉典制。」

跟著再拜，上表。才算禮成。孟建鬆了一口氣，見鄭雍笑嘻嘻地對自己拱手道：「鄭某先回宮覆命了，官家還等在文德殿。改日再來向孟老弟討一杯酒喝。」

孟建送走兩位使者，後背濕漉漉一片，幾乎是一路小跑著回了翠微堂，見堂上人頭泱泱，孟彥弼正拿著一張紙模仿自己的口氣背著答文：「臣女——」

一見孟建回來了，堂上眾人七嘴八舌問起外頭的情形來。

孟建一屁股坐到程氏身邊，搖頭道：「一拜再拜再拜再拜，拜得我頭暈腦脹，險些遞錯了上表。」

九娘笑道：「納采和問名的進表反正是一同送入宮中的，弄不弄錯有什麼干係。」

孟建轉過頭，瞪著九娘看了一眼，歎道：「阿妧啊，你知不知道這是納采禮、問名禮？怎可以弄錯上表？當年爹爹禮部試的時候——」

話還未說完，堂上眾人哄笑起來。

杜氏掩了嘴問程氏：「弟妹，三弟自己打自己的臉總使得吧？」

第三百二十三章

四更天時，百家巷蘇府已經燈火通明。蘇瞻雖然已經罷相，卻還是資政殿大學士，因今日趙栩巳時告廟祭旗，未時三刻御駕出征，他一早便起身梳洗，換上朝服，略用了些朝食，便準備往東華門去等著入宮覲見趙栩。

到了二門處，卻見蘇昉和兩個侄子一同送蘇矚出來，面上均笑盈盈的，四人有說有笑。蘇瞻這才想起來蘇矚是告期使，卯時要去翰林巷孟府告期，故而也需早早入宮。

蘇昉沒想到蘇瞻也這麼早，便上前給蘇瞻行禮。蘇矚的兩個兒子也和國子監的士子們一同去了宣德門，抗議二府放棄外城，他們畢竟年輕，神色間露出些不自在。倒是蘇昉面色淡淡的，執禮甚恭，卻不掩飾疏遠和冷淡。

蘇瞻和蘇矚並肩外行，不時看一眼蘇昉，見他穿了一聲杜若色直裰，也沒帶襆頭或紗帽，只將髮髻束在紫玉冠中，如修竹青松，和年輕時的自己像足八成。自從他在宮中打了蘇昉後，父子倆這幾日再無交集。他忙著交接手中政務給張子厚，晨出晚歸，問及大郎動向，下人只說蘇昉也是早早出門很晚回來，卻不知道他去了何處做了何事。

蘇瞻心中苦澀不已，只提醒蘇矚早些回宮，巳時還要陪官家前往太廟。蘇矚點頭稱是，歎道：

「昨日梁熹和鄭雍還說起孟家不愧是世家，毫不張揚，這等榮耀，並無親友前去觀禮。阿程竟然連母親和我們都沒來請，真是不容易。」程氏為了孟建，那時候不敢上門求蘇瞻，卻私下求了他夫妻不少回，她的脾性，表兄妹們從小一起長大的，蘇矚清楚得很，不免感慨幾句。

蘇瞻笑了笑，五味雜陳。蘇昉卻接了蘇矚的話：「表姑母的幾十張帖子都寫好了，是阿妧不讓送的。」他聲音溫柔，充滿孺慕之情：「論見識，論心胸，誰又能比得上她呢。孟家有了阿妧，百年無憂。」

蘇矚的長子笑了起來：「這樣的褒揚，頭一回從大哥口中聽到，還是用在一個女子身上，真是稀奇。難道她比你還厲害不成？」

蘇昉笑道：「我又如何能和她比？這世間，才智品性，能比得上的只有陛下一人。」

蘇矚一貫和蘇昉親近，聞言笑著拍了拍蘇昉的肩膀：「你還未去吏部報到，這做官說好話的絕招倒深得你爹爹的真傳。梁熹昨日還問及你呢，你既然已決定入仕，該早些去報到才是。翰林院水可不淺吶。」

蘇昉苦笑起來，他說阿妧，字字真情實意，哪來什麼為官的絕招。

蘇瞻收了笑容正色道：「寬之既然入仕，當不妄動，不徒語，不苟求，不虛行，需慎記在心。」

蘇昉三個齊齊垂首應是，目送兩人上了馬。蘇瞻、蘇矚被一應隨從部曲簇擁著往百家巷巷口馳去。沒走幾步，便看見前頭張府的人馬也已準備妥當，張子厚一聲緋色宰執朝服，正執轡夾馬前行。

「是張子厚。」蘇矚笑了起來：「幾十年，朝中才知道他原來是有表字的。」

蘇瞻一怔，眉頭就皺了起來，他最厭憎的就是張子厚的表字。

「季甫，張季甫。」蘇矚歎道：「他也是一個奇人。去年才聽說他因心懷故人而從未娶妻，想來也是因此才出走於浦城張家，這等癡情男兒，世間少見。只可惜那位女子沒有福氣，可憐可惜。哎，大哥，你慢一點，巷口的攤販多，別撞上了——」

宮城各門，緩緩而開。天空露出魚肚白，東華門外的不少官員還穿著夏季的朝服，一陣秋風刮來，有人忍不住打了個噴嚏。

待宰臣、親王、宗室、百僚身穿朝服魚貫按班次進入文德殿站定，樂官示意，樂伎們全神貫注，準備奏樂。

大殿之上，趙栩身著告廟的天子之服。眾臣行跪拜大禮，三呼萬歲。蘇瞻身為大資，列班於宰臣親王之後，他不用抬眼，也感覺得到趙栩的帝王之威。他再也不是昔日皎如玉樹臨風前的燕王殿下，也不再是瀟灑倜儻的汴京四美之一，而是彈壓山川、赫斯之威的一代帝王。

大殿上燈火通明，不斷有禮官往返稟報：

「稟陛下，皇太后已御崇慶殿——」

「稟陛下，內外命婦立班行禮畢——」

「稟陛下，內給事已出殿門，六禮制書已置案上——」

「稟陛下，制案已出內東門——」

禮直官、通事舍人將制案從宣祐門引入至文德殿後門，置於東上閤門。稍後，門下、中書侍郎和禮直官、通事舍人帶著今日納吉、納成、告期的六位使者到橫街南。

「皇太后有制──」眾人拜。

再拜以後，典儀官唱：「皇帝納后，命公等持節行禮──」

眾人再拜後，接過制書。這才將制案請出，與昨日一樣載於油絡網犢車上，身後樂官們備齊鼓樂，烏泱泱近千人出了宣德門。

因翰林巷被禁軍所攔，御街上早擠滿了觀禮的百姓。有那從洛陽逃來的人，不免得意地輕聲告訴身邊人：「洛陽那位納后，禮儀極簡，哪有這般的盛況。」立刻就有汴京人輕笑道：「你怕是外地人，竟然不知今上潛龍時是怎麼待皇后的。」

文德殿上的趙栩聽禮官回稟制案已出了宣德門，正往皇后行第而去，這才舒出一口氣：「聽朝罷。」

有了昨日的經驗，孟建和六位使者的納吉、納成、告期禮進行得十分順利。這邊禮成後，蘇矚和其他幾位趕著告辭回宮，要隨趙栩告廟。汴京城自然又是一陣熱火朝天，等未時三刻吉時一到，炮響震天，御街上人滿為患，爭相要看今上御駕出征的英姿。

趙栩一馬當先，身邊近百親衛護駕，五色旌旗風中獵獵作響，朱蓋羽扇一應華而不實之物都被趙栩下令取消了。三千精兵強將緊隨他後，盔甲鮮亮，只等和城西的三萬大軍會合，西征洛陽。

城西陳府的大門上，又掛回了太尉府三個大字。角門處一輛馬車正待出發。孟彥弼和蘇昉上了馬，對老管家拱手告別。

車簾掀開處，九娘笑盈盈地問孟彥弼：「二哥，酒可備好了？」

「我糊里糊塗忘記帶了，只帶了你。幸好方才表嬸又給了十罈酒，都裝在你車後頭呢。」孟彥弼老臉一紅。

九娘被擠開了一邊，趙淺予的小臉露了出來，對著蘇昉喊道：「阿昉哥哥，你還沒說公道話呢，快說，阿妧這樣是不是太過分了？都不預先和我知會一聲！我也能趕出新裙子來的。」她扁了扁嘴，又瞪了九娘一眼。

蘇昉靠近車窗，低聲道：「公道話也有，只怕你不愛聽，今日送六郎出征，當以阿妧為主，我們為輔才對。」

趙淺予大眼眨巴眨巴，猛地將車簾拉了下來，氣囔囔地道：「哼，阿昉哥哥也是個偏心鬼，不理他了。」

九娘擰了她滑膩的小臉一把，悄悄地說：「好，你要是理阿昉就是小狗。」

趙淺予瞪著她，哼了一聲：「我原本就屬狗。哼哼，哈哈。」一副無賴的模樣，倒像足了趙栩。

九娘不禁噗嗤笑出聲來。

趙栩自萬勝門出城，三萬大軍盔甲鮮明，見皇帝駕到，高呼萬歲。

鼓樂齊鳴，張子厚為首的百官以及送行眾人均行叩拜大禮，恭祝皇帝御駕親征早日凱旋。後面自然擠滿了汴京城百姓，將萬勝門一帶擠得水洩不通，三呼萬歲之聲震天動地。

趙栩緩緩調轉馬頭，看向萬勝門高高的城樓，午後的陽光將城樓上的旌旗映得十分耀眼，幾朵雪白浮雲從城東悠悠飄來，彷彿也是前來送行的。這兩日匆匆行了六禮，想來孟家必定事多人忙，只是不知阿妧此時在做什麼，會不會也想起他。想到他日歸來便能將她娶回家，趙栩不禁微笑起來，就要舉手號令出征。

城門內忽地傳來一陣騷動，有好些開封府的衙役們急著將人群分開。城門外的文武百官紛紛回頭，卻見大街上四頭大象身披錦帶，繫著彩鈴緩緩而來，四個膚色黃黑的暹羅象奴騎坐著，一手執繩，一手持鐵鉤，控制著大象的步伐，一步一步，倒像踏準了城外樂官們奏樂的鼓點，優雅又憨態可掬，正是京中象棚裡最有名的四象舞步，素日只在年節裡才會到宣德樓廣場上演出。

趙栩雙目卻落在大象身後，一輛馬車被許多陳家部曲簇擁著正緩緩而來。他微微眯起了眼，勒緊了手中韁繩。

馬車上的翰林巷孟府的徽記十分顯眼，有那眼尖好事的立刻在人群裡喊道：「是皇后來了——陛下快等一等——」

兩邊的百姓頓時轟動起來。

張子厚眼眶猛然一熱，趕緊知會百官讓出道來。她在他們面前毫不隱藏自己的真心，執意陪趙栩北上中京，如今六禮剛成，她在天下人面前一樣毫不隱瞞自己的心意。即便有了皇后這頂荊棘桂冠，她還是那個九娘。

大象緩步行至城外，離趙栩尚有五十步時，象奴們翻身下來，呼哨出聲。四隻大象立刻停了下來，前腿彎曲，跪拜於地，高高舉起象鼻，發出了鳴叫之聲。

「吾皇萬歲、萬歲、萬萬歲——！」

城內城外的百姓、官員們不約而同高呼起來。

大象們拜了三拜，退了開來。歡呼聲中停著的馬車車簾從內被人掀開，露出一張如花嬌顏。

趙栩一滯的呼吸又順暢起來，哭笑不得。這麼大陣仗，竟是趙淺予。

趙淺予環顧四周，露出得意之色，突然讓開一旁。九娘一身紅裙俏生生立於車門口，抬頭看向不遠處的趙栩。

萬勝門內外一片寂靜，看得到看不到的人皆屏息注目著她所在的方向，動人心魄的一抹紅色。

蘇昉和孟彥弼對視一眼，將車後早準備好的樹枝草木取了出來，各自又拎了一罈烈酒，胸中豪情萬丈。

一朵紅雲從車上飄下，鴉羽般的烏黑長髮散在她身後，在日光下黑得發青。她額上齊眉勒著朱紅軟紗抹額，兩根長帶溫柔地在她身後隨著紅紗裙裾在風中輕揚。

九娘一手持小鐵鍬，一手拎了一罈烈酒，眼中只有趙栩一人，款款而行，宛如走在冊封皇后的大典上。趙栩記得清清楚楚，三年前舅母送別舅舅出征浙江時就是這樣的打扮。

紅衣，烈酒，軷祭，高歌。願山水神明保佑大軍一往無前，保佑親人安然凱旋。

如今，輪到他身披金甲出征，他的娘子一身紅妝前來送行。趙栩熱血沸騰，一顆心跳得極快，緩緩一夾馬腹，策馬往九娘行去。

蘇瞻怔怔地看著國色無雙的少女從自己面前經過，一身紅衣的她，如一團烈火，令人不敢直視。

九娘看著策馬而來的趙栩，笑容更深。他將世間至高的榮耀親手送上，要天下人尊她敬她，她也會讓天下人知道，他於她何其重要，她又是如何同樣地愛重他，愛得光明正大，磊落坦蕩，無所顧忌。

九娘停下腳，彎腰挖出一個小土堆，接過身後蘇昉和孟彥弼手中的樹枝草木堆放其上，深深拜過山水神明，再走到趙栩馬前，將手中烈酒高高舉起，獻給她的郎君。

趙栩伸手接過烈酒，澆灌於土堆周圍，仰頭喝了一大口，遞回給九娘。兩人眼中只有彼此，千言萬語化為無聲。

九娘就著趙栩喝過的地方，仰頭飲了一大口，往前走了幾步，面對眾將士，行了一禮，放聲高唱起來。

豈曰無衣？與子同袍。王于興師，修我戈矛。與子同仇！

豈曰無衣？與子同澤。王于興師，修我矛戟。與子偕作！

我送將士，行役戰場！我送將士，相見有期！

我送將士，握手長歎！我送將士！生復來歸！

九娘方唱了頭一句，孟彥弼和蘇昉的聲音便跟著響了起來。張子厚雖五音不全，卻也放聲相和。隨即鏗鏘有力慷慨激昂的鼓樂聲響了起來。待唱到「我送將士」處，城門內外已是萬人高歌。不少士子滿面淚痕，激動得唱不出詞。這是他們大趙的皇后，不只是來送陛下的，更是來送每一位將士的。有這樣的帝后，何愁韃虜不滅？何愁亂黨不平？何愁國土不歸？大趙中興有望！

一曲畢，鼓聲驟然停止。趙栩長嘯一聲，舉起手中劍：「西征必勝，相見有期——！」

「西征必勝——相見有期——！」三萬餘禁軍放聲高呼。

趙栩回過頭來，凝視著九娘，片刻後他迅速調轉馬頭，不再回頭。再回頭，他怕忍不住要將她撈入懷中，帶上同往。

大地緩緩震動，鐵甲在陽光下閃著光，有點刺痛九娘的雙眼，那個酣暢淋漓的「趙」字大旗隨著她的六郎逐漸西移，將士們頸中紅巾在風中飛揚，有氣吞山河、拔山舉鼎之勢。不知是誰起了頭，身後百姓們又一次唱起了〈無衣〉。

相見有期，生復來歸。

黃色塵土漸漸歸於無形，地面也不再感覺到震動。九娘慢慢回過頭來，看到蘇昉和孟彥弼還有趙淺予的笑容，不由得也展顏一笑，四人並肩往馬車走去。他們都已經熬過了最難的等待，下一回來到此地，自然是迎接趙栩凱旋。

城門內外的歌聲餘音嫋嫋，沒有了方才的壯烈和慷慨，卻充滿了不捨和依戀。

張子厚靜靜看著那抹紅色身影登上馬車，即將沒入車簾中。他上前兩步，深深一揖：「皇后千歲——千歲——千千歲！」

九娘一震，轉過身，卻只看到張子厚的宰執官帽。

百官一驚，這與禮不合啊，還未正式冊封皇后呢。不少人看向新官上任三把火的御史中丞鄭雍。不知道鄭雍敢不敢火燒張相了。

鄭雍大步出列，走到張子厚身邊，卻也深深一揖，高呼道：「皇后千歲——千歲——千千歲！」

陽春布德澤，萬物生光輝。眼前的孟九娘當得起這一句尊稱。

鄧宛和趙昇對視了一眼，也出了列，隨之百官同拜。

「皇后千歲——千歲——千千歲。」

送別了官家和眾將士的百姓們立刻從那不捨之中拔了出來，掀起了另一場高潮。

歡呼聲中，九娘挺立於車上，望向周遭向自己行禮的官員、將士、百姓。金烏已漸沉，將她一身紅衣踱上了金色的輪廓。

九娘一行先送趙淺予回宮，回翰林巷經過五寺三監時，想起昔日趙栩曾在宗正寺任職，時日雖短，卻也是他每日必來之地。九娘不禁輕輕掀開了車簾，望向那邊。

宗正寺門外，一個少年正在和一個官員道別。

九娘目光落在那少年身上，覺得有些眼熟。

「二哥，你可認得宗正寺門外的那個孩子？」

孟彥弼轉頭看去，那兩人已上了一輛馬車。

「沒見著人，不過那馬車是兆王府的。余杭郡王未承爵前有一個小郎君，聽說自小身體不好，養在洛陽的廟裡，從未出來見過人，也不曾請封過。」孟彥弼笑了起來：「這次汴京守城，兆王不曾隨太皇太后去洛陽，也極力反對二府放棄外城。昨日得了皇太后的召見，恐怕是要小郎君請封，才會來宗正寺走動。」

九娘蹙起眉頭，有些疑惑。那少年的背影看著倒不像有病。

「趙元永!?」九娘心中一動，猛然脫口而出。

惜蘭趕緊掀開車簾，九娘探出半個身子正要吩咐改道跟著那馬車去兆王府，卻聽到車後有一騎急急趕了上來，一個女子的聲音顫聲喊道：「阿妧——！」聲音顫抖嘶啞，語氣卻熟悉無比。

九娘一驚，猛然回頭，眼淚已流了下來。

「六姊——！」

匆匆趕來的一騎之上坐著兩人，章叔夜笑著對九娘拱手道：「叔夜幸不辱命。」

第三百二十四章

孟彥弼趕緊下了馬，伸手將六娘扶了下來，給了章叔夜胸口一拳：「好小子，就知道你行。」

章叔夜身上有傷，被他這力氣不小的一拳頭捶得胸口隱隱作痛。他眉頭一抽，笑道：「運氣好。」

六娘顧不得和九娘說話，哭著捶回了孟彥弼好幾拳：「二哥你做什麼，章大哥受傷了，你使這麼大力氣做什麼？」

孟彥弼心裡高興，齜牙咧嘴配合著喊疼，笑著把她扶上馬車：「婆婆不知道會有多高興呢！快，咱們趕緊回家。」

馬車裡，六娘緊緊握著九娘的手，兩姊妹淚流滿面。

「回家來了就好。」九娘接過惜蘭手中的帕子，伸手替六娘拭淚：「莫要擔心，二伯和二伯娘不會有事的。」

六娘揪住她手中的帕子，又是心焦又是絕望，更多是羞愧。

「我爹爹他——？」六娘哽咽地問著九娘，她已經問了自己無數次，卻不敢和章叔夜提一句，明知道章叔夜無論如何也不會半途中棄她而去，卻半個字也不敢也不想提。

九娘見她神色，心知孟存所作所為只怕六娘已有了察覺，便柔聲道：「誰說了也不算，城破的事大理寺和刑部正在查，張子厚親自過問著，憑誰也不能冤枉二伯，憑誰也不能逃過法網恢恢。」

六娘死死攥著九娘的手，忽地埋頭大哭起來，聲嘶力竭，悲憤莫名，被迫嫁給趙棣的委屈，一路逃亡死裡求生，積壓在心頭的種種，在見到九娘的這一刻，如黃河決堤般淹沒了她。

九娘含淚輕輕撫著她的背，一下，一下，又一下。

翠微堂上，梁老夫人緊緊摟著六娘，老淚縱橫，哽咽著連連喚著阿嬋。這孩子，短短幾個月不見，竟瘦成了這麼薄薄一把。

六娘跪在腳踏上，淚水早濕了老夫人的衣襟，哭得上氣不接下氣。

程氏歎道：「娘，阿嬋回來是好事，莫再傷懷了。看這孩子一路回來吃了許多苦，還是先回綠綺閣洗漱一番吧。」

梁老夫人低下頭，才見六娘臉上不復往日的光潔圓潤，一身農家藍布短衫和襦裙，腰間紮的也是一條藍色粗布，風塵僕僕的，頭髮也不知道幾日沒洗了，已有了味道，趕緊伸手將她拉了起來：「乖孩子，綠綺閣裡只有看屋子的人，哪裡服侍得妥貼。你去阿妧屋裡頭，慈姑，你帶著玉簪好好替阿嬋拾掇拾掇，記得去我庫裡把那玫瑰香露拿上，還有蘇州帶回來的珍珠粉，再去廚房要一桶羊奶摻在水裡，沐浴和淨面都要用，得連續用上三個月才好──」

六娘拭淚站起身來：「二哥，章大哥呢？」

孟彥弼撓了撓頭：「護送你們回來的大理寺的那個什麼王卿，說官家有旨，調章叔夜即刻前往大名府守城。他在廣知堂喝了一杯茶早走了。」

越說心越虛，孟彥弼看著六娘神色，不由得看向九娘求援。

六娘胸口激烈起伏了幾下，卻只低頭嗯了一聲，上前給老夫人行了方才未能行完的禮，又給杜氏、程氏行禮，想起自己的母親，不禁又淚流滿面。程氏牽了她的手，告退出去，上了肩輿，往木樨院而去。

聽香閣的淨房裡，熱氣蒸騰，大浴桶裡一股羊奶味道往外飄，九娘將頭探在桶外，哭笑不得地任由林氏用那珍珠粉在自己背上搓揉。六娘坐在桶裡，仰著頭發呆，能感覺得到玉簪的手指溫柔得很，一下下梳著她的長髮。

方才婆婆也沒有提到爹娘，大伯娘和三嬸也沒有問道。家裡人是都知道爹爹做了錯事不成？

九娘見她眼角又沁出淚花，伸手撩了一捧水，潑在六娘胸前。六娘一驚，長髮甩了玉簪一身水。

林氏一把揪回九娘：「九娘子！你是皇后了，怎還做出這種事來！」

皇后兩個字卻刺痛了六娘，六娘垂首抱臂了片刻，抬起頭來笑道：「六哥終於登基，我還沒有好好恭喜你們呢。」

一旁的林氏被慈姑暗中擰了一把，疼得嘶了一聲，不敢再開口。

九娘挪到六娘身邊，接過慈姑手中的熱帕子，輕輕捂在六娘胸口的一大塊瘀青上：「六郎是苦盡甘來，接下來就輪到六姊你了，往後只會有好事，你放心。」她學著慈姑往日的手法，將帕子壓在瘀青上輕輕按摩，想了想，雖然難以啟齒，還是開口問道：「這裡的傷，是那人弄的嗎？」

六娘一怔，連連搖頭，紅著臉瞟了林氏幾個一眼。慈姑微笑道：「老奴想起來，那玫瑰香露還沒拿。」她扯著林氏，帶著女使們退了出去，讓她們姊妹兩個說說悄悄話。

「趙棣沒有碰過我。」六娘輕聲說道，這個秘密終於說了出來，她也舒出了一口長氣：「倒要謝謝張蕊珠了，聽趙棣的口氣，是她攛掇的。」

九娘一怔，顧不得那熱帕子落入水中，雙手合十連謝了幾聲佛祖。六娘伸手去撈帕子，卻摸到九娘腿上的傷疤，不顧九娘掙扎，抬了她的一條腿出水，見那粉紅色的嫩肉凹坑不平，足足有兩個巴掌那麼大，急得不行：「阿妧！你這傷是如何來的？」

九娘的腳撲騰了幾下，才將腿藏回水底，笑了起來：「早就好了，是從中京回來一路騎馬落下的，不礙事，醫女每日都來替我擦藥，一年半載的就會淡了。」

六娘怔怔地看著九娘，心底那些微的自怨自艾之情也不翼而飛了。她雖也落入黃河險些喪命，可九娘和趙栩一路北上，想必也經歷了許多生死危急的關頭。

「章大哥為了救我，在黃河裡被雷劈了一記。」六娘含淚道：「我尚未來得及謝他，他卻又去了大名府征戰沙場，他身上還有傷，傷得也不輕。」

九娘凝神看著她，心裡一動。

六娘抬起眼，眉眼柔和眼神卻堅定：「阿妧，我如今本該進家廟修行一輩子才是。可這次章大哥捨命救我，若他有個三長兩短，我只好當個不孝女，和他同生共死。」

九娘注目在六娘臉上，像要找出些什麼。

六娘點了點頭，垂眸看著浴桶裡發白的水，低聲道：「你放心，我對他絕無非分之想。」他若是好好活著，她就在家廟修行。章叔夜那樣的男兒郎，就該有一個極賢慧的娘子照顧他才是。

這個念頭一起，六娘眼中又蓄滿了淚，心中酸楚難當。

「六姊你若動了心，便對阿妧說真話。」九娘柔聲道：「心悅一個人，既美又好，萬萬勿要藏起自己的心，傷了他人又傷了自己。六姊你配得上這世間任何一個好男兒，誰要能得了你的非分之想，才是有福之人。」

九娘見六娘只輕輕搖著頭，便又道：「六姊你放心，趙棣身為皇子，反叛自立，宗正寺早將他從玉牒除名，昭告過太廟和列祖列宗。你的名字，沒上過玉牒，孟氏阿嬋依然是清白之名。」

六娘猛地抬起頭，愣了愣：「是阿妧你安排的嗎？」

九娘搖頭道：「是六郎一早就想到了。」說到趙栩，九娘唇角不自覺地翹了起來，眼睛熠熠閃光。他總是替她想在前頭，比她還想得周全。

「至於二伯，本朝還從未有過士大夫被判死罪的先例。」九娘握了握六娘的手：「別太擔心。」

六娘想到張蕊珠那幾句話，雖然知道趙栩言必行行必果，君無戲言，可卻更加羞愧難當，抱著九娘大哭了起來。

八月中秋轉瞬即至，戰火紛飛依舊，皇榜每日都在通報東西南北四方戰局，契丹、女真強攻大名府，戰況膠著，不分勝負。東路捷報頻傳，陳青和陳太初在海州會合，每日殲敵兩三千。南方自從蘇州大捷後，江南路又收復了兩州。

最可喜的是皇帝一路秋風掃落葉，勢不可擋的已到了鄭州城外。皇榜上只是短短幾句，說官家率領四萬禁軍紮營於鄭州城外三十里，可汴京百姓已經開始慶祝鄭州收復，誰還擋得住這位陛下呢？壺口瀑布擋不住，西夏大軍擋不住，一個小小的鄭州，若能擋住陛下一夜，也是因為大軍要休整。

於是汴京城又從送皇帝御駕出征和見證帝后情深的狂歡，轉成中秋過節加提前慶功的模式了。原本無心過節的商家，連夜重金訂製花燈，賞月、賞桂自然是少不了的，賞燈和吃月餅也不能馬虎。明年要來參加禮部試的士子們紛紛去汴河邊訂船訂歌姬，一夜要約三場才顯得足風流。文人墨客們卯足了勁要多寫出誦月的傳世之作。各大勾欄瓦舍裡的戲本子都換成了應節之作。

城東翰林巷孟府每日車水馬龍，應接不暇。管事們中秋節禮收到手軟，因呂氏在洛陽，府裡中饋又回到木樨院。九娘見程氏身子重，便拖著六娘日日一早就去議事廳理事，好讓程氏睡到日上三竿。

程氏的性子是沒事還要攬事上身的人，這次卻乖乖聽了九娘的勸，將對牌給了聽香閣。孟建笑著說她如今身份不同了，心性也不同了，反而吃了程氏兩顆大白眼。

「阿妧是不想讓阿嬋閒著，一閒生百愁。你這官家的岳丈哦，身份也上了一百丈樓了，怎地還是這麼不通人情？」程氏沒好氣地說：「我看你還不如阿林呢。」

孟建擱下茶盞跳了起來，說他比草包林還草包？兩夫妻因此又鬥起嘴來，從沒贏過的孟建自然最終還是灰溜溜地往外院書房去，剛走出院門，又回轉身來，心道自己是捨不得當季的桂花香，放眼京城，哪家的桂花能比得上自己的木樨院呢。

六娘回到翰林巷已經三四天，這幾日都住在聽香閣，和九娘如幼時般同吃同睡同進同出。九娘一早拖著她去幫程氏理家，白天拉著她在翠微堂和杜氏一起陪著老夫人說話，一同給孟忠厚兄弟兩個做冬襪和小衣，夜裡則在燈下一起抄佛經，看著六娘不再那麼容易神傷，才漸漸放心。

因四娘遠嫁女真，程氏索性讓人把西暖閣收拾出來安置六娘。又因貞娘、金盞她們都還身陷洛陽，翠微堂便撥了兩個一等女使、四個二等女使，還有六個侍女、兩個婆子來，將聽香閣擠得人滿為患。

程氏這日醒了午覺，用完點心，便扶著林氏的手，搖著象牙絲編織鳳穿牡丹團扇，挺著大肚子晃到聽香閣，見兩姊妹正在羅漢榻上選花樣，便笑道：「你們可別只惦記著侄子，忘了我肚子裡的這個。」

九娘和六娘笑著起身行了禮，將手中的肚兜給程氏看，顯然是給她肚子裡的十三郎或是十娘做的。

程氏接過來讚了一番：「今日各院領了中秋節的吃用，你們兩姊妹屋裡可都領著了沒有？」

六娘柔聲道：「多謝三嬸費心，阿嬋這裡多了好些物事，怕是新來的侍女不懂，多拿了。」

程氏笑道：「哪裡能夠呢，你那裡多出來的兩匹緙絲，是老夫人從蘇州特意帶回來的，阿妧和阿姍也各得了兩匹。還有單子上沒有的那幾匹蜀綢，是三嬸私下給你的，不從庫裡出。這些個好事，讓她們說了，還有三嬸我顯擺的份嗎？」

屋裡眾人都笑了起來，六娘也笑著起身福了一福，想了想又疑惑地問道：「那還有也不在單子上的一籃子豆沙月餅和一個玉兔燈籠，又是哪個哥哥或弟弟給我的？」

程氏笑了起來：「這個才是怪事，管事說是大理寺的一位姓王的官吏親自送來的，指名要給最近歸家的娘子，這最近歸家的，可不該是阿嬋你嗎？」

一聽大理寺的王姓官吏，六娘猛然想起章叔夜，心一慌，便想回房去仔細看看。

九娘抿唇笑道：「六姊快去再看看，究竟是哪位有心人送的。」

程氏納悶不已，想起還有正經事，便道：「阿妧，你屋裡的二等女使，娘要給你再添兩個得力的。你都要入主中宮了，總不能人手還比阿嬋少，若給官家知道，不免要責怪家裡慢待你。」她手中扇子停了下來，低聲道：「這幾天京裡都在說鄭雍的女兒要入宮，還有什麼陸老太師的孫女，都是禮部選中的四妃人選，都開始列名冊了。我們孟家雖然不比他們差——」

九娘笑了起來，搖了搖頭：「如今不知道多少人想方設法要往母親耳朵中傳消息呢，母親有孕在身，何不充耳不聞圖個清靜呢？」

不等程氏說話，九娘又笑道：「我屋裡原本就有慈姑、玉簪和惜蘭，還有兩個二等女使、四個侍女、兩個婆子，如今還多了四個宮裡的女史，這聽香閣裡裡外外都住滿了人，再來兩個難不成睡到樑上嗎？六哥出征在外，又怎會理這些雞毛蒜皮的事。母親可千萬別再給我添女使了。」

見程氏不樂意，九娘只能又將萬不可奢靡張揚的道理說了一遍。程氏挖了挖耳朵，將手中團扇掩了一半，歎氣道：「好了好了，我這耳朵都聽得起繭了，早知道不來討這個沒趣。我這扇子可不是什麼奢靡之物，是我陪嫁的好東西。」

她又重重地歎了口氣：「我這輩子都做夢想要揚眉吐氣、飛黃騰達，卻不想有朝一日真的飛黃騰達了，反要夾著尾巴做人，唉！」

六娘回到九娘屋裡時，看著程氏搖頭歎氣地走了，奇道：「三嬸這是怎麼了？」

九娘笑道：「富貴病，不礙事。」她又低頭比起花樣子來。

六娘心不在焉，要落針了，戳了自己好幾下，幾次抬頭看九娘，欲言又止。慈姑和玉簪便帶著眾人退了出去。

「阿妧？」六娘語帶猶豫，還有三分羞惱。

九娘笑眯眯地道：「六姊還不從實招來，那月餅和燈籠是怎麼回事？」

六娘臉一紅，垂首撚了撚腰間的石青色絲條：「是我粗心了，月餅下頭壓著信呢，還有燈籠下頭也有字。是章大哥託人送來的。」

「章叔夜？」九娘眼睛一亮，章叔夜竟然這般有心？

六娘輕輕點了點頭，又急得眼眶發紅：「章大哥待我這麼好，走之前還想著過節的事，可我卻什麼都不曾送給他。」

九娘歎了口氣，伸手掰開她的手指，那絲條皺巴巴的快給她扯斷了。

「你只是沒來得及送而已，夜裡你縫的那件男子衣衫是給誰的？」九娘輕聲問道。

六娘一怔，她私下託慈姑給她裁了布，想著在船上毀了章叔夜的小衣，應該做一件還給他，卻沒想到還是被九娘發覺了。可船上那事實在說不出口，六娘含糊不清地嘟囔了幾個字，轉過身不再言語。

到了夜間，孟彥弼喜氣洋洋地接了魏氏和小五進了家門。肩輿遮著青色薄紗擋風，一直抬入了翠微堂裡頭。

魏氏抱著小五下了肩輿，眾人互相見了禮。魏氏見程氏瞠目結舌地瞪著自己，便笑道：「我們秦州那邊，生完了孩子照樣下地做活的多著呢，何況我這些天好多了。」

梁老夫人欣慰地道：「不要緊，那些什麼生個孩子要睡足一個月的說法，不可信，還不睡出褥瘡來？漢臣和太初都出征了，你一個人帶著小五住在家裡，他們在外頭也不放心，就該搬過來和你表弟媳做個伴，也好有人搭把手。來來來，快來榻上躺著。」

眾人一聽老夫人這前後兩句躺著的話，不由得都大笑起來。

杜氏笑道：「娘說得對，我生二郎的第二天就下了床，人人都說要不得，如今我不也好好的。這一個月不洗頭只抹頭油也要不得，都能直接擠一把油炸螃蟹了。」

翠微堂裡笑聲更響。九娘見魏氏臉色依然還是蒼白，便伸手接過小五，抱到杜氏身邊：「來來來，我們陳大娘子問表嬸討點炸螃蟹吃罷！」

杜氏擰了九娘的小嘴一把：「你這油嘴才多油，別以為你有了那一位，大伯娘就不敢動手了。」

孟彥弼目瞪口呆地看著自己的娘，轉頭低聲問十一郎：「這是我娘嗎？」

十一郎默默地眨了眨眼，呵呵了兩聲：「如假包換。」

到了夜裡，一家人在廣知堂席設兩桌，不分男女。所有的槅扇門大開，圓月當空，香案高設，月圓人團圓，十分喜慶。魏氏只用了碗湯，便坐著肩輿回長房歇息了。

這邊還沒開始撤席登船賞月，宮裡的賞賜就水一樣的進了孟府，向太后賜了四道菜給梁老夫人，另賜給九娘白銀一百兩、絲緞布帛二十匹及一副東珠頭面。趙淺予讓尚宮帶了幾色御廚新做的月餅來，竟然還有鱔魚餡兒的。

程氏留意到禮單上並沒有皇帝賜下的節禮，心裡不由得有點失落，阿妧說得容易，那些個流言蜚語她已經聽到了，怎麼能裝作沒聽到呢？這禮部尚書真是不識抬舉，皇帝和阿妧這般恩愛，竟然趁著皇帝不在京中的時候給孟家添堵，豐子嗣，冊妃嬪，用得著他操心麼！她家阿妧一看就是好生養的，沒准三年抱兩呢。

梁老夫人帶著眾人向皇城方向謝了恩，留天使吃了盞茶，將九娘做的桂花蜜和幾款精巧的月餅交給尚宮，送給趙淺予和趙栩嘗鮮。

第三百二十五章

中秋自古月華好，何況浮雲掃碧天。不比尋常三五夕，須知瀲灩十分圓。

待送走了宮中天使，孟府闔家興致盎然，出了廣知堂，上了畫舫。十多個婦人一概挽著襻膊，聽到管事娘子一聲知會，便賣力地划了起來。畫舫慢悠悠地離了岸，穩當當地往明鏡湖心駛去。

畫舫二樓的船頭上，坐著一個明眸皓齒的清麗女子，手持玉簫，見船動了，起身朝艙內福了一福：「奴崔氏念月願府上闔家團圓，萬福康安。」

六娘和九娘雖不常出門，卻也聽說過京中兩大名妓李思思、崔念月的名頭。兩姊妹見崔念月氣質超群，不卑不亢十分難得，便讓人將珠簾捲了起來。

孟建瞪大了眼連連張望，卻被程氏狠狠踩了一腳。程氏笑著對老夫人說道：「娘是不知道這位崔娘子有多難請。今年實在沒準備，想著純粹碰碰運氣廣發請帖，不想崔娘子竟是頭一位應邀的，她家管事說為此推了三場邀約，賠那三家就花了近千貫，卻怎麼也不肯讓我們家出錢。只道梁老夫人戰時回京大仁大義，孟氏九娘守護京城功在黎民，她仰慕已久，無論如何都該接下帖子。」

梁老夫人細細打量了一下船頭的崔念月，點頭讚道：「汴京城三百六十行從不缺義士，販夫走卒不缺俠骨，此乃我大趙之福。崔娘子也是義薄雲天，大善。」

崔念月微微頷首道：「奴幾日前隨姊妹們去萬勝門，見陛下雄姿英發，九娘子巾幗不讓鬚眉，甚是心折。當日九娘子一身紅裳豔絕天下，今日佳節，奴特獻上〈霓裳羽衣曲〉一首。」

九娘微笑道：「多謝崔娘子，〈霓裳〉一曲因南唐李後主而絕，百年來能在崔娘子手中流芳於世，能聽到乃是我等之幸。」

崔念月眸中爆出一絲亮彩，孟氏九娘果然與眾不同。

「九娘子慧眼。詞曲乃吾師偶得，原有三十六段，今夜奴獻上的乃是曲破中的一段，雖無琵琶、箏以及玉笛同奏，卻也還聽得。」

六娘聽她說起樂曲頗有傲然之態，也凝神矚目在崔念月身上，又和九娘對視而笑。

崔念月望向空中明月，斜斜靜立於船首，深深吸了口氣。夜風輕送，她身上的銀白披帛微動，真有幾分嫦娥奔月出塵之態。杜氏朝著程氏豎了個大拇指，程氏心滿意足地笑了。

月朗星稀，深藍夜空中連一絲薄雲都無。崔念月舉簫於唇邊，一上來並無悠揚宛轉之聲，簫音高亢，自慢變快而急，竟有鏗鏘金戈之氣勢。讓人不由得遐想起趙栩出征九娘送行的那一幕來，心神往之，似乎親眼見到九娘一身紅裳軷祭於萬勝門前，幾萬人同唱〈無衣〉那激動人心的一幕。不知不覺中，六娘情懷激盪，等發現臉頰沁涼濕潤時，才驚覺何時落淚的，自己竟毫無所知，轉頭看了一圈，見三叔竟也沉醉其中，淚流滿面。

天闕沉沉夜未央，一聲玉簫向空盡。毫無預告的，簫聲自急轉緩，戛然而止，只有畫舫破開水面的輕微聲音相合，明鏡湖邊的蛙鳴蟲唱竟似也都歇了下來。

兩輪圓月，一輪懸於碧海青天，一輪暈在明鏡水面，巨大得都似就在手邊一般可及。崔念月緩緩收簫，朝眾人微微一福，再不發話，徑直下船上了小舢板，立於船頭，飄然回轉廣知堂去了。

梁老夫人歎息一聲，感慨道：「還是年輕時在宮裡聽過一曲，神乎其技，曾以為人間再不能聽到，想不到今夜有意外之喜，真是多虧了阿程有心了。」

杜氏和程氏也十分驚歎，程氏不免興致勃勃地說起那李思思和崔念月這幾年相爭的事來，言下之意這崔娘子推掉重金邀約，能在九娘面前露了這手，日後便妥妥地穩坐京城第一把交椅。梁老夫人扶額笑道：「在阿程眼裡，看誰都是為了利。」孟建趕緊不放過教育程氏培養高尚品行的機會，開始長篇大論起來。

見她們看著明月說著俗事，九娘和六娘攜手漫步至船首，回想崔念月的風姿，讚歎了幾句。九娘伸手撈了撈天上明月，忽地有種故地重遊感，莫名的熟悉，再放眼望去，載著崔念月的一葉小舢板已經泊了岸，這明月、水面、簫聲、小舟，九娘想起那年中秋在汴河上聽到的〈楚漢〉，心中一動，總覺得崔念月的簫聲似乎和阮玉郎同出一轍。她伸手招了惜蘭過來，低聲耳語了一番。惜蘭面色一肅，趕緊行禮下了樓。

六娘見惜蘭也是乘了小舢板往廣知堂方向去，笑道：「學堂裡要考音律，你總是叫苦連天的，怎地今日高山流水遇知音，要去追那崔娘子不成？」

九娘笑著搖頭道：「只是好奇崔娘子師從何人，她那玉簫的技藝，頗似阮玉郎。」

六娘花容失色，一把拉住九娘：「當真？她會否居心叵測？要不要趕緊告訴張相公？」

九娘安撫她道：「放心，錢婆婆在呢，何況上回阮玉郎深受重傷，不足爲懼。看，說曹操曹操到。」

六娘回頭，見又一條小舢板和惜蘭所乘的交錯而過，正往畫舫而來。惜蘭起身正往那船上行禮。遠遠望去，卻是一個身穿青衣寬袖道服的男子站著，月下乘風而來，仙風道骨之姿，令人過目難忘。

九娘笑道：「季甫來了。」

六娘有些詫異九娘直呼叔伯輩的張子厚的表字，但想到她現已不用對臣子禮讓，便也釋然了。

不多時，畫舫下頭傳來小舢板靠近的聲音，微微抖了抖。張子厚上了樓，懷裡卻抱著一個長長的楠木盒子。

張子厚見了九娘便先行禮，九娘笑著還了禮：「季甫夜至，必有要事。若早些知會一聲就好了，我那桂花蜜和月餅黃昏時分才送到你府裡去的。」

六娘沒想到九娘將往年藏著的桂花蜜還分給了張子厚，不由得上下打量起張子厚來。張子厚卻也笑了起來：「多謝娘子有心，季甫正是吃了月餅喝了桂花浮圓子湯來的。我愛吃鹹的口味，明年有勞娘子賜多幾個鹹的。」

艙裡梁老夫人的聲音響了起來：「張相公倒是識貨，今年九娘做的鹹月餅放了鹹蛋黃，少了油膩多了回味，快進來嘗嘗，方才那世外之音，可惜你來遲一步。」

張子厚朝六娘、九娘點點頭，一同進了艙內。

「老夫人可得少吃幾個才是，畢竟是膩物。」張子厚原先十分不喜梁老夫人，如今卻又不同，執禮甚恭。

眾人敘了敘話，張子厚站起身將手中楠木盒子遞給九娘：「宮中文思院送來我家，陛下有口諭，著臣親自送來給九娘子。」

程氏大喜，這份心思，比起那宮中的賞賜，不知珍貴了多少。她真是迫不及待要將這消息裝作不經意地傳回那些人耳朵裡去。

「阿彌陀佛——」程氏雙手合十向空中明月拜了拜：「陛下出征在外，還記掛著我家阿妧，真是情深意厚。阿妧你才送了兩罐子桂花蜜會不會——」

孟建看著妻子，直搖頭，婦人之見，朽木不可雕也，想起自己還從來沒送過什麼中秋節禮給程氏，趕緊轉開了眼。

九娘接過楠木盒子，程氏卻逼著她打開來讓眾人也見見世面，文思院的奇巧玩意天下聞名，再說能經張相公的手送來，也不是什麼閨房之中見不得人的東西。

九娘無奈搖著頭將盒子輕輕啟了一條縫，愣了愣，大大方方地打了開來。

程氏啊呀一聲，噗通又一屁股坐了回去，滿臉失望之情。

竟然只是兩個黃胖而已？弄得這麼費勁聲勢浩大的做什麼……

艙內琉璃燈各色花燈高懸，燈光投射在兩個憨態可掬的黃胖身上，九娘卻挪不開眼，鼻子直發酸。

不同於兒時收到的那十二個黃胖，這兩個黃胖都身穿藍衣，十足是趙栩和九娘兩個人的模樣，腰間各佩了一劍。九娘卻一眼看出這兩身藍衣乃是成親時民間新郎新娘所穿的禮服，只是花紋頗暗，不留心想不到那處去。

張子厚卻也是丈二和尚摸不著頭腦，更不明白為何要他來送這兩個黃胖，但是皇命不可違，不論怎樣，她高興就好。

因張子厚到來，便又上了新茶、果子點心，另外又蒸了十幾隻通紅的大螃蟹，紅泥爐子熱了臨安黃酒送了上來。張子厚是福建人，也不見外，爽快地挽起袖子，拿起那銀製的蟹八件，挑了一隻膏滿的雌蟹剝好，在那龍井茶裡淨了手，放下寬袖，卻把碟子送到九娘案前。

九娘一怔，轉過頭來。張子厚笑道：「奉陛下諭旨，臣要照顧好娘子。」

孟建和程氏面面相覷，皇帝下旨讓宰相收拾螃蟹？

九娘斟了兩杯熱酒，遞給張子厚一杯：「有勞季甫，還請一直照顧下去。」

張子厚接過酒杯，卻灑出少許，他寬袖遮面一飲而盡。

兩岸蛙唱，秋蟬早已謝了，少許螢火點點流星，畫舫斜轉船頭，入了擷芳園芙蓉池內。九娘靠在船首，想到昔日芙蓉池邊芙蓉樹下那張豔壓芙蓉的少年容顏，悠悠地出了神。

忽然她的心跳不受控制地加快起來。芙蓉池的那頭，一個修長身影提著一盞玉兔走馬宮燈，靜立湖邊，正看著畫舫上的她。

畫舫體量盛大，泊不到芙蓉池的淺岸，過了池心，船首微轉，停在了芙蓉林東側，搭了木橋。芙蓉林邊燈火通明，婆子和侍女們雲集，肩輿都已備了多時，只等老夫人、婦人、小娘子們下了船，便上擷芳園後頭的涼亭上去繼續賞月。

九娘鼻尖冒出了細微的汗，她一等畫舫靠岸，便匆匆和六娘嘀咕了兩句，提起裙裾飛奔下樓。岸邊的人來不及反應，眼睜睜看著這位如珍似寶的九娘子飛一般的下了船，提著一盞宮燈，沒入了芙蓉林，身後跟著匆匆追趕她的玉簪還有兩位侍女。

芙蓉林裡淺草已被夜露浸濕，奔了幾步九娘的繡鞋就濕了，裙裾邊緣也顏色轉深。玉簪急忙喊道：「九娘子慢些，林子裡黑，等奴來提燈籠。」

前頭奔跑的九娘卻驟然停下了腳，喘著氣，仰著頭，只有手上的宮燈不斷搖晃，一團光暈將旁邊的芙蓉樹映照得忽明忽暗。

不遠處的林中，冉冉升起了幾十盞孔明燈，昏黃暖光，飄飄搖搖，順著夜風奔月而去。被芙蓉樹葉遮擋住了，只看見星星點點，忽閃忽現，越來越遠。

一盞燈籠幽幽進入林中，舉高了，似乎在尋找什麼，隨即傳來清朗的吟詩聲：「今人不見古時月，今月曾經照古人。古人今人若流水，共看明月皆如此。」

九娘慢慢地走了兩步，柔聲喚道：「阿昉？」

中秋月圓，人團圓。今夜見了張子厚，又見到了阿昉，太圓滿。這首李白的詩，是她教阿昉做孔明燈時笑著念的。時間，空間，人，有的會變，有的不會變。他一直記在心裡。她既是古人，也是今人，空中月，既是古時月，也是今月。

蘇昉靜靜看著花樹暗影中九娘越來越近的身影。她似乎在笑，臉頰上卻又有晶瑩浮動。兩盞燈籠越靠越近，漸漸兩團光暈融在了一起。玉簪帶著兩個侍女輕輕地停在了十幾步外，能聽得到那邊畫舫上的人登肩輿的聲音，熱鬧喜慶。

九娘視線落在蘇昉的面容上，沒了生死關頭的急迫，她再也提不起勇氣去摸一摸他的臉，將他攬入懷中，她屬於王玞的那一面，被束進了孟妧的軀殼中。可眼前的阿昉雙目晶晶亮，滿是歡喜。「願我娘來世安樂歡喜，無憂無慮。」蘇昉輕聲道：「自母親走後，我總難睡著，當年母親的一笑一顰，一言一行，都在我心中。每年我都誠心拜祭祝禱，願母親能再無煩憂，活得自在。這幾日竟能一覺到天亮，實在難得。」

他輕輕抬起手，替九娘攏了攏因奔跑散落的髮絲：「阿妧，昨夜我得了一夢，母親說她心願已了，不再驚擾你了。」

九娘怔怔地看著蘇昉，心中暖的更暖，痛的更痛。

蘇昉看著她淚水不斷滑落，從懷裡掏出帕子，輕輕替她拭淚，胸口熱熱的。她無憂，他就也無憂了。就讓古時月照古人，今時月照今人。

「阿妧，在我心裡，你永遠是至親之人。」蘇昉將帕子放到九娘手裡，輕輕將她的小手合了起來：「還是那句話，若是六郎欺負了你，記得你還有我這個表哥。」

九娘緊緊捏著帕子，抬起頭，他們就站在林邊，空中的孔明燈已漸漸消失不見，只有兩三盞一閃一閃，可又分不清究竟是星星還是燈。

「阿昉——表哥——」九娘流淚輕喚，她曾經許多次脫口而出阿昉，然後才想起來要接上表哥。可這次她沒有忘。

芙蓉林深處傳來笑聲和說話聲，程氏的聲音格外中氣十足：「大嫂真是心機深哪，我好不容易請了崔娘子，你卻在擷芳園搞了這出孔明燈，擺明車馬要搶我風頭——」

杜氏已經笑得喘不過氣來，只拿手拍著肩輿的扶手笑罵道：「眉州也不是那窮山惡水，怎地就出了你這種刁民惡婦？」

蘇昉退後兩步，將手中並未走馬的玉兔走馬燈塞入九娘手中，接過她手中的宮燈，柔聲笑道：「我替六郎送燈來，日後他該如何謝我呢。」

九娘一愣，蘇昉卻已走出芙蓉林，燈火搖曳，林外的婆子和小童趕緊跟上了他。

提起手中的玉兔燈，九娘拔了竹插銷，走馬燈倏地旋轉起來，八面圖案皆不同，轉起來時卻變成了一隻玉兔跳下金桂樹，幾個縱越，往另一棵桂樹下的一個男子懷中撲去，憨態可掬。哪裡有這麼肥的兔子呢。九娘心中一動，再看向蘇昉的背影，擷芳園垂花門那邊只看得到兩三個婆子的身影了。

張子厚特意送了黃胖來，阿昉特意送了玉兔燈來。然後呢？還是沒有然後了？

空肩輿在九娘身邊停了下來，玉簪急道：「九娘子請上肩輿罷，夜深露重，莫濕了繡鞋著了涼。」

不遠處，擷芳園的涼亭外，已安置好了席子、軟墊、薄被、引枕，還有幾張竹躺椅，從涼亭上往下看，芙蓉林中的燈火正漸漸往山丘上行來。

這夜眾人興致都高，在涼亭上都不拘禮儀，隨意或坐或躺，看那明月低垂，吳剛砍桂。近了子時，孟建催了又催，程氏才坐上肩輿，還高唱著：「舉杯邀明月，對影成三人——」

風裡隱約傳來孟建的嘀咕聲：「一輩子通通就會這一句詩，連〈靜夜思〉都背不全，啊呀，你這婦人怎麼又動起手來！披風滑下來了——」

女使們早已給主人都披上了薄披風。六娘在香案前拈了香，誠心誠意請菩薩保佑章叔夜平平安安歸來，看著那銀盤似的大月亮上明明暗暗，想起洛陽的母親和兩個哥哥，不免又傷感了起來。

梁老夫人看著她伶仃的背影，歎了口氣：「好了，今夜十分盡興，就此散了吧。阿嬋也別回聽香閣去了，留在翠微堂陪陪婆婆罷。」

六娘趕緊收回心思，抿唇笑道：「還是婆婆體貼阿妧，這張相公送黃胖，阿昉表哥送走馬燈，不知道回了木樨院，又有誰要送禮來。我可真是睏了。」

九娘臉上滾燙，將六娘面前的茶盞收了：「你每日早上怪我的腿壓得你肚子疼，這下可找著理由逃了。」

待涼亭上眾人都散了，九娘攏了攏薄披風，走到香案前，也拈了香，默念了幾句，抬頭望著明月，阿昉大約已經回到百家巷了，不知六郎此時此刻在鄭州大營裡在做什麼，在想什麼。還有遠在沙場的陳青、陳太初、陳元初、章叔夜，心中又在想什麼人什麼事，今月照今人，共看明月皆如此。

木樨院裡還亮著燈火，轉過遊廊，惜蘭站在聽香閣院子前的池塘邊正等著，見九娘回來，上前行了一禮，低聲說了幾句。九娘挑起眉頭，笑著點了點頭。今夜她心緒起伏，沒想到自己一念之間竟然發現了阮玉郎的蹤跡，不由得高興起來，加快了步子。這一路在肩輿上夜風襲人，她原本就有些微醺，高興之下更有了些醉意，等進了院子，見聽香閣裡反倒沒留燈，想到今夜中秋，留在院子裡的侍女或許也透著飲酒醉糊塗了，倒也不想責罰她們，昏昏沉沉中進了東暖閣。

惜蘭和玉簪見她有些醉了，趕緊讓人送水來，替她洗漱卸下釵環，扶到床上。惜蘭才抱著自己的被褥到外間羅漢榻上鋪開來。玉簪笑著從懷裡掏出兩個月餅塞給她：「慈姑讓我帶給你的。」

惜蘭笑著接了，親自將她送出了門。見宮中那四個會功夫的女史都已經守在廊下，便反手將門掩了，舉了舉手中月餅，輕聲道：「娘子親手做的，你們一同來嘗嘗。」

東暖閣裡竹簾早撤了，一概換上了碧紗，一輪明月照得地面上亮堂堂的。九娘床邊紙帳上的青綠山水依稀可見。

一個身影從暗處緩緩靠近了籐床，床上的九娘抱著六娘的玉枕，已睡得十分安穩。

「你倒是心大，睡得真熟。」

趙栩不禁搖頭笑了起來，伸出手指，沿著那如畫眉目輕輕描摹起來，萬分依戀，還不曾和自己團圓呢，枉費自己這般用心，她竟一點也不輾轉反側相思入骨，真是得好好咬上一口才是。

第三百二十六章

趙栩的拇指輕輕擦過九娘紅潤的唇瓣，指下的人兒嚶嚀了一聲，微微張了張唇，差點把他的拇指吃了進去。

誰咬誰啊真是！趙栩哭笑不得，忍不住戳了戳她的臉頰，滑不留手，軟嫩滾燙。

這麼精通吃喝的人，連臨安黃酒的厲害後勁都不提防，看來是酒不醉人人自醉。趙栩探身低頭啄了啄她殷紅溫軟的唇，心滿意足地爬上了九娘的床，只覺得「夜半爬床」四個字粗糙鄙俗又妙不可言。他一伸臂將九娘撈入懷中，緊緊貼著她的後背，埋在她馨香的髮間深深吸了口氣，才覺得渾身舒坦。此時想來，他這爬床策真是英明神武睿智之極，犒賞完三軍再飛馬疾馳兩個時辰趕回京，竟毫無疲憊感。想到幾日前她一身紅裙的模樣，趙栩忍不住收緊了手臂，那日沒法做的一切，今夜無論如何都要補回來。咬上一口肯定是不夠的，把她整個人都吃下去都不夠。

九娘迷迷瞪瞪的，覺得自己在做夢，身後好似有一個火爐在烤著，她掙扎著將懷裡的玉枕挪了挪貼緊了胸口，一陣沁涼，舒服得呻吟了一聲。

轉瞬那惱人的火爐更熱了，竟把她跟張煎餅似的翻了個身，九娘只覺得臉上都撲面而來的熱氣，呼吸困難，鼻頭癢癢的，她無奈地竭力撐開眼皮，眼前一雙桃花眼深邃如海。

果然是在做夢，九娘眨了眨眼，木呆呆地嘟囔了一聲：「六郎。」心有所思，夜有所夢，真好，就是夜夜春夢其實也怪勞神的。再想到這句要是給趙栩聽到了，還不知他會說出什麼話來，九娘不禁笑了。

「阿妧——」趙栩心都化了，柔聲低應，卻發現懷中人唇角彎彎，竟又閉上了迷離如水的雙眼，還在自己下頜處蹭了蹭，雙手還抱著玉枕不放，一條腿卻重重地架到他腰間。

趙栩無奈地側目看向自己腰上的玉腿，忽地笑容凝住，一隻手輕柔地覆了上去，小心翼翼地探到內側，觸手之處凹凸不平。惜蘭只說她腿上擦傷未癒，卻沒說過如此嚴重。趙栩皺起眉，輕輕抬起她的腿，放到自己腰間最柔軟之處，手掌卻不捨得離開那傷疤掉落後的大片肌膚上，手指一寸寸劃過去，心裡就一寸寸的被針扎過去。方才那點偷香竊玉的欲念化為烏有，只有無邊憐惜和心疼。

九娘只覺得腿上似乎有羽毛輕拂，有些癢，再極力睜開眼，竟然還是趙栩的那雙桃花眼。九娘癡癡看了片刻，雖然身體沉重得不像是她自己的，但還是奮力地抽出一隻手，幾乎是拍在了趙栩的臉上，搓了搓，無力滑到趙栩頸上，又奮勇地爬了上去，抱著他半邊臉歇了歇，爬上趙栩的眼角，伸手點了點他的眼皮，口齒不清地笑道：「是我——我的——」

趙栩捉住她的手指，放在口中咬了咬，眸色更深：「你的。」

他咬得很重，九娘卻沒什麼知覺，抽出手來，蓋在他唇上壓了壓：「這，也是我的——」

趙栩眼角微微飛上一抹桃紅，眯起眼，聲音暗啞起來：「你的。」酒後吐真言的阿妧竟是這樣的貪心鬼，看來日後臨安黃酒得列上貢酒才是。

九娘眨眨眼，格格笑了兩聲，伸手想丟開懷裡的玉枕，哪裡拿得穩，晃了晃，直接砸在趙栩腹股之間。

趙栩悶哼一聲，這下眼是真的紅了，一手把礙事貨丟開，無限哀怨地看向懷裡的人，那裡就不是她的了嗎？公道呢？他捉住九娘的手，放在那裡：「你的。」

九娘無意識地低頭看了看，那昏暗昏暗的一大堆不知是什麼，手中卻又硬又燙，她握了握，呆呆地抬起頭：「你的。」

趙栩又好氣又好笑，九娘用力抽出手，放到他喉結處，毫無章法地摸了幾下：「我的——」又去摸他耳垂，笑了起來：「會動的，會紅，也是我的——」她整個人扭了扭，抱著趙栩的脖子撲了上來，壓在趙栩唇上，撞得趙栩門牙比腹下還疼。

「我的。」九娘卻絲毫不覺得疼，只不滿地嘀咕了一聲，就伸出小舌尖去撬趙栩的牙關。做夢就是這個不好，若是真的，六郎早變成餓狼了，還用得著自己這麼費勁麼。

趙栩呻吟了一聲，卻不是因為上下都疼，而是神魂顛倒，立刻便纏住她的丁香舌，恨不得吸入腹中，一股醇厚酒香渡入他口中。他定然也醉了。

九娘只覺得舌根發麻，喘不過氣來，整個人都在火上烤，嗚嗚了幾聲，脖子就往後仰，剛退開來一點點，又被一隻大手按了回去，滿是酒香的津液又渡了回來，九娘被黃酒泡得麻痺的意識終於慢慢回過神來，不太像是夢，自己似乎真的摟著個男子呢。

天降男人于斯人也，必先苦其唇舌？

六郎，是六郎。熟悉的伽南香和微微的汗味，讓九娘一抽的心又放鬆下來，頭還有點暈，她伸手用力去推趙栩。趙栩卻頗不滿意地抬手在她臀上拍了一掌，含著她嘟囔了一句「調皮」，又覆住了她，餓虎下山一般又咬又吮，不肯放口。

方才酒意濃，身子重。此時情已動，九娘癱軟在趙栩懷裡，任他搓揉，不知身在何處，那火爐早燒到她心裡，渾身上下只覺得太熱。

趙栩緊摟著她吻了又吻，那饑渴處更饑渴，火熱處更火熱，疼痛處更疼痛，絲毫沒有紓解，更迫切了，輾轉吻至她頸間肩頭鎖骨處，卻碰到一顆小小的硬物。正是他給阿妧的那顆小牙，趙栩喘著氣略鬆開了她一點，伸手去碰了碰那顆小牙，還是他親手串上去的紅線。

九娘無力地倒在他肩頭，低低地道：「六郎？」

趙栩抬起頭，啄了啄她腫起來的唇，笑道：「你的。」

九娘才依稀記起方才模模糊糊的那幾句你的我的，長睫輕顫：「你不是在鄭州嗎？」

趙栩一怔，他還沒來得及做什麼怎麼她就酒醒了。九娘卻已緊緊抱住了他：「六郎，我不是做夢嗎？你掐掐我罷。」

掐掐她？腰，還是臀？前頭溫香軟玉，後頭軟玉溫香，趙栩想來想去都下不了手，低頭頂住她額頭，咬了咬她的鼻尖：「疼嗎？」

九娘倒不覺得疼，輕輕搖了搖頭：「不疼。」

趙栩兩手越收越緊：「疼嗎？」

九娘胸中一口氣被壓得出不來，眼淚倒出來了，死死抱住了趙栩：「不疼，不疼。」她想擠進他身體裡，從此他去哪裡都會帶上她，征戰也好，巡視也罷，總不再分開。

趙栩又加大了幾分力。九娘氣也上不來，掙扎著道：「不疼，我歡喜得很。」她平安喜樂，無憂無慮。

她人是醒了，這聲音動作卻還不怎麼聽她指揮，一句話說得斷斷續續的。趙栩抱著她翻了個身，讓她壓在自己身上，看著她抹胸早歪在了一旁，半露的酥胸在自己胸口一起一伏。秀髮如雲般垂在兩側，杏眼一汪春水滿室春色。趙栩眸色越發深沉，眼角的桃紅越發豔麗，她不疼，他疼得厲害。這時候又覺得自己這爬床策真是蠢，他怎麼能妄想只是抱著她兩個時辰，讓她知道自己有多想她？

趙栩抬頭親了親剛才咬的鼻尖：「我疼。」

九娘撐在他胸上，緊張地問：「你受傷了嗎？哪裡疼？方大哥跟著你的，怎麼說？」

趙栩挺腰頂了頂她：「想你想得疼。」

九娘心跳如鼓，卻動也不動地看著趙栩，咬了咬下唇，輕聲道：「那怎麼才能不疼呢？」聲如蚊蚋，細不可聞，卻並無猶豫。

趙栩呆了半晌才回過神來，後牙槽快咬碎了才忍住沒有一把撕開礙眼的抹胸，將她抱了下來，側過身子紅著臉低聲哀求道：「好阿妧，你就當是在做夢，摸摸我罷。」

九娘見他豔若桃李，尤其眼角一抹桃紅，眼波瀲灩迷離，又莫名有著一絲脆弱。阿妧有疾，阿岏好色。她伸出手，輕輕握住了衣衫皺褶下頭的滾燙和鐵硬，柔聲呢喃道：「是這樣嗎？」

趙栩皺起眉頭，似痛苦似歡悅，雙目卻緊緊盯著自己被她握住的地方，她手太小，根本握不完全，卻已經令他脊椎骨一陣陣發麻，終於從唇齒間溢出一聲靡麗尾音，一把握住她的手上下套了兩下，呻吟道：「你的。」

九娘面紅耳赤，耳朵裡嗡嗡地響，身不由己地輕聲嚶了一聲，人已經羞得埋入趙栩懷裡，手上也鬆了開來。

趙栩咬著她的耳垂喃喃道：「好阿岏，別鬆開，你就握著，任憑你怎麼弄我都不會疼。」何止是不疼，快活得要死了。

九娘只覺得手中那層薄薄的衣衫被抽了開來，再握緊時，那物在她手中跳了兩跳，又漲大了一圈。她嚇了一跳，手剛放開，又已被趙栩壓回去捏緊了。

趙栩怕她羞惱，早含著她的唇舌不放，九娘閉著眼相就，任他胡作非為。她想要的若是三分，趙栩總給到十分，如今他想要五分，她為何要退縮不前。他是她的，她也是他的。

趙栩不見她掙扎抵拒，手動得快了起來，不到片刻只覺得強烈的酥麻衝上後頸，心知不妙卻已克制不住。

九娘呆呆伸著手，一動也不敢動。隔著薄薄褻褲，那濡濕的一大灘還在蔓延。手上的那物還在跳動著。

趙栩也呆呆地一動也不敢動，他嚇到阿岏了吧。她往日那抵觸親熱的心結雖然解開了，可他這副模樣，大婚那夜她會不會又很害怕？還有他為何這麼快就洩了，竟然內息也壓不住。

九娘在昏暗裡聽到趙栩緊緊靠著自己耳側喘著粗氣，明顯帶著懊惱，人卻毫無動靜。忽地想到方紹樸的秘笈真傳上再三強調的和那明示，再想到趙栩先前的腿傷，頗有些茅塞頓開。她又憐又愛，緩緩把僵住的手掌又收緊了，只覺得他脆弱又無助，她咬了咬牙，終於在趙栩耳邊低聲說道：「你莫惱，方大哥那紙上說男子在六十息至一盞茶內出來都是常見的事——」

趙栩只覺得眼前一黑，後牙槽真咬出了一股血腥味。

暗夜裡一股濃烈的石楠花味道彌漫開來，熏得九娘有些暈眩，又有些莫名的興奮，彷彿趙栩的快活和痛苦全掌握在她手中，隱隱有種說不清的成就感浮上心頭。感覺到緊貼著自己的趙栩渾身肌肉僵硬，方才緊握她手的手掌也鬆鬆地放在原地，她又怕自己的話是否會令他更加不好受，一時也不知說什麼好，便主動沿著他耳廓細細密密地吻上趙栩的臉，摸索到他唇上，輕輕咬了咬，舌尖輕掃他緊閉的牙關，除了方才的酒香，卻還有些血腥味道。

九娘一怔，隨即萬般憐愛湧上來，吻得更是輕柔。

她前世雖成親十年，在這上頭卻只有出嫁前母親給的避火圖和幾句含糊不清的交代，又因每次同房都規矩有禮，事後更會疼上好些天，故而對情事總有躲避之心。方紹樸所畫的圖和所解說的內容在九娘眼裡可謂驚世駭俗，看一次要臉紅心跳許久，可與生俱來的過目不忘，想忘也忘不了。

方紹樸提到，天下男子，最愛的莫非長、粗、硬、久四字，最怕的是短、細、軟、快。可這偏偏都是上天賜予的，並非人力可轉移。至強者亦有至弱處，若遭打擊，終生都有心結。

她方才情動不已，整個人昏昏沉沉迷迷糊糊，壓根也不知道趙栩究竟是過了六十息還是六十息不到。見他依然牙關緊閉，肢體僵直，唯恐自己那句話對趙栩是雪上加霜，不由得手指微動輕輕撫了撫那黏糊糊濕答答的小可憐，才摸了兩下倒把她又嚇了一跳。那物雖已軟了下來，卻依然十分巨大。這短細軟怕是怎麼也和趙栩搭不上邊的，偏偏這話又不能說出口去安慰他。

趙栩慢慢回過神來，方紹樸已經在他腦中死了千萬回。可當下阿妧竟這般主動地拋開羞澀，動口又動手，這種被她又親又摸的待遇，只有夢裡頭他才會得逞一兩次。想起每次他裝可憐賣慘總能得到些意外之喜，趙栩反倒安下心來，只管體會懷中人兒的溫柔小意了。

察覺到趙栩放鬆了下來，九娘也鬆了一口氣，只是唇舌不敢退離，手掌也不敢停下，盼著他體會到自己的愛意，莫要再糾結那快慢二字。兩人無聲纏綿了片刻，九娘忽地一怔，下意識要低頭，卻已被趙栩悶笑一聲，緊緊壓住，攻城掠地勢不可擋。

圓月當空，夜風輕拂，木樨院中金桂、銀桂、丹桂、四季桂樹葉婆娑，桂香飄四方。聽香閣的小池塘邊，惜蘭和玉簪毫無倦意，和幾個相熟的女使侍女們擺了一席，算是也賀了佳節。

汴京城的喧囂在四更天才逐漸歇止，各大茶坊酒樓都熄了燈火，幾處夜市也人影稀少，再過半個時辰，早市就該開了。街巷偶有牛車經過，留下濃鬱的香氣，通宵行樂的少年喝醉了躺在牛車裡，懷裡還揣著少女贈送的桂花香囊。幾百里外的戰火，只將他們的少年情意燃燒得更熱烈。

州橋明月天下聞名，聚集在附近的小舟終於慢慢退散。靠著朱雀門的東西教坊內燈火早滅，一片漆黑。對著東西教坊的一排妓館尚都燈火通明，其中崔家坊和李家坊因有崔念月和李思思而最為出名，反而並無笙歌傳出。

崔家坊臨河的一棟小樓上，崔念月玉臂輕展，將對著汴河明月的窗掩了起來。

窗邊羅漢榻上躺著的男子轉過身來，聲音有些嘶啞：「開著吧。」

崔念月手上一頓，又將窗輕輕推開少許。

榻上男子緩緩站了起來，走到她身旁，伸手將窗又推開了一些，汴河之中一葉扁舟正悠悠蕩開，四面燈火雖然零落，依然可見波紋慵懶，月華大美。

崔念月側過頭望了他一眼，月下的他比州橋明月還要美上三分，神色間的清冷，正如鏡中花水中月，若不是鼻中縈繞他身上濃鬱的藥味，簡直懷疑他是不是真的就在自己眼前。若不是他受了重傷，自己這輩子還會不會再見到他？

「先生似乎睡得不好。可要喝水？」崔念月低聲輕問。

阮玉郎靜靜看著那波紋漸漸消失，搖了搖頭：「五更天大郎會來接我，這些日子辛苦念月了。」

崔念月一震，抬頭看著他毫無波動的面容：「先生!?念月錯了——」

阮玉郎手指輕撫有些微濕的窗框，搖了搖頭：「她素有過目不忘之能，又聽過我的吹奏，你若是吹一段歌頭，她未必察覺得到。曲破的氣勢，你師承於我，卻是她聽過的，難免會起疑心。」

崔念月任憑淚水無聲滾落，是她聽到孟九娘竟然對〈霓裳〉也那麼瞭解，才起了一時的好勝之心。先生這樣的郎君，許她一片真心，她為何竟能無動於衷還屢下毒手？

「先生——」

阮玉郎低笑起來：「念月何須傷悲？她若真起了疑心，我也還是高興的。」

崔念月一呆。

「有些人，就算得不到她的心，能讓她記住你的種種，也不錯。」阮玉郎凝望著州橋夜市邊的鹿家包子鋪：「我這樣的惡人，能被人記住，能被她記住，甚好。」若是當時死在當場，他竟會變成又一個不顧生死的趙家情種了。

阮玉郎自嘲地笑了起來。

崔念月哽咽道：「先生不是惡人！念月十多年來從未有一日忘記過先生……」這汴京城中，多少達官貴人，文人雅士，可誰又能比得上他一點點？他殺人他放火，他篡位，他改朝換代，和她全無干係，這些年無論他人在不在京城，都一直暗中照拂她，他待她好，他便是好人。

阮玉郎輕歎道：「我也沒忘記小念月。」

崔念月再也忍耐不住，卻不敢褻瀆他半分，只牽著他的寬袖，低泣不已。

樓梯上傳來腳步輕響，燕素端著燭臺走了進來，對著窗口二人行了一禮：「郎君，兆王府的馬車已經到了。」

阮玉郎將崔念月虛虛摟入懷中，微微出了會神，伸手在她散落的烏髮上梳了梳，轉頭問燕素：「大郎呢？」

燕素垂下眼眸，停了停低聲回稟道：「大郎說此地不乾淨，他在車裡等著。」

阮玉郎眸中閃過兩道寒芒，又轉瞬消失，抬手在崔念月驟然僵硬的背上輕撫了幾下：「那個柳七待你頗有幾分真心，如今換了趙栩做皇帝，他已經上書請求外放，將要去潤州做屯田員外郎，你若願意，做他的繼室，離京去過太平日子也是上策。」

崔念月在風月場裡這許多年，哪裡聽不出他言語中竟有天人永隔之意，還這樣為自己打算，更是傷心欲絕。

第三百二十七章

並無王府標記的馬車，緩緩離開了教坊妓館這一片。走至州橋附近，遇到巡邏的開封府衙役，燕素伸手取下腰間兆王府的腰牌遞了過去，那幾個衙役查驗了腰牌，馬車順利過了州橋。

阮玉郎斜靠在引枕上，看著車窗下的少年，車廂內沒有點燈，他也能看見少年的眉頭微蹙，唇角緊抿，雙拳握得緊緊的，擱在膝蓋上，背挺得筆直，也不看自己。

「大郎還在生爹爹的氣嗎？」阮玉郎輕聲歎道。

「侄兒不敢。」趙元永挺了挺背脊，稚嫩的少年聲音帶著明顯的抗拒。

「那你為何不將我這個朝廷重犯送入宮中？」阮玉郎慢條斯理地問道。

趙元永猛地轉過頭來，死死盯著他，原本就紅著的眼眶中眼淚在打滾。他拚命壓抑著自己低吼道：「因為你是我爹爹！」

「你不是我侄兒嗎？」阮玉郎好整以暇，輕飄飄看了趙元永一眼。

趙元永顫抖起來，他究竟是誰，他不知道，他就這麼和婆婆、姑奶奶一起被送到了一個陌生之處，他就變成了兆王的庶子，身邊多了許多服侍的人，也喚他大郎，可誰生了他，他不知道。他的父親待他不冷不熱，似乎不得已才認下了他，甚至偶爾會露出畏懼他和婆婆的神色來，他明白，他的爹爹畏懼的是面前這個他喊了十年的爹爹。

他已經不知道這個爹爹究竟要做什麼，當他看到鹿家包子鋪的遭遇時，就很難受。當趙棣在洛陽稱帝的時候，他知道這也是爹爹的安排。阮姑奶奶就笑著說，讓他們做幾天短命皇帝有什麼要緊，以後天下總歸是大郎的。

他不要，他從來沒想過，何況皇榜上說得清清楚楚，勾結西夏，引女真、契丹鐵騎南下，引高麗入侵。多少州縣被破，多少百姓家破人亡。

他知道婆婆也是這麼想的，所以婆婆才會生病。孟九娘說過的那些話總在他耳邊回響。他曾經堅決不信爹爹會勾結異族打自己的國家，可是無論是時局還是朝廷的皇榜，還是他身邊的人，都狠狠地打了他耳光。

可他沒法子，這是他記事以來的爹爹。

趙元永狠狠擦了把淚，歪過頭倔強地對著阮玉郎道：「爹爹你做了錯事，那些事，是錯的。」

阮玉郎看著他清秀的面孔上露出的一股倔強的狠勁，胸口的傷痛得厲害，這幾日張子厚將所有的藥鋪都盯得極緊，這傷有些壓不住了。他疲憊地靠向後頭，輕聲道：「天下人都認為我錯，唯獨大郎你沒有資格這麼說。」

趙元永壓抑不住，將自己埋在膝間哭了起來。

聽香閣的東暖閣裡，碧紗窗被石子輕輕磕了一下，又磕了兩下，卻是高似的暗號。趙栩披上窄袖直裰，返身拉起薄被將九娘遮得嚴嚴實實，摸了摸她散落在枕間的烏髮，轉身推窗躍了出去。

高似鬚眉鬢髮都微濕，見趙栩精神抖擻地出來，趕緊迎了上來低聲道：「跟著崔念月的人剛剛回轉來，說進了兆王府。」他頓了頓：「還撞上了惜蘭手下的兩個斥候──」

趙栩返身看了看聽香閣，笑道：「阿妧也發現了端倪。」語氣裡一副與有榮焉的味道。

高似一愣，他是因為多年前和阮玉郎合作就知道他在瓦舍勾欄和教坊妓館中放了不少人，一直也派人盯著，才發現了蛛絲馬跡。九娘又是如何能從這一面之中發現疑點的？

阮玉郎竟會離開妓館，冒險前往兆王府，一定是知道九娘已經疑心上崔念月了。趙栩輕笑道：「多虧了阿妧，能一網打盡了。不然還抓不住兆王的錯處。」

高似率先躍上外牆的牆頭，示意下面守著的親衛們出發。所有人都以為趙栩人在鄭州，卻不知道他早已布下天羅地網，要在攻洛陽前解決最大的內患。阮玉郎這樣的人，斬草不除根，無需春風也能又生。

趙栩跟著躍上牆頭，輕歎了一聲，待要回頭再望一望桂花樹間掩著的聽香閣，兩聲刺耳的急嘯傳來，兩道暗影從牆角的一片竹林中飛旋而至，直奔趙栩的膝蓋。

高似人已躍往甜水巷裡，一聽暗器厲嘯，長刀橫著猛擊，硬生生在粉牆上擊穿一個洞，身子借力再度拔起，左手已撈向那兩個極小的暗影。

那兩道暗影卻好似活的一樣，臨到牆頭忽地一沉，堪堪避過高似的大手。趙栩已看清是兩枚銅錢，已經踢出去的腳便停了一停，收了回來。

兩聲輕響，銅錢撞在他小腿骨上，竟又倒旋著飛了回去。趙栩疼得倒吸了一口冷氣。

「陛下！」高似大驚，矮下身子就要查看他的傷勢。

趙栩苦笑道：「不礙事。錢婆婆下手有分寸。」

竹林裡蹣跚著走出了一位老婆婆，手指間拈著兩枚銅錢上下翻動，月色下閃著微光。

「原來是官家，老身還以為是什麼採花賊闖了進來。」錢婆婆慢騰騰走到外牆下，福了一福：「所幸這大錢到底不怎麼好用，沒傷著官家，不然老身罪該萬死。陛下這麼一早飛越牆頭，可是要來用膳的？」她絮絮叨叨地說起各個廚房的升火時辰，今日各院都吃些什麼。

趙栩臉上發燙，咳了兩聲打斷了她：「婆婆你盡忠職守，吾就放心了。還請守護好九娘她們。」

錢婆婆耷拉著的眼皮微微抬了抬，行了一禮道：「老身謹遵聖喻。恕不遠送陛下了，下回還請陛下走大門罷。」

趙栩紅著臉躍下牆頭，看了看牆上被高似擊穿的那個洞，白色碎屑和青色磚屑在腳下散了一攤。

「讓宮內的營造來修補，記在我私庫上頭。」趙栩從那洞裡還看得到牆裡的錢婆婆還一動不動地站著，覺得日後還是要召入宮裡來做坤寧殿的供奉官才好。再想到不知道這位世外高人偷聽到了多少，趙栩耳根燒得滾燙，趕緊揮了揮手沉聲吩咐：「傳皇城司、大宗正司、宗正寺、禮部、大理寺的人，命殿前司禁軍速速將兆王府圍起來，只許進不許出。」

臨近皇城的東北處，兆王府裡內宅的書房中，徹夜未眠的兆王看著眼前的人，心裡一股無名火升騰得厲害，半天才搖頭歎道：「你提的這些要求我都辦不到，洛陽去不成，皇宮也進不去。你先留在這裡養傷罷。」他轉過眼看了看神情複雜的趙元永，嘴裡似乎有膽水泛上來的苦味。

阮玉郎歪在榻上，將袖中的藥方遞給兆王：「那就要有勞你去宮裡御藥抓這些藥來。」

兆王接過藥方，放入懷裡：「表姑母她不太好，你看起來也很不好，喝點熱茶，就和元永早間去她院子裡用飯吧。」

阮玉郎卻轉頭柔聲道：「大郎，你先去看看婆婆醒了沒有。我和你爹爹說幾句話。」

趙元永站起身來看向兆王。

兆王溫和地笑道：「你去吧。」

看著趙元永猶豫不決地走了出去，兆王看著一動不動面帶微笑的阮玉郎，忽地板下臉來沉聲道：「大勢已去，收手吧。」

阮玉郎慵懶地撐著下巴笑了起來：「即便我肯收，趙栩肯放過我嗎？還是他肯放過你？」

「我不去洛陽為的是元永，若早知道你竟然連女真、契丹都勾結了，還要掘開黃河倒灌汴京，無論如何我也是要去太后和官家面前自首的。」兆王苦笑道：「我在洛陽替你經營了幾十年，還將元永也送給了你。你還待如何？」

阮玉郎笑意更濃：「這是大難臨頭要各自飛了？當年你不也一心想要報仇嗎？如今不被宮中忌憚了，還繼承了你爹爹的親王封號，安穩日子過得十分逍遙，只可惜還有我這個絆腳石。」

兆王看了看門外若隱若現的矮小陰影，想著有些話說給元永那孩子聽也無妨，便長歎了一聲：

「你要如此作想，我也無可奈何。幾十年前的恩怨，曹后、成宗早已成灰，趙環、趙瑜都因你而死。如今四路烽火，軍民死傷十數萬，難道非要天下大亂你才滿意？那個位子你自己也不要坐，為何還要苦苦執著於和六郎爭鬥不已？」

阮玉郎笑意不減：「你知道嗎？我要的就是萬千生靈皆塗炭，如畫江山成灰燼，這世上，最有趣的難道不是爭鬥嗎？若沒人和我鬥了，那該多無趣。」

兆王怔了片刻，低聲問道：「有鬥便有輸贏，昔日我爹爹你爹爹皆輸了，今日趙環輸給了你，日後輪到六郎和元永，若是你輸了，元永會落到什麼地步，你想過沒有？」

阮玉郎眼風往槅扇門外輕輕飄去，淡然道：「這是他的命。我勝，他便是皇帝，得的是天下。我輸，他便是反賊，丟的是性命。願賭服輸。」

「你有問過他願意賭嗎!?」兆王低喝道：「那是他的性命——」

阮玉郎眼神忽地鋒利如刀：「沒有我，他一出生便死了。他的命是我的。他生母是教坊裡的妓子，你那時候不聞不問，結果你的兩個兒子意外死了，你倒想起來還有他這個兒子了……」

兩人對峙了片刻，兆王垂眸道：「多說無益。無論如何，我是不會幫你做韃虜的幫兇的。我爹爹的事，是趙氏的家事。」

阮玉郎輕笑著伸出手掌，五指修長如玉，擋住了燭光：「幾條狗而已，借力打力，何足為患？你怕的，是如今我沒有翻身的機會，怕的是連累了你這剛剛得來的親王位子，怕的是我要動用你爹爹留下的最後那點東西——」

兆王猛然一震。

「你此時再想要收手，為時已晚。趙栩恐怕已經在來你王府的半路上了。」

兆王大吃一驚，騰地站了起來，聲音都發抖了：「你說什麼！」

阮玉郎拂了拂寬袖，唇邊的笑意更濃：「他昨夜便潛入汴京，留在翰林巷，原本想要在妓館收網，卻沒想到我讓大郎將我接到兆王府。這種能將你我二人一網打盡的好機會，他自然求之不得非來不可。」

「你在孟家還有人？」兆王頭皮發麻，來回走了幾步，忽地抬起頭來：「你想要在這裡弒君!?」

阮玉郎緩緩站起身來，走到兆王的面前，出手如電，扼住了他的喉嚨，只幾息後便鬆開了手，在寬袖上擦了擦：「把你藏著的人和兵器都拿出來吧。好幾個月了，你從洛陽運過來十分不易，也該派上用場了。」

兆王急急喘息著，面如死灰。

阮玉郎卻又輕輕伸出手，兆王踉蹌後退了兩步，警惕驚恐地看著他。

「還有一條地道的入口在哪裡？」阮玉郎卻只是輕輕替他整理了一下衣襟：「你費盡苦心，從太后那裡要回這座兆王府老宅。我猜那條入宮的地道就在這裡。當年，除了那個弒兄奪嫂的畜生，你爹爹不也想通過裝瘋避開風頭，再行找機會刺殺我爹爹，嫁禍給曹氏母子，好坐收漁翁之利嗎？」

兆王幾乎癱在了地上。

阮玉郎側身掩面咳嗽了幾聲，又似乎在笑：「你又跟我裝什麼心有大趙呢？若是趙栩死在我手裡，你不也一樣可坐收漁翁之利？」

槅扇門外的矮小陰影早已不見，急促的腳步聲傳來。

「殿下——！殿前司的人將王府圍住了，連運夜香的車也不許出去。」

阮玉郎飄然走回榻前，端起茶盞，在手中蕩了蕩，拈起幾片茶葉，白色的茶沫早已消退，他劈手將茶盞砸在地上。兆王又退了幾步，頹然坐下。

阮玉郎將茶葉放在鼻下聞了聞，眼神陰鷙又帶著嘲諷。

「原來你也有牽機藥。是想要以我頭顱換你平安？」

兆王臉色慘白，忽地笑了起來：「玉郎，我只問你一句，我兩個兒子是不是死在你手裡的？」

阮玉郎將茶葉收了，搖頭道：「這是趙栩的離間計，你竟然也信？怪不得上次翰林巷你竟未曾派人前來——你現在撇得清嗎？趙栩早就疑心你了，否則為何竟然是岐王掌了大宗正司？那可是高氏的親生兒子。你有的選嗎？你殺不了我，要麼起事謀反，要麼讓我走地道入宮。」他唇角微翹：「元永他們要跟我走，趙栩可是抓住過他們的，你糊弄不過去。」

兆王死死地盯著面前這個修羅夜叉惡鬼般的男子，似乎一切都在他的算計之中，嘴唇翕了翕，他何以會走到這一步的，也是命嗎？

門外傳來小心翼翼的聲音：「殿下——？」

兆王從懷中取出一把玉匙，擱在案上：「地道入口便在表姑母房間的籐床之下，通向原皇太子宮。」

阮玉郎雙眼微微眯起，唇角笑意更濃，上前取過玉匙，輕輕拍了拍手掌。屋樑上跳下四個身形矮小的侏儒來，跪下行了禮：「郎君萬安。」

兆王冷汗涔涔，垂眸強做鎮定。

阮玉郎笑道：「好了，別嚇著殿下，我們走罷。」

四個侏儒擁著他，打開槅扇門。外頭的隨從嚇了一跳，剛要呼喝，便聽到裡頭兆王低聲道：「帶他們去姑太太院子裡。」

兆王府略經過修繕，但大體格局依然如前，遊廊重重疊疊，阮玉郎握著手中玉匙，負手緩步而行。當年從皇太子宮掘出那條出宮的地道時，果然有人也掘了一條入宮的地道。那場燒了半邊皇宮的大火，雖經查只是一個宮婢偷盜金杯打翻火燭引起的，誰知道又有誰暗中操縱，好趁著皇宮大修時方便日後的連環之計？

他不禁微笑起來。暗渡陳倉，誰不會呢？願賭自然就要服輸，不到最後，誰贏誰輸，誰知道……

第三百二十八章

九娘睜開眼時還有些宿醉遺留的頭疼，迷迷糊糊地伸手摸了摸身旁，被褥微涼。她看著橫在一旁的玉枕發了會呆，肩頭傳來的微微痛楚，提醒她半夜裡趙栩的胡作非為絕不是她臆想出來的。

不想則已，一想臉就燙了起來，九娘一把拉起絲被蓋著頭，半晌後覺得悶，又探出頭來在床上翻來覆去了幾回，她不只是肩頭疼，渾身都疼，終於側躺下來靜靜看著紙帳上的青綠山水。

山是山，水是水，山中有水，水中又有山，連綿山巒，浩渺江河。

總盼著有一日你中有我，我中有你……趙栩咬著她的耳垂呢喃的話語似乎還在耳邊。

九娘伸出手，從那山水相連處輕輕滑過，裸著的臂膀就有了一絲涼意。她忽然捨不得去搖床頭的銀鈴，似乎只要不起身，不喚人，這籐床紙帳內的小小世界，還是只屬於她和趙栩兩個人的。

玉簪輕手輕腳地進了東暖閣，側耳聽了聽，裡頭還沒動靜，便將東西兩邊的窗子推了開來，將那插著幾枝丹桂的天青汝窯瓶抱了出去遞給侍女，見盥洗之物已經備好了，便低聲吩咐她們候在外頭，話音未落，裡頭銀鈴聲叮叮噹噹地脆響起來。

眾侍女魚貫入了東暖閣。玉簪取了早已熨好的真紅貼體小衣、鬱金雙蝶繡羅裙，推開槅扇門。

九娘見到她手上的衣裳，笑著搖頭道：「怎地拿了這件來？」

玉簪放下衣裳笑道：「慈姑一到蘇州便費心費力地用鬱金香染了這條裙子，放得連香味都沒了，娘子再不穿她可要難過的。」她走到床邊彎下腰，卻只見到一隻繡鞋，尋了片刻才從腳踏下頭找到另一隻，心裡納悶，抬眼見九娘面上緋紅，便只蹲下將繡鞋替她套了上去：「娘子又貪涼，入了秋可不能這般大意，寒從腳起。」

九娘放下玉梳：「知道了，今日我自己穿罷，惜蘭呢？」

玉簪低頭看到她褙子下的肩頭尚似乎有一片青紫陰影，一怔後便柔聲道：「丑末寅初時，錢婆婆來了，隨後惜蘭跟著婆婆說是去二房有事，還未回來。」福了一福便退了出去。

九娘見玉簪掩上了門，趕緊手忙腳亂地將衣裳穿了，才鬆了一口氣出聲喚玉簪。玉簪帶著侍女們捧了一應物事進來服侍她梳洗，方挽好紺縮雙蟠髻，還未插釵，惜蘭的聲音便在外間響了起來。

「娘子，奴回來了。」

「連翹？」九娘見到被女史壓著跪在地上不停掙扎的婦人，想起來自己兒時身邊的這個饞懶女使，後來在觀音院走失一事後，應該是被程氏調去了青玉堂。

惜蘭躬身行了一禮：「老太爺仙去後，青玉堂遣散了不少人，連翹因嫁給了二房外管事孟勇的兒子，便由管事說項，調去了二房。呂夫人去洛陽的時候她被留下來看院子。昨夜她不在二房守夜，卻來聽香閣窺伺了好幾回。天還不亮時，錢婆婆在外牆附近拿住了她丈夫，果然他們夫妻兩個貪圖銀錢吃裡扒外，這兩個月一直偷偷給阮玉郎手下遞送消息。」

連翹手腕被擰得劇痛，口中塞著布帕，死命掙了幾下，卻只看見前頭不遠處的鬱金色羅裙的裙襬。

九娘沉吟了片刻，指了指盒子中的喜鵲登梅釵：「戴這個就好了。」孟存起了心思，應該是在阮姨娘死後，二房有多少僕從會聽他的，尚未可知。連翹只怕在青玉院時就被阮姨奶奶收買了。

「消息送去哪裡了？」九娘側過頭，卻是對著連翹問道，並不問她傳遞了什麼消息。

惜蘭點了點頭，押著連翹的女史伸手將她口中的布帕抽了出來。

連翹只覺得下巴都麻了，嗚嗚了幾聲：「九娘子，奴是冤——」啪的一聲卻吃了宮中女史的一巴掌，她只覺得半邊臉也跟著麻了，一股血腥味彌漫在嘴裡，嚇得魂飛魄散。孟家向來極寬厚，當年她把九娘子弄丟了，也能全身而退，從來沒吃過這種說打就打還打臉的苦頭。

女史目光冰冷，聲音一樣陰冷：「娘子問什麼，你便答什麼。」

連翹簌簌發抖，嗚咽道：「奴只知道是遞給外頭的打更人了——」可是怎麼遞消息的她委實不知道，因怕再被打，她索性蜷成了一團。

惜蘭福了一福：「昨夜得了娘子的令，游氏兄弟跟著崔念月回了教坊，後來確實有兆王府的馬車將阮玉郎接走了，他們還遇到了殿下的人，說是不可打草驚蛇。」

九娘的手指輕輕敲在身前的長案上，一下一下。眾人悄悄地退了出去。

片刻間九娘的心思千轉百回，做了種種推斷。趙栩吩咐不可打草驚蛇，便是要將阮玉郎埋在京城的最後一根線拉出來。但是以阮玉郎的心機，連孟存都能被他利用，兆王在此時有什麼是可以被他拿來翻雲覆雨的……趙元永？阮婆婆？若拿那阮婆婆要脅她，恐怕還能令她心軟，但對趙栩而言，卻絕無用處。就算是兆王藏了私兵，也絕不是京中禁軍的對手。

玉簪輕輕地又走了回來：「娘子，翠微堂來了人，說老夫人和大夫人都已經用好朝食，換好大禮服了，等著娘子一同進宮謝恩。」

昨夜宮中那許多賞賜，今日自然是要入宮謝恩的，且向太后和趙栩好幾日沒見到九娘了，昨夜尚宮還特地囑咐今日慈寧殿要留她們一同用午膳。

九娘心中一動，可又想不出兆王如何能在張子厚的眼皮下帶著阮玉郎入宮，似乎有什麼從迷霧中若隱若現，偏偏怎麼也看不清楚。她想了想，起身道：「走罷。」

兆王府西北角的一處偏僻院落中，傳來激烈的爭執聲，院子中站著的幾十個大漢面無表情。

「婆婆病成這樣，怎麼能進宮去？」趙元永小臉漲得通紅，死命抱住阮婆婆的手，扭著身子等著阮玉郎，臉上滿是淚痕。在門外聽到「爹爹」和「翁翁」的話後，他飛奔過來問婆婆他的生母究竟是誰，可婆婆只是搖頭，抱著他安慰他。

阮眉娘皺著眉上前，將他的手用力拉開：「大郎！聽你爹爹的話，莫要誤了大事。」

趙元永掙扎著不依。

阮婆婆無神的雙眼落在空處，將自己蒼老的手從趙元永臂膀中抽了出來，咳嗽了兩聲：「玉郎？」

阮玉郎一手壓在了趙元永肩上，趙元永只覺得被一座大山壓住了似的，趴在床沿上起不來，也動不得，甚至氣也喘不過來，只有眼淚還能恣意流淌。

「姑母。」阮玉郎笑了笑：「玉郎真的要孤注一擲了。我受傷不輕，讓燕素背你罷。」

阮婆婆沉默了片刻：「契丹人和女真人打到哪裡了？」

阮玉郎看著病榻上的老嫗，另一隻手握住了她冰冷的手，見她並沒有掙脫，才柔聲道：「正要拿下大名府。」

「高麗和西夏呢？」

「西夏敗了，高麗也敗了。」阮玉郎輕描淡寫地道。勝敗乃兵家常事，召之即來揮之即去的這些「狗」，生死從來不在他心上。

阮婆婆輕輕哦了一聲，摸索著要去找趙元永。

「婆婆！」趙元永哭著拉住她的手，無可奈何。

「好了，大郎，聽你爹爹的。」阮婆婆努力著要坐起來：「燕素，來。」

阮玉郎凝視著她枯槁的面容，心中輕歎了一聲，鬆開了趙元永：「燕素。」

燕素到了榻前，彎下腰。阮眉娘和趙元永一左一右扶住了阮婆婆，緩緩將她送到燕素背上。阮眉娘轉身便去收拾枕頭下阮婆婆的幾塊玉佩，總見她那般寶貝，不知道宮中會不會派上什麼用。趙元永無助地托著阮婆婆的膝蓋，轉頭問阮玉郎：「要走多久？」

阮玉郎的目光卻落在阮婆婆的背上，流露出難以言述的哀傷。

「好了，可以走了。」阮婆婆嘶聲道。

燕素柔聲道：「婆婆，奴要站起來了，你莫怕。」她伸手牢牢托住阮婆婆的雙腿，整個人卻僵住了，後頸有熱熱的液體流了下來。

「郎君！——」她一動也不敢動。

阮玉郎壓著胸口劇痛，伸出手接住慢慢下滑的阮婆婆，他的手應該是因為傷勢才有些發抖。

趙元永衝上前。阮婆婆手中的一根銀釵，正插在喉中，模糊一片的鮮血正沿著燕素的後頸流到她背上。

「姑母，你這是何苦。」阮玉郎閉了閉眼，雙手用力，將阮婆婆幾乎是拎回了床上。

阮婆婆一隻手還緊緊握著銀釵，已說不出一個字。玉郎的錯，是她推波助瀾，才會有這生靈塗炭的一日。玉郎的罪，她替他贖。報仇，只是要報仇而已，可是報到後來，為何明明他們才是對的，才是被委屈的被害的，卻成了錯的那一方，還錯得如此離譜，還害了那許多百姓。她的姨母，她的表兄，她的丈夫，郭氏一族，阮氏一族，她為他們報了仇，卻沒有面目去見他們。

阮眉娘怔在當場，手中的幾塊玉佩在地上砸了個粉碎。這個郭氏，向來心氣極高，竟會這麼了結了她自己的性命，實在不可思議。她看著被嚇呆的趙元永，一把將他摟入懷中：「別怕，你婆婆，是不願意連累你們才——」

趙元永拚命搖頭，正要哇地一聲哭出來，卻被阮玉郎一掌劈暈了過去。

阮眉娘顧不得暈過去的趙元永，將他塞入燕素懷裡，一把扶住阮玉郎。

阮玉郎面色鐵青，繼而轉為蒼白，終於一口鮮血再也壓不下去，悉數吐在了阮婆婆胸口。兩人的鮮血交織相融在了一起。

「走。」阮玉郎推開阮眉娘，站起了身：「來人，搬開這張床。」

他一把將趙元永抱了起來：「燕素，將婆婆背上。我送她回瓏萃閣去。」

燕素斂目垂首：「是，郎君。」

籐床被輕輕挪至一旁，露出了地道入口。

兩個兆王府部曲打扮的漢子，守著地道入口，待最後一個人舉著火把下了地道，忽地跪下磕了三個頭：「郎君萬福康安！」

他們迅速將籐床移回原位，把床上濺上了鮮血的被褥迅速捲成了一團，蹲下仔細查看地上有無血跡，才退了出去，將幾重院門都上了鎖。

小院恢復了往日的平靜，依舊偏僻掩在周圍綠樹叢中，毫不引人注意。

兆王府才新漆了一個月的朱漆大門轟然敞開。殿前司禁軍和一眾親衛簇擁著趙栩入了大門，剛轉過影壁，就見兆王帶著四個隨從匆匆趕了出來，邊走邊扶正頭上的雙腳幞頭。

趙栩含笑停了下來，身後的宗正寺卿、禮部郎中、大理寺少卿等各部官員也跟著張子厚一同停了下來，默默看著走近來行禮的兆王。他們剛進東華門就被急召到此，等了不多時突然見到本應在鄭州的皇帝悄聲無息地出現了，都直冒冷汗。神龍見首不見尾，這位做了皇帝依然任性，根本無從揣測。只是不知道人緣頗佳的兆王究竟犯了什麼事，要皇帝親臨問罪。

「平身。」趙栩負手大步只往裡走：「皇叔府上的貴客還在嗎？既是熟人，何不出來讓吾一會。」

兆王急急跟上，低聲道：「陛下，臣府中並未來客。」

趙栩驟然一停，轉過身來，桃花眼中厲芒閃過，唇角卻依然微翹著似笑非笑：「你的庶子趙神佑，又名趙元永，曾被我請到瑤華宮住過幾天，也是有緣。既然皇叔已經為他請封，召他覲見吧。」

他衣袂輕揚，已往外院正廳走去。

張子厚冷眼看著兆王沉聲道：「宣趙神佑覲見。」

兆王低垂的頭一僵，趕緊跟上。此事阮玉郎和元永從未提起過。自從阮玉郎將趙元永的出身告訴了他，他便找了一個男童送去洛陽白馬寺寄養，充作趙元永，這孩子自然也來了汴京，但宗正寺的官員卻見過真正的趙元永。想到宗正寺的人前幾日笑眯眯地特地上門請元永去宗正寺轉轉，認認親，兆王心中一凜，莫非趙栩早就懷疑上他了……

宗正寺的一個宗室輕輕碰了碰兆王的胳膊肘，壓低聲音道：「大郎那般俊秀，又和官家有緣，快叫他出來罷。」

兆王苦笑著點了點頭，他從哪裡變得出一個趙元永來。

阮玉郎隱瞞了趙栩認識趙元永一事，又帶走了趙元永，明擺著是要他不得不謀逆。走一步看十步，又狠又毒，自己卻依然上了他的當，兒子也給了，地道也給了，還要搭上性命。

兆王府的正廳擠滿了人，卻鴉雀無聲。禁軍將院子裡外都守得如鐵桶一般，高似帶著四位帶御器械肅立在趙栩身後，目光如電，阮玉郎絕不會束手就縛，一場血戰不可避免。

趙栩碰也不碰案上的茶几，靜靜看著兆王。

兆王汗流浹背，天人交戰，府中的確藏有三千私兵、無數兵器，還有前些時阮玉郎派人送來的火藥，可上首坐著的少年皇帝，豐神俊秀掩不住那赫斯之威。敗這個字不斷在兆王心頭敲啊敲的。

「臣——有罪！」兆王緩緩上前，一撩親王公服，就要跪下去坦承其罪。

忽地地面轟然一震，又連續幾次劇震，廳中的高案傾倒，茶水潑了一地，門窗不停抖動，樑上灰塵簌簌直掉。

「地動！地動——」有人高呼起來：「護駕——護駕！」

兆王面如死灰，以額覆地。藏著的火藥，被引爆了。他已來不及想自己府中的部曲有多少人是聽令於阮玉郎的。阮玉郎根本不會給他反悔的機會，也絲毫不擔心他會反悔。

趙栩卻神色自若，冷冷地看著跪在地上的兆王：「你私藏了火藥。」

有幾枝火箭嗖地破空而來，釘在了雕花木窗上，一股石油燃燒的惡臭蔓延開來，火苗迅速席捲了窗稜。兵器相撞聲不絕。

「臣無意謀逆！無奈被阮玉郎以稚兒性命要脅，他鳩占鵲巢——」兆王抬起頭來厲聲高呼：「臣願戴罪立功，只求陛下留元永一條性命！」

「允。」趙栩毫不猶豫一口應承。

兆王一愣，紅著眼道：「啟稟陛下，阮玉郎已走地道入宮欲挾持太后和陳真人——」

「先將各部官員撤至院子中，保護好他們。」趙栩神色一變，卻先吩咐親衛疏散官員。

張子厚一個激靈，急道：「陛下！九娘今日會隨梁老夫人入宮謝恩——。」

趙栩的臉色陰沉無比，眼中似有兩團火，只輕輕點了點頭。廳內官員有的已經往外擠，有的嘶聲高呼護駕，有的聽到皇帝竟然先顧著他們，激動得三呼萬歲。

「求陛下賜臣一死！」兆王心中蒼涼，他若自盡，罪上加罪。

他父親裝瘋裝了大半輩子，臨終前說的那句話才是最要緊的：活著，比什麼都好。

趙栩垂目看著這個躲在洛陽幾十年的皇叔，昔日的老兆王裝瘋，今日的兆王求死。一脈相承，果然不假。

「賜白綾。」趙栩寒聲道：「地道在何處？」

兆王慘笑出聲，一片混亂中喚來身邊的老僕：「帶陛下去碎玉院——臣謝陛下隆恩。」

碎玉院，果然不太吉祥。

梁老夫人帶著杜氏和九娘一進東華門，便有慈寧殿的肩輿等著。新上任的供奉官成瑞是成墨的堂叔，親自前來迎接。

一行人進了慈寧殿，就見趙棽和趙淺予不知在你一句我一句地爭什麼，見到她們來了，才消停下來。

梁老夫人帶著杜氏和九娘給兩位殿下行禮。

趙楬泰然若素地受了禮，上前問九娘：「先生，你說是甜的月餅好吃，還是鹹的好吃？」

趙淺予皺了皺小巧的鼻子，朝九娘使了個眼色。

九娘笑道：「殿下，這兩種口味我都愛吃，才都做了敬獻入宮的。殿下喜歡甜的嗎？」

趙楬不滿意地也皺了皺小鼻子：「自然是甜的好吃，你那紅豆沙裡放了什麼那般香？」

九娘彎下腰在他耳邊輕聲道：「殿下的那份裡頭放了板油。」昨夜敬獻的，只有陳素那份沒放。

趙楬眼睛一亮：「那我讓御廚也試試。」

趙淺予十分不滿九娘被他霸占住，攜了九娘的手往裡走：「小孩子就知道吃，走走走，給你看看我做的花燈去。雖然比不上六哥——」

「四姊你真有自知之明。」趙楬笑眯眯地插刀。

趙淺予吸了口氣，肆無忌憚地在他臉上擰了一把：「和我鬥？你就缺這四個字。我那獨一無二的別緻花燈，只有阿妧和六哥懂得欣賞，哼。」

九娘見趙楬扁了扁嘴，顯然是因為做過幾個月皇帝，不好意思鬧騰，忍得小臉一陣紅一陣白的，趕緊道：「待我先見過娘娘和真人，再來斷你們的家務事。」

慈寧殿大殿上還擺著許多昨夜中秋節的花燈，嫦娥和桂花、玉兔倒有許多。在十六扇四季景雙面立地繡屏前，卻有一個圓滾滾的花燈，上頭的花紋看著眼熟。

向太后受了禮，見九娘看著那圓滾滾的花燈笑而不語，也笑了起來，指了指趙淺予：「往年都是六郎的花燈奪魁，今年換了阿予，做的這個月餅花燈實在——」

「不登大雅之堂。」趙梣蹭到向太后腿邊，笑嘻嘻地接口道，一副你來擰我啊你來擰我啊的神情。

陳素在一旁，看著九娘心裡歡喜得很，任由趙淺予搖她手臂也不發話。

「唉，這正經婆婆看兒媳，越看越歡喜。」向太后不禁笑道：「老身也歡喜得很，就等六郎凱旋班師，早日大婚了。」

陳素趕緊起身請罪，她已出家修道，連婆婆都不算了，怎麼敢做正經婆婆。

如今趙栩終於即位，雖只有幾天就出征了，但他待自己恭順有禮，待趙梣親厚有加，向太后心裡還是踏實了許多的，也對陳素提起過讓她還俗繼續做太妃❶，好享天倫之樂。陳素卻堅辭不從，並說等瑤華宮修繕好了，便要搬回去清心修道。向太后面上不豫，卻待陳素更親熱了。

因有了趙梣和趙淺予你來我往鬥嘴不停，這覲見倒多了尋常百姓家親戚間走動的意味。向太后和梁老夫人不時說起往事，十分唏噓。

北方傳來轟然爆炸聲時，慈寧殿裡的人都站了起來，趙梣緊緊抱住了向太后的胳膊。

成瑞趕緊派內侍去打探，等了片刻，也無人回稟，慈寧殿經過整治後，上上下下倒也不慌不亂，依然按部就班井井有條。

又等了片刻，向太后身邊的尚宮出來傳諭：「召殿前司副指揮使孟彥弼覲見。」小黃門還沒邁出慈寧殿的殿門，就見孟彥弼匆匆趕到。

向太后端坐於上首，憂心忡忡地看著孟彥弼。

「瑤華宮怎會炸了起來？」剛剛才恢復修繕的，便出了事，向太后不由得看向陳素。

因孟在入了樞密院，殿前司指揮使去了兆王府，孟彥弼也是剛剛才收到消息，趕緊躬身答道：

「皇城司已經去了，入內內侍省也派了人去查看。瑤華宮是前日恢復修繕的，還有不少營造工匠在，有無死傷尚不知，只怕會殃及金水門。還請娘娘在慈寧殿安心等待。一有消息，微臣便來稟報。」

「還是我來說吧。」一把柔和的聲音從殿外傳來。

九娘頭皮一炸，立刻站了起來：「阮玉郎!?——」

---

❶ 太妃：宋朝並無東西太后並列的情況，只要太后還在，皇帝的生母只能做太妃，死後追封爲皇后。

第三百二十九章

阮玉郎施施然跨入大殿，滿面春風，唇角上揚：「許久不見。」

九娘覷線落在他素白寬袖上，瞳孔微縮，上頭的血跡如點點紅梅觸目驚心。

孟彥弼大駭，鏗鏘一聲佩劍出鞘，擋在了一眾婦孺身前：「來人——！」

殿外的打鬥聲這才傳了進來。

跟在阮玉郎身後的趙元永雙目紅腫魂不守舍，被阮眉娘牽著如傀儡兒，毫無生機，見到九娘時眼淚便掉了線似的流了下來，嘴唇翕了翕，一聲「婆婆死了」悄然無息地吐了出來，無人留意。

向太后大驚之後是極怒，她將趙棣緊緊摟在懷裡，盯著阮玉郎身後的賀敏等人，厲喝道：「你們身為朝廷重臣，竟夥同阮玉郎謀逆？」

同知太常禮院張師彥走到阮玉郎身側，對著向太后躬身行了一禮：「娘娘誤會了，這位乃是洛陽來的郡王。臣等奉太皇太后懿旨，特來規勸娘娘。」

原吏部尚書李瑞明沉聲道：「先帝六子栩乖張暴戾，殘害手足，殺害皇四子，逼迫皇五子，更強迫幼弟禪讓，自立為帝，貶盡二府宰執以堵天下人悠悠之口，任用張子厚等佞臣奸賊，昏毀相襲，天下蕩覆。全賴祖宗之靈，得以保住洛陽一脈趙氏正統。唯有追隨太皇太后，方能拯傾提危，澄氛靜亂，匡濟艱難，功均造物。還望娘娘勿懼皇六子淫威，頒下廢皇帝之詔書。」

向太后氣得渾身發抖，不知他們究竟是如何能和阮玉郎這般輕易就到了慈寧殿，更不知皇宮大內的情況如何了。

「你胡說——！我六哥是好人，四哥壞，五哥也壞。你們都是亂臣賊子！」趙栐死死抱住向太后的腰，小臉朝外梗著脖子大叫起來：「六哥從沒逼迫我，是我自己不想做皇帝的。」

阮玉郎的視線落在九娘微微紅腫鮮豔欲滴的唇上，咳嗽了兩聲，壓下翻騰不已的血氣，低聲道：「藥。」他接過身邊侏儒遞上的四粒紅色丹藥，一口吞了兩粒下去。

孟彥弼護著梁老夫人和陳素等人退了兩步，低聲對九娘道：「恐怕是皇城司和入內內侍省出了事。」

宮中人手已經清理了好幾回，九娘和張子厚一直防備著還有許多人會效忠於太皇太后，今日終於圖窮匕見，悉數見光。

九娘臨危不亂，反又上前一步，走到孟彥弼身邊，眼神落在趙元永身上，歎道：「諸位臣工莫要上當，太皇太后才是受趙棣所迫。娘娘寬厚仁慈，特派人將我祖母從蘇州宣召回汴京，更將我六姊偷偷送回汴京，為的就是要告知太后和陛下，務必早日撥亂反正，攻下洛陽好解救她以及一眾被欺瞞的文臣武將宗室勳貴。如今有人假傳懿旨，利用你們宮變謀反，諸位還請三思。這位的確是郡王，只不過是壽春郡王，也就是先帝在世時的謀逆重犯阮玉郎，更是毒殺先帝的真凶，太皇太后怎會將所謂的懿旨交給他？」

諫官曹軻和禮部尚書徐鐸之面面相覷，這位洛陽來的宗室郡王竟然真是謀逆重犯阮玉郎？他們幾個原本就有些疑心，奈何賀敏和李瑞明等人一口咬定乃是太皇太后親筆，才跟著進宮來，眼看著阮玉郎殺人不眨眼，早已心中不安，聽了九娘的話不禁悚然而驚。

九娘視線落在趙元永的身上，柔聲道：「阮玉郎不過是想借此偷樑換柱，改朝換代，立他的兒子趙元永為帝。元永，我說得可對？為何沒見到你婆婆？」若還有人能阻止阮玉郎，便只有她前世的嫡親姨母，郭氏郭瓏梧了。只是看趙元永的神色，九娘心頭一陣刺痛，卻不能不攻向最脆弱的趙元永。

趙元永掙了掙，被阮眉娘捏得死緊，他淚眼朦朧地嘶聲道：「婆婆她自盡了……」

九娘一怔，看向阮玉郎。

阮玉郎淡然道：「你這離間計倒是高明，只可惜用錯了地方。」

多說無益，她為的恐怕還有拖延時間。只可惜趙栩這時身陷兆王府，兆王不謀反也已經謀反了。那兩顆丹藥雖有摧毀經脈走火入魔之憂，但他重傷之下要在孟彥弼和禁軍手下制住殿中這些人，卻不得不以毒攻毒，強壓住傷勢。一力降十會，才是正理。

紅梅點點閃過，眾人只覺得眼前一花，孟彥弼手中劍叮叮咚咚和阮玉郎手中的紫竹簫相擊幾十下，阮玉郎身影飄忽，只見其影不見其人。殿中禁軍護衛著向太后等人退了十幾步，後頭卻又湧出許多皇城司的人來，將他們團團圍住。

「娘子勿怕——！陛下已到東華門了！」殿外傳來幾聲疾呼，卻是惜蘭的聲音。利箭破空聲不斷，卻是殿前司弓箭班的人反攻了回來。

九娘因入宮覲見，短劍留在了聽香閣，此時後悔也來不及了，又知道阮玉郎的目標必然是她和陳素、趙淺予三人，立刻伸手將案几上的茶盞拿起來，砸在案上，手中碎片鋒利如刀。她微笑著將碎片擱在頸邊，對著梁老夫人福了一福：「阮玉郎欲拿孫女要脅陛下，孫女寧死不從，還請祖母勿念。」

陳素轉念間明白過來，顫抖著將另兩片碎片撿了起來，遞了一片給趙淺予：「阿予？——」

趙淺予眉頭一豎，毫不猶豫地接了過來，手指被邊緣劃破立刻見了血。

「我不怕！」

趙栩抬手也砸了一個茶盞：「我也不怕！六哥回來了他們就完了。」

向太后揚起眉，喝道：「亂臣賊子，可見到沒有？今日你們就算逼死我們孤兒寡母，也休想拿到什麼廢皇帝的詔書！先帝還看著你們呢，待官家攻下洛陽，平定天下，你們個個都會遺臭萬年，誅滅三族！」

徐鐸之猶豫片刻，疾步上前喊道：「先請住手，還請先生將懿旨拿出來給娘娘看上一看——」

阮玉郎紫竹簫敲在孟彥弼腕上，一手已捏住了孟彥弼的咽喉：「拿下——！」

四個侏儒激射而出，卻將徐鐸之踢得雙膝著地。門口的不少大臣叫了起來，卻無人敢上前阻止。

阮玉郎竹簫近唇，簫管內幾點黑影破空射出，擊碎了陳素和趙淺予手中的瓷片。陳素又怕又急，手中瓷片卻已粉碎。

九娘一見黑影飛出，便立時一個側身後仰，險些撞在向太后身上，卻避過了那暗器，手心裡出了一把汗，將瓷片捏得更緊。再站穩了身子，卻見阮玉郎早丟下孟彥弼，修長的手指瓷白如玉，已捏住了趙淺予的喉嚨。

「放下，不然我就殺了她。」阮玉郎的眼神如毒蛇般落在九娘手上，她竟然敢為了趙栩而死，他偏不許她死。

趙淺予難以呼吸，雙手根本使不上力氣，眼淚都嗆了出來，只看到陳素正衝了上來，她伸腿去擋，嘶聲道：「寧死不——！」

杜氏拚命拉住了陳素，低喝道：「你送上門去他求之不得！」

「阿予——！」陳素掙扎著哭喊起來：「你放了她，殺了我罷。我來換她——」

孟彥弼卻和要制住他的兩個侏儒又打在了一起。

趙元永看著眼前那七人全無懼色，抱著必死之心，想起婆婆臨終前的話，渾身發起抖來。婆婆不是怕連累他們，一定不是。他死命掙扎，卻被阮眉娘牢牢攥著。

九娘緩緩丟下茶盞碎瓷片，走向阮玉郎：「我來，你放了她。」

阮玉郎此時卻也不比趙淺予好受，真氣在體內亂竄，如萬針噬體，卻還要不露一絲。

「過來。」他低聲道。

九娘看著趙淺予秀頸上的那隻手，手指微微顫動著，走到他面前，神色鎮定：「放了她。」

阮玉郎強壓住氣血，眯起了眼：「好。」他手中紫竹簫壓在了九娘頸上，捏著趙淺予咽喉的手指鬆了開來，就要去抓九娘。趙淺予眼冒金星地喘著氣，眼見要癱軟下去，卻見到九娘就在自己面前，一時不知哪裡來的勇氣和力氣，她砰地將九娘撞了出去。

阮玉郎大怒，一掌拍向趙淺予後心。

「小心——！」

砰的一聲悶響，一個人影軟軟地倒下。

阮玉郎卻也搖搖欲墜，站立不穩。這一掌擊出，那亂竄的真氣再也壓制不住。

「素素——！」杜氏衝了過來，陳素一頭栽在她懷裡，口鼻沁出豔紅的鮮血。她拚力回頭去看那兩個孩子。

她這一輩子，都沒能好好守護過六郎和阿予，反而是他們從小就知道心疼她體貼她。

九娘已扶著趙淺予跑了過來，忍不住回過頭看，立刻高聲喊道：「二哥、惜蘭快來救人！」

孟彥弼狀若瘋虎，招招欲同歸於盡。惜蘭和幾個女史在殿外一樣浴血奮戰，終於離大殿只有一步之遙。

阮玉郎盤膝趺坐於地面，面如金紙渾身抖如篩糠，終於又是一口血，盡數噴在自己衣襟上。他一咬牙，將剩餘的兩顆丹藥服了下去。

阮眉娘再也顧不上趙元永，急急跑了上來：「玉郎，你怎樣了？」

趙元永慌亂不已，扶住了阮玉郎：「爹爹——」他已經失去了婆婆，爹爹實則就是他唯一的親人。

趙淺予緊緊抱著陳素，哭著喊了幾聲娘，又嘶聲喊著：「哥哥！哥哥你快來！快來救娘——！」

阮玉郎一把推開趙元永，飛身撲上。

孟彥弼將後背賣給對敵的侏儒，奮不顧身撲向九娘、陳素那邊，血花濺出，身中兩刀，他也不管不顧，長劍直刺阮玉郎後心。

阮玉郎手中紫竹簫反手一格，悶響一聲，劍簫相擊，孟彥弼虎口發麻，長劍險些脫手，驚覺他是服了藥刺激出潛能，更不能讓他靠近陳素、九娘她們，招招皆是同歸於盡的打法。

殿後和皇城司打鬥的禁軍，分出了七八人，銀槍列陣，守在了陳素等人身前，但阮玉郎和孟彥弼身法太快，他們長槍根本插不進去。

九娘眉頭一揚，霍地站起身來。杜氏已拔出身前禁軍腰間的一把長劍，越過他們，往孟彥弼身後追來的侏儒刺去。她雖沒有什麼功力，但出身將門，招式有板有眼，那侏儒倒不敢輕視，一刀轉頭砍在杜氏的劍身上。孟彥弼的後背因此少挨了一刀。

杜氏手腕劇痛，長劍脫手，轉眼那侏儒刀刃逼近。

鏗鏘一聲，刀鋒再次轉向，劈落破空而來的利箭。杜氏退開兩步，又拔出一把長劍。

九娘再次抽箭上弦，厲聲喝道：「快，擋住那兩個侏儒，護住孟將軍！」

只顧著守護陳素和趙淺予的幾個禁軍醒悟過來，趕緊繞過只見身影不見人的阮玉郎和孟彥弼，長槍斜指，直往那幾個侏儒身上招呼。一枝小小竹箭也飛了過來，沒等到被長刀劈落，已斜斜落在了一個侏儒腳邊。

九娘身旁的趙梣咬著牙又舉起手中小弓，上弦滿弓，跟著九娘手中箭同時再次飛出。

「別打了——」趙元永滿面是淚，高聲喊道。可惜殿中一片混亂，無人理他。

婆婆說得對，爹爹他錯了，就算得了天下也得不到人心。眼前那個剛剛禪位的幼帝，看起來只有六七歲的模樣，竟也不怕死。她們都不怕死，甚至一心求死。

爹爹，別打了，你錯了。趙元永喃喃低語，卻被阮眉娘攬在了懷裡，退到廊柱旁。

「成王敗寇！」阮眉娘冷然道：「你哭什麼哭！」她看向梁老夫人，想到在洛陽的孟存，不免十分得意。你們個個重情重義，又怎麼是無情無義之人的對手。只是郭氏教養出來的趙元永卻這麼怯懦，實在可恨。

梁老夫人也在不遠處看著阮眉娘，心中無限感慨，幾十年宿敵，曾因孟三之死也對她心懷歉疚，今日終於拔刀相見你死我活，倒也痛快。

日頭慵懶地掛在皇城上空，鴿群被嚇得呼喇喇地從琉璃瓦上飛起，轉了兩圈，慌裡慌張地沒入宮牆深處，在牠們眼裡，四面八方奔跑的禁軍、內侍、宮女十分可笑，但滿空亂飛的箭矢卻極其可怕。

趙栩和高似來不及等殿前司禁軍撞開被皇城司鎖閉的皇儀門，直接率領親衛和帶御器械縱身躍過皇儀門，沿著皇儀殿和垂拱殿之間的宮牆上撲向北面的慈寧殿。

剛剛擊退了樞密院叛軍的孟在，也同樣等不及破門，從集英殿的琉璃瓦上飛身直奔慈寧殿，遠遠的就見到了東面宮牆上的趙栩等人。雙方互相看了一眼，趙栩的手剛剛指向西北，孟在立刻轉向，朝此慈寧殿西面的龍圖閣、天章閣的方向掠去。

趙栩和高似等人一躍入慈寧殿，弓箭班的精兵鬥志昂揚，高呼起來：「吾皇萬歲——萬歲——萬萬歲！」震得大殿內的人耳鳴不已。

趙淺予又哭又笑起來，摟著陳素喊：「娘，你別閉眼，哥哥來了，哥哥來了——！」

趙栩和高似劈手奪過弓箭班軍士手中的弓和箭袋，不約而同地抽出六枝長箭，上弦，抱弓，滿月。

利箭破空聲刺耳之極。慈寧殿正殿大門轟然倒了半邊下來，瞬間又噗噗噗插滿了箭矢。趙栩所帶人馬一加入戰鬥，院子裡叛變的皇城司和入內內侍省的近百人已死一半，餘者倉皇失措地退入大殿。殿內的光線驟然暗了下來。

殿中曹軻和李瑞明正吵得不可開交，被推進來的叛軍推推搡搡，頓時衣冠不整踉踉蹌蹌跌倒在旁。不少官員面上露出絕望之色，誰想得到遠在鄭州的皇帝竟然已經到了殿外，想起他殺伐決斷的手段，紛紛不寒而慄。

賀敏默默取下頭上的長平腳襆頭，捧於胸前，注視著阮玉郎的身影。妻兒昨日已被他想法子暗中送出了汴京，他自問一心效忠於太皇太后與先帝，意圖扭轉乾坤，不想竟倒行逆施，成了阮玉郎的幫兇。又或者他心裡其實也都清楚明白這位郡王就是阮玉郎，只不過存著利用他扳倒趙栩的念頭。與虎謀皮，自作自受。半世清名，毀於一朝。

兩頭血戰的禁軍大喜，拚殺更是勇猛。

阮玉郎一聲悶哼，生受了孟彥弼一掌，借力飛向趙淺予身前。紫竹簫連消帶打，瞬間已將眼前的三個軍士殺了，五指並掌，直落趙淺予的脖子。

陳素意識已漸渙散，疼痛似乎逐漸離開了她，但見到阮玉郎如鬼魅一般又近在咫尺，畢生的力氣都用在了此刻，雙手拚力將抱著自己的趙淺予推開。

她早無面目苟活於世，又怎會害怕死於仇敵之手。她死了，再沒有人能用她要脅六郎，要脅兄長，再也沒有人知曉她所犯下的不貞之罪，再也沒有人苦苦糾纏於她。她深藏於心底的秘密，就此帶走。

「素素——！」

「娘——！」

殿前殿後同時傳來幾聲高呼。

阮玉郎一掌劈在陳素肩頭，改掌為爪，將她死死捏在手中，紫竹簫擋開了九娘的一箭和迎頭而來的一箭，即刻拖著陳素向側前方飛躍，同時躲過了身後幾箭，紫竹簫中最後幾枚暗器朝著身後的趙栩和高似激射出去，人已到了九娘眼前。

九娘見他雙目赤紅，唇角卻依然似笑非笑，只是口鼻溢血，早已不復往日玉人風華，顯然也已經是強弩之末，毫不猶豫，手中弓當頭劈下，虎口劇震，長弓斷為兩截。

弓一斷，九娘抬手就去拔髮髻上的喜鵲登梅釵，卻被身邊趙栩猛然撞開。

「先生小心——！」

「十五郎——！」向太后和九娘齊聲驚呼。

阮玉郎怒極，紫竹簫落下，毫不留情地擊在趙栩的小肩膀上。趙栩一聲都喊不出來，小臉發白，喉嚨卻已被阮玉郎夾著紫竹簫捏住，疼得毫無知覺，無聲嗆喘，雙腳幾乎離了地。

「撒手——！」趙栩忌憚陳素和趙栩，手中劍點向阮玉郎的雙手，喝道：「胸口——！」

阮玉郎將手中趙栩推向劍尖，趙栩咬牙收劍。阮玉郎趁勢轉過身來。卻聽噗嗤一聲，一根精鐵箭簇從他胸口劍傷處冒了出來，血如泉湧。他渾身氣血翻滾，險些被斃於當場。

高似一擊未能竟功，急得雙目赤紅，長弓一折兩斷。

阮玉郎勉力一手拖著軟綿綿不知生死的陳素，一手掐著趙栩的咽喉，退到一根廊柱前靠在了廊柱上，將手中兩人擋住了自己上下要害，一時只覺力竭，身子晃了晃，笑道：「兆王還真是無用啊。」

大殿上雖然還在廝殺，叛黨卻已只是負隅頑抗。趙栩一把攔住要衝上去的九娘和趙淺予，帶御器械們圍在他身旁，孟在已清理完殿後的皇城司眾人。杜氏也扶住了搖搖欲墜的孟彥弼。向太后和梁老夫人極憂心地看著阮玉郎手中的陳素和趙栩，身不由己地走到了趙栩身後。

「大郎到爹爹身邊來。」阮玉郎柔聲道：「你可怕死？」他還要再賭一次人心。

四個侏儒渾身是血，和燕素等人護著趙元永和阮眉娘，小心翼翼地繞過高似、孟在和趙栩等人，走到阮玉郎身旁，將他護住。

趙元永卻已近崩潰，看著他可怖的模樣，想伸手去抱抱他卻又不敢碰到他，只嘶聲搖頭道：「爹爹，你不要死，也不要殺人了，你放了他們，我求他們給你拔箭——」

阮玉郎看了他一眼，又看看手中小臉通紅舌頭已吐了出來的趙栘，笑道：「我的兒子，竟不如趙璟的兒子嗎？」

陳素暈沉沉中悠悠醒轉，視線所及之處，是如獵豹一般蓄勢待發的高似。她避開他焦灼傷痛的目光，看向一旁，表嫂和彥弼總算都平安無事，表哥一家團聚了。六郎來了，阿予和阿妧也都沒事……

阮玉郎手下一緊，陳素痛不欲生，卻死咬牙關一聲不吭。高似目眥欲裂，右手握成了拳，青筋畢露，微微顫抖著。

阮玉郎看著趙栩道：「你還不自己動手？自廢雙目，我便放了你娘，自廢雙腿，我便放了你弟弟。又或者，你為了做皇帝，讓你娘和這個弟弟給我陪葬。我倒也不吃虧。」

趙栘一雙小手無力地垂落下來，雙目無神，看起來卻有點高興，他這次不害怕了，大娘娘看得到他這般了不起，他救了先生一次，他是頂天立地的男兒郎。

九娘嘶聲道：「十五郎——！」待要衝上前去，卻被趙栩攔住，淚眼中只看到他緊抿如刀鋒的唇，還有幽深黝黑的眸子。

向太后一口氣提不上來，暈厥在了梁老夫人身上。

陳素奮力抬起還能動彈的一隻手，想要去掰開阮玉郎的手指。

「好！」趙栩沉聲喝道。

被壓在大殿門口的叛黨們不敢置信地抬起了頭。

第三百三十章

轟然倒塌在陽光中的半扇殿門前，匆匆趕到的張子厚等重臣都汗濕重背。張子厚見一眾忠心於太皇太后的官員們面露不可置信的狂喜神色，心裡一沉，大步跨入殿內，立時已明白了情勢。

他雖沒聽到阮玉郎提出的具體要求，卻明白絕無好事，而趙栩對陳素極為孝順，哪怕要他拿性命去換，他也一定是肯的。張子厚眼中鋒芒閃了閃，高聲道：「陛下萬萬不可！」

阮玉郎後背一箭穿胸，無法靠實在身後圓柱上，聽到張子厚的話，那隻掐著趙梣咽喉的手指剛略微鬆開便又收緊。趙梣本能地吸了一口氣發出的嘶嘶聲立刻也被掐斷。

陳素無力地拍打著那隻惡魔之手，拚命搖著頭。

高似肩頭肌肉緊張起來，雙膝略彎，便要不顧一切地出手。阮玉郎將陳素又拉近了一些：「高似，你再動上一動，她就是個死人。」

「阮玉郎——，十五郎尊我為先生，是為了我才被你所擒，用我的雙目換他。六哥用雙腿換清悟法師。」九娘輕輕在趙栩的手心劃著，沉聲道：「你要的無非是六哥身殘，再不能為帝。這般你也一樣如願。」

趙栩眼中一澀，牽著九娘的手笑道：「也好，以後我是阿妧的眼，你是我的腿。」

阮玉郎深深吸了口氣，胸口的一股邪火蹭地冒了上來。

「阮玉郎，只要你肯放過我娘和十五弟，我趙栩便依從你做回瘸子。其實要我拿命去換他們兩個，我也心甘情願，但你還要留著我牽制趙棣，好扶持趙元永即位。」趙栩一語道破他的謀算：「兆王已死，就憑你在洛陽的人手，何以能讓趙元永取而代之？你命不久矣，若沒有我活著，趙棣必然一舉掃除你的餘黨，趙元永又能活幾天？」

張子厚一把攔住身後急欲開口的趙昇、鄭雍等人，九娘以她自己為餌，只要能拖延片刻，引得阮玉郎開口，便有一線生機。

他眼中露出冷酷之色，掃過面前這一群人，心念急轉。如何救人，先救誰，誰動手，救不到再如何，立刻已有了好幾種方案。高似和孟在明顯都已關心則亂，絕不可能不顧陳素的性命而出手。只要阮玉郎沒有拿住九娘，在他眼中，任何人的性命，哪怕是向太后，也不值趙栩拿帝位去換。何況陳素和趙梣的性命，於朝政並無大礙，絕不可能因他們而令趙栩的宏圖偉業受阻。至於陳素，萬一救不到便追封為太后，趙梣必然會追封為皇帝，都已足夠。所有的悲傷，時間會撫平一切，他們的死，只會讓趙栩鐵了心地斬根除草，掃除一切障礙。

張子厚目光落在身側的現任大理寺少卿林鴻之身上。原先是他得力幹將的林鴻之瞳孔收縮，目光落在張子厚移至背後的右手上。張子厚右手拇指微翹，點了兩點。林鴻之全身起了雞皮疙瘩，隨即目不斜視地退開來幾步。

阮玉郎卻只垂眸看著手中的趙梣，他口鼻溢出的鮮血滴落在寬袖上，和別人的血混在了一起。

「你們兩個太過狡詐，我信不過。」阮玉郎斜睨著九娘：「阿妧你沒了雙眼，就留在我身邊罷，有你教導大郎，倒是好事。」要脅趙栩一時容易，他卻要趙栩投鼠忌器一輩子，讓他和趙棣鬥得死去活來。趙栩說他命不久矣？最多他散盡功力做一個廢人。自他出生以來，多少人要取他的性命，又有誰能殺得了他？氣數？還是命運？他為何要就此屈服？他若是屈服，就不會入宮來。他不想死，誰也殺不死他。

九娘手指在趙栩手心中輕輕劃了劃，又上前一步：「好，我這就跟你走，永為質子，你可放心了？只是我最怕疼，你剜我眼睛時快一些，仔細一些，萬一我死在當場——」她轉過頭看著趙栩：「六哥，你便替我們報仇吧。」

張子厚頸後汗毛倒豎，可看到趙栩深淵般的眸子中光彩迭起，他猶豫了一剎。

趙栩深深看著九娘，終於點了點頭，伸臂將她摟入懷中，埋首在她肩窩處，眾人留意到趙栩的後背輕微地顫抖著，心酸不已，均轉頭不忍再看。

阮玉郎寒聲道：「你縛了雙手再過來。」這小狐狸詭計多端，那釵子還在頭上插著呢。

九娘走了幾步，任由一個侏儒上前將她雙手緊緊反綁了，才走到趙梣面前，凝視著阮玉郎：「放了他。」

阮玉郎視線卻掃過高似、孟在，落在趙栩面上，片刻後才緩緩放開趙梣，一道虛影閃過，那隻手已移到了九娘的咽喉上，先鬆後緊，跟著又緩緩鬆了一些。

趙梣跌落地面，無聲無息。陳素絕望地看著九娘，淚如雨下。傻孩子，兩個傻孩子！

「讓我看看他。」九娘直視著阮玉郎。

趙元永蹲下去，用盡力氣抱起趙栩，摸了摸，尚有氣息，抬起頭含淚道：「他還活著！」

九娘嗆咳了兩聲，阮玉郎的手指又鬆了鬆。她柔聲道：「多謝元永。你和婆婆一樣好。等我瞎了，便和婆婆一樣了，還請你多多照顧我。」

趙元永想起婆婆一直以來對九娘的牽掛，說過的那些往事，問過他無數遍九娘長的什麼模樣，趕緊一把放下趙栩，站起來扯住阮玉郎的衣袖哭道：「爹爹，不要！婆婆會傷心的。婆婆——」

阮眉娘抓住他往後拖：「大郎莫要胡言亂語。」

趙元永哪裡肯放，使出了全身力氣去拉扯阮玉郎的手：「求求你爹爹，不要讓她變成瞎子——」

趙栩此時忽地舌綻春雷：「動——！」

九娘左肩全力前衝，撞入阮玉郎懷中，一擊得手，再全力往右擰腰側身，撞在陳素身上。極輕的一聲碰撞，電光火石之間，阮玉郎胸口那露出來的精鐵箭簇被九娘撞回了阮玉郎的身體之中。他後背的羽箭隨即撞在身後圓柱上，噗嗤一聲，精鐵箭頭再次戳出他胸口。

一股血泉噴出，濺在趙元永臉上，他眼前一片血紅。

九娘一動，幾條人影跟著如輕煙一般閃過。劍光如瀑，刀光如山。

陳素只覺得肩頭一輕，身子已落入一個寬厚的胸膛，低沉嘶啞的聲音很輕：「沒事了，沒事了。」

趙栩攬住九娘的纖腰，劍光已將他二人和腳下的趙栩悉數護住。

孟在和孟彥弼截住了阮玉郎手下，林鴻之的人趕緊搶上前去將地上的趙栩抱了回來。

張子厚鬆開緊握的雙拳，停下衝上去的步子，長長地舒出了一口氣。

阮玉郎背靠朱漆承天柱，緩緩滑落在地上，垂目看著胸口的箭簇又出了三分。原先拿住陳素的那隻手，五指已被高似一刀削去其三；被趙元永拉住的手，反倒是保住了。

可惜日後再也不能吹奏了。他閉了閉眼。

趙栩皺起眉頭：「讓開。」

趙元永滿臉血汙，全身發抖，卻死死擋在阮玉郎身前，仰頭看著九娘：「求你別殺我爹爹！」他抹了把臉，不知道是血還是淚：「婆婆會傷心的。不要——」是他害了爹爹。

「讓開。」卻是阮玉郎的聲音。

趙元永一顫，依然一動不動。

阮玉郎箕坐於地，看著趙栩和九娘，點了點頭：「輸得不冤。不過，我不是輸給你趙六的。」

「我的確是六哥的弱點。」九娘從懷中取出先前趙栩借著抱住自己放入衣內的急腳遞金牌，淡然道：「卻也是你的弱點。又或者，你只是輸給了你自己的執念。」邪不勝正，她素來堅信。

阮玉郎看著趙元永依然擋在自己面前的背影，這個孩子也曾騎坐在他肩頸之上，笑鬧著要吃冰飲子。他也曾經以為還是能有一個自己的孩子的，元禧太子的血脈，無論如何都是能傳下去的。

一切皆空。

「斬草需除根。」阮玉郎笑了起來：「趙六，切記要殺了大郎，把我們父子葬在一起。」

趙元永的小小身軀猛地震了一下，慢慢轉了過來，看著阮玉郎，雙眸中有震驚有不信有絕望和無邊的痛楚。那聲「爹爹」卻喊不出口。

「無需激將。」趙栩冷冷地道：「國有國法，家有家規。趙元永並無惡行，罪不至死，他是兆王的唯一子嗣，宗正寺自會審理。」

趙元永茫然看著阮玉郎：「爹爹？」

阮玉郎抬起僅剩兩指的那隻手：「大郎來爹爹這裡。」

趙元永倉皇倒退了兩步，再想上前，卻怎麼也動彈不得。

阮玉郎唇角露出一絲微笑，緩緩閉上了眼。

曾經，那個女人也這樣抬起手讓他喊她一聲娘。她不配。

這世間，誰也不要念著他，才好。

慈寧殿中慢慢靜了下來。眾人的目光都放在了阮玉郎身上。陽光漠然地從刀砍箭傷的窗口穿了進來，雙人方可合抱的圓柱似乎鑲了兩道金邊，他低垂的頭顱一動不動，上頭有半幅日光，細心一些，能看得見灰塵在不安分地浮游著，又好像在安撫這具千瘡百孔的軀體。

趙元永顫抖著，輕輕喚道：「爹爹？爹爹。」他想走上去抱一抱他，才挪了一步，已被孟彥弼一手扣住。

大敵終去，九娘默默看著垂首箕坐再無動靜的阮玉郎，卻並無想像中的雀躍和高興。八年前州西瓦子樓梯轉角口的偶遇，他身穿戲服，眼波瀲灩，似笑非笑地看著他們二人。今時今日，他事敗身死，依然是在他二人面前。

若不相信命運之手的推動，又如何解釋這些年來的糾纏爭鬥？殿中幾乎每個人都曾被他費盡心思地織入網中。她的重生，是在這蛛網上撕開了一個極細微的裂口，然則如石投水，波紋越來越廣，被擺布的棋子們終能與他抗衡，如今這最後一條蛛絲終於也被砍斷。她的生死，曾和他息息相關，他的生死，最終也和她密不可分。

趙翃輕輕握了握九娘的手，持劍緩緩靠向阮玉郎。高似一個箭步擋在他身前：「他多次詐死，陛下勿以身涉險。」

高似橫刀在胸前，兩旁的禁軍們又都戒備起來。

探過鼻息和心跳後，高似蹲在阮玉郎身前，沉默了片刻，才站了起來。

趙栩深深吸了一口氣，轉身先去查看陳素和趙梣的傷勢。

張子厚猶豫了一剎，走到九娘面前，九娘輕輕點了點頭，不等他問就柔聲道：「我無事。」她轉頭看著被宗正寺和禮部帶走的趙元永，輕歎道：「趙元永入獄後還請你關照一下，莫讓他受刑。」

張子厚毫不猶豫一口答應：「好。」那少年哪怕只為她求過一個字，他也會善待他。

善後事宜在張子厚的指揮下，有條不紊地開展起來，清查叛黨餘孽，清掃各殿各閣，搬運屍體，傷兵救護，慈寧殿那損毀的半扇大門被移了出去。方才被日光籠著的圓柱上下都是水跡，七八個內侍蹲在地上清洗血跡。刑部和大理寺將一眾官員押入詔獄，又派員鎖拿他們的三族親眷。宗正寺和禮部剛剛接手兆王府的一攤子事，這邊又接下了趙元永。

慈寧殿後殿的寢殿中，向太后眉頭緊鎖，守著趙梣。西偏殿的羅漢榻前，趙栩、趙淺予和九娘默默看著昏迷不醒的陳素。

御醫院的院使收回了手，退開幾步，低聲回稟道：「陳真人內外俱傷，下官實在無能為力，請官家降罪。」

趙淺予一頭撲在陳素手上失聲痛哭起來。

趙栩雙目泛紅，雙唇緊抿，放在膝蓋上的手微微顫抖起來，半晌才沉聲道：「召方紹樸速速回京。」

院使猶豫了片刻，低聲道：「依微臣拙見，陳真人氣若遊絲，對外界不聞不問，似心有死志——」方紹樸擅外科，頗有天賦，又是御醫院裡最受官家器重的醫官，若因診治陳真人無果而獲罪，實在可惜。他點出這個來，幫他一把，也算盡到了世交師伯之心。

趙栩猛然轉過頭，控制不住地喝道：「一派胡言！」

趙淺予抬頭望向院使，再看著哥哥怒不可抑的神情，緊緊握住陳素的手泣不成聲：「娘！你別丟下阿予，求求你，你回來，你好好的回來——」

心有死志……

九娘淚盈於眶，伸出手輕撫趙淺予散亂了的長髮，一下，一下。她前世心灰意冷時，阿昉也是這般喚著她。明明她真的不捨得了，後悔了，想留下來好好照顧阿昉，可即便她萬般掙扎，還是抵不過那沉沉的死氣拖著她往無邊無垠的黑暗中去。

西偏殿廊下兩個男人靜靜立在窗下，裡面的話語和哭聲清清楚楚地傳到他們耳中。

孟在猛地扭過頭，看向高似。眼中熊熊怒火，墜入熔爐，忽地又澆上冰水，淬厲成寒冰利劍。有些事無需明說，他甚至不願去想，她若真的心存死志，必定是眼前這個男人害死了她。他自會親手為她報仇。打得過，要殺他，打不過，還是要殺他。

當年那個蒼白著小臉，含著淚輕聲喚著表哥的少女，是他親自送她入宮的。他縱然奮勇殺敵拚搏軍功，縱然費盡心思入宮看護著她和她的一雙兒女，也無力補天。過去了的，永遠回不去了。

表哥，我不想去，我怕。魯鈍如他，是在軍營中才突然明白她一直說不出的那句話。

她如果說出來，他又會如何？最痛苦的莫過於他依然還是會送她入宮。他是翰林巷孟氏一族的嫡長子，他已有婚約，他背後還有近千族人。她雖天真懵懂，卻絕不會讓他為難。哪怕他只是跑一趟打聽陳青的消息，她也要謝上好多遍，她從來不願意為難任何人。

孟在往外疾步走去，高聲喝道：「傳鄭州隨軍醫官方紹樸速速回京，十萬火急——！」

他的聲音有些嘶啞，卻如夏雷一般轟鳴人耳。高似動了動發麻的手指，慢慢地轉過頭，看向那邊的窗戶，她的女兒哭得那般厲害，還有六郎，六郎為何沒了聲音。

那深藏於心底不為人知的秘密，他極力避免去想的秘密，浮上了心頭。她知道了麼，她明白了，所以她一心求死。

高似茫然四顧，暴戾狂躁如颶風一般席捲了他的身心。他要殺誰才能洩憤？孟在嗎？他甚至不知道那夜的事。

她從來沒有記得過自己，伸出援手時沒有記住他，鄰里相處時也沒有。他惦念了她幾十年，卻令她心生死志。

狂暴褪去，高似緩緩拔出腰間的長刀，盤膝坐了下來。他害死了她，那就剜他的心，給她報仇。

只是他不能再守護六郎了。

槅扇門輕輕開了。九娘扶著門框，凝視著廊下那一動不動的背影，出鞘的刀尖露出半截，似乎還隱有血光。

又一個心存死志之人。

高似眼觀鼻鼻觀心，對身後的腳步聲充耳不聞，全神貫注都在聆聽殿內的哭聲，還有那若有若無的呼吸聲。

「你能救她。」九娘輕聲道：「去試試吧。」

高似雙眼霍地睜開，脖子卻似乎麻木了，扭不過來，只低聲問了一句：「什麼？」

臨近午時的秋日，空氣中似乎暈染著蒼茫的煙氣，院子裡朝著太陽的一株楓樹已有些染金。

九娘有些出神，又想了想才道：「她沒做錯過任何事，是先帝的錯，是你的錯，也是——我大伯的錯。」

孟在驟然停在了那株楓樹下，光影斑駁，將他的面容變得模糊不清。

九娘苦笑道：「她逆來順受，萬事都當成是她的錯。被市井無賴糾纏，她怪自己的長相。她哥哥為民除害，她怪自己沒拉住帷帽害了兄長。官家看中了她，她怪自己沒有早日毀掉惹事的美貌。」

刀尖和楓樹下的一地光影似乎都顫了顫。九娘停了停，又道：「她入了宮，再也沒有人將她捧在手心裡疼著了，沒有人將她看得比自己更重要，沒有人在意她。在宮裡被欺負，她怪自己沒學會她兄長的一點點本事。六郎被欺負，她怪自己不會討好太后和帝后。阿予被推下水，她怪自己沒有看好她。就算再恨你，只怕她還是會怪自己。就算她心裡有過誰，她也只會怪她自己。」

高似的胸口劇烈起伏起來，握刀的手青筋突出，指節發白。

「你做了什麼，你心裡清楚。」九娘淡然道：「你的錯，為何要她付出性命去贖？」

高似慢慢站了起來，和楓樹下的孟在對視了一眼，抬起手抱拳行了一禮。

「多謝指點迷津。」高似的聲音低沉，穩穩的。

九娘凝視著他：「對不住。」

「我心甘情願。」高似忽然笑了開來。

趙栩和趙淺予頻頻回頭。趙栩一聲不吭，趙淺予卻死死攥著九娘的手：「他真的不會害我娘嗎？」

九娘摟著她的肩頭往外走，柔和又不容置疑地道：「放心，我保證。」

趙栩停在門口，深深吸了口氣，伸手拉過趙淺予：「去吧，讓女史給你收拾一下。娘要是醒了，可不要被醜八怪嚇到。」

槅扇門輕輕地掩了起來。

高似的眼中，只有榻上的女子。那扇門以外的一切，和他無關了，和他們無關。這裡，只有他和她。只可惜她不知道。和那夜一樣。

但她不會再錯認他為孟在了。

高似無聲地笑了起來，濃眉舒展，雙眸放光。他坐到榻邊，卻不敢伸手去碰一碰她。

起初是壓抑著不敢想，後來是沒法不想，最後是無需再想，她的聲音笑貌已經融入他骨血之中。他所想的是如何能把她們母子三個弄出來，他會如何待她們才令她們能接受自己。

「素素——」

他終於伸手輕輕碰了碰她的左肩，被阮玉郎那樣捏著，肩骨不知道碎了麼，醫官沒有多說，層層紗布包著的地方，他一碰，指尖如被火炙，立刻縮了回來。

「素素——」高似留意到她鬢角有了幾根銀絲。

「都是我高似的錯，是我害了你。」低沉的聲音很穩，很厚實，穿過陳素的耳，透過無邊無際的黑，像陣陣的雷。

是的，都是你的錯，是你害了我。往深淵緩緩而行的陳素，陡然停住了腳。

第三百三十一章

「是我的錯。」高似斬釘截鐵地又重複了一遍：「是我一廂情願癡心妄想，才害苦了你。」

他心中苦澀無比，口中也發苦，隱隱的血腥氣透過後牙槽衝入鼻腔。

這句話在黑暗中不斷回響。陳素回過身，那來路的一片漆黑中突然爆出米粒大小的光，忽明忽暗，幽幽似在召喚她回去。

她當然恨他，可是更恨她自己。

一廂情願？她何嘗不是。癡心妄想，她同樣也有。若沒有心魔，為何會有那糊里糊塗的一夜。她若離開人世，六郎再無掣肘，她也無需被那樣的恥辱羞愧夜夜折磨。她怎麼被欺負都能承受，因為她有錯在先。出家修道，對她而言求之不得，遠離紅塵，她方能安心。

等明白那夜的男子原來竟然是高似後，若非六郎未歸，她那天便會了結殘生。即便她再誠心侍奉道君，她拚命念經，她努力打坐，可都沒有用，她時時刻刻被那可怕的事實壓得喘不過氣來。她自被誣與高似有染後，憤怒過，痛恨過，委屈過，忽地發現她不是被誣，那人也不是無中生有，而是她親手做下的一筆糊塗帳。天下之大，再無她可容身之處。她的錯她的罪，她過不去。

陳素呆呆地站在原地不動，此刻想來，就是這個說話的男人，他的一廂情願也是因她糊塗才起，才會這般糾纏不清。她害了他，他反噬她。

「我心存貪念，被阮玉郎利用，害了你，也險些害了六郎的性命。」高似語速緩慢而堅定：「那夜你喝醉了，是我乘人之危，今日我便以死謝罪。」

高似停了停，見榻上的女子依然毫無動靜，又道：「人之將死其言也善，我多說幾句，你莫要嫌煩。」

陳素心中天人交戰，看著來路的那幽幽一點亮光，想走回去幾步。他要以死謝罪？他罪行滔天，殺人無數，破秦州，俘元初，令兄長一家背上汙名，更害得六郎和自己還有阿予險些喪命宮中。他當然比她更該死。偏偏她生性溫柔，想到這個洗心革面的男子要死在自己眼前，恨意滿滿的心裡又有一絲不忍和彆扭。

深淵中似有一股力量在拖著她。活著太難，她總是累贅，她拖累兄長，拖累表哥，拖累六郎和阿予，她沒有力氣再撐下去。她也不知道是要他死，還是不要他死。

「我娘原先是女真族的貴女，被契丹人搶了去，做了那人的姬妾，生下了我。」高似目光落在陳素蒼白的面容上，她和母親截然不同，他母親始終是一把利刃，烈火也熔不化她。可陳素卻是一團輕雲，隨時便風吹雲散。

陳素一怔，她聽說過他是契丹貴族耶律似，因滅族之仇才投奔外祖和舅舅。

「契丹人的姬妾不算是人。」高似口氣淡然，似乎說的是發生在其他人身上的事：「只是一個東西而已。那人時常把她送給其他人糟蹋。我身上流著女真人的血，也不算耶律家的人，只能算是不用花錢買的奴隸。」

陳素打了個寒顫，這種不受重視被凌辱的感覺，她深有體會，可這人和他娘親，也不免太可憐了。

「我娘想方設法用她自己給我換來了弓和箭，後來還有刀、槍，還有願意指點我的男人。」高似有些悵然，這些痛苦無比的回憶，他從不去想，此時告訴陳素，卻已雲淡風輕了。

「她逼著我習武，若我做得不好，她會用鞭子抽我。」高似的聲音柔和起來，似乎兒時那些疼痛反而是最溫馨的記憶：「可是她也會親自給我上藥，其實那根本不是什麼藥草，就是院子裡的野草，她嚼爛了就那麼塗在傷口上。那時候她會說一些女真的事，終年白雪皚皚的長白山，天池很美——」他曾經想帶著她在天池邊住下來，再也不問世事……

「我娘要我發血誓，要殺了我生父，滅了耶律氏，亡了契丹。」高似輕聲笑了笑：「結果我還沒來得及動手，我祖父便獲罪舉家逃來大趙，投奔蔡京後反被他拿下，送回契丹，合族只有我這個奴隸得以逃生。」

「當時我年紀還小，不會說大趙官話，又怕洩露了行蹤，在汴京東躲西藏，險些餓死。」高似伸出手，停在陳素臉頰旁，最終虛虛地懸空著不敢動。

「你於我，有一飯之恩。」高似棱角分明的臉上更加柔和。

「後來，我跟著你，到了西城，想法子做了你鄰家的僕從。」高似柔聲道：「我這一步錯，步步錯。可若回到當年——」

高似頓了頓：「我還是會這麼做。」

陳素咬著牙往回走了兩步，那米粒大的光點變成了碗口大小。他怎麼敢這麼說！

高似一瞬不瞬地盯著陳素微微顫動的手指。

「我生下來，便是個誰也看不起的雜種。長大後，是背負著血誓要報仇的完顏似。在大趙跟隨蘇瞻後，是尋找機會滅契丹，想要三分天下的高似。雪香閣一夜後，我是女真的叛徒，契丹的餘孽，大趙的仇敵。——可只有那一夜，我才是我自己。我是錯了，可我不想改。」高似輕聲道：「有你在，有六郎在，我死而無憾，只是你得好好的，六郎和九娘還要大婚，還要生子，阿予還要嫁人，你雖已出家，卻放不下他們幾個，為何不留下來看著他們？」

陳素眼前碗口大的光亮越來越亮，越來越大，漸漸像一條通道。身後那極重的拉扯終於沒了，她拔足飛奔。

他錯了，錯得離譜。六郎不是他的孩子，她要親口告訴他，六郎清清白白的，是大趙皇子，是先帝血脈，根本不是他的孩子！

偏殿中傳來低低的一聲驚呼。

趙栩立刻推門而入。九娘趕緊讓惜蘭去請院使前來。趙淺予扶著門框，趺趺撞撞地跟了進去，不由得也驚呼起來。

高似盤膝坐在羅漢榻前的地面上，面如金紙，口中滲出鮮血。榻上的陳素睜開了眼，看到趙栩，手指動了動，指向高似，淚流不止，卻說不出一個字來。

院使、醫官、女醫匆匆魚貫而入，都嚇了一跳。院使趕緊給陳素把脈，片刻後鬆了一口氣：「啟稟官家，真人內傷需調理半年，外傷卻無大礙，脈象較先前好了許多，死志已消。」

醫官拱手回稟：「高侍衛心脈已斷。微臣無力回天。」

趙栩慢慢蹲下身子，搭在高似腕上，黑曜石般的眸子深不見底，看不出悲喜。

高似勉力彎了彎唇角，心裡十分平和歡喜。她也許想起他來了，也許她不想他死。他有過她，還有六郎，這一世不算白活。

千山他獨行，不必相送。

九娘凝視著高似的背影，和那慢慢低垂下去的頭顱。他和阮玉郎，何其相似，又何其不同。同一條路，都是死路。他們拚力抗爭的命運，看著都已經由他們自己主宰了，可最終還是徒勞。只是，高似之死，較之阮玉郎，讓她多了一份無奈的悲傷。

陳素怔怔地看著高似，她還沒有告訴他六郎的事，似乎永遠也不需要告訴他了。日頭漠然地掛在半空中，生或死，它皆無動於衷。至於世上那些咽露秋蟲舞風病鶴之情，更不在它眼中。

京師自八月十六的宮變後，二府諸相不敢怠慢，張子厚更是雷霆手段，連接罷黜捉拿了近百官員，牽連入獄的家眷近兩千人，詔獄和大理寺牢獄人滿為患。過了兩日後，榮王趙梣脫險，皇太后下旨赦免了涉案犯官家中女眷四百七十三人。那不願沒入官中成為官妓而自盡身亡的五十一名女子，也被下旨赦了罪，允許三族外的親戚將屍首認領回去好生殮葬。一時間京中官員人人自危。

八月底，鄭州太守棄城而逃，百姓大開城門，爭相迎接王師。趙栩在鄭州整頓人馬兩日後，兵分兩路，一萬重騎馳援大名府，集結了餘下的三萬兵馬，即將發兵洛陽。

此時的洛陽，無花可賞。偽帝趙棣雖然每日早朝，卻惶惶不可終日。朝中眾臣，從七嘴八舌各種諫言，到如今噤若寒蟬無本可奏，似乎只是躺在砧板上的魚肉，只等著趙栩大兵攻城後任他屠宰。

阮玉郎、高似的身死，已被汴京都進奏院公布於天下，羅列出的罪狀十分細緻。張蕊珠在洛陽宮城中也得了消息，又驚又疑又怕，見趙棣越來越頹廢，下朝後常對著空洞無物的奏摺發呆，夜裡更是喝酒喝到吐才肯歇息，她心裡焦急，反而往延春殿跑得更勤快。奈何即便六娘不在宮裡了，太皇太后依然十分不待見她，去十次才見得到三次，若沒有錢太妃當中斡旋，恐怕只能見上一次。

得知鄭州太守棄城而逃，趙棣這日一直不曾回大內，留了宗室親王和宰執們商議如何守住洛陽。

是夜，有星無月，秋霜已降。洛陽宮城持續了近一個月的混亂，並無好轉，原本皇后孟氏在的時候，大內雖不興旺，各司倒也按例運作。六娘被擄以後，趙棣手書由賢妃張氏代理後宮諸事，卻被太皇太后擱置在旁，仍由延春殿兩位尚宮主事。

宮內七百多宮女內侍，有消息靈通者，打聽到戰事不妙，心慌慌欲出宮返家，四處託人求路；有那坐井觀天，只想討好張蕊珠和那未出世的皇長子或皇長女的，暗中給延春殿施絆子；一心忠於太皇太后看延春殿眼色行事的倒成了少數。倒是錢太妃，兩頭安撫勸慰，勉強維持著宮中的體面。

張蕊珠在趙楗寢殿中，讓人溫了酒，備了醒酒湯，久等他不歸，反而等來了延春殿的孫尚宮。

「娘娘宣召，還請娘子移步。」孫尚宮垂首斂目，語氣淡然。

昨日張蕊珠前去請安還吃了個閉門羹，錢氏陪著她在苑裡賞了半個時辰的桂花，好生安撫了一番，今日卻宣召她去延春殿。召無好召，張蕊珠為難道：「娘娘宣召，妾身本該前往。奈何官家再三交代，要妾身留在這裡等他回來——」人卻絲毫沒有起身的意思。

孫尚宮眼皮動了動，張氏竟敢如此拿喬，難怪近日裡尚書內省也敢拖拖拉拉陽奉陰違了。

「娘子放心，秦供奉已經去前朝請官家了。」孫尚宮唇角扯了扯：「若是娘子比官家還要金貴，臣這便回去覆命。」

張蕊珠笑著擱下手上的湯盅：「孫尚宮折殺妾身了，請待妾身換件衣裳罷。」

孫尚宮眉頭跳了跳，一介妃子，衣裳卻放在了官家寢殿之中……

張蕊珠進了屏風後頭，才覺得手有些發抖，低聲讓晚詞去打探趙楗是不是去了延春殿，磨磨蹭蹭選了好一會兒髮釵，出去見孫尚宮神色如常，略鬆了一口氣，撫了撫微微凸起的小腹，搭著貼身女史的手上了肩輿。

太皇太后一貫節儉，延春殿裡只亮了大殿中的琉璃燈，並未燃香，看起來有些陰森森的。張蕊珠下了肩輿，晚詞匆匆趕了過來，低聲道：「秦供奉正等著官家呢，御輦已經備好了，奴留了潘女史在那裡候著。」張蕊珠不動聲色，輕輕點了點頭，跟著孫尚宮穿過大殿，進了後寢殿。

寢殿裡八個宮女分列兩排，見到張蕊珠躬身福了福。重重帷幔低垂，兩盞琉璃立燈從屏風後透出光來，裡頭一點聲音都無。在屏風外站了片刻，也不聞太皇太后出聲，張蕊珠已有些腰疼，心裡不由得有些憤然，這種尋常人家婆婆磋磨媳婦的招數，堂堂皇家也好意思使出來，也不看看她還懷有身孕呢。

又等了一會，兩位醫女抱著藥箱躬身退了出來，身上的艾草味熏得張蕊珠皺了皺眉。她們對張蕊珠行了一禮，才對孫尚宮低聲道：「娘娘已醒轉過來了，並無大礙。」

張蕊珠一怔，聽這話似乎方才太皇太后暈過去了……

「進來吧。」太皇太后嘶啞的聲音響了起來。

轉過屏風，裡頭艾草味道更濃，張蕊珠垂首行禮問安，靜靜站在一旁，只盼著趙棣快些來。

太皇太后視線落在她小腹上：「如今幾個月了？」

張蕊珠柔聲應道：「稟娘娘，快五個月了。」

太皇太后眼角的皺紋動了動，默然了片刻。寢殿之內靜悄悄的，外頭傳來槅扇門輕輕關起的聲音，張蕊珠眼皮劇烈跳了起來。

「可惜了。」

張蕊珠如遭雷擊，幾乎回不過神來，猛然抬起頭，卻見太皇太后一臉憎恨地盯著自己。

「娘娘──？」張蕊珠踉蹌著退後了兩步，被身後的兩位女史一把挾住。

太皇太后冷然道：「張氏勾結朝廷重犯阮玉郎，毒害先帝，罪不可恕。現畏罪自盡，母子雙亡。死後著貶為庶民。」

「娘娘！——五郎——五郎——！」張蕊珠死命掙扎，放聲高呼起來。

太皇太后要殺她！要殺她腹中的胎兒！

三尺白綾陡然繞到她頸上，孫尚宮幽幽地道：「娘子安心去吧。」白綾的兩端倏地拉得筆直。

槅扇門砰地被撞開，趙棣氣急敗壞地衝了進來：「滾開——！」

張蕊珠聽到他的聲音，竟掙脫了兩個女史的手，死命卡住白綾。

太皇太后鎮定如常：「讓官家進來看著。」

兩個女史再度撲上去，要將張蕊珠的雙手扯開。

趙棣衝到屏風後頭，目眥欲裂，怒不可遏，飛起兩腳，踢在那兩個女史小腹上，一拳就朝孫尚宮臉上擊去。

屏風後混亂了片刻，張蕊珠死裡逃生，嚇得面無人色，渾身顫抖，躲在趙棣懷中牙齒打戰：「五郎——五郎——」太過恐懼，令她眼淚都掉不下來，只抱著自己的肚子發抖。

趙棣心疼之至，抱著她憤然抬頭問道：「娘娘？」

太皇太后從枕下取出一封信，扔在他面前：「她竟敢欺你瞞我，和阮玉郎狼狽為奸，勾結女真、契丹這些韃虜，企圖掘黃河堤壩倒灌汴京，連鞏義皇陵也要一起淹了。罪該萬死！成日裡干涉朝政，把持大內，有她在，國運衰落。這等褒姒、妲己之流，不殺了，留著過重陽節嗎？」她自大病後從未一口氣說這許多話，漲紅了臉連連喘氣。

孫尚宮趕緊上前扶住她。

趙棣一口氣憋在胸中，漲紅了臉，半晌才低聲道：「娘娘息怒，待五郎好生解釋，莫要錯怪了蕊珠。」

他看著孫尚宮：「你們暫先退下，吾和娘娘有要事相商。」

太皇太后冷笑著點了點頭，擺了擺手，讓孫尚宮等人退去外頭。

張蕊珠死裡逃生，這才低聲抽泣起來。

寢殿內恢復了平靜。趙棣將手輕輕覆在張蕊珠腹上，長長歎了口氣，面色由紅轉青。

太皇太后緩緩道：「五郎你若要用她那點子花言巧語來誑我，不必了。」

趙棣看著她緊抿的唇，那兩道深深的法令紋和眉心的川字紋，都象徵著太皇太后正在極度憤怒中，不由得垂淚道：「阮玉郎已死在趙栩手裡，此事無憑無據。只憑這等亂人心的傳言，娘娘竟要取了蕊珠和腹中皇兒的性命，孫兒實在，實在——」他抱著張蕊珠，也哀哀地哭了起來。

太皇太后眉頭皺得更緊，憤怒之外就是失望，她已經失望了許久了，她有什麼可選的，自從大郎去了，一切都坍塌了。無可奈何之下選了這個阿斗，卻怎麼也扶不起來。打仗不行，理政不行，他除了聽話，幾乎一無是處。每每以為失望到頂了的時候，竟還能更加失望一些。

她緩緩從枕下取出兩封書信，丟在地上。

張蕊珠心驚肉跳地看著那信，往趙棣懷中躲了躲。

趙棣猶豫了片刻，拆了開來。一封的落款竟然是翰林巷孟府梁老夫人所寫，言辭懇切，將阮玉郎假扮洛陽宗室引汴京近百官員宮變一事娓娓道來，更點明了阮玉郎乃毒殺先帝的真凶，趙棣竟然與他同謀，望太皇太后勿再為他們所欺騙，早日回京。

趙棣心中泛起好些藉口說辭，再拆開另一封，卻臉色大變。這封信的落款卻是阮玉郎。

他未及細看，大聲道：「這是假的！」阮玉郎已死在宮變之中，怎會寫信來洛陽給太皇太后。

太皇太后急喘了兩口氣，記著醫官的話，又勉力將怒火壓了下去，只沉聲道：「阿梁的筆跡和語氣，誰也模仿不來。這逆賊的信，卻也不可能是假。當年阮玉真那幾件事，除了他可能知道，再無別人曉得！」

趙棣再仔細看那信中，羞憤欲死，眼前直冒金星，連抱著張蕊珠的一隻手都跌落下來，渾身都如篩糠。

這信是阮玉郎宮變前所寫，為證身份，將阮氏、陳氏、孟氏幾家的百年糾葛說得十分清楚，更說了阮玉真入宮後的幾件秘事。洋洋灑灑，一件件一樁樁，從如何利用張蕊珠獲得他的信任，如何假扮入宮，順利毒殺先帝，嫁禍趙栩不得，趙瑜身亡。再其後揭露趙栩身世，雪香閣裡應外合。跟著中元節謀事不成，改為中秋後發難。西夏、女真、契丹、高麗，開的什麼條件，允的哪些城池。他做過的，沒做過的，都變成了他和阮玉郎合謀，觸目驚心。更言辭狠辣無比地嘲笑太皇太后和趙棣無視殺子殺父之仇，愚昧眼瞎，更言明天下人九月便知洛陽太皇太后和偽帝之行為，人神共棄，遺臭萬年。

「他若宮變事成，你也必為天下人不容。」太皇太后咳了兩聲，昏花的眼神驀地淬了寒冰，「這些事，不是張氏冒了你的名與他狼狽為奸，難不成是你的主張？文武朝臣會如何看待？洛陽如何守得住？」

趙棣一個激靈，明白了太皇太后的意思，不由得怔怔看向依偎在自己身上的張蕊珠。

第三百三十二章

張蕊珠對上趙棣的視線，他眼中的不捨、猶豫都令她瞬間如墮冰窖。她為他做了這許多，還懷有他的孩子，他竟然會猶豫要不要殺了她，挽回那早已不存在的聲名。

她可有退路？生死一線之間，她無路可退。舅舅說過她是個癡兒，養父說過她蠢。他們都說得極是。

張蕊珠顫抖著推開趙棣的手，跪伏於地面，拔釵披髮，額頭叩地，慘笑道：「若妾身之死，能令天下人相信一介侍妾能左右太皇太后的懿旨和陛下的決斷，能擊敗趙栩、陳青和各路禁軍，能令陛下收復汴京一統江山，妾身和腹中孩兒這兩條命又算得什麼。」她抬起頭，決然地看著趙棣：「惟願五郎能替蕊珠和孩兒在白馬寺點上一盞長明燈。」

她滿面淚痕，眼中卻依然只有癡情一片。

趙棣五臟六腑都疼得絞成一團，不由得也痛哭起來。這幾年來她受過的委屈一一顯現。她失去了孩子；她明明是蘇瞻的親外甥女，卻被太皇太后因出身不明而厭棄；她全心全意為自己，不惜得罪了唯一的舅舅，從未因自己得勢失勢而改變；最後她卻將皇后之位拱手相讓給那個逃走的孟氏，她現在甚至為了自己不惜帶著腹中胎兒赴死。他怎麼做得出這種事？他怎麼可能負了她！

趙棣撲過去一把抱住張蕊珠，頗有同命鴛鴦共喋血的悲壯，轉頭淚眼模糊地看著床上的太皇太后。她聽了蕊珠這番話竟毫無動容，何其鐵石心腸！那幾次太皇太后同樣厭棄了自己，也是任由他自生自滅，若不是蕊珠拚力相救，他早已死在鞏義皇陵了。

趙棣低聲哀求：「娘娘，蕊珠說得不錯，行軍打仗時阮玉郎早就在將領們面前露過臉，河北路更是聽命於他。若說我不知情，誰又能信？」

太皇太后再也壓不住滿腹怒火，勃然道：「五郎你真是被這狐媚子魅惑了不成？」

張蕊珠扯住趙棣的衣袖泣不成聲道：「官家——何必因妾身這兩條賤命衝撞娘娘！」

趙棣腦中昏沉焦灼，一股邪火冒了上來，死死抓住她的手，梗著脖子道：「娘娘說得被欺瞞，何嘗不是自欺欺人？除了阮玉郎，還有誰能和趙栩匹敵？誰能號令四國？誰能攻下汴京？娘娘那時候煞是高興，想著日後鳥盡弓藏、兔死狗烹容易得很。此時卻要將一切推在蕊珠身上，要取她母子性命？若是讓朝臣和百姓以為以往一切都是蕊珠在操縱，我又有何臉面做這個皇帝？」

太皇太后耳中嗡嗡響，她自欺欺人!?趙棣竟敢說出這種誅心之語！

張蕊珠看著太皇太后竟親自下了床直奔趙棣而來，手掌高高揚起。

趙棣說完這話，心驚肉跳，渾身起了雞皮疙瘩，太皇太后積威之下，他竟絲毫不敢躲避。若是被打幾巴掌能救了蕊珠和孩子的命，他也認了。

張蕊珠猛地撲上去抱住太皇太后的膝蓋：「娘娘豈可對陛下動手！五郎是皇帝——」

太皇太后被她一撞，原本就不穩的身子晃了晃，只覺得腿上一股大力傳來，整個人便往後倒去。她揮下去的手掌朝趙棣伸去。

「放肆——」

嘶啞的斥責聲震得趙棣一顫，他看著眼前的那隻手，養尊處優下依然青筋突出，不知為何竟然不想拉住這隻曾握著天下權柄的手。

他咬著牙想拉住那手時，太皇太后已砰然仰面摔倒在地面上，後腦砸在床前的楠木腳踏邊上，立時一灘暗紅的血從暗色的楠木上淌在了厚厚的地毯上，觸目驚心。

「來——來人——」嘶啞的聲音在瀕臨生死的關頭卻變得極輕極細。

太皇太后高氏至死還睜著眼，她一生度過多少鬼門關，竟然會如此莫名其妙死在張氏之手，真是荒謬絕倫。還有五郎，他竟然不伸援手，只怕想自己死想了很久了。

人人都想她死。她的表哥，青梅竹馬在皇宮中一同長大的夫君，為了阮玉真那個賤人，想置她於死地。郭氏為了元禧太子和壽春郡王，傾阮氏、孟氏各族之力要殺她和大郎。十年垂簾聽政，新舊兩黨爭鬥，她耗盡心血平衡朝堂，大趙才有那般的富庶，她是「女中堯舜」。她為了母子之情，連住在瑤華宮的阮玉真都沒殺，恪守己任地做著最好的皇太后，大郎卻懷疑自己害死了他爹爹。那夜在柔儀殿，大郎恐怕也巴不得自己早點死去，他永遠不知道自己這個娘，為了他做了多少事……

阮玉郎毒殺大郎，令她活著比死了還痛，還要寫信來讓自己和五郎祖孫離心。還有趙栩，他那樣的性子，怎可能是大郎的親生骨肉？人人都瞎了眼，只有她醒著，所以趙栩一心也要置她於死地。她防備陳青防備了這許多年，還是給陳家得逞了。

時光回到五十多年前，她剛被姨母接到京城，姨母親自教養她多年。直到一場賜宴後，她無意偷聽到姨母曹皇后笑說她伶俐聰敏知書達禮，勸姨夫納她為妃，姨侄共侍一夫也是佳話。十幾歲的她當時全身血液倒流，牙齒打顫。是姨夫笑著誇她頗有見識豈可為妾，又說看她和表哥青梅竹馬情投意合倒是一對佳人良配，才將她從那地獄撈了出來。

她一直感激姨夫，姨母和表哥害死姨夫時，她懵懂不知，事後才明白過來。她這輩子唯一對不住的就是姨夫。再後來表哥不動聲色給姨母下藥的時候，她明明知道，卻只當不知道。沒有了姨母，她才是皇宮大內真正做主的女人，才是大趙最尊貴的女人。

誰對她好，誰只是利用她，她也曾看不清，吃過許多虧，她記仇，她也記得所有的好，阿梁的好，那許多老臣維護她和大郎的諫言，她都不曾食言，一一維護。

為何會走到這一步死地，她已無暇回顧。

最後那一剎，阮玉真曾經在後苑唱過的那闋詞，又響在她耳邊。當時她聽了心懷惆悵，還甚是可憐阮氏。

凝碧舊池頭，一聽管弦淒切。多少梨園聲在，總不堪華髮。

杏花無處避春愁，也傍野煙發。惟有御溝聲斷，似知人嗚咽。

一曲唱盡阮氏的一生，也唱盡了她高氏的一生。

太皇太后薨逝，洛陽滿城舉哀。慈寧殿上下獲罪者四十七人。因中宮無人，賢妃張氏和岐王主理內外喪事。洛陽白馬寺等各大寺廟道觀皆做滿七日法事。

得到消息的趙栩下令三軍暫留在鄭州，趙栩於鄭州西郊設祭壇，親自祭奠太皇太后，更遣使往洛陽弔唁，督促趙棣早日歸降認罪，要他親自送太皇太后靈柩歸京。使者存了必死之心，慷慨激昂，滔滔不絕，卻命不該絕，被岐王一力保下，最終只是逐出洛陽而已。

汴京城皇宮內也一片白茫茫，向太后下旨，在隆佑殿虛設了靈堂，內外命婦五更便入宮按品哭喪。宮人們多已麻木，宮內宮外早有傳言：今年乃大凶之年，四月底先帝駕崩，崇王薨，再是年邁的定王過世。太皇太后傷心欲絕纏綿病榻數月，終於也敵不過這凶年，熬過了中元節，沒能熬到重陽節。剛剛完成最後一波清算的皇城內，沒有多少人因為太皇太后的薨逝留下真心實意的眼淚。

梁老夫人卻連續堅持了三日進宮哭喪，念及往事，老淚縱橫，感懷不已。一念之差，再不可挽回。多少年了，她早已放下了往事，可太皇太后一生要強，卻始終放不下那一個執念。

三日後，依舊制，向太后恢復垂簾聽政，禮部宣告皇帝成服，在京文武官員十三日除服，軍人、百姓不用縞素，沿邊州府不得舉哀。

眼看著就要到九月初九重陽節。因太皇太后薨逝，汴京洛陽兩地嚴禁作樂，那各色菊酒菊花，一時都砸在了商家之手，就是要便宜虧本出手，也無人買，那借錢囤酒的商人，投河者倒有七八個，又合了大凶之年的說法。

重陽節方悄聲無息地過去了，汴京樞密院收到各路官員雪花般的表書，原先觀望許久的那幾路禁軍，紛紛舉兵前往洛陽，參與王師圍攻洛陽之戰。太皇太后之逝，令得勤王之軍從幾萬變成了幾十萬。

這些轉變盡在趙栩和張子厚的意料之中，卻在趙棣的意料之外。一時間洛陽紙貴，那想方設法逃出城的士紳，不惜重金往洛陽留守府中走動，只盼著買到一紙文書，哪怕是往河北路去也好。就連一道度牒，竟然官價飛漲到了八百貫，就連紫衣❶也漲到了五百貫。

此時，趙栩的大軍已陳兵於洛陽東、南兩面，營帳連綿如山巒，漕渠、遠渠皆被截斷，洛水的一端，皆插滿了汴京王師大旗。

黃昏時分，雲輕日淡天津暮，風急林疏洛水秋。趙栩巡營完畢，策馬沿著洛水緩緩而行，遠方洛陽城牆上，兵器在淡淡日光中不時反射出明暗不等的亮光。身後背著藥箱一路小跑的方紹樸已經放棄了刨根問底，他這大半個月來，天天被迫負重操練，美其名為強身健體，實則被皇帝公報私仇。

他和皇帝能有什麼仇!?他月餅才啃了兩口，就被拖上馬急急趕往汴京。到了汴京，還沒睡幾個安穩覺，又被皇帝拖著趕往鄭州。

有什麼不爽，跑一天就算了，再不爽，跑三天也差不多了。可他已經跑了整整二十一天了，這仇得有多深啊……

趙栩收韁勒馬，看著洛陽方向片刻，回過頭來，看著一身單衣滿頭大汗的方紹樸粲然一笑：「才一盞茶的功夫，就不行了嗎？」

方紹樸喘著氣停了下來，躬身行禮道：「陛下喝——喝一盞——盞茶要、要一、一個時辰，還、還不帶如——廁更衣，微——微臣五、五體投——地！」

趙栩的視線在方紹樸身上晃悠了兩圈。方紹樸只覺得他看到哪裡，哪裡就起了雞皮疙瘩，他仔細想想方才的話，納悶自己難道哪裡又得罪了這位祖宗？都已經五體投地了，這姿態已經低到皇帝馬蹄子下頭去了，總該給他匹馬了吧……

五體投地？趙栩鼻子中出了一口氣，笑意不減，卻眯起了桃花眼：「看來你說得那句『人的潛力是無窮的』，很有些道理。再跑上一個月，紹樸你便能和禁軍媲美了。」

方紹樸腦子嗡嗡作響，氣都喘不過來了，看著飛馳而去漸漸模糊在飛揚塵土中的馬屁股，深深覺得自己沒拍到馬屁拍到馬腿了。

十幾個親衛同情地看了方紹樸一眼，趕緊揮動馬鞭飛速跟上。成墨看著他們遠去的身姿，牽著手裡那匹悠哉悠哉的「傳說中方醫官的軍馬」，搖了搖頭，默默哼起了小曲：「你有一匹大駿馬，你從來也不騎──」跟著不知不覺變成了：「方醫官的馬，是幸福的馬──」

大趙最有前途的御醫官方紹樸險些摔了個狗啃泥。遠處大營裡早就開始埋鍋造飯，這次西征糧餉充足，天天晚上都有肉吃。但由於莫須有的罪名，他每次跑回營去，連肉湯都不剩一滴了。

方紹樸在心底裡又給皇帝記了一筆。醫官報仇，十年不晚。待他回了汴京，見了九娘，定要獻上他最近開始落筆的大作──《少年皇帝的煩惱》。不行，白白送給九娘不成，怎麼也要賣個兩貫錢，他可還畫了那許多配圖呢。拿了錢以後，他要去吃蟹釀橙、鵪子羹、桂花浮圓子、鱔魚包子……

❶ 紫衣：意指朝廷所賜的紫色袈裟。

成墨聽到身後方醫官的喘氣聲，扭過頭去，看到他滿頭大汗，俊秀的臉上浮現出一奇異的光彩，看起來精神抖擻，不由得暗歎了一聲，人的潛力果然是無窮的。方醫官發明了「潛力」這個詞，真是厲害。他轉瞬搖了搖頭，能挖出方醫官的潛力的陛下才最厲害。難怪方醫官五體投地了。

洛陽宮城內太極殿上，因再過幾日園陵❷除服，此時朝中幾派正因圍城之局爭論不休。有主張遣使和談的，有主張力戰的，也有勸說趙棣放棄自立的。趙棣本就柔和有加威嚴不足，眾臣也無所顧忌暢所欲言。

殿內四品以上的官員，大多都是原先洛陽的在任官員，另外有河東路、河北路叛變後調遣而來的，還有投奔太皇太后而來的一批官員。文臣之中以孟存為首，因他深受太皇太后信任，又是皇后孟氏的父親，在士林之中素有隆譽，不少官員也都等著他發話。

孟存卻捧著玉笏眼皮低垂。太皇太后之薨，對洛陽局勢實在大大不妙，不僅各路觀望的文武官員們紛紛倒向趙栩，更令趙棣對他越發疏遠防範。但阮玉郎去了，倒再也無人能要脅他了。身為翰林巷孟氏後人，六娘又應該已回歸汴京，他反而比先前更安全了些。他篤篤定定地立如青松，胸有成竹。

岐王的目光落在孟存身上，見他一直默然不語，大概也猜到他必然不主張戰，但因身份微妙卻也不可能主張降。

「陛下，臣有一言，不得不說。」岐王出列，沉聲道。

殿上慢慢地靜了下來。趙棣緊皺的眉頭略鬆開了些：「皇叔有何高見？」

岐王舉了舉玉笏：「太皇太后得官家和聖人悉心侍奉，來洛陽後鳳體日漸安康，突然薨於延春殿，竟無遺詔，亦未詔眾宰執宗室入宮。御醫官語焉不詳，臣深感不安，早有上表。如今再過幾日文武官員即將除服，臣斗膽敢問，大理寺於宮中詔獄審理得如何？可否允臣聽審？」

趙棣未料到岐王竟會在圍城之際當場發難，掩在寬袖中的手一緊，下意識看向殿上百官，見眾人面色各異，腦中一陣發熱心驚肉跳起來。

四位當朝宰相中，有兩位也站了出來，附和道：「臣附議。」

不少忠於太皇太后和趙氏宗室的文臣武將回過味來，岐王乃太皇太后親出，又掌著大宗正司，竟未能見到太皇太后最後一面，心存疑竇上了表，而宮中也真的設了詔獄，由大理寺在審理，看來的確有蹊蹺。不少官員暗自琢磨起來，這洛陽宮城裡，皇后早就失蹤了，統共才那麼幾位太妃和一個賢妃，誰敢對太皇太后不敬？除了深受聖寵的賢妃張氏，還能有誰……

孟存大步上前，站在了岐王身後。趙棣心中一緊。

「陛下——」孟存神情溫和，聲音卻十分響亮。

殿上的嗡嗡議論聲頓時消歇了下來。

「陛下，宮中禁軍宿衛，皆太皇太后親點，理應萬無一失。」孟存舉起玉笏，語帶哽咽：「得太

---

❷ 園陵：意指皇后或皇太后去世。

皇太后恩寵，降旨冊小女為皇后。小女手無縛雞之力，居於深宮，卻在眾人眼前無端失蹤，隨身女史、宮女都被拘於宮中詔獄。臣身為父親，至今連一句話也未能詢問，不知始末，毫無章法。」

這殿上的官員雖然都心知肚明皇后失蹤一事，但這宮闈秘事誰也不能提，更不能對外宣示。誰想到孟存竟在太極殿上撕扯開來，更沒想到孟存自己也是兩眼一抹黑，立時都騷動起來。

孟存含淚道：「太皇太后仙逝那日早間還宣召臣妻入宮，言道皇后失蹤一事已有了眉目，夜裡便突發園陵薨！」

太極殿上剎那間鴉雀無聲，又猛然炸了開來。皇后失蹤案才有了眉目，太皇太后便驟然薨了，要說這兩件事毫無干係，誰信？

趙棣方才被岐王一番言語說得心驚肉跳，可孟存這長篇大論一出，他險些感覺不到心還在跳了。孟存這一刀捅得實在太過兇狠，他根本回不過神。

孟存朗聲道：「陛下，臣以為娘娘薨逝和皇后失蹤深有關聯，宮中諸事實在蹊蹺，應將一應相關人等移出詔獄，由大理寺、宗正寺、禮部聯合審理。此外，皇后失蹤已逾月，無論生死安危如何，不宜占據中宮之位，還請陛下三思！」

岐王眉頭揚了揚，這三段話委實狠辣，連皇后之位都不要了，真是慈父，真是忠臣啊，這可把皇帝和賢妃張氏架在火上烤了。在情在理，都無法推拒。孟存這是鐵了心要扳倒賢妃，也是要撇清和皇家的關係。

孟存心裡，究竟是如何作想的？岐王暗自揣摩起來。趙栩派人給他送了幾次信，提醒他太皇太后之死乃趙棣、張氏所為，要的自然是他歸順汴京，最好能開了洛陽城門，送上趙棣。太皇太后在，那是他親娘，他看著她一意孤行，只能勸，不能不從，否則是不孝不忠。如今坐在上頭的是趙棣，卻又不同了。

文武百官紛紛附和孟存，一時群情洶湧。

這日入了夜，張蕊珠疲乏得很，就著晚詞的手喝了兩口參湯，因有孕在身不敢多喝，但不喝委實有些撐不住。她每日主理喪事三更就要起身，夜裡亥時也不得歇下，宮中事務紛雜，雖有錢太妃搭把手，但好不容易獨當一面，代掌了皇后冊寶，哪裡肯放手，加上延春殿上下要收拾，詔獄裡那許多人的審理，雖有了趙棣的示意，她還是不放心。費心又費力，擔驚又受怕，統共只能睡上一個時辰，夢裡不時還會出現太皇太后冷森森的目光。她每每驚醒，總覺得身上涼颼颼的，又因斬衰孝期內，不能和趙棣同房，不免怕得很，這幾日都是晚詞自請上夜，抱著被子睡在腳踏上陪著。

晚詞去外間轉了轉，再回來，垂首低聲將太極殿上的事說了。張蕊珠一顆心跳得比眼皮還快。孟存這廝一定是衝著自己來的。孟六娘明明已經回了汴京，他還充瞎裝聾，借刀殺人。她死死握緊了手，指甲戳在掌心裡生疼。

她那夜就說了，得將延春殿那幾個尚宮、供奉官和女史們一併處死，可趙棣卻沒這個膽子，唯恐引人懷疑。

待趙棣不得已帶著岐王等人入了宮，進了詔獄，又將一眾人犯重兵押送宮外大理寺獄，禮部、宗正寺的人一一對了花名冊，因為孟存的諫言，把皇后身邊的貞娘、金盞、銀甌等人也一併提了出去。

張蕊珠一聽趙棣掩頭藏尾的解釋，這才體會到太皇太后素日那般看著趙棣的心情，沒有最糟，只有更糟。她卻不能如太皇太后那般專斷和不留情面，只抽泣道：「陛下何苦因妾身同重臣宗室們不對付，一切都是蕊珠失手引起的，陛下這般維護我，蕊珠死也無憾。」她背過身去，肩頭一聳一聳：「陛下還是將實話說給皇叔聽罷了，待蕊珠生下孩兒，該殺該剮，蕊珠心甘情願。」

趙棣伸出手臂攬住她，閉上眼深深地歎了口氣。怎麼交？交出她，他的皇位也要不保，他的隱瞞，他的授意，他是她的同謀。可他也已筋疲力盡，趙栩兵臨城下，岐王和孟存都極為不滿，阮玉郎的手下士氣已無，文武官員各有各的打算。他們就算降了趙栩，一樣還能保住他們的官位，會死無葬身之地的，只有他和她還有她腹中的胎兒。他們一家三口，身在危船之上，波濤洶湧，小舟即刻會翻，可他卻一點辦法也沒有。

這一刻，趙棣突然生出一絲怨氣。若不是母親錢氏的教導，他為何會鬼迷心竅想要做這個皇帝，他原本也可以做個逍遙快活的親王。若不是太皇太后屢屢示意，他哪裡敢妄想。她們不過是借著他，想要遂她們自己的心願。

終究，只有蕊珠一個，全心全意為了他而已。

趙棣慢慢低下頭，伏在張蕊珠的肩窩裡，哽咽道：「蕊珠，你說這種傷我的心的話作甚，我又怎會負了你。」

張蕊珠抽泣漸停，埋在趙棣胸前的雙眼卻毫無溫度。

早已經負了，只是他還不自覺而已。能保住她的人，這個局勢下，還有誰？若指望這個枕邊人，那她就真的蠢不可及了。

半圓不圓的秋月涼涼地照在汴京宮牆上，琉璃瓦上有層極薄的寒露，桂花早已謝了，九月中的皇宮大內，有些冷清。

城西呼喇喇飛來一群鴿子，月色下圍著宮城轉了轉，巡邏的禁軍抬頭看了看，副統領揮了揮手，這是孟二郎再三交代過的，這個時辰還飛來的，定是陛下的飛奴，不能射殺。

一隻飛奴穩穩地降落在趙淺予的手上，她伸手摸了摸那灰色的羽毛，溫熱濕潤，纖細的腳爪上綁了一根細管。周圍陸陸續續又飛來七八羽飛奴，見到假山上的鴿舍，都落了下去，自有人趕緊取下牠們腿上的細管。

槅扇門開了，廊下亮了起來。九娘笑道：「仔細牠啄你。」

趙淺予伸手取下細管遞給九娘，將飛奴放了：「已經啄了兩口，怪癢的。一定是哥哥的信。」

九娘接過細管：「謝謝阿予，你進去陪陪你娘吧。」

趙淺予點點頭，神情古怪地道：「你可記得要告訴我哥哥都說了什麼。不該說的就別說了，我還小呢。」

九娘臉一紅，趕緊掐了趙淺予一把，轉身逃了，心裡忍不住又怨了趙栩一次。

自從趙栩回了前線，九娘便留在宮中照顧陳素。陳素那日清醒了不久，又暈了過去。這大半個月來，九娘一直守在她身邊，起居和湯藥皆不假手於他人。孟彥弼也銷了休沐，親自帶著十八班直的精兵守著。

惜蘭將琉璃書燈挪得近了些，帶著宮女進了屏風裡頭鋪床展被。

「惜蘭——」聽到九娘的聲音，惜蘭趕緊放下手中的軟枕，轉了出來。

「阿昉表哥今日可有送信進來？」

惜蘭搖了搖頭：「二郎昨日只給了那一封，今日並無音信。」

九娘點了點頭，又問：「看來晚詞的消息不假——我給六姊寫一封信，六姊若是有信送去洛陽，你派人想法子一定要送到我二伯手中。另外你派人去慈寧殿看看，娘娘可安歇了，若還未安歇，便說我有要事求見。」

第三百三十三章

九月西風興，月冷露華凝。九娘經過福寧殿的時候不自覺地慢了下來。趙栩不在宮中，福寧殿的燈火稀落。殿門早閉，裡頭一絲聲音也無。思君秋夜長，一夜魂九升。不知此時洛水旁的他是在磋商軍情，還是在批示京中送去的文書奏摺。九娘胸口悶悶的有些脹痛酸澀，見到廣場上巡邏的殿前司軍士才又加快了步伐。惜蘭取出腰牌遞給那領頭之人。那人查驗了一下，恭恭敬敬地對著九娘行了一禮，讓出道來，也不多話，親自護送她們直到慈寧殿大殿門口，才又行了一禮迅速離開了。

慈寧殿的正殿大門已重新換過，殿內裡彌漫著安息香的馨香，令人心平氣和。低垂的全新素色帷帳上斜斜投著昏黃的大片燈光。重陽節後，糊著碧紗的木櫺窗上換成了高麗紙，隱隱的暗紋如同山巒一般，綿延無際。大殿內絲毫看不出曾經的宮變之亂。向太后宮變後依然堅持住在慈寧殿，外柔內剛的性子可見一斑。

楚尚宮笑著將九娘迎了進去：「醫女在給殿下用方醫官教的法子針灸，娘娘在偏殿看著呢。九娘子稍等片刻。」

「不急，前兩日楚姑姑送給我的那幾塊重陽糕甜而不膩，想著就覺得餓了。」九娘笑道。

楚尚宮抿唇笑了：「娘子這是半夜來慈寧殿吃宵夜了？不如我把方子寫給你罷。」她轉頭就吩咐宮女去取重陽糕來。

「哪裡好意思要姑姑的方子——」九娘笑道。

「好意思好意思的，還請娘子把你那蟹釀橙的方子換給我們慈寧殿吧，蘇州府送了一車貢湖蟹，毛金肚白肥美得很，個頭也大，御廚說還能養上七八天，殿下和娘娘都最愛吃那個，今日娘娘還讓人寫信去問方醫官，不知殿下能否吃上一兩個解饞。」楚尚宮親手給九娘斟了茶，雙手奉上茶盞。

九娘接了茶盞，笑道：「在方醫官口中，從來沒什麼不能吃的。我那方子沒什麼稀奇，明日就讓惜蘭送來就是。倒是蘇州那湖蟹做蟹釀橙可惜了，還是隔水蒸了蘸薑蓉陳醋，再配上溫的黃酒才好。」

說起螃蟹和黃酒，九娘想起中秋那夜趙栩的胡作非為，臉上緋紅，趕緊舉起茶盞，遮了半邊臉。

楚尚宮將重陽糕從食籃裡取了出來：「咿，娘子所言，倒和官家說的一樣。往年宮中將這湖蟹炸了吃或是做了蟹釀橙，官家總是搖頭說暴殄天物，該蒸了才不損蟹肉甜美鮮香。」

九娘心中一甜，又有些替趙栩得意起來。這天底下，還有什麼是他不懂的呢，只有那一樁是不懂的，不懂卻比懂好上千萬倍。發現自己不小心想歪了去，她臉就更紅了。

趙栩的司寢女史進了大殿，對楚尚宮和九娘都行了禮：「醫女施針已畢，殿下已經睡了。」兩個醫女也提著藥箱行了禮退了出去。

偏殿的屏風裡，向太后正愛憐地看著剛剛入睡的趙梣。將養了幾十天，原先蒼白的小臉終於又紅潤起來，濃密重厚的睫毛在眼瞼下投落一片陰影。向太后伸出手指放在他鼻下，溫熱的呼吸之氣噴在她手指上，她長長地鬆了一口氣，將他放在枕邊的《孟子》拿了起來。

想到阿妧每日都會來慈寧殿陪趙棬一個時辰，如侍讀學士那般給他讀書，向太后不禁輕輕搖了搖頭，翻了幾頁，笑了起來，上頭密密麻麻地寫了許多註解，不少都是趙棬寫上去的。這孩子，都已經不是皇帝了，還聽得滋滋有味的，也不知道哪裡來的那許多問題，什麼都要問一個「為何」，虧得阿妧極有耐心，又和那些板正的侍讀學士不同，說的道理連她聽著也覺得生動有趣。

楚尚宮站在屏風邊，屈膝福了一福。向太后站了起來，又看看了床上已熟睡的趙棬，見他挺秀的小鼻子微微地一翕一翕著，才出了屏風，吩咐司寢女史夜裡警醒一些，帶著一眾女史宮女回了正殿。

九娘吃了兩塊重陽糕，淨了手，見到向太后回來了，起身行禮。向太后笑著扶起她：「這麼晚，阿妧莫不是來查十五郎的功課的？來，孟先生看看他今日寫的。」

九娘接過那本《孟子》，翻到今日要趙棬溫習之處，見上頭寫了不少註釋，比昨日的又多了好幾十字。她仔細看了看，笑道：「殿下聰敏好學，舉一反三，著實可喜。但他傷勢未癒，還是要少動筆才好。」

向太后每日都聽九娘誇趙棬，可每次聽到心裡還是喜滋滋的：「是我不好，看著他那麼用功，不捨得攔他。這孩子，聰明是比不上六郎和你一根手指頭的，開蒙也晚，好在知道勤奮苦學。今夜他背了好幾段書給我聽，真是滾瓜爛熟的，好似將來要下考場似的。我這麼說他，他還來勁了，說自己將來定要去參加禮部試——」

向太后忽地臉上一熱，停了下來，歎了一口氣：「我真是老了，怎麼次次說起十五郎就沒完沒了，阿妧可聽煩了？」

九娘想道自己何嘗不是隨時隨地都想到趙栩，深有體會地彎起了水潤潤的杏眼：「娘娘慈愛之心溢於言表，這是殿下的福氣。正因娘娘凱風之慈，殿下才有寒泉之心。」

向太后笑道：「你和六郎一樣的甜嘴，盡挑我愛聽的說。」

九娘笑道：「六哥適才派飛奴送了信，大軍已經駐紮在洛陽的城東和城南，不少洛陽的官員都給六哥送了信，願意歸降。」

向太后歎了一聲，雙手合十道：「若能不動干戈收復洛陽，真是祖宗保佑了。這親生兄弟手足相殘，生靈塗炭，先帝在梓宮裡怕也不安穩。只盼著趙棣能迷途知返，早日開城。」

「趙棣若能迷途知返，也不至於夥同張氏對太皇太后下毒手了。」九娘道：「岐王殿下素來公正平和，因一個孝字不得已被困在洛陽。太皇太后薨後他便上表指出好幾處疑點。如今洛陽宮中設了詔獄，幾位尚宮和供奉官都受了刑，可見趙棣毫無悔意。娘娘若能去一封書信給岐王殿下，岐王殿下明白事理，應不會坐看趙棣這般胡作非為垂死掙扎。若能開城迎接王師，六哥的意思是對宗室概不追責，一切如舊。」

向太后沉吟了片刻，點了點頭：「這是好事，雖然不少人也都是和太皇太后一樣，被趙棣所蒙蔽，畢竟身為宗室也不能免了謀逆之罪。難得六郎能這般大度，赦免了他們的罪既往不咎，先帝泉下有知，定然欣慰有加。待我白紙黑字地寫給他們，他們有個倚仗才能安心迎接六郎。」

又過了幾天，蘇昉託孟彥弼送了信入宮，除了晚詞送出來的最新消息，還說了洛陽有人趕到百家巷求見了蘇瞻，蘇瞻隨即便去了趙昇府上，一夜未歸。

九娘略一思忖，暗歎不已。除了四面楚歌的張蕊珠來求救，還會有誰將蘇瞻當成救命稻草呢。蘇瞻又怎麼忍心眼睜睜看著早逝的阿姊連那唯一的骨肉也性命難保。他一輩子都在欠債還債，欠他姊姊的，欠五娘的，欠王玞的，甚至欠王瓔的。可他若再出手幫張蕊珠，又將蘇昉和蘇家置於何地……

長案上放著張子厚派人送來的朝政節略。這是趙栩的授意，今日的節略上，二府正在商議要將蘇瞻外放到儋州去。九娘翻了地理志，才知道儋州在大趙最南端的蠻夷之地，無四季之分，只有很熱和熱的區別，土地貧瘠，瘟疫蟲蟻橫行，蠻人兇狠，去到那裡的十個官員有八個是被流放的，過半都染病客死他鄉。

張子厚因前世的自己恨毒了蘇瞻，可她卻不能讓阿昉這樣沒了爹爹。九娘眸色驀然暗沉下來，意識到自己竟然第一考慮的是不想剛入仕的阿昉丁憂三年。她何時變得這麼心硬如鐵了……

九娘將信放在那節略邊上，看了又看，終於拿定了主意。

趙栩收到二府關於外派蘇瞻一事的上表時，洛陽已被圍得水洩不通。各路勤王之師紛紛前往皇帝大帳中宣誓表忠心。這樣的忠心，趙栩來者不拒，多多益善。岐王也送來了密信，言明孟存也有開城之意，但眼下洛陽的守衛皆在武將手中，他們還在私下聯絡試探。

方紹樸在一旁一邊搗製要送回汴京給九娘敷傷疤的藥，一邊偷眼看趙栩的臉色，不知官家今日怎麼轉了性，竟沒要他跑上二十里路。

趙栩往椅背上靠了靠，扭了扭有些硬的脖頸。成墨低聲問：「官家可要揉上一揉？」

趙栩搖了搖頭，又將二府的決議拿起來看，眉頭略皺，提起朱筆在蘇瞻那條上批示道：「此外派等同流放千里，大資何罪？」想到九娘的來信，他想了想，又取了張紙給張子厚寫了一封信。

蘇瞻之所以屢次要退守南京，甚至放棄外城，也是因為對他趙栩不夠信任，他那種保守的決策，是典型的文人想法，算不上得什麼彌天大罪。此人勝在務實，熟悉各部，對民間疾苦也深有體會，盛名遠播十多年，天下人依然仰慕蘇瞻的多，如今四海未平便將他流放千里，實在過了。待天下平定後，他還是要用好此人的，只是不會再給他拜相的機會。

朝堂之道，在於平衡各方勢力。父親曾經這麼教導過他，這也是蔡佑得以數次拜相的原因。新黨舊黨的鬥爭一直都在，若教臣子們都齊心擰成一股，皇帝就難做了，極易面臨看不到聽不見的局面。

道理他也明白，可他不需要也不屑於這麼做。他要的大趙朝堂，是一根繩，上下齊心，繩頭擰在他手裡。任憑誰的勢力再大，他也無所畏懼。

趙栩擱下筆，視線落到方紹樸身上：「聽說夜裡跑上一跑，能吸取月華秋露，對經脈大有好處——」

方紹樸的心一揪，舉起手中的物事：「官家，九娘子的藥、藥用完了，微臣要連、連夜趕、趕製，明日一早送、送往汴京。」

趙栩斜睨了他一眼：「你是不是還有什麼書啊信啊畫啊的，要一併送給她？」

方紹樸額頭沁出汗來，不敢看向他身後那個「告密者」，打了個哈哈道：「陛下真會說笑話，微臣的確在寫一本畫本子，不過是為陛下大婚準備的——」這幾句順溜無比，一個咯噔都沒有。

趙栩眉頭揚了揚，似笑非笑：「原來紹樸你覺得我很需要好好準備嗎？」

營帳中的燈光昏黃，趙栩的神情似乎也很隨和，似笑非笑似怒非怒。方紹樸卻打了個寒顫，喃喃道：「這、這不是不、不打沒準備的仗嘛，有備無、無患，有、有備無患，有患……」看到成墨的臉色，似乎他又說了什麼不該說的，聲音不由得越來越輕。

趙栩笑道。

「我怎麼倒不知道我有患呢。不過聽說夜裡跑上幾圈，能吸取月華秋露，強身健體之效更甚。」

方紹樸一個哆嗦，手裡的銅缽掉了下去，幸虧膝蓋一夾，沒砸到自己的腳，藥粉撒了一些出來，轉念又覺得索性讓銅缽掉下去砸到腳算了，官家總不能還逼著自己每日跑個幾十里路吧……

「呀，藥沒事吧？」趙栩起身大步走到他面前，彎腰伸手，將藥粉攏了攏，小心地放回藥缽裡。

方紹樸幽怨地看著他，心想我一個御醫官怎麼也比這點兒藥草金貴吧，膝蓋抖了兩抖，在鬆和不鬆間徘徊。

趙栩笑眯眯地托住銅缽：「若再灑出來，你便圍著洛陽城跑上一圈，正好替我巡視巡視廣南、荊湖、夔州、梓州那六路的軍營。」兩軍交鋒，軍醫若跑不快，就會死得快。方紹樸隨他去中京時，就總是賴在馬車上，若不好生操練，只怕打起來後沒人顧得上他的安危。

方紹樸一聽，嚇得趕緊牢牢托住藥缽，一臉無辜地道：「臣不敢。」想了想他又忍不住多嘴：「微臣見、見過夔州路梓、梓州路的隨、隨軍醫官，他們羨、羨慕臣在西征大、大營裡天天有飯、有肉吃。」

趙栩斜睨著方紹樸清秀臉上的可憐兮兮樣，分明寫著「我沒吃上肉」，轉頭吩咐成墨：「去給紹樸傳一碗肉羹來。」

方紹樸眨眨眼，心頭熱熱的。

「他們都吃什麼了？」

方紹樸歎了口氣，搖頭道：「夔州路來了後，一日兩餐，早間粟米粥，筷不能立，晚間稀菜粥，加一個炊餅。梓州路的好一些，午間能多一個餅。」

趙栩眼中寒芒閃過，聲音卻帶著揶揄：「你可要去試試？吃得少倒也不用跑了。」

方紹樸瞪大眼，愣了一愣：「臣可離不了官家，臣還是繼續強身健體的好——」

趙栩唇角一翹，取過案上樞密院送來的《軍需則例》增補概述，又細細看了一遍。其中正說到前來勤王的廣南兩路、荊湖兩路、梓州路、夔州路的八大屬軍的鹽菜口糧、運送腳價之事，還有醫生、供事、書識畫匠、渡夫水手、站夫、押差夫、工匠等雜役的俸祿發放。張子厚所附上的奏摺裡，窮凶極惡地將一應資費都壓在了最低。

先前趙栩宣召各路屬軍勤王時，這六路下屬懷安、廣安、雲安、梁山、南平、昌化、萬安、朱崖八軍，皆上表願意勤王，卻又磨磨蹭蹭，言大軍離大運河起端的杭州甚遠，沿途委積不豐，恐師行糧不從，加之千里餽糧糜費甚巨，需費時調集糧餉。如今人馬已至，卻缺糧少米，還要從戶部撈錢，每年發放的糧餉難不成都餵狗了？

軍中變法勢在必行。趙栩抬起頭來，輕歎了一聲。變法難，難於上青天。以往舅舅也在樞密院幾度嘗試，卻被各個環節拖累，最終不了了之。待西征完畢，他定要大刀闊斧地先破後立。

又過了幾日，秋風蕭瑟，一陣秋雨一陣寒。洛陽圍城之勢不變，卻也不見大軍攻城。洛陽城裡糧積如山，徵兵上萬，個個勒緊了褲腰帶準備熬到明年開春，充滿了風雨來襲的緊張氛圍。便是趙棣也無一夜能安睡，總是夢到攻城，稍有動靜便驚醒，每日上朝黑眼圈越發烏青，朝中城裡處處風聲鶴唳。守城將領對圍城大軍卻毫無頭緒，想出城作戰，各大營寨前壕溝深深，石砲森森，甲冑鮮明刀戈閃亮；想迎戰，對方又不來攻城，白日操練不斷，夜間篝火四起油脂香味都飄入了洛陽城中，勾得軍士們口涎橫生心神不寧。

如此不過六七日，便有不少軍士冒著被射殺的危險偷偷跑出城去歸順投誠，連累了好幾位副將吃了軍棍。好在法不容情，法外有情，岐王和孟存奏請了趙棣，帶了上好的藥品前往探視，好生寬慰以安軍心。

趙棣見他二人雖然每日往大理寺去詢問，尚知關心軍心和士氣，趁他們入宮覆命，留他們一同用膳。

孟存知道戰時飲食自然不比以前，殿上雖然有皇帝和親王在，案上也只有豬肉和雞肉，連羊肉都看不見了。

「趙栩存心將洛陽圍作孤城，吾也和軍民一同節儉一些了。」趙棣歎道：「也虧得賢妃賢慧，如今大內也省衣節食，吾真是愧對小娘娘。」

岐王和孟存都躬身讚美了錢太妃幾句，卻對賢妃隻字不提。

待撤了案，三人轉到後閣裡，喝了兩盞茶，說了些城中布防朝臣動態後，趙棣取了大理寺和禮部的上書遞給岐王：「皇叔，吾看這些人私有串供之嫌，皇后和太皇太后這兩件事，宮人為了卸責活命，合謀誣陷他人，也是人之常情。」

岐王細細看了一遍，雙手奉還，行了一禮道：「陛下，宮女內侍甚至一些女史確有這種可能，但兩位延春殿的尚宮和供奉官幾十年如一日忠心耿耿，如今她們言之鑿鑿延春殿一事與賢妃有關，不知陛下何時讓賢妃見見大理寺或禮部的官員。」

趙棣又羞又惱，只推說張蕊珠受了累，醫官囑咐要臥床靜養，且過段時間再說。

孟存起身道：「陛下明鑒，臣這些日子也見過皇后身邊的尚宮和女史。大理寺鐵面無私，審理了這許多日，看來皇后失蹤，並無證據顯示和賢妃有關。」

趙棣鬆了口氣，若是孟存不再緊咬著蕊珠，只剩下岐王總不難說通。

「疑罪從無，我大趙一貫如此。」趙棣皺眉道：「孟卿日後言語還當三思，豈可隨意遐想，引人懷疑？」他也看過那幾人的口供，孟氏失蹤前只有蕊珠追上她說過許多話，連延春殿的小黃門都做了證，對蕊珠十分不利。但孟存既然這般讓步，他也要趕緊下臺階。

「你掛心皇后，吾亦牽記。六娘乃太皇太后親選的賢后，無論她人在哪裡，經歷何事，都是吾的妻子。」趙棣說得情真意切，黯然神傷，看了看低頭不語的孟存又道：「這另冊中宮一事，孟卿休要再提。」

孟存有些哽咽，躬身謝過趙棣，又道：「貼身服侍皇后的那幾人在詔獄之中受了刑，落了病根，甚是可憐。她們都是臣母所賜的僕從，臣若棄之不理，有違孝道，實在於心不忍。臣懇請陛下恩准她們出獄治病。」

岐王的視線從孟存身上一掠而過，抿唇不語。

趙棣想了想，權衡利弊後歎道：「如此便讓大理寺和禮部先將此案結了，那幾個女史孟卿你接回去罷。」

孟存謝了恩，又讚頌了趙棣幾句。

岐王和孟存退出後閣時，不約而同地眼皮微垂，往那八扇落地畫屏下溜了一眼。畫屏後的張蕊珠雙手緊緊攥著銀白素披帛，輕輕舒出了一口氣。

入了深秋，汴京中各部事務積壓如山，幾路大軍的糧草、弓箭、藥品、冬衣，所需徵集的牛馬驢騾、太平車、民夫，增加出來的廣南等勤王之師的軍餉，大名府和汴京沿途官道上新修七座存糧所用的城堡。張子厚忙得腳不沾地，依然每日親自整理政務節略，派人送入大內給九娘過目。

九娘這日午後陪趙梣讀了書，稟明了向太后，帶著惜蘭等人被近百禁軍護送著出了東華門，轉道入了大理寺，遞上張子厚的親筆信。

不多時，便有兩位官吏出來，將九娘引入衙門之後的一個院子裡，著人看茶。

一盞茶的功夫後，四個大理寺胥吏帶著趙元永進了院子。

趙元永瘦了不少，下巴尖尖，一雙靈動大眼只餘呆滯茫然，因未曾受刑，行動倒還自如，見到院中密密麻麻的禁軍，他一愣，站在原地不走了。

幾個胥吏也不催促，雖不擔心他一個孩童能翻江倒海，但也站定在他周圍，手放在了腰刀的刀柄之上。

廊下的惜蘭走了出來，柔聲道：「九娘子來看你了。」

趙元永低下頭，腳尖動了動，終於還是跟在惜蘭身後進了屋，抬頭掃了幾眼。這間屋子十分簡陋，窗下的長案邊，放了兩張交椅，靠牆一排櫃子空空如也，連個羅漢榻也沒有，圓桌上倒是上了兩盞茶。但那少女美豔絕倫，照得陋室光華四射。趙元永心中一痛，爹爹曾經笑嘻嘻地說過她總有一日會做他的妻子。

可他卻死了。

九娘打開食籃，取出甜的桂花糕，鹹的藕餅，還有一碗四寶羹，輕輕放在桌上：「大郎兩日不吃飯，是要見我嗎？我既然來了，先用上一些吧。」

趙元永慢慢走近桌子，忽地側頭看了看惜蘭，皺起了眉頭。

惜蘭看了九娘一眼，手從纏在腰間的軟鞭上放了下來。

趙元永默默坐了下來，拿起銀匙，喝了兩口四寶羹，眼淚大顆大顆地落入湯盅裡。

九娘靜靜看著他，遞上了一塊帕子。

趙元永忍了忍，還是接過了帕子，啞著嗓子低聲問道：「我爹爹——他在哪裡？」

九娘柔聲道：「他罪行滔天，卻還是元禧太子的親骨肉。六哥寬宏，已將他的屍首送往鞏義落葬了。」

趙元永一愣：「葬入皇陵了嗎？」

九娘搖了搖頭：「六哥在鞏義設了一個皇莊，將他和兆王還有婆婆都葬在那裡，也派了人照料香火。」

趙元永怔了片刻，低聲道：「多謝了。」

「他生而不幸，奈何選了一條歧路，最終害人害己。」九娘看著他毛糙的頭頂心歎道：「大郎你還有得選，婆婆教養出來的你，能辨大是大非，心存大善，你莫要再自責了。」

趙元永哽咽著吞下一塊桂花糕，嗆得直咳嗽，接過惜蘭手中的茶盞，抖得灑了一桌。

九娘穩穩托住他的手：「大郎，兆王謀反，雖不連坐你，但宗室也已除了你名字。日後你出了大理寺便是庶民。六哥給你兩條路，你自己思量要選哪條。一則是前去鞏義皇莊，另一則是去蘇州孟家——」

趙元永一驚，不敢置信地抬起頭來看向九娘。

九娘淡然道：「我祖母說了，出身和血脈都與人的品性無關，心有善意，便成佛，心有惡意，便成魔。你雖被阮玉郎收養，卻是阮婆婆一手帶大的，願意在我危難時伸出援手，此乃大善。孟家在蘇州有族學，若你願意，便改姓孟，記在二房名下，以後在蘇州做個乾乾淨淨的孟家子弟，只是終身不能參加科考。」

趙元永喉嚨裡出了幾聲模糊不清的字眼，伸出手來胡亂拭乾臉上的淚：「你們家不怕被我連累嗎？」

「百年來孟家一直都在刀刃上走著，從未怕過什麼。若有誰做錯了事，家法不容，國法也不容。」九娘微笑道：「你呢？你怕不怕？」

趙元永一瞬不瞬地看著九娘，慢慢搖了搖頭。

九娘從袖中取出一張黃紙遞給趙元永：「這是六哥給你取的新名字。」

「孟——元——栳？」趙元永一字一字地念道。

「婆婆待你有養育之恩，阮氏一族已再無傳人，故留了你原名之中的元字。」九娘點頭道：「栳，樹之根——」

黃紙上慢慢落了幾滴淚水。

第三百三十四章

自大理寺出來的馬車緩緩而行，往城北的開寶寺而去。

八年前，也是這條路，在開寶寺見到蘇瞻和十七娘，還有心心念念放不下的阿昉。那時候的自己，尚有幾分傷春悲秋之情，聽到程氏說起他娶新婦心中不免酸澀。時隔八年，舊路重行，所思所想早已天壤之別。

九娘輕輕掀起車簾，馬車已上了廣備橋。碧雲天上，群雁正呈一個大字往南飛。遠處堤岸邊，楓葉已層染，過不了多久滿階紅葉暮，這冉冉秋光再也留不住了。若能在葉落之前能拿下洛陽，明年開春趙栩定能掃平契丹和女真班師還朝。

禪院如舊，昔日的小沙彌已經做了知客僧，樹下的鞦韆早已不見，秋蟬扯著嗓子做最後的大鳴大放，廊下幾盆菊花只剩了零丁的花瓣倔強地不肯凋落，濃濃的檀香味從大殿傳了出來。

九娘進了大殿，給高似上了香，默默祝禱了片刻，給他點了一盞長明燈。轉眼一月已過，高似無國無家，無父母妻兒，甚至連一個知交好友都無，卻有那樣一片深情，敢將性命交付，這般脫離無邊苦海，他也算得償所願。

大殿外傳來說話聲，九娘回過頭，日光將大殿門檻外照得透亮，上方禪院的方丈正和蘇瞻敘舊。惜蘭守在門檻內，似乎要上前阻攔蘇瞻入內。

九娘看到蘇瞻手中的幾卷經書，輕聲道：「不用攔。」她來此地一半是為了見蘇瞻。

蘇瞻淡淡看了惜蘭一眼，對方丈拱了拱手，抬腳進了大殿。

九娘微微屈膝福了一福：「表舅萬福。」

蘇瞻看了她一眼，略抬了抬手：「原來是你在這裡。」九娘點了點頭，側身讓了開來。

蘇瞻慢慢走到高似牌位前，靜立了片刻，將手中經書放了上去，也未拈香，長歎了一聲，轉身便走。

「張蕊珠殺了太皇太后，表舅還要為她自請前往洛陽勸降嗎？」

蘇瞻停了下來，片刻後慢慢轉過身，視線從九娘臉上移到高似牌位上，平靜的神情看起來沒有任何波動。他一得到張子厚有意將他外放去儋州的消息，便立刻上書自請前往洛陽勸降。果然朝中為他鳴不平之聲日盛，御史臺已有兩位御史上書彈劾張子厚公器私用、氣量狹窄。

「蘇某家事，不勞皇后費心。」

這句話語氣溫和，卻將舅甥關係撇開了。

九娘搖了搖頭：「張氏乃趙棣妾侍，阮玉郎幫兇，早已不是家宅之事，乃洛陽汴京之戰，六郎和趙棣之爭，表舅為何執迷不悟？二舅舅仕途順暢，阿昉表哥也剛剛入仕，蘇家蒸蒸日上，若因表舅執念連累了他們，豈不可惜？若表舅意圖借此打擊張子厚，只怕也會徒勞無功。」

蘇瞻雙目微微眯了起來，點了點頭：「貶我去儋州是你的計謀？為的是好讓我遠離洛陽和汴京，最好死在那蠻夷之地？」他朝九娘走了兩步，又停了下來：「這等借刀殺人之計，真是高明。」

九娘平靜地道：「我不曾這般做過。清者自清，但若表舅執意要救張蕊珠，阿妧倒有一計，無需表舅前往洛陽，可保她性命無礙，也不會連累蘇家上下。」

蘇瞻深深地看著她：「願聞其詳。」

「盜虎符，獻洛陽。」九娘沉聲道：「若她只是想借你的手取趙棣的性命以求自保，才是妄想。」

少女面容肅整，濃密長睫下的眸子如琉璃般通透，俏立殿中，周身氳染了一層莊嚴，又仿似觀音大士手中玉瓶裡的楊柳枝。蘇瞻垂眸看著多智近妖的她，張蕊珠的信只有他一人看過，孟妧如何得知她那麼隱晦的暗示的？轉念間蘇瞻已猜到大概，卻有些不敢信：「晚詞？」

「趙棣雖謀反自立，卻依然是先帝親出的皇子，自有宗正寺、禮部、大理寺定罪。」九娘一擊即中，想到六娘所說趙棣大婚的所作所為，越發覺得可笑：「張氏為人，只圖眼前利。王師勢不可擋，洛陽早晚城破，她若要保住自己，誰都可以捨棄——」

九娘上前一步：「她為了陷害我六姊，不惜自殘腹中胎兒，眼下她為了保住性命，以她的手段，趙棣不死也難，為何還要你前去洛陽？除了求表舅做個見證好保住她，是否也提出這等大功足以讓表舅再度拜相？」

蘇瞻定定地看著九娘，抿唇不語。

九娘轉身走到高似牌位前：「世間事，唯有情債難還，這個情債，不見得是男女之情。高似因母子情斷了父子恩，阮玉郎因家仇演變成國恨，最後討債的變成欠債的，被害的變成害人的，哪裡有算得清的債？剪不斷理還亂——」

她轉過身，雙目熠熠發光：「張蕊珠，和三表姑母，雖有血脈相連，實乃毫不相干的兩個人——」

蘇瞻打斷了她：「與你不相干而已。她盜取虎符，趙棣又怎會放過她？你只是想借趙棣之手殺她，一屍兩命，一舉兩得。」

九娘搖了搖頭：「你還是只看得見自己想看的，只聽得到自己想聽的。表舅還不明白嗎？你不可能再有執掌二府的機會了。」

蘇瞻朗聲笑了起來，慢慢走到九娘身前：「我做什麼，你和張子厚都以為我是為了相位在謀算是不是？」

「你不是嗎？」一人匆匆跨入大殿，語帶諷刺。

蘇瞻頭也不回就知道是張子厚來了。

他倒是急，不叫也到，估計下了朝後閣議政尚未完畢便趕了過來。張子厚這般待她，也不怕官家不虞，還腆著臉自稱季甫，四十歲的男子沉迷起美色來才是無藥可救。蘇瞻唇角浮起譏諷的笑意。

「張相公看來不是陛下的宰相，而是皇后的宰相啊。」蘇瞻看著九娘，不知怎麼心底一股燥動越來越甚，挾裹著無名火，燒入腦中。

「父親慎言——！」蘇昉大步跨入殿內，眉頭緊皺，拱手行禮。他和九娘約在舊地，原本要一起勸蘇瞻不要再插手張蕊珠一事，和張子厚前後腳抵達，卻不想聽到蘇瞻說出這樣的話，寒心之極。

蘇瞻見到蘇昉，抬了抬手：「原來你也要來。何不早跟爹爹說？」

他隨即明白了九娘為何會在這裡等著自己，唇邊笑意凝固，越發惱怒。她的手伸得真長，還未入宮，後廷、朝堂、宗室，均在其掌握之中，迷倒年輕的皇帝和張子厚不算，還要把陳太初和阿昉也攏在手中，昔日呂后武后之流，不過如此。他神情冷淡，目光鋒利，從他們三人身上轉了一圈。

不等蘇昉開口，張子厚便笑道：「官家和聖人原本就夫妻一體，季甫敬重皇后，陛下只會高興。倒是蘇師兄，你一直以來只想做你自己的宰相，難怪坐不穩相位。」

聽了張子厚之言，蘇瞻反笑起來：「我蘇和重的功過是非，自有後人評判。你的私心，卻也該收斂一二。陛下問你我何罪之有，你是不是要答莫須有三個字？」

張子厚笑得人畜無害：「多謝蘇師兄教我，莫須有三個字甚妙。不過蘇師兄一貫自詡為君子。君子懷德，小人懷土。師兄為何貪戀汴京，不肯前去儋州？那未開化的南蠻正需要師兄前往安撫，平定南疆，利在千秋，日後蓋棺論定，才是一件大功勞。我一片苦心師兄竟不領情，可惜可歎。」

「君子懷刑，小人懷惠。我無罪無失，為何平白要流放三千里而令兄弟子侄蒙羞？不過還要多謝你了，若不是你這般睚眥必報咄咄逼人，諸位臣工也不會憤然彈劾你。」蘇瞻冷眼看著九娘：「一手豈可遮天？」

兩人針鋒相對，倒有昔日朝堂上你來我往之勢。九娘在一旁將張蕊珠的意圖說給了蘇昉聽，聽到蘇瞻意指自己，便停了下來，轉頭和蘇瞻對視著，神色平靜。

從什麼時候開始，這個男人在自己心底再也不會牽動一絲一毫的悲喜了？甚至他在自己心底連一絲一毫的地位也沒有了。他再怎麼語帶機鋒，她也不在意。前世她是他的妻子，他並未真心喜歡過她，這世她做了他的表外甥女，他依舊看她不順眼。其實，比他強的女子，他都不會喜歡。王玞最大的錯，便是幫他，越幫他，他心底那根刺越刺越深。

蘇昉上前一步：「爹爹，張氏處處偽裝，臨你字樣，偽造書信，幫助趙棣逃出汴京，連祖母都失望之極，爹爹何需親涉險地去保她性命？還請爹爹三思。」

蘇瞻看著蘇昉，久久不語，張蕊珠所作所為，他怎會不失望不心痛不憤怒。只是想到三姊，心有不忍。

「阿昉——」

蘇瞻歎了一口氣，心中鬱燥越發揉成了一團：「惻隱之心，人皆有之。她做錯事，是因為無人好生教導才走歪了。但你看高似欺騙爹爹和你娘親許多年，狼子野心，破秦州，殺人無數，將陳家逼上死路。一朝悔悟，陛下竟收留他在身邊，用之不疑。他死後，陛下又殮其屍首，將他靈柩寄於開寶寺，宮中每年都會有人來祭奠他。我們今日會來看他，都因一個仁字。如今蕊珠幡然醒悟迷途知返，願將功折罪，我們是她這世間唯一的親人，又怎忍心漠視不理？天下間，孰能無錯？何況她還有孕在身，胎兒尚未出世，又有何罪？同樣是走錯路的人，為何你們厚此薄彼？寬待外人，卻不肯放血親一條生路？」

蘇昉胸口起伏不定，卻無言以對。被他說來，不幫張蕊珠倒成了他們的不是。

九娘移步上前，輕輕拍了拍蘇昉的手臂，對蘇瞻柔聲道：「表舅所言極是，只要張氏盜出虎符，開城歸降，趙棣日後被軟禁於宗正寺，她亦能與之偕老，安然生下孩子，撫養他長大。她們雖不再是趙氏宗室，卻也能平安度日。可她為何要弒夫求榮呢？因為趙棣活著，她和她的孩子便只能做一輩子被軟禁的庶民。而趙棣死了，她卻因為救表舅你於水火之中，能大歸於蘇家，甚至還有機會改嫁富貴人家。她和高似不同，和兆王不同——」

「高似的生和死，對和錯，從未顧念過他自身。他自盡贖罪，因他對元初大哥，對秦州軍民，對昔日同袍，甚至對表舅你和表舅母，對六哥，皆心懷愧疚，他早有一死以謝天下之決心。他的死，令人扼腕。兆王之死，為替趙元永留一線生機。」九娘語氣黯然：「即便是阮玉郎這樣狠毒的人，臨終還會為趙元永著想，寧可他恨自己也不要他牽掛自己，是爲了不讓他也走上那條不歸的復仇路。可張蕊珠，卻要殺了最親近的人，為的是日後她自己過得更好。她既蠢，也壞。」

蘇瞻冷哼一聲：「我說一句，你便有十句來答，真正好辯才。她是難產下地的，難免不聰明。但人性本善，她身為女子慌不擇路，只能求救於蘇家，也是人之常情。再說這些不過是你妄加推測的而已，她若有你這般有遠見，何至於為情所困淪落至此？」

想到兩個外甥女，都嫁給了皇子，命運卻如此不公。眼前少女從孟家庶出三房的庶出女兒，成為一國之后，獲得皇帝盛寵，太后信任，朝臣擁戴，心機手段之厲害，毋庸置疑。

蘇瞻胸口堵著的邪火終於忍不住發作出來：「你年幼之時便知道討好幾個表哥，和陳家議親時也不忘和陛下親厚，借著阿昕身死，棄陳家就皇家。這等狠又準的手段，蕊珠若能學到你三分，也不至於有今天。」

蘇昉目瞪口呆之餘不敢相信父親會說出這種話來，嘶聲喊了一句：「爹爹你——!?」
蘇瞻立刻驚覺自己失態，冷哼了一聲閉口不言。
「言已至此，多說無益。」九娘福了一福：「人再有心機和手段，也裝不了一輩子。表舅保重。」
她轉向蘇昉：「阿昉表哥，還請隨我入宮一趟，娘娘有事宣你去慈寧殿說話。」
蘇昉深深吸了口氣，猶豫了片刻，微微躬身對蘇瞻行了一禮，跟著九娘出了大殿。
香早已成灰，香味猶在，大殿中恢復了平靜。蘇瞻心裡空蕩蕩的，他怎麼會說出那種話來，大失分寸，但懊惱已晚。阿昉的眼神——
蘇瞻閉上眼，深呼吸了幾下，再睜開眼，張子厚的臉近在咫尺。
他驟然退開兩步，皺起了眉。
張子厚卻忽然捧腹大笑了起來。
蘇瞻抿唇不語，正要拂袖而去。張子厚卻笑道：「我才是個傻子，你怎麼配和我為敵？阿玞她也錯了許多年，你哪裡是愛那種嬌柔和順的女子？你只是愛蠢人而已。阿玞那麼聰慧的女子，你嘴上說深愛她，其實一直顧忌她嫉妒她。她顯得你無能了是嗎？」
張子厚大笑著出了門，眼角卻沁出了淚。他為何要攔蘇瞻去洛陽，為何竟想要告訴他孟妧就是王玞？蘇瞻根本不配知道，他就該去和那蠢又壞的張蕊珠死在一起才是。他早該從九娘的身邊消失。

第三百三十五章

趙栩駁回了二府關於蘇瞻外放儋州的上書，又將蘇瞻自請往洛陽勸降的上表也留中不發。此舉自然引來汴京朝臣們的暗中揣測。

他的意圖九娘十分清楚。如今暗中忠於太皇太后的那些重臣因阮玉郎悉數被拔起，但為官者從來多是牆頭草，擅長察言觀色，心存投機。趙栩若要一掃朝堂陋習，便正好借此機會看看哪些人心思放在結黨營私上頭。

果不其然，有些愛鑽營的官員認為蘇瞻東山再起之日不遠了，這朝堂上總不能任由張子厚獨大，偏偏蘇矚雖然升了戶部尚書，卻是個新舊黨都不親近的人。趙昪雖然有些根基，和張子厚卻無法對抗。一時間往百家巷走動的人又多了起來。

御史們對張子厚的彈劾一石激起千層浪，二府幾位相公商議著直接駁斥下去，卻被張子厚攔了下來，直接送往了洛陽城外的皇帝大帳。

趙栩的朱批第二日由急腳遞送至京中，早朝上給眾臣傳閱：「季甫天生一公器，吾欲私用。」

皇帝給予張子厚的褒獎實在不輕。「世上無此才，天生一公器。」雖然是指張子厚的才能，但無疑是駁回了「公器私用、氣量狹窄」這些罪名，更顯示了皇帝對他的厚愛。

張子厚倒也不客氣，朝西京方向恭恭敬敬地行了大禮後，對那兩位御史也未作刁難，倒令殿上的百官想不太通了。睚眥必報、不擇手段、陰險狡詐的張相公改了性子，比起以往反而好像更可怕了。

十月初，皇帝西征大軍仍然毫無動靜，京中各部急著準備先帝啟葳，跟著就要靈駕發引。正忙得不可開交時，樞密院收到了陳元初派人送來的契丹軍情，眼看大名府圍城之困將解，朝堂上下都鬆了一口氣。

大名府被圍城兩個多月，雖有京城一路派人新建糧道運送米糧，總有女真、契丹騎兵前往騷擾攻堡，供糧並不穩定。守城將士五萬人，北方退至大名府的難民倒有十多萬人。自從鶴壁糧道被截斷後，軍士一日只得兩餐稀粥，大名府城中連野菜都被百姓一掃而空。

陳元初協同契丹皇太孫耶律延熹，聯合了室韋各部，激戰半個月後攻入上京，剛篡位不久的契丹新帝耶律保亂戰中被殺。耶律延熹在蕭孝忠的支持下即位稱帝，冊蕭芳宸為皇后。留在趙國境內的契丹大軍頓時沒了方向，是宣布效忠耶律延熹，還是造反為耶律保報仇，眾將猶豫不決。耶律延熹傳旨，召回侵趙大軍，既往不咎，同時整頓人馬，南下進攻中京。

耶律延熹的旨意才出了上京，河北地界已翻天覆地。

陳太初接趙栩密令，率領兩萬陳家軍鐵騎，神不知鬼不覺地從陽穀進入大名府地界，會合了從上京日夜兼程趕至的陳元初，三日便攻下館陶，將莘縣、冠氏、館陶這一路打通。

館陶剛剛收復，趙栩突然率領三萬西征軍悄聲無息地出現在了鶴壁。剛從館陶敗退到安陽一帶的聯軍猝不及防，被殺得人仰馬翻，轉頭退向林州一帶紮營。因死傷不一，女真、契丹和河北路、河東路叛軍的主帥互相指責，完顏亮索性率領五萬人馬改往元城駐紮，和契丹的四萬人馬及三萬叛軍互為犄角，提防館陶的陳家軍來攻。

鶴壁糧倉收復，館陶、冠氏一帶通暢，大名府圍城之困已解。洛陽的趙棣得知趙栩竟然離開了城外大營攻下了鶴壁，又氣又悔，下令守城軍士出城迎戰。

那勤王的八路大軍早已得了軍令，只守不攻。這一個月來各營寨外壕溝挖得又寬又深，石砲橫列多排，石彈堆積如山，弓箭、火箭、霹靂彈有求必應。這攻守調轉後，洛陽軍一絲便宜也占不到，反而折損了兩千多人，灰溜溜地又退回了城內。

汴京卻是歡呼不斷，皇帝用兵如神，令人心折。

此時的趙栩讓大軍休整了一日，傳令陳太初和章叔夜，三方共同出擊。

章叔夜振奮精神，出擊前軍中一日三餐，逐漸加量，晚上更是有肉有餅。第二日一早軍令如山：「全軍出擊元城，無糧養俘，殺無赦——！」

無糧養俘，殺無赦。

陳太初和陳元初同樣接到了趙栩的秘旨。

陳太初沉默了片刻才道：「千年來的戰事，只有暴秦的白起坑殺四十萬趙軍一例。六郎他這是——」

陳元初歎了口氣：「爹爹之所以不追殺梁氏，也是六郎的意思。留梁氏和李穆桃內鬥，消耗西夏國力兵力，才是上策。如今耶律延熹即位，若是契丹這四萬人馬折損在此，他也無可奈何，契丹必然元氣大傷。六郎用兵，看的已經是三年後甚至五年後了。」

「河北路、河東路叛軍人心渙散，思歸鄉者眾，若能招降——」陳太初吸了口氣，低聲道。

「太初——」陳元初搖頭道：「這些叛軍跟隨阮玉郎時，便已經沒有回頭路了。想跑的早應該跑掉，貪圖這餉銀和米糧，隨異族殘害同胞，無需憐憫。」

陳太初垂眸不語。

「大名府十幾萬難民無家可歸，無糧可吃，皆因他們引狼入室——」陳元初沉聲道，既是說服陳太初，也是說服他自己。

「六郎素來喜愛法家之說，」陳太初歎道，「我是擔憂他獨視、獨聽、獨斷。一言正天下治，一言倚則天下靡。」

陳元初不以為然：「有何不好？如先帝那樣，處處被二府掣肘，聖旨還時有被二府駁回的。我大趙還真需要六郎這般雷厲風行的君主。你莫要多想了。」他看著若有所思的陳太初，想了想：「有件事我也不瞞你了，穆辛夷她——」

陳太初眉頭一動，靜靜看著兄長。

陳元初轉開眼，營帳裡兩副盔甲並排掛著，沉默如山。他們兄弟二人的朱紅髮帶，紅纓銀槍都在，紅得令他心悸。

「我到上京後接到過李穆桃的信，辛公主已歿。」陳元初眼睛盯著銀槍的精鐵槍頭，艱澀地吐出四個字：「你別難過。」

麻紙在陳太初手中慢慢變成了一團，從他修長手指中溢出的邊邊角角越來越短，最終沒入他手掌中，手背上的青筋越來越突出，指節發白。

陳太初的手掌又逐漸鬆開。他慢慢展開麻紙，上頭錯亂縱橫交叉的折痕，如這茫茫人生路，不知哪裡開始，又會在哪裡結束。一切毫無頭緒，毫無預告。

離去的每條生命，都似乎毫無預兆，又似乎早已註定。先帝、趙瑜、定王、太皇太后、阮玉郎，高似。還有阿昕和小魚。

生未嘗生，死未嘗死。他和穆辛夷的重逢，從他們離別之日就開始，他們的離別，或者是從他們重逢之時註定的。那個他不需要說出口她就知道他在想什麼的小魚，那個在他面前永遠笑嘻嘻的小魚，那個宣稱他是她的太初的小魚。

有什麼在心中一閃而過，不知為何，陳太初想起六郎和九娘之間的默契。他是明白得太晚了嗎，明明已看淡生死，明明他依然心繫阿妧，但這種超乎尋常的心痛是從何來？不是愧疚，不是歉意，就是最純粹不過的疼痛，還有恨不得時光倒流的焦灼。

陳太初的目光飄過陳元初，落在自己的盔甲上頭，這一剎，神識如狂潮般席捲而來，營帳外深秋的日光落寞，激戰後的人馬困頓，黃土上的枯草無力地折腰，遠處的高樹在挽留要落下的秋葉。

他任憑自己的意識遨遊於天地之間，越過太行山脈，越過黃河，並無枯竭停止之跡象。不遠處依稀可見秦嶺的壯闊身影。

十月的秦州，集市繁忙，人流如織。羽子坑的垂柳黃色柳葉隨風而去。穆家老宅的兩扇木門斑駁老舊。

他站在門前，不敢往前一寸。

然而木門吱呀一聲開了。

穆辛夷那雙靈動雙眼彎成了月牙兒，脆生生地喊著：「陳太初——我在羽子坑等你。」如夢似真，陳太初分不清楚。回過神來，營帳中寂靜如初，手中的麻紙上的折痕變得淺了。陳元初已不在營帳之內。

他似乎看見穆辛夷穿著秦州少女常穿的素花短褙子，長髮包在紅色頭巾中，手上挽著一個竹籃子。

李穆桃所說的是辛公主已歿。陳太初心中一動。日後他一定要去羽子坑看一看。

元城會戰之血腥慘烈，親身經歷過的大趙將士多年後回憶起來，仍不禁寒毛直豎。此戰中幾十萬人首次目睹了大趙鐵騎的銳不可擋。

當夜，章叔夜率領大名府守軍自西北出城襲營，直切入元城、林州之間，將女真大營和契丹、叛軍的犄角之勢一剖為二。他親率五千輕騎衝擊女真南營。

剛剛駐紮元城的女真大營設施簡陋，尚未來得及深挖壕溝，營帳外的木柵欄才立了一半，雖有弓箭手和阻馬欄的抵抗，但完顏亮重兵防守的是館陶一方的陳家軍，南營因不遠處就是契丹和北三路叛軍，只安排了近千守軍值夜。哪裡擋得住憋屈了兩個多月的大名府守軍。

章叔夜一馬當先衝入，手下將士奉令一概輕甲上陣，戰馬負擔比重騎輕了一半有餘，奔跑跨越轉彎極其快速和靈活。兩百人為一隊，一概攜帶著輕便堅韌的竹質護馬長旁牌，殺入營地後，立刻棄旁牌，取超長斬馬刀，斬馬尚且俐落，何況人頭？跟隨斬馬輕騎兵的是精選出來的弓箭手，攜帶的盡是火箭，跟隨斬馬隊一路射殺對抗的女真軍士，更不會放過營帳和糧倉。一時間，深秋夜風捲起千堆火，女真營帳火紅一片殺聲震天。

完顏亮因對敵陳家軍，不敢輕敵，盔甲未卸和衣而眠，接到被偷營的信，即刻令帥旗指向南營。號令剛出，北方、東方傳來急鼓如雷，片刻後中軍大帳皆看到兩處都燃起了熊熊烈火。

隨軍出征的完顏望在馬上心急如焚，卻見完顏亮神色猙獰，雙目精光閃爍：「我女真男兒豈會怕死!?來得正好，我去會一會陳家槍法！」他揮動手上八十八斤的狼牙棒，命中軍隨他迎戰北方攻營的陳家軍，卻讓完顏望帶著近百親衛往南營壓陣。

完顏望倒正中下懷，拍馬帶人奔向南方去了。

完顏亮率部穿過中軍營帳，北營正陷入極端的混亂之中，黃昏剛建造合攏的丈八木柵欄，被石砲射出的石彈砸得殘破不堪。粗粗挖出來的五步寬的壕溝內填滿了滾落下來的石塊，當先幾排的營帳早已是一片火海。地上有中箭後悲嘶不斷的戰馬，還有更多的傷兵和屍體。寨門下幾千騎兵正徒勞地朝遠處射箭。完顏亮看著穿透旗杆的三停箭，箭頭後的油布燒得正旺，他的瞳孔一縮。神臂弩！

「南蠻子可恥！堂堂騎兵，用這種攻城守城的鬼東西！不要臉——」完顏亮大喝道，掄起狼牙棒，砸開衝著他胯下馬兒射來的弩箭。卻忘了兩軍之戰，無所不用其極，只有勝負之分。

陳太初一手持改進過的長角弓，一手持韁，策馬立於兩張神臂弩中，冷靜得近乎殘酷。這次從京東兩路調來的十二張神臂弩，配三停箭一萬七千枝，幾乎是京東東路和京東西路的存箭總和，一個月前便開始往陽穀縣集結。完顏亮剛愎自用遷營至元城，便於分開擊破，倒省了三路大軍的許多功夫。

陳家軍所配軍馬，乃是數十年來西軍向西夏採購來的夏馬，比契丹馬和女真馬，在高大和速度上略有遜色，加上陳家軍將士大多是秦鳳路和永興軍路出身，也不如河東路、河北路、契丹、女真的士兵身材高大，馬上長兵器的衝擊速度和力量自然也會有所不如。雙方對決前的消耗極為重要。

遠隔四百步的兩陣對壘，女真軍營完全只能挨打。完顏亮搶過一張強弓，全力朝那陳字帥旗射出，卻在三百五十步後頹然落地。

營外的壕溝漸滿，破敗的木柵欄終於在烈火和石彈中嘩啦啦一片倒下。

「將軍，還有百多匣弩箭！」弓箭班的副指揮看向陳太初。

「繼續。」陳太初沉聲吩咐：「虎威隊準備衝營。」

旁邊一個孔武有力的中年將軍精神一振：「末將領命！」他高高舉起手中紅色令旗。

馬蹄踏地的轟隆聲慢慢聚攏過來。三停箭的破空之聲越發猙獰兇猛。

高舉的火把吞吐不定，陳太初的面容被火光映照得忽明忽暗，神情卻安若泰山巍然不動。

完顏亮一箭無功，冷靜了下來，傳令下去。三千騎兵重整隊形，高舉盾牌。雖然不斷還有盾牌被強勁的三停箭射穿，但死傷人數下降了不少。中軍重騎亦抱弓在懷，搭箭上弦。

神臂弩的弩箭總有用光的時候，最終還是要面對面廝殺。他女真兒郎，從山林中殺出來的，連契丹人也不是他們的對手，他定要在此擊敗陳家軍。

陳太初凝目遠處剛剛豎立穩當的女真帥旗，完顏亮來得正好。南面的火光沖天，東方的天邊也被染成了紅色。

最後一批弩箭射出之時，陳太初高高伸出右手：「衝營——！」

戰馬嘶吼，三千虎威營的將士左手持圓旁牌，右手持一丈二尺的金瓜錘，這卻是從西夏鐵鷂子那裡繳獲來的，破城門衝營寨無往不利。

「武勝營隨我跟上——！」陳太初的聲音依然平靜，卻帶著胸有成竹勢在必得的力量。

戰鼓再次雷鳴般響了起來，雲梯車上的擂鼓軍士拚盡了全力，汗如雨下，鼓面上一個個濕點，水漬暈開，流到紅色的鼓身上，腳下的木板隨之也深淺不一起來。

「戰無不勝——！」

「戰無不勝——！」

近萬人的吶喊蓋住了鼓聲，秋風都瑟縮起來。

兩軍相隔三百步時，完顏亮眸中閃動著瘋狂的熾熱好戰光芒：「放箭——！」箭如雨飛。

虎威軍的戰馬速度卻絲毫不減。馬上的軍士身手敏捷如猿猴，圓形旁牌上下飛舞，僅有十多匹馬中箭，也不在要害部位。

再離得近了。女真軍士大多倒吸了口涼氣，完顏亮眼中暴虐之色更甚。衝來的戰馬，皆被蒙上了雙眼，全靠騎者操控一路狂奔，怪不得根本不害怕箭矢。

隨虎威營衝來的，還有後面五千多武勝營重騎。

陳太初直到兩百步內才弓開滿月，搭箭上弦。

弓，是加長角弓。箭，是精鐵箭頭的木質無羽箭，箭頭扁闊，中脊線突起，兩側有凹槽，槽內儲存了烏頭藥，劇毒無比。此箭射程不遠，頭重箭身輕，不太好操控，卻能直破重甲，一旦入體，拔箭時箭身自動脫離箭頭，箭頭必須靠剜肉才能出來。東路叛軍和高麗人死在這無羽箭下者不計其數。

中箭的女真軍士立刻亂了套。

「箭頭有毒——！」

「別拔箭——！不能拔——」

完顏亮雙眼通紅，手中狼牙棒高高舉起：「兒郎們，隨我衝出去——殺啊！」

兩軍相逢勇者勝。先被石砲和神臂弩打得喘不過氣來，又被虎威營戰馬所懾，再遭到烏頭無羽箭的屠殺，一貫彪悍的女真軍士惶惶然重振旗鼓，跟著完顏亮，揮舞著盾牌往營外主動衝去。

虎威營的金瓜錘，只攻馬頭和人頭，不到十息的功夫，兩軍已混戰糾纏在一起。黑色重甲的陳家軍和銀色重甲的女真軍變成了黑白相間。

棄弓揮動斬馬刀的武勝營隨後捲入其中，朱紅領巾在暗夜火光中比飛濺的鮮血更奪目。

將對將，兵對兵。

陳太初和完顏亮的眼中也只看得到對方。

紅纓銀槍如電，狼牙棒如雷，雷電交加。

完顏亮在幻影中找準槍頭，一棒蕩開銀槍，獰笑著當頭一棒砸下。他在中京故意隱瞞了自己的實力，但除了高似，他還真沒輸過。

陳太初雙腿發力，戰馬忽地四蹄一屈，猛然往前衝了出去，貼著完顏亮的戰馬交錯而過。狼牙棒堪堪掃過飛揚的馬尾。電光火石間，戰馬再度挺立，陳太初後仰平躺在馬背上，手中銀槍如流星般沒入完顏亮的後心。

失之毫釐便差之千里，不只是人和兵器，更有戰場上難以掌控如意的戰馬。

陳太初卻人馬合一行雲流水般地兩招殺敵。

看著胸口的精鐵槍頭，疼痛麻木感極其陌生。完顏亮翻身跌下馬時還完全不能相信那乳臭未乾的小白臉兩招就殺了自己。

「四太子——！」

周遭悲痛的呼聲不斷，帥旗折斷。

比女真軍營更慘烈的是林州叛軍和契丹大營。趙栩所率領的三萬西征軍，雖未調用神臂弩，卻一律使用烏頭無羽箭，重騎突進下，加上大名府守軍的腹背夾擊，連日敗退的聯軍潰不成軍，四處逃逸。契丹人無心戀戰，河北路、河東路軍士見到皇帝御駕，更加軍心渙散。

林州會戰、元城會戰，殲敵五萬七千餘人，繳獲戰馬近一萬八千匹。令人不寒而慄的是此戰無一俘虜。

方圓百里血流成河，棄械投降者大多是河北兩路和河東路的叛軍，最多的一批三百多人，匍匐求饒的，受傷倒地的，願意倒戈的也有，還有哭著要回鄉的。熟悉的河北鄉音，聽著都令人心酸。然而領軍之將皆面無表情。棄械投降者、負隅頑抗者無一倖免。刀刃捲了邊，最後死於無羽箭下的也近千人。人人都從帶著一絲猶豫殺到麻木不仁。泣血成川，沸聲若雷。

後來修撰《趙史》的翰林學士，記載：「元煦帝善用兵，烈烈恆恆，神機電斷，氣濟師然，以寡敵眾，料敵合變，出奇無窮，聲震天下，西折夏，走契丹，禽女真，所向無敵。」那被刪去的其實還有：「拔城如山，殺人如水。」

自趙栩親征開始，一貫以仁義治天下的大趙，戰爭中一改善待俘虜的舊例，更沒有「窮寇莫追」的規矩，大小戰役，戰必求殲。這是後話不提。

直到天日大光，廝殺才告一段落。

陳太初和章叔夜率先會合於女真中軍營帳，近百軍士押著一批女真軍營中的營妓，正在等著他們決斷。

「這些大多是被女真人沿途擄掠的趙女，問了幾個，河北路的居多——」虎威營的副將猶豫不決：「將軍，這些女子不算俘虜吧？」

章叔夜轉頭看過去，那五十多個女子年紀不一，衣不蔽體，裸露出的手臂和腿上多有累累傷痕。她們瑟縮地擠在一起，有幾個年紀大的痛哭流涕苦苦哀求軍士放她們歸家，其他的都垂首掩面而泣，不知是羞於歸家還是已無家可歸。

「二郎，這些女子即便歸家，只怕也難以安寧度日。」章叔夜低聲道。被女真人擄掠來為營妓的女子，歸家後只怕家人只會怒斥為何不曾自盡以全節氣。

陳太初的目光從她們身上一一掃過，點了點頭：「大名府可有尼庵道觀，若願意前往的還勞煩叔夜代為安置。若有家可歸的，發一貫錢，派五名軍士護送返家罷。」他停了停，看著那幾個哭著要回家的女子，又叮囑道：「萬萬別透露了她們的遭遇，只說逃難至大名府即可。」

這樣的境地，還能撐著活下去的弱女子，一定有她們牽掛著捨不下的人。活著遠比死去更難。他願意助她們一臂之力。

「陳將軍——！請往林州見駕——！」四匹戰馬飛速馳近，馬上的傳令官高聲呼喊著。

陳太初拍了拍章叔夜的肩膀：「這筆遣散的錢，算我的。」

章叔夜正了正頭盔：「好。」這錢沒法從軍餉中出，他也真的沒錢。

哭鬧的幾個女子聽了章叔夜的話，嚎啕大哭起來，無力地倒在了地上，一旁有軍士揮刀割下營帳帳幕，輕輕給她們披蓋上，遮住了傷痕。有人忍不住輕聲道：「將軍英明，這幫畜生，就不該留做俘虜還養著，殺得好！」

營妓們哭成一團，其中一人緩緩抬起頭，不遠處陳太初策馬揚鞭，依然挺拔如青松翠柏。她緊緊捂住了自己乾涸裂開的嘴唇，眼淚滾滾而下。

陳太初！這三個字終究還是沒有說出口。

章叔夜的視線在她蓬頭垢面的半張臉上停了片刻，轉開了眼，柔聲對她們道：「你們若是不願回家或無家可歸的，請隨本將去大名府，雖無度牒紫衣，但出家人慈悲為懷，收留諸位娘子總非難事。若能做些力所能及之事就更好了。」

當即許多人都低泣著點頭願意前往。也有人猶豫不決，卻又更害怕回家後的日子，被身邊的人勸說兩句後也就低聲說道願意去大名府。還有幾個沉默不語，只點頭了事。

章叔夜令一名副將帶著兩百軍士，先找來女真營中的騾馬糧車，將這些女子送回大名府安置，隨後翻身上馬，前往安排處理這幾萬屍體，以免瘟疫橫行。

走了不多遠，章叔夜突然回頭，那些個女子正慢騰騰登上騾馬車。

那個女子，不知道二郎有無認出來。

算了。

第三百三十六章

陳太初會合了陳元初趕至林州時，遠遠就聞到一股惡臭，密林上空飄散著一層輕煙。跟著他的十幾個陳家軍親衛不約而同地一凜，轉眼看向陳太初。

「大郎、二郎，他們是在燒屍!?」

元城的戰後由章叔夜處置。他們離開的時候，戰場兩側的山上林中都已經開始挖坑填埋敵軍屍首。己方戰死的軍士也一一核對名號運回大名府，留待上報兵部後封妻蔭子免除賦稅。但即便對待敵軍，也從未聽說過將對方挫骨揚灰的。

陳太初心中說不上什麼滋味，六郎歷來不出手則已，一出手便不留餘地，又狠又絕。然而幾萬屍首，若要全部挖坑填埋，十天也處置不完。

「這有什麼，北方和契丹、女真的民間向來都有火葬風俗，吐蕃也多。」陳元初語氣淡然：「雖是深秋，這許多屍體來不及填埋，也容易產生瘟疫。」

他身後一片沉默，只有馬蹄踏地聲噠噠噠。

陳太初望向濃煙飄來的地方，凡入侵反叛者一概誅殺，歸順也無活命機會，死後挫骨揚灰，這應該也是六郎所要的震懾之效。今日一戰，契丹和女真皆元氣大傷，十年內想要再度來犯都難。至於聲譽二字，六郎何嘗在意過？

陳太初揮鞭策馬，率先進了林州大營。契丹和叛軍的兩處大營早已面目全非，壕溝中屍體堆積如山，大名府的民夫和義勇都還沒到，兩邊的軍士皆布帕蒙面，正將木板車上的石塊和泥土傾入壕溝。十多個醫官蒙了面，戴著油布手套，一路拋灑藥粉，預防屍毒。

燒成了灰黑色的旗杆在蒼黃的天空下四零八落，成群結隊的軍士正在往兩旁運送屍首。一旁搭起了臨時的草棚，下頭或仰或躺著密密麻麻的西征軍傷兵。幾十個隨軍醫官正帶著人在檢查傷勢、敷藥包紮。

清理出來的空地上，皇帝金帳和五色帝旗十分醒目，陳太初進了大帳，裡頭密密麻麻坐著二十多員大將，卻悄無聲息。眾人見他兄弟二人來了，紛紛抱拳點頭示意。

趙栩去了外袍，還未卸甲，左臂上似乎受了傷，裹了幾圈布條，正在看手中的文書，眉頭微皺，眉心夾出了針尖紋，抬頭看見他二人，眉頭就展了開來，丟下手中的文書，幾步迎了上來，和陳太初互相上下打量了一下，兩人同時伸手輕輕給了對方肩頭一拳，跟著緊緊抱了抱對方。甲片相撞之聲脆生生的，離開時帶出刺耳的摩擦聲。

陳元初笑著退到一旁，和眾將相互見禮。

陳太初後退兩步，單膝跪地：「臣等幸不辱命，元城之戰已勝。臣親手誅殺了完顏亮！」

金帳內一靜，既而爆出眾將轟然喊好的聲音。

趙栩大喜，伸手扶了他起來：「你可有受傷？」

「臣無傷。陛下是受了什麼傷?」陳太初視線落在趙栩左臂上。

趙栩動了動臂膀,笑道:「無妨,用力過猛,舊傷裂了開來而已。你來得正好,太尉前兩日在海州殲滅高麗軍兩萬六千多人,方才樞密院的軍報才送來。」

陳太初落了座:「高麗蠻子無路可退,背水一戰,不知我軍損失如何?」他從東路戰場離開時,領三千輕騎繞道突襲海邊停泊的高麗戰艦,三百餘艘高麗艦焚毀了一大半,餘者倉皇逃往南方去了。

趙栩指了指手邊的文書:「只有粗估出來的死傷八千餘人。過幾日應該就會報到兵部。元初來得正好,太尉還在淮南路追擊福建路的叛軍,要有勞你趕回秦鳳路。」

陳元初起身行禮:「臣領旨。」

「梁氏在西平軍司重振旗鼓,割讓玉門關、瓜州給黃頭回鶻,又把北山一帶讓給了高昌回鶻,借兵五萬,已攻下了肅州,往宣化府而去。」趙栩語氣輕鬆,抬了抬手。

成墨帶著四個親衛趕緊展開一側的大趙西部輿圖。帳中眾人紛紛起身靠了過去。

陳元初對西部各州縣城池爛熟於胸,略看了一眼,胸有成竹道:「陛下,臣這就前往蘭州坐山觀虎鬥,再等著收一點漁翁之利。」

眾將嗡嗡議論起來,給陳元初出主意的有,讚皇帝高屋建瓴的有,躍躍欲試想請命去立功的也有。

趙栩長身而立,負手在輿圖看了片刻,取過成墨呈上的朱筆,在輿圖上畫了一條線,轉身笑道:「吾欲元初為大趙立下不世之功。」

眾人定睛一看，都有些頭暈，心跳加速，屏息看向皇帝。

少年天子眉頭舒展，秀致無雙的下頷微微揚起，薄唇帶笑，只看著陳元初。

這條線，西起西涼府，沿著賀蘭山到興慶府，黃河、陰山一路到東邊呂梁山山脈，靠著太原府才止。將西夏卓囉和南軍司、西壽保泰軍司、靜塞軍司、嘉寧軍司、祥祐軍司、左廂神勇軍司全都囊括在內，這也是西夏最為繁榮之地，平原豐沃，水土肥美。

皇帝這是要滅夏啊。不少將領這才明白為何陳青竟然未趁勝追擊梁氏。

「臣當鞠躬盡瘁，死而後已！」陳元初胸中豪情激盪，跪了下去。

趙栩親手取過尚方寶劍、敕書、樞密院的調令和任命書，一一放到陳元初手中：「今日起，陳元初便是我大趙西軍元帥，統領秦鳳路、永興軍路、河東路三路十軍。」他頓了頓：「由吾代攝監軍。」

帳中的將領們一怔，皆心潮澎湃。官家自己代攝監軍，那就是將三十多萬西軍全部交給了陳元初，若他有異心，完全可以自立稱王了。

皇帝竟然如此信任陳家！百年來大趙終於有了一位不再重文輕武的皇帝，連外戚都不疑不防。

捷報頻傳至汴京，朝廷內外更是喜氣洋洋，樞密院和兵部的官員走路生風，只忙壞了戶部的官員。

陳元初任西軍元帥，陳太初掌東四路兵權，還有陳青執掌樞密院，領兵追擊福建路等南方叛軍。皇帝用人不疑，疑人不用。對陳家權勢滔天的議論成了坊間的熱門，朝中御史臺、宗正寺也紛紛上書諫言皇帝不可給予外戚這般厚待，跟著舉薦了不少文臣擔任監軍。

皇帝的旨意隔了兩日到了二府，張子厚於早朝宣讀，旨意言簡意賅。舉賢不避親。若有能勝過陳家父子的，儘管舉薦。文臣監軍，不懂兵法，掣肘萬千，延誤軍機，無需再議。

震驚朝野的還有皇帝宣布十一月先帝靈駕發引後，開武生恩科，設武狀元、武榜眼，武探花，入殿前司任職，再設二甲、三甲武進士，得軍中將領保薦，可任地方上的縣尉，變成了從八品的朝廷武官。

雖有不少文臣反對，奈何二府諸相公皆無異議，就連五日一朝的大資蘇瞻也出言贊成。

皇榜貼出，汴京百姓一傳十十傳百，往日街坊裡的潑皮無賴都收了心思，去尋那禁軍的教頭，若能考上，吃上朝廷的皇糧，可比混跡於市井不知強了多少。一時間國子監的武生都跟著吃香起來，日日都有士紳帶著管事等在門口替女兒相女婿。那些個等著來年大比的士子倒受了冷落，只能感歎自己生不逢時。

洛陽此時卻越發蕭瑟，出不去進不來，也擋不住各處大戰的消息飛一般的傳播著。

白馬寺悄悄迎來一位貴客，白馬寺住持親自將張賢妃迎了進去，帷帽下看不清面容，只覺得雍容華貴，聲音十分柔美。相陪著往大殿上敬香拜過後，再往一旁方丈室歇息。

不多時，統領洛陽各寺的傳燈老方丈在住持的引領下進了方丈室，張蕊珠趕緊起身行禮，將自己的信女之心柔聲道來。

傳燈方丈在蒲團上盤膝坐了，不急不緩地講了離相寂滅分，大半個時辰後，張蕊珠起身送走方丈，又用了一些素點心，便以坐禪為由遣走了寺中之人。

她在羅漢榻上斜斜靠了片刻，外頭一陣腳步聲傳來。跟著晚詞輕聲稟報：「娘子，孟大學士來了。」

張蕊珠蹙眉，泛起萬種輕愁，淚盈於睫，柔聲道：「快快有請。」

「多謝孟大學士在陛下面前陳詞，洗清了蕊珠不白之冤。」張蕊珠盈盈下拜。

孟存側身避開，躬身行了禮，言辭冷淡疏離：「請娘子有言直說。若給人知曉娘子私會外臣，只怕臣滿身是嘴也說不清楚。」

「六娘和蕊珠同窗數載，不敢說情同姊妹，卻也相得益彰，又有緣分一同侍奉官家，她不見了，蕊珠亦惶惶然。」張蕊珠語帶傷感：「何況表姑父和孟大學士乃是親兄弟，蕊珠和六娘也算是表姊妹——」

孟存有些不耐地打斷了她：「有言直說，娘子若是要敘親，當請內人來才是。」

張蕊珠視線在孟存清雋的臉上轉了轉，側身舉起帕子掩了半邊臉笑了起來：「孟大學士在蕊珠面前這般清高嚴苛作甚？盜得汴京城防圖、私刻孟在印章、臨摹我舅舅字跡這些事，不都是大學士親力親為的嗎？」

孟存雙耳中嗡嗡作響，身不由己退了一步。她怎會知道！阮玉郎這廝必然是故意洩露給她知道，好讓她牽制自己，也好讓她壓在阿嬋頭上。

看著孟存面色由紅轉白，又從白到紅，張蕊珠歎道：「若不是我從舅舅書房拿出了幾封信，孟大學士又怎能臨摹得天衣無縫？你我都得了阮先生的指引，為的都是官家的大趙江山，不然——孟大學士，我何以肯讓出皇后之位給你女兒？」

張蕊珠美目流轉，清麗無雙的面容上略帶悵然。

孟存喉嚨裡發出兩聲極其嘶啞的笑聲：「臣不明白娘子在說什麼。」

張蕊珠淡然地端起茶盞：「大學士不懂無妨，六娘都懂，汴京的趙栩和孟妧也懂。你母親梁老夫人，你的兄弟也都會懂。」

孟存平靜下來，乾脆在一旁落了座，也端起了茶盞：「娘子心思玲瓏剔透，可惜命運弄人，時局不佳。臣的前程性命倒不勞娘子操心。」他看著張蕊珠隆起的小腹笑道：「娘子還是將心思都花在官家和腹中的皇家血脈身上才好。」

這是有求於他了。他所作所為，縝密之極，汴京看得到破綻卻絕不會有證據，再者有六娘在，無論如何他都不會有性命之憂。只是現在多了張蕊珠這個「證人」要脅於他，只能先虛與委蛇探探虛實，看她究竟要做什麼。

張蕊珠有求於他，有臺階自然立刻要跟著下：「大學士所言極是。蕊珠並無他意，腹中孩兒到底也要喚六娘一聲母親，喚大學士一聲外翁。左右都是一家人，只盼著大學士也能體恤蕊珠母子，這時局艱難時能給蕊珠指點一條路。」

「娘子嫡親的兩位舅舅，蘇瞻雖然不再是宰相，卻還是那位信重的大資。蘇矚是戶部尚書，你的表哥蘇昉也入了翰林學士院，蘇家榮寵如舊。就算洛陽失陷，娘子和腹中胎兒必會安然無恙，不知娘子為何要轉這許多彎來和臣商議？」

「趙栩殺人不眨眼，暴戾殘忍，魯王死於他劍下，三公主前些時自盡於公主府，也不知道是自盡還是被自盡的。兩軍對戰他殺盡俘虜，毫無仁心。即便蕊珠是蘇家的外甥女，可他恨官家入骨，又怎會放過我母子？舅舅原本要來洛陽說和，為的也是保我母子性命，卻未得趙栩的允准。」

張蕊珠想起多年前在那家鷹店裡趙栩看著自己的眼神，打了一個激靈。

孟存失笑道：「臣何德何能，能左右他的意願？」

「大學士心裡不也跟鏡子一般清清楚楚明明白白？」張蕊珠記著晚詞千辛萬苦打探來的消息，裝作輕描淡寫地試探道：「大學士和岐王殿下再三懇請陛下將虎符交給樞密院，好方便樞密院調配守城將士，又常去軍中慰勞將士，難道不是要獻城立功嗎？」

孟存瞳孔猝然一縮，卻仰面哈哈大笑起來：「娘子真會說笑話。」

張蕊珠視線落在他臉上，正色道：「立下這等大功，天下皆知，總有萬般不是，汴京也只能賞。大學士和岐王殿下真是好謀算。」

孟存擱下茶盞：「娘子想要立這樣的功，臣不敢阻攔。」

張蕊珠這才肯定了晚詞打探來的消息果然不假，心中又多了三分勝算，便柔聲道：「官家不受朝臣尊重，歷年來為太皇太后所制，如今無論如何都不會將虎符交給樞密院。除非城中將士造反——」

「娘娘是要盜取虎符，還是要慫恿軍中將士造反獻城？」孟存抬手理了理三縷長鬚，心裡已做了決定。

張蕊珠雙手輕輕覆蓋在小腹之上：「大學士身為男子，只怕不知道天下女子之苦。我為了陛下吃過的苦，受過的委屈，只有我和陛下知道。為著陛下，我和養父決裂，甚至對不起嫡親的舅舅，也捨棄了名分。可是，當太皇太后要殺我時，陛下他竟然——」

她唇角微微上揚起來，淒然笑了兩聲：「女子為情所困，終究還是一場空。若沒有這孩兒，蕊珠也不懼死。可如今——」

孟存眉頭微蹙，輕歎了一聲。

「若蕊珠盜了虎符交給大學士和岐王殿下，兩位可願上書汴京，允蕊珠大歸於蘇府，從此做個普通民婦，安然養育腹中孩兒？」張蕊珠輕抬玉腕，印去眼角淚痕：「屆時阮先生留給蕊珠的那些和大學士有關的物事，蕊珠當一併交還給大學士。」

孟存站起身來，行禮告辭：「如此便一言為定，臣靜待娘子的好消息。」

張蕊珠還有一肚子的話，來不及說，見孟存已掀開簾子出了門，倒是一呆。這孟存看起來不溫不火毫無威脅，臨到關頭倒毫不拖泥帶水。

又過了幾日，洛陽城守軍的逃兵越來越多，即便下達了多條軍令也阻止不住。此時不逃，一旦戰敗會遭到無情屠殺，還會屍骨無存挫骨揚灰，連轉世投胎的機會也沒有。到了十月底，一天竟有一千多軍士冒死從城頭爬下去，被守軍射殺了好幾百人，依然有半數逃到了西征軍大營投誠，被好生安置起來。待聽說這些逃兵可以選擇留在西征軍內作戰立功，也可以領三百文錢回鄉務農，每夜逃離洛陽的軍士更多了，就連一些副將也不免心思鬆動。

洛陽朝會上從熱火朝天地辯論是戰是降，到古井無波不翻波浪，也不過是幾天的功夫。看起來各部還是在各司其職，但已無人議論城防之事，人人面上都帶著一種得過且過的神情，甚至在趙棣看來，他們早就對自己這個「皇帝」絕望了，只盼著趙栩立即攻下洛陽，好早日解脫。

他借著逃兵一事狠狠斥責了樞密院和兵部的官員，卻不料兵部尚書竟然當朝除了烏紗，跪下自請辭官歸田。這一跪，帶出了十多個四品以上的官員，紛紛請罪辭官。

趙棣氣得渾身發抖，將御案上的玉盞都砸得粉碎。要死一起死，這話終究喊不出來。他堅決不允，直接宣布散朝。

回到寢殿，女史宮人們的神情也是那種惶惶不可終日的茫然和恐懼。趙棣不知道自己是什麼神情，但一日一日，壓在他心頭的恐懼如大石一般，一天重過一天，他喘不過氣來。他知道洛陽成了孤城，那些連連傳來的敗仗，被趙栩占領回去的城池州縣，這些消息總是很快就傳遍了洛陽，一定也是趙栩故意為之，要逼他開城投降。

他不願意。他先是被趙檀壓著，不得已地奉承他和趙瓔珞，而後又被趙栩壓著，即便沒有他們，還有太皇太后處處管束。若真的要敗，這洛陽城十萬軍民便給他陪葬！他也值得了。

張蕊珠命人將御膳撤了，親自取了參湯湯盅，摸了摸湯盅，還微微有些燙。

「五郎，你思慮朝政，又消瘦了不少，先喝了湯罷。」

聽到張蕊珠柔美動聽的聲音，趙棣扭曲的面容滿滿恢復了平靜，他接過湯盅，喝了兩口，一股暖流入肚，撫平了他紛亂的心思。

擱下湯盅，趙棣輕輕牽起張蕊珠的手：「蕊珠，趙栩是不會放過我的。我讓人安排你出城避難可好？」他將手放到她腹上，猛然一顫，卻是那孩子朝他倆的手上踢了一腳。

趙棣又驚又喜，更覺心酸，哽咽道：「珠珠，他在踢我們？」

張蕊珠淚盈於睫，柔聲道：「嫁雞隨雞，嫁狗隨狗，妾身生是五郎的人，死是五郎的鬼，無意獨活。你看，孩兒他也不願意呢。五郎莫要再說這些話了。」

趙棣忍不住輕輕伏到她腹上，似乎能聽到一陣心跳聲音，不太有力，但真真切切。

張蕊珠伸手攬住他，笑道：「妾身娘兒倆都在五郎身邊，五郎當振作精神，洛陽城裡糧草充足，城牆高又厚，守上一年半載，世人都知趙栩殘暴，總有義士會舉旗反他的。」

趙棣緊緊摟住她的腰，卻看不到張蕊珠冰冷眼神中的輕蔑和不耐。

將要入冬了，殘月如勾，寒霜覆地，洛陽宮城的巍峨殿閣，在稀落的燈火中肅穆冷然，千年來的古城見證了多少興亡，眼前的小兒女情懷，不會留下一絲印跡。

夜深人靜時，更漏漸殘，深宮寢殿內的帳幔內，昏黃的燈光劃出的圓弧如刀刃般鋒利。

張蕊珠轉身看著趙棣睡夢中依然緊皺著的眉頭，屏息靜待了片刻，伸手探向趙棣枕下，摸索了片刻，停了停，輕輕又縮了回來。

一把長柄玉匙溫溫的，在她手中發亮。

低垂的重重帳幔被掀開，張蕊珠赤足套上繡鞋，躡手躡腳走到屏風外，今夜特地遣開了守夜的女史，但外間還有四個宮女在。她孤身一人，不得不多加小心。

成敗在此一舉。

第三百三十七章

趙棣寢殿的屏風外，臨時設了一張長案，上頭還壘著不少等著批閱的奏摺和上書，一旁雕著山水巒紋的楠木櫥櫃，被琉璃燈的燈光照得山水浮動。

張蕊珠屏息靜立了片刻，忍不住轉頭看向屏風內，側影投在櫥櫃門上，緊張的下頜繃出了一條不太自然的曲線。

寢殿內悄無聲息，她方才似乎覺得屏風內的帷幔動了動，等了會兒，自嘲做賊心虛大抵都是這樣疑神疑鬼，但額頭已滲出了一絲冷汗，手足冰冷。

又停了片刻，她伸手握住那瑞獸門環，輕輕拉開櫃門。

最上層的擱架上，一排金黃色隱隱反射著燈光，自從太皇太后薨逝，司寶女史奉旨將全套玉璽、印寶都收在此處。

張蕊珠踮起腳，那半塊虎符應該是個不大的盒子。她伸手摸索過去，將上頭最小的盒子取了下來，又凝神靜聽了片刻，悄聲走到案邊，小心翼翼地放下，解開金黃色印有朱紅團龍紋的布帛，露出裡頭上了鎖的碧玉虎紋盒來。

兩滴汗從她鼻尖墜落，玉盒上多了一團水珠。

她忍不住伸出手指抹了去，深深吸了一口氣，從懷中掏出那柄玉匙，輕輕地啪嗒一聲，玉鎖開了。

張蕊珠抬起眼，緊盯著屏風內，依稀可見帷幔低垂，毫無動靜。今晚的湯裡，她特地安排御廚和御藥加了安神的藥，為了讓趙棣能好好睡一覺。趙棣還誇她貼心，想得周到。

玉盒打開，張蕊珠心頭一陣火熱，背後也出了一身汗，手指觸及盒中那半邊青銅臥虎，沁涼逼人。

她掏出絲帕，將半邊虎符裹了，放入懷中，又將玉盒關閉，鎖上玉鎖，包好布帛，放回原處，做完這些已有些氣喘吁吁，扶著櫃門深吸了兩口氣，才又關上了櫃門。

殿外伺候的宮女聽到銀鈴聲，趕緊輕輕推開寢殿殿門。晚詞已帶著兩個內侍搶在她們前頭進了寢殿，稍後又退了出來，吩咐替張娘子去備一碗火鴨絲粥來，又安排宮女進去添燈油換蠟燭。

忙了大半個時辰，張蕊珠靠著羅漢榻用完了一小碗粥，又洗漱了一番，這般折騰，帳幔裡依然毫無動靜，平日警醒的趙棣睡得死沉。晚詞進來在她耳邊悄聲回稟了幾句，張蕊珠鬆了一口氣，點了點頭，看看更漏，眼見要四更天了，揮手讓眾人退了出去。

衣架橫杆上的藕色披帛，因門開門關輕輕蕩了兩下，繁密的粉色芙蓉花紋跟著動了動。

修長的手指纏住了披帛的一端，無聲無息地將那芙蓉花扯出一片花瀑，落在了地面上，飄飄蕩蕩地到了羅漢榻前，又慢慢升了上去。

張蕊珠咬了咬牙，站了起來，將披帛一剪為二，那濕了一段的披帛纏了幾纏，被她牢牢捏在手裡。

趙棣依然蹙著眉頭，髮絲散落在枕間，雙手交叉放在胸口。

張蕊珠將床頭的銀鈴解下，放到腳踏下頭，把披帛的另一端慢慢穿過趙棣頸後。

她習慣睡軟枕，趙棣卻喜歡睡硬枕，間中的空隙大，披帛穿過去，繞上兩圈，他毫無知覺。她心裡又酸又疼，眼淚掉在趙棣手背上，他也毫無知覺，將他手腕也纏住打了好幾個結，芙蓉花開在他胸口，他看不見。

握緊了披帛交叉後的兩端，張蕊珠閉上雙眼，想起那夜在延春殿他看著自己的眼神。他不是不捨得她的，只是被她那段話說動了，是明白殺了她也於事無補。

她待他至少有七分真心，可他待她能有幾分？

她猛然站了起來，後退兩步。披帛如弓弦一般綳緊。

睡夢中的趙棣驚醒過來，還以為在做夢，雙手在空中亂抓了兩下，手腕也動不了分不開，想死命抓住披帛往外拽，披帛如毒蛇一樣深陷入他頸中，他胡亂抓了幾下，毫無空隙能插入手指。

趙棣死命掙扎著，雙腿亂蹬，頭往床欄處靠近，床劇烈搖動起來。他轉過眼，轉瞬死死盯著滿面淚痕的張蕊珠，想開口，舌頭已經伸了出來根本縮不回去，沒氣了，他吸不上氣。

可是蕊珠為何要殺他？趙棣不明白。

趙棣如離了水的魚撲騰著往床外倒。披帛微微蕩了下來，似有一線生機。

外頭火光搖盪，人聲驟然鼎沸。殿門被撞開。張蕊珠嚇得失魂落魄，手中不知該下死力還是鬆開來。

趙棣喘著氣，抓住披帛想扯鬆一些，腦中一片空白。

「救駕——！救駕——！」

張蕊珠渾身顫抖，手中披帛無力墜落在腳踏上。趙棣砰地跌落在腳踏上。

岐王三步併兩步衝了進來，手忙腳亂地替趙棣解鬆披帛，不想披帛纏了幾纏，又交叉又打結，竟然怎麼也解不開來。餘人慌亂中皆不敢上前，只將寢殿屏風內外擠得水洩不通。

禁軍和內侍扭住了跌坐在一旁的張蕊珠，面面相覷。盛寵於一身的賢妃怎麼會刺殺官家？偏偏他們皆親眼所見。

張蕊珠淚眼婆娑中看向屏風外。孟存身穿官服，正靜靜凝視著她，眼中帶著一絲嘲諷。

爾虞我詐，她大意了？可是他怎麼會知道自己有殺趙棣的心思……

「殿下，用刀或劍吧。」孟存沉聲道。這才有禁軍指揮使如夢初醒，拔刀倒遞給岐王。

「我哪裡行，你來！」岐王轉頭怒喝：「還不快些動手。」

碎裂的披帛散落一地，趙棣靜靜躺在岐王臂中，內侍們將他抬回床上，醫官們聞訊而來，各種施救。

許久以後，眾宰執和各部重臣接了信均匆匆趕至寢殿外候命。又等了半個時辰，四位御醫官跪下請罪：「陛下窒息過久，臣等無能為力——山陵——崩！」

岐王和孟存視線相碰，各自垂眸不語。孟存鬆了一口氣。

「諸位相公！殿下——東城、南城的守將開了城門——敵軍已殺入城中！」

半晌靜默後，殿中大亂。

天色蒼茫，日光似乎穿不透厚厚的雲層，洛陽宮城上已換了旗幟，西征軍的將士們精神抖擻地清點著馬面樓裡的兵器和防衛之物。一旁近百洛陽守軍早就卸甲棄械，貼著城牆站著，絲毫感覺不到日光的溫度。

從城內再度轉回城門出的傳令軍士大聲喝道：「皇帝詔曰：歸順者活——抵抗者死。不得擾民——違令者斬！」

站得腿腳發麻的洛陽守軍中有人慢慢動了動僵硬的脖子，頭還在，命還在。

西征軍的一位副將蹬蹬蹬上了樓，斜睨了他們一眼：「不用怕，陛下有旨，洛陽降軍一概不殺。」他揮了揮手：「去城外兵營用朝食吧。今日有油餅。」

洛陽守軍們相互看了看，猶豫不決，趙栩殘暴，天下聞名，對敵軍連俘虜都不留，他們去了城外會否被殺？

那副將冷笑道：「要殺早殺了，等到現在？怕什麼你們，寧可做個飽死鬼也好過餓死鬼。」

各個城門洞裡魚貫走出許多洛陽軍士，兩側長矛長刀在手的西征軍將士絲毫不敢懈怠。

宮城各城門大開，岐王、孟存率領宰執、各部重臣在太極殿殿外等候。

眾將簇擁著趙栩而來。朱紅領巾在風中獵獵飄動，盔甲的甲片摩擦聲和腳步聲混合在一起，令人悚然生畏。他們身後潮水般的軍士將太極殿外團團圍住。

「皇叔請起。大學士請起。諸公請起。今日未起干戈收復洛陽，乃是諸位之功。」趙栩伸手扶起岐王，語帶傷感：「還請帶吾去見見五哥，再一同去太皇太后靈前跪拜。」

岐王掩面而泣：「陛下仁善！只是五郎他被張氏絞殺，臣等未能回天，如今他被安置在太皇太后殯宮裡，還未——」

「五哥？——！」趙栩實在裝不出眼淚，只喊了一聲，大步往太極殿內走去。

陳太初等人隨即跟上。

岐王和孟存默默跟著眾將登上太極殿的臺階。

大趙一統，他們不敢居功，只望皇帝信守承諾，饒過洛陽守軍和百姓，還有這幾百官員。

太皇太后的殯宮設在延春殿。趙栩率眾人抵達時，裡頭還是平常裝扮，未裹素白。錢太妃木然地跪在趙棣棺前，聽到腳步聲，抬起頭來，目光呆滯，愣了半晌才伏地行禮：「皇帝萬歲，萬歲，萬萬歲。」

趙栩親手扶了扶：「吾來晚一步，未能見上五哥一面，還請太妃節哀。」

錢太妃顫抖著站了起來，一貫溫婉的面容扭曲著，泣不成聲道：「張氏喪心病狂，毒害了五郎，殺夫弒上，天理不容。還請陛下為五郎伸冤。」

「皇叔已將她扣押在大宗正司，待產下孩子後依法審理。太妃放心。」趙栩走到棺前，因宮中一片混亂，靈案都還未設，也用不著上香行禮了，只略作傷感了片刻。

棺木內的趙棣已換上了嶄新的親王禮服，頭戴通天冠，曲領素白中衣的領口依稀可見烏黑的瘀痕。最毒婦人心，他大約最後一刻也想不明白枕邊人為何要置他於死地吧，也是可悲。

眾人依禮都上來躬身拜別，非常時機，卻也顧不得那繁複的禮儀了。只餘錢太妃哀哀痛哭之聲在殿內回響。

在太皇太后靈前行了大禮後，眾人隨趙栩前往延春殿後閣議事。岐王命兩個女史扶著錢太妃一同前往，在屏風後給她看了座。

岐王身兼西京留守，一應各部重臣早已達成了歸順默契，不待趙栩宣召，便都上了表書。戶部、兵部、宗正寺皆附上了厚厚的官員、將領、宗室的名冊等物。

趙栩卻不打開來，開口先問身旁屏風後的錢太妃：「當下禮部和宗室欲將五哥以親王禮下葬，不日隨太皇太后靈駕一同發往鞏義，不知太妃可有異議？」

錢太妃聲音嘶啞低沉：「悉聽官家的安排。老身願往鞏義守陵，侍奉娘娘，照看五郎。」

「五哥已不在，還請小娘娘隨吾返回汴京。大娘娘甚是掛念你，日後六郎自會盡心侍奉小娘娘。」趙栩語氣淡然。

岐王立刻出列道：「六郎所言極是，還請太妃回汴京拜見太后。日後張氏所出皇孫，還需太妃照料。」

趙棣身死，錢太妃若再去鞏義，不免令天下人非議趙栩仁義孝道有虧。

屏風後傳來壓抑的抽泣聲，片刻後錢太妃低聲道：「全憑官家做主。老身也要替五郎親眼看著那張氏被千刀萬剮。」

岐王擺了擺手，從大理寺被放出來的孫尚宮和秦老供奉躬身走到屏風後，引錢太妃退了出去，禮部和宗正寺的幾個官員上前告退，一併和宮中尚書內省等各部開始打理趙棣的喪事。

沒了錢太妃的哭聲，殿內眾人鬆了一口氣，又提起一顆心。

趙栩翻開吏部的摺子和洛陽官員花名冊看了看，唇角帶笑：「諸位無需多憂，先著手安撫百姓和將士。官職品級，二府再做商議決斷。能令洛陽十萬百姓毫無損傷，諸位立有大功。明日趙昇和蘇瞻便會抵達洛陽理事，有勞皇叔和孟卿領各部官員多加配合。」

眾人剛剛提起的一顆心落了地。若是張子厚來主理，那是遲早要算帳的意思，派了蘇瞻和趙昇來，明擺著是春風春雨溫和安撫。

孟存眼眸低垂，對趙栩更為敬畏。可放可收，此時起用蘇瞻，的確是知人善用，洛陽局勢尚動盪不安，有他來，兩三個月便能平息下去，又給了蘇瞻東山再起的機會，朝堂上蘇張抗衡，二府才不至於成為皇權的掣肘。他眼風掃過身側面容平靜執禮甚恭的岐王，心下戒備更甚，若他沒料錯，趙棣其實是死在了岐王手中，岐王這也算為太皇太后報了仇。

議完政事，正三品以下官員行禮退出，留下的聽著趙栩安撫洛陽守城將領，商議軍中事務。因在殯宮，成墨請示了兩回，趙栩也無擺膳的意思。直到臨近黃昏時分，眾人才魚貫退出延春殿。

岐王陪著趙栩再次往大殿上給太皇太后行禮，說了會幾處宗室子弟的安頓，才退了出來。出了延春殿大門，卻見前頭樹下站著幾個人，當先一人寬袖飄然，儒雅挺拔，卻是孟存。

見了岐王，孟存迎了上去：「殿下睿智仁孝，方得以為太皇太后覓得真凶，可喜可賀。」

岐王拱了拱手：「也多虧了仲然看出張氏所圖，你我同殿為臣，歷經紛亂，自當攜手共度難關。張氏一派胡言亂語，看來是喪失了心志。仲然無須擔心。」

閣門使行禮道：「殿下，大學士，這邊請。」幾個小黃門上前引路。

孟存和岐王相視一笑，並肩而行。

「張氏只怕恨毒了我。」孟存笑道：「清者自清，我倒不擔心她攀誣撕咬，倒是她身邊那個給我們報信的女史晚詞，不知身在何處，要替她請功才是。」

岐王撫了撫唇上兩撇短鬚：「這位女史原來聽命於翰林學士院的蘇昉蘇寬之，兩個時辰前，陛下已派人將她送回百家巷蘇府了。她手中還握有不少書信證物，亦一同帶回去，要交給張子厚。阮玉郎餘孽這次必然能一網打盡。」

他側頭看了看孟存，意味深長地道：「我要去大宗正司辦點事，就此和仲然分道揚鑣。告辭。」

孟存停下腳，拱手道別，看著夕陽在宮牆上薄薄塗了層金紅色，生機勃勃，岐王和那幾個小黃門的身影斜斜地在宮牆上移動，似乎是隨風飄走的。不知為何，一陣晚風吹來，他有些發寒。

深夜的洛陽宮城，燈火通明，按趙栩的旨意，各部尚書、郎中、宗室親王、御史、九寺等重臣全集中在太極殿的幾個偏殿中，一應帳冊文書直到子時才都搬了進來。趙栩坐鎮大殿，從重登戶籍，遣散難民，按人頭發糧開始，逐條批示。各部難免有扯皮之處，在太極殿內當著皇帝的面領責，專人辦專事。

岐王在左偏殿內，毫無倦意，帶著禮部的兩個員外郎和宗正寺、大宗正司的官員們將宗室各冊和宮中花名冊一一對來，趙栩下旨，凡端午後招入宮中的宮女一概遣散離宮。原來洛陽宮城中超過二十五歲的宮女也全部出宮返鄉。

右偏殿裡的陳太初巍然不動如泰山，任由幾十個將領吵翻天。為的是大趙禁軍從洛陽開始的軍中變法，大刀闊斧令人瞋目結舌。

六十歲隨軍的將士，在洛陽領取三十貫，全部返鄉，家中可免除一年賦稅。

四十歲以上的軍士，願意返鄉者在洛陽領取二十貫，家中可免除五年賦稅。不願返鄉者全部調入禁軍新設置的軍需司統一調配。軍需司與殿前司一樣，同屬樞密院管轄，不歸兵部，下設戶、兵、工三房。

就算是軍中大老粗，也明白這只是個開始而已。皇帝這是對禁軍十分不滿意了，只不過前來勤王的這八軍，首當其衝，做了出頭鳥。

「陳將軍還請替我等陳情聖上啊，這般論功行賞，其實是強制解甲歸田，兵士們非譁變不可。」

「為大趙打了四十年仗，怎麼什麼也沒有就讓他們滾蛋，誰能服氣？」

「我們千里迢迢趕來勤王，落得這般下場，末將不服！」

西征軍和洛陽守城的將士們面露輕蔑之色，有那直腸子的已經罵著「直娘賊」，叉著腰站了起來。

「六十歲還讓他們跟著行軍打仗，回家玩玩孫子不好？還發這許多錢，怎麼不服氣不爽？老子還想現在就六十歲呢！」

「你們來勤王？費了你們一兵一卒沒有？洛陽收復，靠的是這十幾位將軍棄暗投明，靠的是陛下用兵如神。你們和誰打仗了？要不要臉啊？」

「你們吃了我們多少糧餉，可要算一算？」

「譁變？誰來試試？我們陳將軍火燒女真、高麗，斬殺完顏亮，怕你們？」

「軍需司我們都想去，只可惜資歷不夠，這都和殿前司並駕齊驅了，哪裡不好？」

吵鬧聲中，陳太初一言不發，甚至眼皮都沒抬，但那七八個刺頭，他已經了然於心。

大殿上，方紹樸替趙栩檢查完左臂的傷口，不放心地往外頭看了看：「二郎那屋、屋頂都要被掀、掀翻了啊。」

趙栩笑道：「天塌下來，太初也扛得住。」他提起筆給九娘寫信，見方紹樸不識相地還站在一旁眼巴巴地看著自己，筆尖朝他點了點：「你去看看張蕊珠的胎相。」

方紹樸愣了一下，忐忑不安地低聲問道：「微臣愚、愚鈍——」這張蕊珠是要她死還是不給死，腹中胎兒是留還是不留，他不敢妄測。

趙栩哭笑不得：「連趙元永都成了孟元栳，這小小胎兒何罪之有？自然是要她平安生下來。怎麼，在紹樸心裡，我是殺人不眨眼的殘暴之人嗎？」

方紹樸的眉頭訝然揚起，幸虧低著頭趙栩看不見。呵呵，陛下你豈止是殺人不眨眼哪……誰想到你心底這麼善良柔軟呢？臣錯了——

「微臣知罪、罪，微臣這就去、去看，開一些溫、溫補安神的方子。」

方紹樸退後兩步，又聽趙栩柔聲道：「將那胎兒的動靜好生記錄下來，日後好做個參照。」

方紹樸一個激靈，這——他好像還是誇得太早了。

第三百三十八章

偏殿裡的陳太初卻依然氣定神閒，任由眾將爭吵不休。足足又過了半個時辰，殿中人人口乾舌燥喉嚨嘶啞，氣喘吁吁地盯著對方如相鬥的烏眼雞一般。不知是誰先坐了回去，伸伸手，發現連盞茶都沒有，想要喚宮女內侍，殿內卻連個當值的都無。

陳太初這才抬起眼來，眸中略含嘲諷，又有三分冰冷。

「諸位將軍可都說完了？」

西征軍的將領們轟然應答：「末將謹遵聖意，絕無二心，請元帥下令！」

那南方勤王的將軍們唯唯諾諾，對著同袍他們都敢罵，可對陳太初卻還是十分敬畏顧忌。陳青就是出了名的翻臉不認人，誰也不敢說不願遵聖旨，只盼著群情激憤能讓皇帝知道，多給他們各軍些好處。

陳太初沉聲道：「荊湖兩路、廣南兩路的勤王軍，此番前來洛陽，六十歲以上軍士幾何？」

那二十多人面面相覷。

「合計一萬七千四百餘人，皆領乙等糧餉。」

殿內登時冰火兩重天，南四路的將領們避開陳太初的視線，看地面的有，看帷幔的有，看樑上的也有。西征軍的將領們卻炸開了鍋。三萬西征軍，全部是十八歲至二十五歲的精兵組成，其中重騎兵還分為甲等乙等。

「爾等貪腐至此，冒領糧餉——！」指責聲不斷。

陳太初揮了揮手：「圍城的兩個月來，你們八軍雖領著最多的糧餉，軍士卻吃得最差，八大軍營中有上陣作戰之力者不足六萬人，其中過半還是你們沿途徵用的民夫。現在諸位知道陛下為何下令圍城不攻嗎？非不攻也，乃不能攻也，陛下不忍我大趙子民白白葬身於洛陽城牆之外。」

不等這些臉上又紅又白狼狽不堪的將領們辯解，陳太初站起身來，負手走到他們身前，來回踱步，右手緊握腰側佩劍，目光似箭。眾將除了幾位面露不服氣和鬱悶之色，餘者皆眼神飄忽不定，哪敢和他對視。

「我大趙男兒何來貪生怕死之輩？兩浙江南，便連文弱書生都上陣殺敵；黃河兩岸，用鋤頭菜刀阻擋契丹、女真鐵騎的百姓不計其數；汴京城中，婦孺皆上街抗敵。爾等卻拖延磨蹭，心存私利，帶著這些老弱病殘前來向京畿路討取銀餉。你們每日以輜重修理為由運回去的糧餉還少嗎？」

如雷轟頂，南四路的將領們面無人色。這位陳太初根本不曾來過洛陽，怎會知道得這般詳細？想到唇角帶笑的皇帝，不少人一身冷汗，立刻拱手道：「末將願奉旨裁軍，任憑元帥號令！」

陳太初擊掌三下，殿門外的十多個禁軍帶著許多身披重甲的副將進來，人人面上義憤填膺。

「陳元帥！我等願指證毛將軍剋扣糧餉，中飽私囊！甚至連藥物鹽菜冬衣也都被剋扣大半。」一位濃眉大眼的年輕副將大聲稟報，帶著濃重的廣西口音。

那毛將軍跳了起來，指著他罵：「韓忠良你膽敢犯上！吃了熊心豹子膽了。」

話音剛落，他捂著自己的咽喉，登登倒退跌坐在身後的官帽椅中。

殿中無人驚叫，都是沙場上滿手鮮血的人，西征軍的將領們沉默片刻後轟然喊了聲：「殺得好！」

毛將軍身畔的幾人只看到劍光一閃，那出鞘回鞘的聲音似乎只有一聲。陳太初看起來根本沒有出過手，甚至沒有移動半步。

「將帳冊抬上來。」陳太初語氣淡然：「自毛鋒至洛陽以來，兩個月貪墨軍餉三萬七千餘貫，米三千石，贓物贓款現已被秦鳳軍截獲。人證物證俱在，按軍法，毛鋒——斬立決。其昌化軍壯武將軍一位由韓忠良接任，今日掌印。」

韓忠良目瞪口呆，直到身後的人捅了他幾下，他如夢初醒，激動得單膝跪地：「吾皇萬歲萬歲萬萬歲！末將謝恩！」

陳太初親手扶他起來：「軍中只要立下功勞的，朝廷絕不會棄之不顧。」

四名殿前司精兵進來，面無表情地將毛鋒的屍體迅速抬了出去，又有兩人迅速將地面清理乾淨，眾將這才驚覺他們所提水桶所拿乾布是早就準備好的。敢情陳太初原來早有殺雞儆猴的安排。殿中頓時一片寂靜，再無人出聲。

韓忠良在兩廣軍中也算頗有名氣，勇武過人，能開一石七斗弓，剿匪立下累累戰功，但脾氣耿直不善奉迎，有功勞不被上司呈進兵部，都是空的，入伍十幾年一直被壓在正六品的昭武校尉，今日竟連跳七級，成了正四品下的壯武將軍，人人眼皮跟著直跳，心中有鬼的趕緊仔細看他身後，有無自己營中的耿直哥。

跟著幾十個軍士抬著十幾個箱子進來，只看箱子的樣式，不等指認，有三四個將領已跪倒認罪，願上繳贓款贓物。

蘇瞻和趙昪離開汴京，第二天官道上已遇到第一批遣散回鄉的老兵。見他們人人面帶喜色，蘇瞻召了十多人前去詢問，皆言朝廷不僅發放了昔日被剋扣的餉銀，連少吃的米糧鹽菜都一一折算成銀錢，原本遣散所得的三十貫已夠一家老小三年裡生活無憂，加上這筆銀錢，五年都不用擔心天災了，還不用再擔心自己的性命安危，回家含飴弄孫，享點晚福。十人裡倒有七八說著說著就朝洛陽方向跪拜下去，三呼吾皇萬歲。

蘇瞻粗略一估算，心裡憂愁更甚，軍中變法，早在趙栩去中京前就已經和他們商議過諸法，但在大戰初平時便這般大刀闊斧，定然會引起軍中反彈，甚至日後的陽奉陰違。天高皇帝遠，就算是二府的敕令，出了京畿路也未必能如臂使指，更何況此變法簡直是將軍中的小金庫一掃而空，各地駐軍和官場明面上相敬如賓，可大多數暗中往來，有利同享，可謂牽一髮而動全身。

「陛下所為，太過急進了。」趙昪在驛站夜宿時拎著酒罈子搖頭道。

「少年意氣，揮斥方遒。」蘇瞻接過酒罈給自己也滿上了一大碗，歎道：「有時我覺得自己真的老了，這次洛陽事一了，我便請辭歸鄉，侍奉母親，教導幼女，倒也逍遙自在。」

趙昇一愣：「和重萬萬不可。陛下此番宣你我前往洛陽整頓，跟著必然是你十幾年來都想著的變法大計，你怎能離開？沒有你主持，張子厚行事只怕欲速則不達——」

蘇瞻苦笑道：「一朝天子一朝臣。張子厚才合陛下行事之風。我素求平穩，必無用武之地。倒是你身為文臣，有武將直來直往的脾氣，留在二府，日後還能再進一步。」

趙昇怔怔地看著他，半晌才給他加滿酒，低聲道：「你是心灰意冷了？」

蘇瞻垂眸，驛站燈光昏黃，燈油的煙氣有些嗆人，十一月剛剛過了立冬，屋子裡並無寒氣，但他心裡早已入了寒冬。澄黃的酒水還在微微晃動，若他一直不動，遲早都會平靜下來。

蘇瞻慢慢搖了搖頭：「我年少時也意氣風發，想著做出一番事業來，若能讓天下百姓少受些苦，便死而無憾。可這二十多年來，幾上幾下，膽子越來越小。官家胸有丘壑，決斷狠準，但必會借變法大肆削弱二府的權力，日後這天下不再是趙氏與士大夫共治天下，而會成為皇帝一個人的天下。」

趙昇大驚：「這可是祖宗之法，如何改得？若由得皇帝專權，豈不退回到秦漢之時？和重你會不會多慮了？我看陛下還是很聽得進朝臣的話的——」

「那是陛下要他們開口說的。你還不明白嗎？祖宗之法一旦打破，皇帝睿智，天下之福，若是皇帝昏庸呢？天下之禍。唐玄宗雖有開元盛世，安史之亂又從何而來？隋文帝節儉勤政，到了煬帝手中呢？以史為鑒，可知制度之重要，豈可將天下繫於一人之身？奈何——唉。」

那原本已逐漸要平如鏡的酒水再次劇烈晃動起來，蘇瞻飲下烈酒，看向沉默不語的趙昇，笑道：「也許是我杞人憂天了，鄧宛和你的話，陛下很是留意。」

驛站的打更人慢悠悠地打起更來，跟著打了兩三個哈欠。那正院裡的貴人們精神頭倒好，又傳了兩罈酒進去。

新月如鉤，薄霧叢生，寒露如水。氣冷疑秋晚，聲微覺夜闌。

蘇瞻和趙昇快馬加鞭，第三日抵達洛陽時，日頭已漸沉。洛陽城外營帳連綿數十里，旌旗招展，操練完畢的弓箭手們背著沉重的箭袋歸營，人人精神抖擻，士氣飽滿。

趙昇見戰後將士們這般模樣，更佩服皇帝的治軍之道，但想到蘇瞻之言，內心更是糾結。

城門口早有洛陽官員在等著，蘇瞻沒想到當先的人會是孟存，近半年未見，孟存看起來清減了不少。京中火藥庫爆炸、城防洩露案，張子厚親自主審，雷聲大雨點小，眼看著要不了了之。雖然不少線索指向孟存，然而既無人證也無物證，出面的人都已消失不見。人人心中有數，卻礙著未來皇后和孟家的面子也不好窮追猛打。御史臺和審刑院上過四五次諫言，都被壓在了二府不曾擴散開來。張子厚對孟妧那般忠心耿耿，勢必存心不願做那為了打老鼠砸了玉瓶的事。

蘇瞻面容溫和，不親不疏地同孟存見了禮。孟存的事，還得看皇帝心裡怎麼想。

眾人一路策馬，前往宮城拜見趙栩。入了宮，到了下馬的儀門處，自有小黃門和皇城司的上來接應。眾人整了整衣冠，往太極殿而行。

「張氏在獄中堅持要見你。」孟存目不斜視，走在蘇瞻身邊輕聲道。

蘇瞻寬袖帶風，一樣目不斜視，淡然道：「她身負重罪，奈何總歸是我的外甥女，稍後便會向陛下求恩旨探監。」

孟存唇角苦笑：「令甥女如今最恨的是我。」

蘇瞻早得到了消息，是孟存勸說蕊珠偷盜虎符，得了虎符開了城門後，和岐王入宮請趙棣退位歸降，正好撞見了她絞殺趙棣。

他的眉頭微微一蹙：「侍妾殺夫，當絞。無論是不是仲然你撞見了，她自己犯下的罪孽，都與人無尤。」

「唉——」孟存歎了口氣：「人心難測，她私下找我說願盜出虎符時，我尚替洛陽百姓、大趙軍民萬分感謝她就天下大義捨兒女私情，熟料她竟這般毒辣。」

蘇瞻腳下一滯，孟存這樣不居功，是要賣他什麼好。他轉過眼看了孟存一眼：「確實人心難測。」跟著走得飛快起來，他人高腿長，瞬間便將孟存甩在了身後。

孟存瞳孔一縮，趙昪攔了他的手打了個哈哈：「仲然如今擔了什麼官職？」

孟存轉過頭，不動聲色地掙開趙昪粗厚的大手：「蒙官家聖恩，仍做了知制誥。」

兩人你一句我一句，沒說幾句，已看到巍峨壯觀的太極殿在夕陽下熠熠生輝。

趙栩正在聽戶部的人稟報昨日發放的餉銀，聽閣門使報孟大學士及眾人已接了蘇瞻和趙昪來，點了點頭：「宣。」

待一眾官員覲見了皇帝，按位次列班。岐王在右上首，朝左側第三的蘇瞻微笑著點了點頭。蘇瞻微微躬身算是打過了招呼。

趙栩笑道：「趙卿、和重來得正好，先聽周勉報一報這兩日的數字。」

戶部郎中周勉將這兩日軍中變法所發的餉銀報了一報，因牽涉到補發的鹽菜、米糧、衣甲、醫藥折算，數字精確到幾文。

「眼下洛陽駐軍加上勤王八軍，僅剩下十二萬人，已遣散了三萬七千六百八十五人，在冊待遣散的尚有四萬餘人。微臣慚愧，戶部人手有限，還需五六日才能完成。」

趙栩看向蘇瞻：「和重，吾和皇叔將要回京，你來擔任這西京留守，將洛陽事理順可好？」

殿上眾臣皆一愣，這是又要起用蘇瞻了。西京留守，向來由宗室親王擔任，甚至長期空缺。孟存眼皮不抬，心中又定了幾分。

蘇瞻大步出列，恭謹地行了禮：「臣遵旨。」

因不是朝會，待不相干的官員告退後，周勉將洛陽存糧、冬衣發放、銀庫存銀等事都一一細稟。蘇瞻逐條梳理，指出不少漏洞，所提到的數字，無論是人、糧、錢，和周勉稟報的分毫不差。一眾官員們皆心服口服，更深感皇帝知人善用。

待周勉和兵部、戶部等官員也退下後，殿中只剩下岐王、孟存、蘇瞻、趙昪、陳太初等人。天色黑得早，大殿內外早已點上燈火，成墨躬身進來引眾人往偏殿用膳。蘇瞻、趙昪進了偏殿，見殿中並非宮中設宴的歸置，只是一張圓桌而已。

岐王笑道：「六郎說了，今日算是家宴，無需拘禮。來來來，論資排輩，就是二郎吃虧一些。」

陳太初笑容淺淡：「殿下說笑了。」

眾人謙讓著，趙栩已換了一身月白窄袖對襟道服回來，笑道：「皇叔、表舅、二伯，都是一家人，讓來讓去做什麼？」他乾淨俐落地指了座，當先坐北朝南做了主位。

這卻是隨了九娘的輩分在稱呼他們。蘇瞻和孟存趕緊躬身行了禮，各有所思，岐王便在趙栩左手邊落了座，蘇瞻在趙栩右手邊落了座，蘇瞻之下是孟存，岐王之下是趙昪。陳太初最後入座，目光在蘇瞻、孟存臉上一掃而過。

吃些什麼眾人都不放在心上，這樣的坐法明顯皇帝是有話要說的，落箸動箸之間，都留心著趙栩的動靜。

趙栩卻真當成了家宴一般，開席前問了問蘇昉可好，又問了趙昪幾句京中事，席間便食不語了，倒讓人錯覺是因為九娘才有了這頓家宴的。

蘇瞻和孟存這頓飯吃完，背上都有些汗津津的。內侍宮女們上來請眾人轉至屏風後落座，成墨親自上了茶和點心。

趙栩坐在羅漢榻上，端起茶盞，笑道：「太初便是在這間偏殿中殺了毛鋒的，軍中變法才得以沒了阻力。」

蘇瞻的手指碰到茶盞邊緣，又縮了回來，有些燙手。

陳太初端坐著，依然是溫和的翩翩少年：「軍法如山，聖旨如天。」

趙昪鬆了口氣，皇帝這是先鬆後緊，欲抑先揚啊，但皇帝自己提到這個總比他和蘇瞻提好。

蘇瞻起身道：「陛下，臣有諫言。」

「請講。」

「臣請問陛下，陛下以血祭旗不留降俘，恣意誅殺大將，是欲以法治天下，還是以人治天下？是欲以暴治天下，還是以仁治天下？」

殿中一片沉寂。

一聲瓷器和木器的碰撞聲輕輕打破了沉寂，趙栩擱下茶盞：「法治天下如何？人治又如何？以暴制暴如何？以德報怨又如何？」

蘇瞻卻沒有直接回答：「陛下，洛陽叛軍攻入汴京時，若陛下未能及時趕到，外城是當棄，還是當分散兵力血戰巷陌？陛下能一力挽千鈞，依靠的是陛下和陳漢臣之力，此乃人力也。二府權衡利弊議事決斷，此乃祖宗之法，有先例循祖宗先例，無先例是為後人先例。若來日再有波瀾，可還會有陛下這等天縱之才能力挽大廈於將傾？」

岐王和孟存互相對視了一眼，又都垂下了眼皮。

趙栩淡然道：「世事不可重來，沒有如果一說。你們棄守外城的決定不對，但也不是錯。」他美目落在趙昪身上，笑道：「諸相公也並未因此皆獲罪。」

「陛下神機妙算，臣未見有失。然陛下擅長書畫劍弓，更精通排兵布陣、天文地理、土木營造，更有九合一匡之才，堪稱斗南一人天下無雙。不只是大趙，千年來臣也未嘗聞有君王能與陛下比肩的。」蘇瞻字字誠懇。

孟存微微揚了揚眉，論拍馬奉承，蘇瞻真是一流人才。

「然——」蘇瞻抬起頭：「日後陛下傳位於太子，大趙還有沒有如陛下這樣的曠世奇才？若以人治天下，祖宗之法則盡廢，一人足以成天下，也足以敗天下。當下變法，也應循矩而為，逐條推行，萬不可操之過急。當年楊相公欲變法，與司馬相公在朝堂上辯論六個月有餘，正因為即便變法，亦需法治，若一言可定生死，一言可定廢立，則天下大亂也。臣請陛下三思。」

「和重所言有理，然而楊相公這般謹慎循矩而為，變法為何會失敗？國庫那般充盈，為何會民不聊生，盜賊四起？為何新黨會在朝堂上一敗塗地？司馬相公廢除新法，以農為本，輕徭薄賦，仁義治國，為何也屢遭彈劾？」趙栩的聲音依然很溫和。

「楊相公變法，與民爭利，法有漏洞，用人不當，必敗無疑。司馬相公痛恨新黨，雖有仁政之舉，卻身陷黨派之爭，故屢遭彈劾。」

「究竟是誰在與民爭利？皇帝還是朝廷？」

岐王等人不禁抬起頭來，一身冷汗。

皇帝將自己和朝廷分了開來，這是什麼意思？

第三百三十九章

「朝廷是陛下的朝廷，陛下是天下的陛下。」蘇瞻聲音依然清朗悅耳。

「天下是吾的天下，萬民是吾的萬民，吾與萬民一心也。」趙栩頓了頓：「然治理天下，非吾一人可為。諸君可知為何軍中五人為伍，二五為什，百人為伯？」

蘇瞻一怔，他說的這個座中人皆懂，但要問到為何這等編制，恐怕要問商鞅才知道了。

趙栩看了眾人一眼：「因尋常人的資質，一人指揮五人，乃上限。」他伸出手掌攤了開來：「故天道安排我等一掌有五指。」

「因此吾須依靠二府，二府依靠諸部各司，上達下通，方能抵達民間。此乃體制。」趙栩的手掌輕輕虛落在茶盞之上：「一指可拈物，二指可夾物，但若要穩妥，卻至少需要三指。此乃配合制衡之理。」

他手指舞動，輕輕捏起茶盞，不急不躁：「即使我一掌使五指，還有這第四指使用極少，不甚靈活。可想而知，二府的政令抵達州縣鄉村，又會變成如何？因此，正如和重你所言，治國才需以法令為盾為框為地基。但法治能不能治好，全靠執法之人。人治固然不可凌駕於祖宗之法之上，法治離開了人，亦是空話。若說君主為頭顱，萬民則如腿腳，法理就是皮肉，可這血脈骨架，則是諸君。缺一不可，相輔互成。」

趙栩深入淺出又極好理解的一番話，說得眾人心潮澎湃，就連孟存眼中也不僅露出孺慕之色。蘇瞻吸了口氣，沉思不語，皇帝對於皇權和相權之間的微妙關係顯然掌握得極有分寸，自己所諫只怕也在他意料之中。

「依陛下所見，楊相公敗在何處？」蘇瞻忍不住問道。

趙栩笑道：「楊相公之敗，不止敗在和重所言的幾點，還敗在以朝廷之手替代了民間之手。」

趙昪眼睛亮了起來：「臣愚鈍，只知道市易務❶、官商、官貸是為朝廷之手，請陛下賜教為何取代了民間之手便必敗無疑。」

「吾年少時曾與太初遊於河北路諸縣。農夫耕種，豐收時賣糧存銀，欠收時或請減租、或相互借貸、甚至不得已賣地。各縣各州各路皆有民間自行調節，十分靈活，因為人人都求自保。然青苗法推行後，有朝廷常平各路，糧貴平價，糧賤貴收，農夫既不能多存賣糧錢，也沒了天災的壓力，勤勞者不能多得，懶惰者坐享其成，實則傷了農之根本。再者官貸取代了民貸，為謀私利者強行推貸，此乃和重所言的『與民爭利』。豈可將民之利壓至朝廷利益之下？民不得利，何以為生？歸根到底還是越俎代庖了。」

---

❶ 市易務：王安石推行新法時所設，於汴京設都市易司，邊境和重要城市設市易司或市易務，平價收購市上滯銷的貨物，並允許商賈貸款或賒貨，按規定收取息金。

蘇瞻、趙昪等人若有所思。

「吾之感悟，來自醫道。」趙栩突然提起了方紹樸：「四公主曾風寒流涕不止，紹樸僅開了熱水一方，七日得癒。往日服藥不斷，也需七日方癒。方紹樸之理：人之身體，如河海，可自我調節自我治癒。醫者只需解淤塞，通經脈。但若生了毒瘡惡瘤，非猛藥不可，甚至需割肉放血，才能令肌體復原。楊相公本末倒置，故變法必敗。但如今我們所需的變法，卻是要割肉放血後才能再行溫補疏通。」

「無論如何變法，如何完善法令，最終實施的依然是人。」趙栩緩緩道來：「如今大趙，所需要的不僅僅是變法，更要改變墨守成規的朝廷官員，堵住可獲私利的漏洞。官制變法，阻力尤甚軍中變法。若無雷霆之舉，鮮血鋪路，最終和重和季甫的變法之路依然會以失敗告終。朝廷用官三萬，若有三千賢者，中興有望。可若有三百貪腐之徒，變法也無果。」

趙昪大聲道：「陛下所言極是，一顆老鼠屎壞了一鍋粥。哪怕是小小知縣，行了惡事，百姓也會將這筆帳算在朝廷的頭上。失民心易，得民心難。」

趙栩笑道：「修文倒還是這般直爽。是這個道理。因此，二府盡可放心，吾必會遵祖宗之法，與士大夫共治天下。但大亂初平，不以重典定人心，難以生效。毛鋒人贓俱獲，以軍法當場處置，甚妥。餘者凡交出贓物者，皆有減免罪行，並無其他將領喪命。」

蘇瞻得了皇帝這句結論，躬身行了一禮：「士子當以陛下為尊，以萬民為重。陛下能將祖宗之法放在前面，萬民之幸。」

「來年吾欲讓寬之入國子監，在各州縣重整縣學、州學，將《孟子》、《張子》列入科考內容，並修法家、墨家之學。」趙栩的聲音鏗鏘有力：「不罷黜百家，崇孔孟之道，教化萬民，開啟民智，盼來日士子循橫渠四句為立身之本，萬民勞止，得以小康，變法方可立於不敗之地。」

不罷黜百家，崇孔孟之道，士子當循橫渠四句為立身之本，萬民勞止，得以小康！眾人只覺得耳中嗡嗡響，不由得都站起身來。

「十年立法，百年教化，方有千年太平。」趙栩淡淡笑道：「二府以吾為尊，便是吾之五指，諸君何嘗見過自斷其指之人？」他長身而立，走到蘇瞻、趙昇面前深深一禮：「還請和重、修文以洛陽為試，推行各項變法，六個月後京畿路、河北二路、秦鳳路、永興軍路將以洛陽為範，推行變法。」

「吾皇萬歲——萬歲——萬萬歲！」蘇瞻和趙昇熱淚盈眶，跪了下去：「臣必竭盡心力，排除萬難，推行變法！」

趙栩親手扶他們起身，喚成墨取來蘇瞻關於變法的十多份策論以及洛陽官員花名冊：「來，你們來看，洛陽的官職要削減多少人，如何重新任命。」

眾人離開太極殿時，天光微明，燈火未滅，到了殿門外的廣場上，在歇息處等候的隨從們趕緊一溜小跑出來，捧著各色物件。

岐王畏寒，已經披上了大氅，接過了暖手的手爐，招呼蘇瞻同行：「和重無需出宮了，直接隨我去大內罷。」

蘇瞻披上隨從送上的外袍，轉頭和趙昇、孟存道別，跟著岐王轉往大內禁中而去。

張蕊珠因有身孕，現被軟禁於長春殿內。走了小半個時辰，蘇瞻額頭出了微汗，忍不住在入內園前將外袍又除了下來，看身側岐王，依然老神在在捧著手爐，不由得笑道：「殿下不熱嗎？」

岐王站定了等他：「我早落地了三個月，適逢臘月，自小受不得寒，走這麼長的路，手腳還是冷的。沒法子。」他抬頭看向內園，神情複雜：「母親自我出宮後便再未宣召我入宮，但每年冬天都會差人給我送護膝護腿，用的都是契丹所進的上好雪狐皮子，針線密實。皇兄特地給我府中派了兩名擅針灸的老御醫做供奉，那女真進貢的人參，也都把最好的賜給我。年節入宮覲見，皇兄總是在東華門就安排了肩輿，需長久跪拜時，我膝蓋下總有慈寧殿的女官送上加厚的軟墊。」

蘇瞻默默站在他身邊，人人心頭都有一本帳，誰都以為岐王對太皇太后心懷怨恨，豈料竟會是這樣呢。

岐王慢慢前行：「倒是六郎讓小方醫官替我看了看後，說我這畏寒之症並非疑難雜症，多動動就好了，這些年被養得太好，補得過了，反而令血脈不暢。你看，這禍兮福之所倚，福兮禍之所伏是不是這個道理？」

蘇瞻點頭道：「事事均有兩面，確實如此。」

岐王笑了起來：「不錯。太皇太后雖然這幾年固執彆扭，待六郎母子著實不好，可她依然是生我養我的母后——張氏雖是一時錯手，但她確實是害死我母后之兇手。」他轉過頭來，溫和無害的面孔上依然笑眯眯，眼神卻犀利如刀：「若和重你想要以獻城、誅反賊這些功勞為她開脫死罪，本王是第一個不答應的。」

蘇瞻長歎一聲，退後一步深揖到底：「和重不敢。只遵陛下所言，以法治國，以人護法。禮部和大理寺若判她死罪，和重豈敢徇私？」

岐王呵呵笑了兩聲：「你最是個明事理的，那就好。走吧，天都亮了。」

長春殿內溫暖如春，已經放置了火盆。張蕊珠倚靠在榻上，略有些呆滯。事態急轉直下失控到無可挽回，不過是幾息的事，後來她仔細回憶，總覺得趙棣當時並未被她絞死了。

他在岐王懷裡的時候，明明還朝自己看了一眼，喉嚨裡發出了嗚嗚的聲音。

「珠珠。」他在喚她。那麼不甘，那麼委屈，那麼傷心。

張蕊珠捂住臉，她不敢想卻不能不想。悔之已晚，那個人，就算對她只有幾分真心，可也是真心，也是這世上唯一對她有真心的人了。人去了，只留下萬般好。每時每刻，她都會想起趙棣溫柔繾綣的眉目，他固然是個軟弱無能的皇子，是她選了他，可日夜相對也共過甘苦，她對他又何嘗沒有真心。

是什麼令她失心瘋地以為他死了她便可以大歸百家巷，從此以蘇瞻的外甥女、蘇昉的表妹、甚至當朝皇后的表姊繼續過上好日子？張蕊珠已感受不到自己掌心中眼淚的溫度，她的確是蠢透了。

侍妾謀害親夫，當絞。這是錢太妃咬牙切齒的話，如當頭棒砸得她清醒過來。錢太妃不會放過她的，還有那個老奸巨猾的孟存，也不會放過她的。

她唯一救命的稻草，還是舅舅，是蘇家。

一塊熱帕子遞了過來，貼身女史輕輕告訴她：「娘子，蘇大資和岐王殿下來了，請娘子略加梳洗，往外間一見。」

張蕊珠猛然抬頭：「我——舅舅來了!?」

「早知今日，何必當初？」

蘇瞻看著匍匐在自己膝下嚎啕大哭的張蕊珠，怒其不爭哀其不幸，長歎了一聲。

「舅舅！」張蕊珠哭道：「你幫幫蕊珠。我沒有殺五郎，真的，他力氣大，掉下床來還叫著我的名字，我沒有殺他——」

蘇瞻閉起眼，她眉目像極了早逝的三姊，連哭聲也像。

張蕊珠見他不開口，膝行了兩步，死死抱住了蘇瞻的腿：「舅舅，蕊珠盜了虎符，是有功勞的對不對？孟大學士說了只要我肯偷出虎符，就會保我們平安的。舅舅，你去問他——」

「功不抵過。」蘇瞻心中酸楚難當，雙手緊握成拳，忍著不去攙扶她：「你——先起身吧，入冬了跪在地上，容易傷了你腹中孩兒。」

「舅舅，你信我，我沒有殺五郎。他明明還活著的。」張蕊珠哭叫得淒厲，卻不敢回頭去看身後的岐王。

蘇瞻緩緩抬起頭，看向一旁自在喝茶的岐王。他先前對自己說的一番話看來別有深意。蕊珠若真的不慎害死了太皇太后，趙棣這般不顧人倫宗法袒護她，岐王為母報仇趁亂絞殺趙棣，罪名由蕊珠擔了，她死罪難逃，可謂一箭三鵰。

岐王和蘇瞻目光相撞，他笑了起來，眼中寒冰卻沒有任何消融的跡象。「禮部和大理寺問了好幾回，張氏總不肯改口。只可惜人證物證俱在，她所說的，本王和孟仲然還有在場那許多人都未曾聽見也未曾看見。」岐王的目光投在張蕊珠瘦削的背上：「張氏認罪不認罪，已經無關緊要。正如她在孟氏女學時推落年僅七歲的聖人落水，有人證在，怎麼抵賴也無用。」

「是孟九要殺我！」張蕊珠仰起臉，急切地喊道。

蘇瞻眉頭一跳，厲聲道：「住口，不得胡言亂語攀誣聖人，罪加一等不可赦免。」

岐王手段著實厲害，輕巧一句便將自己的嫌疑脫了開來，更把張蕊珠推入死地。孟妧現在是什麼身份，蕊珠攀誣她，只會死得更快。

張蕊珠腦中一炸，才醒悟過來自己說錯了話，趕緊哭道：「那就是孟存他要害我。我知道了他的秘密，他要借刀殺人！」

岐王笑道：「孟仲然一整夜都和本王在一起，他拿刀逼你絞殺五郎了不成？」

張蕊珠眨了眨淚眼，辯無可辯，只巴住蘇瞻的膝蓋急道：「舅舅，孟存不是梁老夫人親生的，他是阮氏所生，他和阮玉郎狼狽為奸。還有，京城火藥庫爆炸、城防圖洩露都是他所為。他還偷刻了他哥哥的私印和殿前司用印，都是他。舅舅，你快去告訴官家——」

蘇瞻卻問她：「晚詞帶回家來的那些信件，是你交給她的？」這話他卻是要說給岐王聽的，有他在場，算個見證。

張蕊珠一怔，轉而眼前一亮。晚詞回了百家巷，還帶了信件？可是她哪裡來的什麼信件？阮玉郎素來都是派人複述口信，他那麼謹慎的人。難道——是舅舅為了救自己特意安排的？無邊黑夜終於出現了一線光，她的心咚咚急跳起來。

「對，舅舅，晚詞手裡的信件就是證據！你看到了嗎？」張蕊珠聲音抖得厲害。

蘇瞻眉頭一皺：「我不曾看到，但寬之把晚詞交給了張子厚。你可記得都是些什麼？」

「記得！記得！」張蕊珠一口咬定：「是孟存和阮玉郎來往的證據！」一定是張子厚審理那幾件大案，不然為何要把晚詞和「信件」交給他。

岐王手中的茶盞無聲放在了高几上。

「阮玉郎和孟存若有通信，為何會在你手裡？」岐王的聲音帶著笑意。

自然是阮玉郎特意交給她好讓她拿捏住孟存的，但是——！這話卻說不出口。

張蕊珠咋舌，她已身負殺夫之罪，若再加上勾結阮玉郎的罪名，必死無疑，十個蘇瞻也救不到她。

可她若不認，也是死。張蕊珠絕望地看向蘇瞻，心亂如麻。舅舅給的一線生機竟然也是死路一條嗎……

蘇瞻失望地拂開她的手，一步錯，步步錯。想起九娘先前說過張蕊珠的那些話，真是心灰意冷，長歎一聲，站了起來：「你好生將孩子生下來吧。」

「不——舅舅，舅舅！你信我，五郎真的沒死，真的沒死！」張蕊珠哭倒在地，雙拳不斷捶著冰冷地磚。

一雙黑色銀線雲紋四爪團龍朝靴出現在她眼前。

張蕊珠嚇得一縮，不敢再叫。

「你若腹中沒了孩子，更好。」岐王溫和地笑道。

張蕊珠抱住腹部，拚命縮成一團，搖頭哭道：「不要，不要——」

蘇瞻大步出了長春殿，寒風一吹，將心中的酸楚難受都吹散了一些。廣場上散落著一些枯葉，他踩了上去，脆生生碎成了齏粉。

又被她料中了，這個比張蕊珠所為更令他難受。這世界上，只有兩種人：聰明人和笨人。可有時候明明是聰明人，在更聰明的人面前也顯得蠢笨。

他沒法子替三妹保住這尚存的一脈，那腹中的孩子能平安出生，三妹在天之靈應該也會慰藉。

因張蕊珠的話，倒令他逐漸明白了過來，也許不是被孟妧料中，而是盡在她掌握之中。晚詞經張子厚的手被送到蕊珠身邊，何以竟獲得了蕊珠的信任？晚詞又為何會聽阿昉的話，似乎是從百家巷晚詞見過孟妧開始的？孟存和岐王又如何得知蕊珠要殺夫？他們當場拿住了蕊珠，趙棣究竟死在誰手上已不重要，可最終得益的人，除了皇帝，還能有誰？眼下再利用蕊珠咬出孟存和阮玉郎的關係，把她自己也送進了謀反從犯之列，甚至利用他來洛陽……蕊珠那一剎那的吃驚，他全看在眼底。

晚詞手中，根本沒有任何所謂的「信件」。

阿昉在算計他，阿昉把自己這個爹爹算計了進去。他們算準了自己會把這個當成蕊珠的一線生機。看起來是「生機」的死路。

一環扣一環，環環相扣，毫無破綻。

「和重，請。」岐王看著蘇瞻難看之極的臉色，語氣更見溫和：「一失足成千古恨，再回頭已是百年身啊。可惜了。」

蘇瞻不知道他在說張蕊珠，還是在說誰，空蕩蕩的心更加恍惚，胡亂應了一聲，和岐王並肩離去，沒有再回頭。

太極殿裡，陳太初正在看章叔夜的上表，大名府守軍一路追擊，已將契丹和女真及剩餘的叛軍趕到河間府附近，不日應能和永興軍路、京東路三面夾擊，收復河間府，一旦收復河間府，便參照洛陽就地減員遣散，預計的相應人數、糧餉、補發歷年剋扣的數目都已算得一清二楚。

趙栩展臂伸了個懶腰，活動了下筋骨，笑道：「舅舅也是著急，秦鳳軍最後再減員也不遲，還要盯著西夏戰事呢。」

陳太初倒是知道父親的上書昨日已經送到了洛陽：「陳家身為外戚，總要做個表率，秦鳳軍減員了，蜀地和永興軍路才會主動上表。何況陳家軍四十五歲以上的軍士原本就多去屯田了，又從無剋扣糧餉，反倒是最簡單不過的。」

趙栩想了想，點了點頭，取過案上陳青的上表，朱批了大善。不只是減員可行，更是讚陳青所想周到。

「明日我和皇叔返京，這邊軍中就交給你了。」趙栩想到能比預料中提前兩個月結束戰事，臉上便忍不住浮上笑意。

陳太初應了一聲：「南方八軍各抽調兩千精銳入殿前司，過半軍士離開原屬軍，經過弓馬、互搏、行軍三項考核後，再重新評級，編入新營。不合格者留在洛陽新兵營重訓。今日已經下令，各營八品武將以上，在屬軍最多三年，考核後另調他方，諸將均無異議。」

「隨軍家小的人數可都報了上來？」

「廣南西路昌化、萬安兩軍八品以上將領的家小已報上來三百餘人，多為妻小隨軍。」陳太初猶豫了一下：「六郎，其實叔夜所言也有道理，若是家小隨軍，他日有異心的，只怕沒了顧忌。」

趙栩笑道：「你我都上過沙場。想一想，若是戰敗，身後妻小必會為敵軍所俘，或者咫尺天涯再無團聚之日。若是戰勝，回營後便有妻兒同慶。身在沙場上的人可會貪生怕死？何況家小均在屯營之中，休沐團聚。知道感恩朝廷的自然更加死心塌地，心存異念的只會更加顧忌。」

陳太初想了想，確實也是。從軍六年以上便可申請家小隨軍，安置於屯營，勢必也能減少許多聚眾賭博嫖妓之事。各軍向來都有深夜逃營去城鎮尋歡的舊例，他幼時在大名府從軍時便見得多了，只要點卯前歸營，領軍者也不過睜一隻眼閉一隻眼，兵營附近的城鎮也一貫畏軍如虎，百姓敢怒不敢言。

「對了，那孟存一事你如何打算？」

趙栩笑意更濃：「季甫說他行事的確不留手尾。不過不急，先讓他和張蕊珠互扯。阿妧這次的安排甚妙，不過我看皇叔可能也趁機插了一腳。等我帶走皇叔，有蘇瞻在，張蕊珠定會往死裡咬住他不放。」

人心難測，可人心也不難測。

陳太初想到今日孟存的言行，不由得也笑了起來：「阿妧的意思是？」

「呂氏隨我回京，孟存留下。我覺得這也好，免得她六姊為難，最後免不了還是要為難阿妧。」

趙栩心裡暗自高興，阿妧這麼費心安排其實為的還是不讓他為難。

「張子厚暗中出手？」陳太初有些意外。

趙栩摸了摸鼻子，挑了挑眉：「蘇瞻在這裡壓著，孟存肯定也有所顧忌。若是他耐得住不跳出來，季甫恐怕就忍不住要動手了。」

張子厚行事，無任何顧忌，他也放心。要得人不知，除非己莫為。做了，就要承擔得起後果。

第三百四十章

過了兩日，皇帝、岐王率眾人凱旋，隨著詔書和二府敕令頒布，洛陽官場平地起驚雷。新任西京留守、資政殿大學士蘇瞻，拉開洛陽官制變法大幕：頭一件便是廢除散官，二十九級文散官，三十一級武散官悉數不存。上至節度使、觀察使，下至文學、助教，所有閒散不管事的官職一個不留。

只這項，不算那些有著本官階另加散官頭銜的官員，洛陽便有兩百餘人一夜之間從朝廷掛職的官員變成了普通百姓，根據為官年限領取相應銀錢。一應贈給、公用錢、給券和職田悉數不再，更不用說奉祿匹帛、職錢、祿粟、傔人衣糧、廚料和薪炭諸物自然也都沒了。若算上贈官、敘封、蔭補的福利，對這些官員而言，可謂晴天霹靂舉家遭殃。一時間，跪倒在宮城外哀求的，在衙門外哭訴的，絡繹不絕。

蘇瞻和趙昪親自帶著洛陽各部主事的官員，四處撫慰，送水送飯，遇到有一個號哭家中母親重病的，蘇瞻直接摘下腰間荷包塞入他懷中，當即安排了御醫官隨他返家看診。

圍觀的百姓無不高呼蘇郎仁義，皇帝仁慈。三度拜相的蘇瞻，至今在汴京還買不起私宅呢，卻為了這小小散官如此盡心盡力。而這些個只拿錢不幹活的散官們，百姓們早就厭棄得很，很快便有人大著膽子喊：「兀那朱郎君，你家老娘癱了兩年了，為何對著蘇留守號哭？」

眾人只看到那朱郎君心虛地抬頭看向蘇瞻。

蘇瞻依然仙人之姿，似乎什麼也沒聽見，眼中無一絲懷疑鄙夷，只拍了拍他的肩膀溫和叮囑道：「千萬勿忘幾天後往國子監報名制科，若有心報效朝廷，朝廷必不負卿。」

圍觀者漸近，看著這位朱郎君忽地將荷包塞回蘇瞻手中，倒地跪拜下去，大哭起來：「朱某有愧——！」

蘇瞻親自扶了他起來，見周邊一臉怨恨的官員們有不少人已顯出躊躇之色，朗聲道：「諸位與蘇某同朝為官，今日遭遇，蘇某自當以誠相待。今上勵精圖治，大趙中興在望。陛下有言：他與萬民一心，與萬民同利。吾等大夫豈敢只念及何以利吾家？今後大趙，不論出身，唯有才有德者方能入朝為官。他日海晏河清，民富國強，諸位今日的順時而退，亦是忠君之事！」

那朱郎君轉頭朝著汴京又磕了三個頭，哭道：「吾皇萬歲萬歲萬萬歲，微臣便是只念著利吾家的人，微臣慚愧——」他霍地站了起來，胡亂拭了把淚：「大資請放心，這散官不當也罷，在下必然前去報名制科，他日若能為百姓做點實在事，再前來拜謝大資今日指點之恩。」

他話音未落，轉身擠入人群，留下嗡嗡議論之聲。

蘇瞻露出詫異之色，看向其他鬧事的官員們。百姓們指指點點，有誇那朱郎君還算個漢子的，也有罵這些散官恬不知恥的。片刻後，那些聚眾鬧事心存僥倖的散官們，灰溜溜地擠入人潮各自回家了。

趙昇扶了扶頭上的雙腳襆頭。皇帝胸有成竹，早選出了這個朱郎配合他們做戲，難為蘇瞻也肯演戲。以前大概只有張子厚才這般行事，但的確事半功倍。來日肚子裡還算有貨的朱某若能從制科考成個實職的官員，定然又是一段佳話。想到皇帝說得那句「結果才是最重要的」，趙昇舒出一口氣。

一時間，洛陽民眾都知道了「制科」。這次廢除散官可謂一刀切，然而朝廷也有通情達理之處，令人無從抱怨。每年十一月中旬，皇帝會下詔設「賢良大科」，不同於三年一度的科舉或恩科，賢良大科僅需自薦書便可往國子監報名參考，分文武兩科，士子、離任官員和現任官員皆可報名，合格者於十二月中參加秘閣的閣試，到來年二月初，參加御試。御試內容也已公布：試策一道三千字以上，需當日完成。考試成績分為三等，第一等與進士科第一名相當。再行根據成績授官、升轉或拔擢。

唯才入朝。

過了數十日，忙過先帝靈駕發引，汴京初雪忽至，碎玉瓊芳飄飄揚揚，將地面輕覆了一層雪白，百姓家中均已啟用石炭取暖，街巷食店裡飄來羊肉湯香味，即便不吃，聞著也覺得暖和。

入了冬，便是香水行❶最忙碌的季節，甜水巷裡的浴室院終日霧氣不散，將大門口的大銅壺熏

❶ 香水行：即公共洗浴行業，南宋才出現的，但公共浴室在北宋就有了。

得一層水氣，過往的小童喜歡伸出胖胖手指在壺身上劃過去一條條水痕。晨間五更天開始，浴室院門口擺著的「麵湯」熱氣蒸騰，繫著襻膊包了頭巾的婦人笑嘻嘻地給客人洗面。到了晚間，燈籠倒映在銅壺上頭，揩背人殷勤地將熟客迎入院中，輕手重手，心中自有分寸。

眼看就要冬至，冬至大過年。歷經戰亂和帝位變更的汴京城裝扮一新。官員休沐，學子也得了假期，準備祭祀先祖。按舊例官放關撲，免租三日。百姓間慶賀往來，京中大路小巷均車馬絡繹不絕。黃昏時分，輕雪飛絮中，翰林巷孟府駛出的馬車不急不緩地自東華門入了宮。

慈寧殿裡，向太后將趙栩交給九娘：「十五郎頭一回隨駕行大禮，這三天三夜最是勞累不過，阿妧替老身看顧他一些。」

趙栩將青銅瑞獸手爐塞到九娘手中，像模像樣地拱手抱拳躬身一禮：「請先生多多照顧十五郎。」

九娘站起身還了禮，笑道：「明明是殿下照顧我呢。多謝殿下。」

「娘娘說你夜裡也會陪著我，是真的嗎？」趙栩一雙靈動大眼閃閃發光。他早聽說了這三日三夜，參加大禮的沒有累死，也會被餓得半死，但是有了九娘在，哈哈。

殿外傳來一陣急促的腳步聲，小黃門還未開口恭迎，趙栩已經大步跨入殿內。

「沒大沒小的，叫六嫂。」

趙栩桃花眼含情，看向九娘笑道，心花怒放。恨不得過了冬至就是年，過了年立刻到三月。

九娘臉上騰地紅了，分別幾個月，這人怎麼臉皮越來越厚了，可哪裡捨得少看他一眼。兩人目光相交，誰也捨不得轉開眼。

「六嫂——！」殿外倒有人這一聲喚得清脆無比。

趙楷瞪圓了眼，又是四姊這個壞人，連這個也要跟自己搶。

九娘給趙栩見了禮，趙栩和趙淺予給向太后行了禮，眾人再重新落座敘話。

趙楷幾步靠在了九娘身側，笑眯眯地對趙栩道：「六哥想得最周到了，有六嫂照顧我，這三天我肯定精神得很。」

九娘再鎮定，也有點坐不住，紅著臉瞪了趙栩一眼，低聲道：「十五郎還是如往常一樣稱呼我吧。」

趙楷眼尖，見趙栩眉頭微挑，小嘴巴拉巴拉：「六嫂六嫂六嫂六嫂。」連喊了四五聲後：「還是六嫂好聽。」

趙淺予白了他一眼，真是幼稚，她才不跟他計較。

向太后招手，把趙楷喊了回去：「你呀，日後有的叫你六嫂呢，不急。」

怎麼不急？趙栩眉頭還是挑了兩下，笑意更濃：「今日幾位相公議定了，明年的年號改爲元煦，曆法也準備妥當了。契丹、大理、吐蕃、西夏和高麗等國均已上表乞曆法。」

九娘大喜：「恭喜六哥，賀喜六哥。」大理和吐蕃歷來沿用大趙曆法，如今契丹、西夏和高麗上表乞曆法，想來是重兵之下都有了稱臣之意，倒是前所未有。

向太后雙手合十喊了聲祖宗保佑，禁不住落了淚，哽咽道：「先帝有靈，必然高興得很。」

不等趙栩開口安慰她，向太后又笑了起來：「看我，這麼好的事。對了，元煦這個年號倒是好，是哪位相公提的？」

趙栩接過趙淺予剝出來的橘子，掰成兩半，遞給身旁的九娘一半：「張子厚提的，諸相公都說好。」

九娘接過橘子，兩人手指輕觸，那橘子便在半空停了一瞬。

「煦而為陽春，散而為霖雨。」九娘避開趙栩的灼灼目光，柔聲道：「雖有雷霆變法，終將皇恩浩蕩普照大地。」

趙栩站了起來：「冬至過後京中便要隨洛陽之變法而行，他們還在後閣等著，我先過去了。阿妧——你們也早些安置，別累著了。」

向太后道：「六郎你也要留意著些，哪有理得完的政事？勿要太過操勞了。回來這幾日都只睡了一個時辰，可要不得。別仗著年少耗，日後可就苦了。」

趙栩行了一禮：「多謝娘娘體貼兒子。」

「阿予，來看看晚上這膳食單子可要增減什麼，你今晚就留在慈寧殿吃飯罷。」向太后拿起案上的單子，不經意地道：「阿妧去送一送六郎。」

九娘福了一福，跟在趙栩身後，往殿外而行。

殿內傳來趙梣和趙淺予格格的笑聲。

趙栩回過頭來，笑聲戛然而止。

九娘忍住笑，卻不妨被趙栩伸手拉了上前，兩人寬袖交疊，手已經被緊緊握住。

「一起。」趙栩柔聲道，攜了九娘的手，緩步並肩而行。

慈寧殿新修的門檻比原先還高，趙栩低聲囑咐：「這門檻比原來高了三分三，仔細別絆著了。」

九娘心頭一顫，原先想要掙脫開他的手，卻身不由己地緊緊握住那溫暖帶著薄繭的手掌。

「好。」

一團團的飛絮迎面撲進廊下隨風飛舞，大部分來不及獻媚就化成了水氣無影無蹤，有些許大朵的沾在人面上衣衫上，纏綿著不肯消失。

趙栩接過惜蘭手上的大披風：「陪我走幾步。」

「好。」

九娘柔聲應了，舒展雙臂，由著趙栩替她將大披風穿上。廊下一溜的人均躬身垂首斂目，只有高處的立燈在半空團著一圈柔和光暈，霧濛濛中看著這對小兒女，一伸一攏間，情意綿綿。

因來的時候就落雪，九娘出門就穿了鹿皮靴子，倒無需再換鞋。她見成墨手中捧著石青色的大披風，便伸手取了過來投桃報李：「六哥也加件衣裳。」

趙栩素來不畏寒，又嫌肩輿慢，是一路快走過來的，見到九娘眼裡的關切，立刻張開手臂從善如流地穿了。九娘矮了他一個頭，剛要踮起腳替他理衣襟，趙栩已微微彎下了身子，雙眼發亮，毫不掩飾一臉的笑意。

被趙栩口鼻呼出的熱氣熏在臉頰上，九娘指尖發燙，眼睛只盯著面前的對襟，將他頸後的衣領順了順，再攏好衣襟。

「這衣裳難道比我好看嗎？」只可耳聞的聲音帶了一絲揶揄和三分撒嬌。

九娘笑道：「衣裳上有花。」

趙栩不服：「我臉上也有花。」

九娘抿唇：「喇叭花。」

笑聲中，趙栩牽著九娘的手，步入漫天飛雪中。成墨帶著眾人自兩側輕輕跟上，生怕驚擾了他們。

大內還是這個大內，宮城還是這個宮城，冬雪亦同往年，可身邊終於多了一個人。一腳下去，未及掃清的半透明薄雪微微凹陷下去，靴子四周就鑲了一道鬆軟的銀邊。兩人身後，延展開的足跡一對一對的煞是整齊，只是大小深淺不同。

眼看就要出了慈寧殿，兩人卻一直誰也不曾開口，都盼著這路漫漫長下去。

邁出慈寧殿，外頭廣場上十多個內侍省的紫衣內侍已掃出一條路來，兩側瑩瑩薄雪反著微光，雪一團一團如蝶穿花。

趙栩停了下來，這才想起還有許多話沒說，轉身抬手將九娘髮髻上幾片雪花拂去，柔聲道：「洛陽的事你且放心，不會出岔子的。」

九娘點了點頭：「二伯娘歸來後，六姊好了許多。多謝六哥費心了。」至於孟存的事，暫時她也不打算告訴六娘，且待出了結果再說。

「來年大婚後要往景靈宮行廟見禮，禮儀繁瑣，衣裳也換得多。這幾日你先看一看，記在心裡，總有可以省力的地方。」趙栩眼睛彎了起來。

九娘張了張口，卻只應了一聲：「好。」

黃色傘蓋逐漸遠去，那撐傘的內侍幾乎是一路小跑，才跟得上趙栩的步伐。只這麼一會，剛剛掃出來的青磚路又披上了薄薄銀色地衣。

油紙傘擋不住撲面而來的風雪，九娘臉頰微涼，眼睫上倏地一花，眨了眨眼，趙栩的身影已轉過彎去了。

九娘又靜靜站了片刻，才慢慢轉過身往回走。兩條不同的足跡雖然覆上了新雪，卻依然清晰。她抬腳踩入趙栩留下的腳印裡，旁邊還空了一圈。

一步，一步，他似乎還在她身邊。

浮玉飛瓊，向邃館靜軒，倍增清絕。轉思量，鎮長墮睫。都只為，情深意切。

冬至前三日，皇帝按祖制駕宿大慶殿。

三更天不到，慈寧殿裡已經燈火通明，九娘身穿女史團領窄袖側開叉長袍，腰束革帶，繫了帶銙，換上翹頭履，梳雙垂髻，親自給趙梣戴上十六梁遠遊冠，拈起兩側朱色繫帶，輕輕放於他胸前。

趙梣興奮了一整夜，兩眼還亮晶晶：「六嫂你說鐘鼓樓上的雞唱，究竟是真的雞在唱，還是人在唱？」

九娘彎腰替他整理紅紗蔽膝，失笑道：「自然是人學著雞唱。那雞怎知道何時該鳴、何時不該鳴？」

趙栩臉一紅，又問：「我在後頭能看見大象嗎？」

九娘想了想：「這我倒不知道了，六哥把你的馬車安排在御輦後頭，若是你看不著，六哥肯定也看不著。」

趙栩秀眉一皺：「聽他們說你上回送六哥出征，那幾頭大象舞得好，可惜我沒有瞧見。」

九娘歎道：「我以前也不懂，只覺得神奇。後來聽我二哥說，大象哪裡天生就會跳舞行禮，都是象奴餓著牠們，稍有不順便用那鐵鉤鐵矛弄傷牠們，十分可憐。」

趙栩一愣，眼圈竟紅了起來。九娘趕緊牽了他的手：「都是我不好，說這些作甚。」

眾人簇擁著他們往外行去，趙栩拉了拉九娘的手低聲問道：「幾時你帶我去象舍，我多餵餵牠們可好？」

九娘見趙栩小臉上滿是期待，便點頭應了下來。

大慶殿外，兩府宰執率領百官都著法服。張子厚身穿方心曲領絳袍，頭戴正方九梁貂蟬籠巾，貂蟬冠左右飾著銀花金蟬的細藤片，雖然薄如蟬翼，依然有些礙事。他一眼看見了站在岐王身邊的趙栩，只是趙栩身後卻沒有九娘的身影。

這時兩側鐘鼓樓上傳來響亮的雞唱聲，每時刻雞唱後就跟著一聲鳴鼓，有那穿綠衣的小吏匆匆下樓，手持牙牌往殿中奏告。這繁複的禮儀如此往來不斷，委實考驗眾人的體力。

趙楷抻長了脖子，奈何看不清鐘鼓樓上作雞唱的人影，忍不住偷偷回過頭，看見九娘和一眾親王隨從站在大慶殿外。

這日自大慶殿門外，數萬禁軍一直列隊至御街。到了夜間，圍著大慶殿，有幾十隊喝探兵士來回呼喝，皆裹了錦緣小帽，身穿錦軺縫寬衫，手持銀裹頭墨漆杖子。另有武嚴兵士在宣德門外的警場內，守著兩百面鼓，日晡時分、三更時都要先嗚角，再擂鼓。

趙栩宿在大慶殿內，依然召兩府相公們議事，禮部呈上了擬出來的太皇太后謚號，請皇帝定奪。趙栩過目後，提朱筆圈了兩處。諸相公傳看，見皇帝圈出來的詞是「明肅」和「宣烈」，不由得都心照不宣。張子厚多看了新上任不久的禮部尚書一眼，此人頗善解聖意。

本朝太宗的歷代皇后謚號，按序排下來，有「孝」字、有「德」字、有「慈」字，便是曹皇后，也有「光獻」二字。但太皇太后這「明肅宣烈」的謚號，倒也符合她的固執和偏見。

既已定下，蘇昉便另行謄寫在黃紙上，由內侍省送往大內慈寧殿給向太后過目。

向太后正在聽九娘給趙楷讀書，看了這個謚號，遞給九娘道：「太皇太后力行故事，抑外家私恩。我隨侍她幾十年，即便文思院奉上之物，無問巨細，娘娘從不取其一。昔年垂簾聽政，人稱『女中堯舜』，最後卻得了這『明肅宣烈』四個字，又是何苦來呢。唉——」

九娘接過黃紙，認出是蘇昉的字，心裡有些高興，便寬慰了向太后幾句。趙楷卻不耐聽和太皇太后有關的事，便揉了揉眼睛。向太后趕緊讓趙楷早點歇息，又讓內侍去前頭回覆皇帝，言此謚號甚好。

內侍躬身應了，退出了慈寧殿，在廊下等著。

又過了半晌，九娘帶著趙梣退了出來。

「娘子請留步。」內侍上前兩步，行了一禮。

趙梣眼珠子一轉，打了個哈欠：「我先去睡了。」

九娘讓惜蘭和司寢女史帶著宮女們先送趙梣去寢殿歇息，轉過身來，那內侍恭恭敬敬地雙手呈上一個小卷：「官家派小人將此物送來給娘子。」

展開小卷，卻是一幅小畫。遠處巍峨鐘鼓樓，連綿宮牆，卻只站了她一個人，所著服飾正是她早間所穿。

九娘胸口一股熱氣湧上，眼鼻直發酸，再抬起頭，那內侍卻垂首佇立不動。九娘想了想，柔聲吩咐：「你且在此地等我一等。」

「小人領命。」內侍趕緊應道，暗自鬆了一口氣。成供奉官可指點過他，千萬別犯蠢送完東西就走，一定要等一等，看看聖人可有回贈之物，哪怕是一個字也好的。

臨近子時，宰執們方魚貫退出了大慶殿，前往兩府八位歇息。

成墨服侍趙栩沐浴洗漱完畢，見皇帝靠在羅漢榻上，又拿起了明日駕宿景靈宮太廟的一應細單子，不知道他要看到什麼時辰，趕緊將袖中之物呈上：「官家，這是聖人送來的心意。」

趙栩一愣，接過那柿蒂紋蜀錦四經絞羅香囊，拆開來，裡頭卻是一把小巧的白玉梳。溫潤的梳齒從手掌心劃過，酥酥癢癢。趙栩心中一蕩，不插玉釵妝梳淺。那根白玉牡丹釵，三送三退，歷經波折，阿妧終於還是開口了。

次日五更，七頭大象身披文錦，頭戴金轡，在象奴指引下自宣德門往南薰門而行。高旗大扇，畫戟長矛，森然而立。後頭跟著舉大斧的，持旁牌的，拿鐙棒的，還有兵士手持繫著豹尾的高竿。五丈高的次黃龍隨風飄揚。

御駕緩行，御街兩旁跪倒的百姓不計其數，待見到身穿紫繡戰袍的三衙親衛和帶御器械官，紛紛三呼萬歲，千乘萬騎簇擁著趙栩直往太廟。

第三百四十一章

是日，皇帝駕宿太廟，奉孝宗徽號冊寶於太廟。翌日三更，車駕俱已準備妥當，岐王率領宗室奉神主出室。趙栩齋於室，行禮完畢後駕乘玉輅自太廟出南薰門行郊禮。

所幸下了兩日的雪，昨夜終於停了，早有那軍士和營造的人將沿途的雪掃得乾乾淨淨，鋪撒黃土，設置了步障。趙梣車駕跟在皇帝的玉輅之後，到了第三日，小人兒已經完全沒了好奇和力氣，又因三日齋戒，他餓睏交加，強撐著在車內坐得端正，卻撐不住眼皮直往下耷拉。待聽到外頭傳來的「吾皇萬歲萬歲萬萬歲」的高呼，趙梣一個激靈，抬起頭來。

九娘跪坐在旁，見他實在可憐，便伸手替他摘了遠遊冠：「到南郊還得走一段路，十五郎不如去後廂再睡一會。」

趙梣眼睛一亮：「可以嗎？」他自從受向太后教導，這等見縫插針的偷懶想也不敢想。

九娘認真地點頭，替他把祭服也解開了掛到一旁的衣架上，示意惜蘭拉開馬車後廂的移門。「六哥特地說了，能躲躲懶的就要學著躲懶，只要心誠就好。諸天神佛和祖宗們都明白呢。若是累壞了，大禮的時候倒容易失誤。」九娘笑道。

趙梣連連點頭：「我心可誠了，赤子之心。」

九娘忍著笑和惜蘭把旁邊櫃子裡的被褥鋪了出來，看著趙栩迫不及待地鑽了進去，又把自己的手爐當成湯婆子放到他腳邊。轉過身一看，趙栩幾乎是頭一挨著枕頭便睡著了，小小的縮成了一團，秀致的眉頭還微微蹙著，似乎對這幾日的勞累有點不滿意。

剛安置好趙栩，前頭車窗被人輕輕敲了幾下。

惜蘭推開車窗，一股寒氣撲面而來，外頭燈火下映著一張汗津津的清秀臉龐，卻是應該侍立在玉輅上的成墨。

成墨塞進來一大包鼓囊囊的物事：「這是官家給聖人準備的。」怕凍著她們，趕緊將窗推了回去。他憋了一肚子的話要替皇帝邀功，還沒找著機會開口，只好掏出帕子拭了拭額頭的汗，豎起了耳朵聽車廂裡的動靜，盼著裡頭那位能體會到皇帝的苦心，也不枉他在皇城和太廟間連夜往返奔波了。

九娘打開來一看，卻是一件不甚醒目的蜀錦玄色大氅，拿在手裡，才見到琉璃燈下牡丹花心織蓮花圖的暗紋隱約光華流轉，捏一捏，蓬鬆細軟暖和，顯然裡頭縫的是狐裘。

「可巧這兩日落雪，娘子兩件大披風都受了潮。」惜蘭笑道：「昨夜熏了一個時辰，摸起來還是沒乾透，陛下真是有心了。」

車窗外傳來兩聲輕咳，成墨的聲音帶著笑意響了起來：「官家替聖人備的這批衣裳，兩個月前就到了裁造院，這件兩個時辰前才從文繡院裡完工，是小人連夜去取來的。」

一口氣說完，成墨有點緊張，聽起來會不會有點是替他自己邀功的意思。

半晌，車廂裡傳來九娘的聲音：「成墨。」

「小人在。」成墨抖擻精神，在馬上微微躬了躬身子，幾乎要靠在了車窗上頭。

「下個月二十四，若六哥得空，還請賜字於我。」聲音平和又溫柔。

成墨趕緊應了，心裡卻納悶得很。他實在不夠聰明，猜不透官家和聖人之間都在打什麼啞謎。官家送畫，聖人回贈一把梳子，倒讓官家高興了大半夜。因這把梳子，官家又送了這牡丹紋的大袞，可收下大袞的聖人並沒回贈香囊之類的物事，卻說要請陛下賜字？有了畫還要字，聖人果然是才女啊。

成墨揚了揚眉，夾了夾馬腹，往前面玉輅去了，心裡想著還是方醫官說得對：官家哪怕只是撅一下屁股，聖人也知道他要放什麼屁。話糙理不糙。

車廂裡九娘修長手指輕輕撫過牡丹花心的銀絲蓮紋，唇角彎彎。她送玉梳，有心借著〈採蓮曲〉提醒趙栩那枝白玉牡丹釵，他懂了，特意送來這件牡丹紋的大袞。這兩日她和他雖然近在咫尺，卻無說話的機會，只能遠遠看到對方一眼，可又有什麼要緊。

成墨登上玉輅，侍立一旁，輕聲將九娘的話回稟了，他垂首斂目也能感覺到皇帝的高興勁。那北珠串成的二十四旒發出了珠玉相碰的聲音，目光所及處，皇帝的靴子也稍稍移動了一點。

趙栩手中的玉圭也微微動了一動，他上半身更加挺直了一些，看向遠處的天邊，天微微亮了起來。

《禮記．曲禮》有言：「女子許嫁，笄而字。」臘月二十四是阿妧生辰，看來孟家要在那天替她行笄禮。她請自己給她取表字。趙栩只覺得背上滲出了一層薄汗，平生所學，千萬個字詞在腦海裡炸了開來，卻一時想不到合適的。

阿妧屬意誰做正賓呢？他若是開口，太后應當也很樂意，只不過阿妧恐怕會更屬意舅母一些。有司和贊者，總歸是六娘和阿予。若是要插那枝白玉牡丹釵，阿予做有司更合適。可他又不太捨得把白玉牡丹釵交給舅母在三加時加釵，他是想著要親手替她插釵的。還有一個多月的時間，最好是替阿妧重新做一套笄禮用的釵冠。

成墨隱隱覺得皇帝高興過後似乎心事重重起來了。

此次郊禮，趙栩早有旨意「務從省約，無至勞煩」，令有司僅保留了禮物和軍賞，其他一概省略。

繁複的禮儀完畢後，御駕回轉青城，在端誠殿接受百官稱賀。待門下侍郎奏請回宮，大隊人馬簇擁著御駕回宣德門。入了宣德門，趙栩降輅去幄次換了常服，再乘輿往宣德門接受群臣和各國使臣的稱賀。這冬至三日大禮才算完畢。

過了冬至，兩府便宣布了京畿路官制變法細則，跟著蘇昉協理國子監，和禮部一同定下制科試題，呈送趙栩定奪。

除卻官制變法和制科兩件大事，令趙栩日夜連軸轉的還有各地戰事。天寒地凍，飛奴早已無法及時傳信。急腳遞軍士每日自京城往各路飛馳而去的近百人，各路大軍的軍情急報也如雪花般發回樞密院。

由於北地已入寒冬，西夏和契丹、女真各地戰事都即將進入膠著狀態。因已接到契丹求和的上表，章叔夜奉密旨，在兩國邦交未定之前親自率領五萬大軍，以「護送」為名，將剩餘不足萬人的契丹軍士逐回瀛州和莫州一帶，跟著便依靠河間府，在莫州城外陳兵，擺出了欲收復燕雲十六州的陣勢。

耶律延熹衡量局勢，立刻下令趙國境內的契丹軍士一概退回燕雲，若有抗旨者殺無赦，更派出越國長公主耶律奧野，率領三百餘人的使團入汴京稱賀獻禮。張子厚收到上表，拖拖拉拉，於冬至後才派鴻臚寺少卿帶著一個百人使團慢悠悠往上京出使，約莫要來年寒食節才能走到上京。

先前叛軍退至河間府時，女真的八太子率領重騎兩萬，自黃龍府出發，經東京往大定府欲接應完顏望部敗軍，在中京道遭遇契丹和室韋部的重騎堵截，邊應戰邊往南再想走南京道時，竟又遇到神出鬼沒的章叔夜大軍，女真這支援軍被契丹和大趙聯手打了個落花流水，最後逃回東京的僅三千餘人，哪裡還顧得上苟延殘喘的完顏望敗軍。契丹重騎於風雪中紮營於東京城外，意欲收復東京，更劍指黃龍府。

高麗殘兵被陳家軍追擊數月，比女真軍更為慘痛，最終劫盜了不少漁船逃回黃海，卻又遇到暴風雨。這次入侵大趙的戰事，高麗最終一敗塗地。隔海相望的平安王朝見有機可乘，堀河天皇放下了親生父親白河法皇的十多年恩怨糾纏，由攝政藤原師實率領水師北上朝鮮海峽，占領了高麗南部近二十個州縣離島。

陳元初的戰報每日不經樞密院直送宮中趙栩手上。梁氏和李穆桃相爭激烈，雖然入了冬，戰事仍然未停。陳元初親自帶領三千輕騎，裝扮成卓囉和南軍司衛慕家的家將，時不時給梁氏的後軍燒上一把火或是劫走幾十車糧，平衡著梁李之間的勢力。秦鳳軍軍中變法已順利推行，裁軍後只餘九萬精兵，正養精蓄銳準備過年，待來年春天坐收漁翁之利。

眨眼便到了賢良大科的日子。因其他各路還未開始變法，只有西京洛陽和東京汴梁開設了制科，竟引來了遠近各地的一萬三千餘名士子、官員報名，把洛陽和東京所有正店、腳店的客房一搶而空，各大寺廟、道觀也擠滿了前來參試的人。

此時的洛陽，蘇瞻和趙昪亦是日夜忙碌，常通宵不歇。孟存也已經好幾夜未眠，他所操心的除了制科一事外，還有窩在後苑裡的那根心頭刺。

張蕊珠提心吊膽地過了十來天，一邊懊惱自己未曾抓住機會求見趙栩，把孟存的底細告發出來，一邊絞盡腦汁如何才能脫罪，這謀害親夫至死和意圖謀害親夫，在量刑上定然是不同的。她越想越覺得趙棣應該是被岐王所害，可孟存又怎會作證幫她？她每日都盼著蘇瞻再來探望自己，好再仔細商榷晚詞那些「信件」之事。但自從皇帝帶著幾位太妃都早回了汴京，前朝大臣再無可能入宮，更別提進這後苑深殿裡來。洛陽宮城一如往年，只留下了看守殿閣之人，倒是她所在的長春殿還有不少皇城司內侍和禁軍看守。

到了冬至這日，三更一過，蘇瞻便換上嶄新的朝服，按制入宮朝賀。皇帝雖然人不在西京，但冬至朝賀和祭祀大禮卻照舊舉辦。

太常寺和禮部以及留守洛陽的兩位老親王主持了祭祀大禮後，五品以上的朝官均聚集到太極殿裡，互相道賀，喜氣洋洋。比起昔日趙棣稱帝時，朝官人數現已少了三分之一。因洛陽改制後，不少草包官員是在趙棣登基這段時期裡買的官，雖然不是散官，卻也心驚膽戰，眼看述職考評在即，想著今時不同往日，又擔心過了冬朝廷算舊帳，索性上表辭官。十一月初上表辭官的竟有三四十，蘇瞻和趙昪正中下懷，即刻允准。

禮直官高聲唱喝，一眾文武官員在太極殿上對空著的御座行朝賀大禮。隨後，蘇瞻高聲誦讀了皇帝的嘉獎制書。眾臣謝恩，凡朝官均得了皇帝賞賜的百味餛飩。

因午後各部還有團拜，不到辰時眾人便退出了太極殿。蘇瞻和趙昪並肩往外而行，卻有一個小黃門領著一個女史匆匆過來稟報：「長春殿張氏不好了。」

蘇瞻眼皮一跳，沉聲讓女史說個清楚。

「今日張娘子用了兩只百味餛飩後不久，便腹痛不已。」那女史心驚膽顫：「眼下見了紅——」

蘇瞻當即命人去請禮部的官員和兩位老親王，又問宮中可有御醫官當值。女史回稟僅有兩位醫女，蘇瞻的眉心一擰，將太極殿當值的班直副指揮使喚了過來，派人火速去請醫官入宮。

孟存在後頭和西京國子監的幾位博士笑著約定晚間的團拜，蘇瞻的幾句話飄進耳朵裡，便走到趙昪身邊低聲問了幾句。

一片混亂後，禮部來了一位員外郎，宗室來了位老親王，和蘇瞻、趙昪一同往宮城後苑而去。

孟存在太極殿廣場上頭略站了片刻，不遠處恢弘宮城廡殿重簷，錯落有致，如鳥斯革，如翬斯飛。日光冷又寂，天灰濛濛的，將重簷下的五彩遍裝也塗抹得死氣沉沉，蘇瞻、趙昇等人的緋色身影越來越遠。

輕歎了口氣，孟存舉步跟了上去。尚書省的一位尚宮早已候在後苑門口，見了禮便引他們入內。宮女端著銀盆出來，見到他們，趕緊躬身福了一福，避往一旁。蘇瞻一眼就見到那水色淡粉，還有深紅血絲，登時只覺得太陽穴突突地跳。

三姊死於難產，阿玞也小產過，還有裡頭的蕊珠，也曾在慈寧殿不慎小產過一回。天下的女子，都是冒著性命危險在懷胎的，全靠命好命歹，縱然他博古通今也毫無辦法。

「如何了？」往日清泉洩玉般的聲音澀又苦。

那尚宮繞過屏風，推開槅扇門，半晌後出來福了一福：「醫女說腹中胎還活著，但張娘子還在流血，有些止不住——」

孟存看向蘇瞻，視線落在他微微顫抖的寬袖之上。

「她雖是戴罪之身，腹中卻有五皇子唯一的血脈，也是先帝的皇孫，娘娘和太妃殷勤期盼著這孩子出生。和重以為，應立刻請婦科聖手入宮來救治為上。」蘇瞻看向一臉茫然的老親王。

禮部的員外郎卻是剛剛從汴京前來洛陽頒旨的，對於此案也頗為瞭解，聞言便行了一禮：「大資、趙相，不知張氏有孕多少時日了？」

蘇瞻眉心一跳，看向一旁侍立的尚宮。

「七個月了。」那尚宮低聲回稟。

禮部員外郎揚眉道：「下官以為，不如請醫官催產。」

趙昇一怔，轉瞬明白了他保小棄大的意圖。若是張氏因早產而死，五皇子被絞殺一案便可了結，也無需再審，倒保全了皇家顏面。

眾人皆看向蘇瞻。

張氏乃是他嫡親的外甥女，天下皆知。他又會如何取捨？

蘇瞻看向孟存，眸色清冷，神情平靜。

「仲然你說呢？」

孟存暗罵蘇瞻狡詐如狐，卻只能長歎了口氣：「先帝以仁義治天下，今上侍奉太后、太妃至孝。這活生生一條人命，未經審判，便只是嫌犯，我等豈能見死不救？若是強行催生，張氏致死，仲然心中有愧，無顏見先祖了。」

老親王眨了眨眼：「孟大學士說得對。好歹是一條人命哪——」

禮部員外郎打了個哈哈，不再言語。

一時長春殿內默然無聲。

兩位醫官匆匆帶著藥童進來，團團行了禮。

蘇瞻聲音有些嘶啞：「不瞞各位，我姊姊當年難產而逝，留下的就是這個小娘子。她無人教導，品性不端，行差踏錯，以至於犯下大錯。十幾年來我連世間還有一個她都不知道，更來不及好生教養她，實在萬分愧疚。她所犯罪行，自有國法家法等著。但若要強行催生她腹中胎兒，蘇某實非草木，不能無情至斯，還請諸位勿要借此傷她性命。」

兩位醫官嚇了一跳，趕緊回禮道：「下官不敢，下官不敢。」

趙昇開了口：「你們快去救治張氏罷。」說完側過身子拍了拍蘇瞻的肩膀：「盡人事，聽天命。若是救不了，和重也別自責。」即便救得到，也就是多活幾個月的事情。

眾人又等了兩刻鐘。那尚宮匆匆出來，對著蘇瞻福了一福低聲道：「張娘子醒了，請大資入內——說要交代幾句話。」

蘇瞻心頭被重重撞了一下，合了合眼，才站起身來，一句不發地往裡走去。

他身後傳來幾聲歎息。

一推開槅扇門，便聞到濃重的血腥味。

轉過寢殿裡的八扇立地素屏，裡頭的紙帳被撤到了牆角，歪歪斜斜地靠著。一群人正圍著籐床忙碌。

「舅舅——舅舅！」張蕊珠的聲音嘶啞暗沉。

隔著醫官和醫女，蘇瞻只看見一隻瘦骨嶙峋的手腕垂落在床側，上頭的玉鐲還在輕晃著，似乎就要脫落下去。

「蕊珠。」蘇瞻有些恍惚，又覺得眼前一切似乎很眼熟。

醫官迅速退了開來：「大資，胎兒氣息越來越弱，只怕需要艾灸施針催產了。」

「舅舅——」張蕊珠的聲音響了起來。

「舅舅在。」蘇瞻眼睛酸澀無比，站到腳踏上。

雙層青紗從張蕊珠胸下一直罩到床腳，她瘦削的身子似乎被套在一個蛹裡，昔日清麗無雙的容顏毫無血色。

「蕊珠對不住舅舅，對不住外婆。」張蕊珠緊緊盯著蘇瞻，無力地抬了抬手。

蘇瞻閉上眼，胸口劇烈起伏著。他早見慣生死了，不是麼。三姊走了，五娘走了，阿玞走了，爹爹走了，一個個都比他走得早。就連阿昉的心也越來越遠了。他輕輕握住那隻竭力想抬起來的手：「你不會有事的。」他也只能說這句了。

「五郎當時真的沒死，」張蕊珠劇烈喘了兩口氣，微笑起來：「舅舅，我告訴你罷，是五郎要我將那披帛給他繞上的。他說只有他死了才能讓六郎如意，我才能帶著腹中孩子回去舅舅家裡。他不要我們的孩子再做皇家子孫——」

她滿面淚痕，臉頰上卻泛起潮紅：「真的，舅舅，我說的都是真話。是孟存要殺我，他要殺我滅口——」

蘇瞻靜靜看著她。

張蕊珠又急喘了幾下，慘笑道：「算了。我去陪五郎才好。只是求舅舅讓醫官給我催生罷，把我們的孩子保住——」

「請舅舅好生教導他，別跟我似的沒娘沒爹——」張蕊珠的指甲死死掐入蘇瞻的掌心：「求求你，舅舅——」

蘇瞻任由她掐著自己的手掌，轉過頭吩咐面無人色的醫官：「催生吧，無論你們用什麼法子，必須保住大小平安。」

旁邊的人聽了不該聽的話，恨不得沒生耳朵，聞言俱垂首應是。

蘇瞻拍了拍張蕊珠的手：「你既還能說話，便不可心灰意冷——活著比什麼都強。先把孩子生下來。」

他站起身：「太初的娘親四十多歲了，有傷在身，尚能平安產下只有七個月的陳家小娘子。你中毒極淺，必能母子平安。」

張蕊珠泣不成聲，閉上了眼。

蘇瞻步出長春殿，在廊下淨了手，接過宮女遞上的帕子，來回印乾手上的水分，掌心還有三個發白的指甲痕跡。

蘇瞻朝廊下的一位皇城司官員招了招手，詢問了幾句，又叮囑了幾句。看著那官員匆匆帶著人出了長春殿，蘇瞻負手慢慢走下臺階，階下兩側種著對稱的兩株老臘梅，已有暗香來。

一聲微弱的嬰啼隱約傳了過來。

蘇瞻身子一僵。

第三百四十二章

長春殿寢殿內窸窸窣窣之聲不斷，並無一絲輕鬆的氛圍。良久後，屏風內兩位醫官低聲商議了片刻，較年長的那位長歎一聲，拍了拍對面同僚的肩膀，慢慢轉出屏風。

「啟稟大資，請恕下官等人無能，張娘子催產晚了，現已是強弩之末——」

蘇瞻站得筆挺的身子略晃了晃。殿內眾人表情各異。

醫官硬著頭皮又對老親王行了一禮：「啟稟殿下，張娘子先前小產後未能好生休養，隨即又懷上了小皇孫，孕中憂思過多，勞心勞力，頗多奔波，胎相本已不妥，若無今日突發之事，也很難足月落地。」

老親王歎了口氣：「生死由命，勉強不得。你們也勿要害怕，本王和趙相、大資都看著你們盡力而為了。只說皇孫還能不能活吧。」

至於張氏，此時逝了倒是好事，省得再鬧出什麼么蛾子。

「孫醫官正在給小皇孫施針。」醫官低聲回稟。洛陽宮城也設有御醫院，偏偏適逢冬至大假，兩位擅長小兒科的醫官都告假返鄉祭祖了，他們兩個被趕鴨子上架，若是折損了兩條人命，真是找罪上身，有苦說不出。

蘇瞻霍地站了起來，直往後頭寢殿而去。孟存看著他的背影，轉過眼，和禮部員外郎對視了一眼，看到對方眼中的輕鬆之意，垂下了眼眸。

可不是，生死由命。蘇瞻即便存了要救張蕊珠一命，耐不得這位最是自作聰明又愛作死的，她定然是知道腹中胎兒的情形不好，才這般鋌而走險。至於那所謂的被下了毒的百味餛飩，恐怕是想著要朝自己身上潑一盆髒水。自掘墳墓莫過如是。孟存心裡冷笑了兩聲。

寢殿內的血腥味被濃濃艾灸味掩蓋了，往返的宮女們見到蘇瞻，紛紛退避。屏風外的羅漢榻上，層層軟被鋪疊，略年輕一些的醫官正在給新生的嬰兒施針，那嬰兒連先前微弱的啼哭聲也沒了。炭盆在旁邊地上一字排開，烘得屋內人全身是汗。

蘇瞻只看了一眼，便繞過屏風後。床邊的兩位醫女趕緊讓出空位。其中一人的手被張蕊珠死死抓著，半側半蹲地給蘇瞻福了一福。

先前產子用來遮掩的青紗已經撤下去了，深藍色團花萬字紋的錦被顯得張蕊珠面色如黃紙，透著淡淡的金色。

蘇瞻顧不得避忌，慢慢坐在了床沿，將她的手指從那醫女手上掰了下來，緊緊握在手裡。

「舅、舅——」張蕊珠心中一片混沌：「我的——兒子呢？」她依稀聽到醫官說了是位小皇孫，她聽見他的哭聲了。

「乳母來了，在餵奶呢。」蘇瞻心中蒼涼，語氣平靜祥和：「你睡一覺，醒來便可見到他了。」

張蕊珠的手指鬆了鬆，這身體又麻又木，似乎已經不是她的，有什麼輕飄飄的即將離體而去。

幾天前那醫官來診請安脈的時候臉色就不好，言辭閃爍。後來略一打聽，發現那人竟告假返鄉祭祖，她便心裡一沉。往日總能感受到腹中的他手舞足蹈，這幾日卻動得越來越少，越來越沒力氣。那該死的醫官竟用天冷了胎兒犯睏搪塞她。

她是沒法子了，求天天不應，告地地不靈，看守她的尚宮、供奉誰也不肯替她傳個信出去。

「舅舅，我不、不想死。」張蕊珠翕了翕蒼白的嘴唇，她喉嚨也疼得厲害，倒真像中了毒一樣。

蘇瞻冰冷的手指顫抖起來，輕聲安慰她：「別說傻話。西京全賴你盜虎符，方能不費一兵一卒收復，功過相抵，日後你回來舅舅家裡，你的三個表兄弟們會好好奉養你的。」

「多謝舅舅——」張蕊珠鬆了口氣，她要歇一歇，是的，只要回了蘇家，她就還是蘇昉的表妹，一切可以重來。

可如果一切可以重來，她還會不會付出那麼多嫁給趙棣？如果張子厚那時候不只是打了她，而是把她鎖在家中或者送回福建老宅，她還會不會吃這麼多苦受這麼多罪？

急喘了幾口氣，張蕊珠驟然瞪大眼，手指掐著蘇瞻，想說什麼，卻再也發不出聲音。錦被上下起伏了幾回，歸於平靜。

角落裡的青銅漏刻巍然不動，精緻的龍口還在不緊不慢地洩水，箭壺蓋上的銅人面無表情抱著箭杆，水面正指在午時三刻那一格上。

蘇瞻看著錦被下蒼白的小臉，握著他手掌的細長手指骨節發白，腕骨瘦得戳了出來。有一剎那，似乎回到了幾十年前的眉州。他也是這樣坐在連紙帳都沒了的床沿上，只不過是他握著三姊的手，也是這般的瘦，屋子裡也有著淡淡的血腥味，被程家人熏的濃香掩蓋著，卻怎麼也掩蓋不了。

「不謝。」蘇瞻將那手指掰開來，緩緩站起身，一陣暈眩。

張蕊珠去了的消息送到外頭，雖然小皇孫還在急救中，老親王已經開始與那位員外郎在商議今日之事如何上表了。若是小皇孫也折損了，自然是不入冊的，屍骨也入不了鞏義，但總要給錢太妃一個交代，該葬在西京，還是送開寶寺，要不要做法事，這些也都需要皇帝和皇太后定奪。至於張氏，就此結案後，蘇家能不能迎棺歸也需要請示。

又過了一刻鐘，蘇瞻慢慢走了回來，臉色蒼白，看起來驟然老去了許多，眉心的川字紋宛如三根針懸著。趙昇暗歎了口氣，今年確實是個大凶之年，閻王要收人，誰也攔不住。

跟著出來的兩位醫官面無人色，聲音發顫：「殿下，趙相，下官無能。」

老親王揉了揉自己的太陽穴，想到午後家裡晚輩們訂好的幾台戲，原本還要替小孫女相看幾個年輕才俊，眼下卻只能耗在宮裡一整天，越發覺得頭有些疼：「如今宮裡連個主事的人都沒有——」

尚書內省的尚宮福了一福：「殿下，小皇孫這般夭折，按例無需治喪。」她頓了頓，低聲道：「若是要做法事超度小皇孫，還請勞煩儀惠郡王妃入宮主理。」

老親王皺了皺眉頭，他的長媳如今確實是西京內命婦之首。

禮部的員外郎起身道：「趙相，按祖宗家法，落地而逝，無福之人，不可治喪，宮中不設道場。若要緬懷，也當由陛下下詔，於開寶寺舉行，否則於禮不合，屆時只怕臺諫也不肯。多一事不如少一事。」

趙昇吸了口氣，看向還木然站在屏風邊的蘇瞻。

蘇瞻回過神來，慢慢走到自己座前，盯著那員外郎看。

那員外郎坦然對上他的視線。趙昇正欲打個圓場，內侍引了皇城司的人進來。

那位副都知團團行了禮：「張娘子早間所用的百味餛飩，乃是宮中今日膳食，各殿閣均有按例領用。不過長春殿的食盒入後苑前，曾被兩位女史藉故查看過。那兩位女史現已收押，招認曾被張娘子動用私刑，受過孟皇后恩惠，奉知制誥孟大學士之命，借查看食盒下了鉤吻之毒。」

屋內一片寂靜。所有的人看向孟存。

「鉤吻之毒從何而來，又是如何入宮的。那兩人去過何處，和誰接觸過。查。」

蘇瞻的聲音恢復了平靜溫和。

孟存苦笑了起來。這一盆髒水他看來是躲不過去了。只是不知道是張蕊珠搏命陰差陽錯真的把命搏完了，還是蘇瞻借著張蕊珠要害自己？又或者，是一貫手很長的張子厚？

禮部員外郎的目光變得深邃充滿不知名的意味：「殿下，趙相。大理寺的人和刑部的人明日便要抵達西京，要審核先前洛陽買官和宗室賣田地兩樁案子。」

趙昇吸了口氣，歎道：「真是巧。」

皇親國戚和京官重臣犯案，由大理寺和禮部、宗正寺或大宗正司合審，刑部協理。還有四個月就是外戚的孟存，身為正三品翰林知制誥，涉嫌謀害皇孫。明日大理寺、刑部、禮部、宗室俱有人在洛陽，果真巧了。

蘇瞻雙手握拳擱在膝蓋上，看著大殿外的昏沉日光，淡然道：「天網恢恢，疏而不漏。」

臘月裡，茶坊瓦舍已經都傳開了昔日的永嘉郡夫人，曾經的偽帝賢妃，當今西京留守蘇郎的外甥女張氏難產身故的消息。

汴京百姓也曾在茶餘飯後念叨過這位永嘉郡夫人和吳王的情深意真。當張氏絞殺親夫的小道消息被小報遮頭掩尾地傳播開來後，大多數人都感歎知人知面不知心，又或議論幾句最毒婦人心。因而得知張氏和那五皇子遺腹子一併薨了後，不免也有文人疑惑這結局是不是今上斬草除根的手段，可這疑惑只能爛在肚子裡，誰又敢吐露半個字呢。

這時洛陽和汴京兩處的制科已經結束，應試的人潮卻未退散，依然聚集在兩京中等候結果，文人們少不得四處訪友聚會，不過兩三日過後，坊間再沒了「永嘉郡夫人」的話題，哪些有名的人物必然能通過制科進入殿試，賭坊關撲開了怎樣的盤口，又有哪位大官人準備榜下捉婿，成了茶餘飯後的新話題。

張子厚傍晚時分才出了宮，亂雲低薄暮，急雪舞迴風，身上的大氅迎著風鼓了起來，他伸手將下襬攏住，倒也不覺得冷，翻身上了馬。馬兒踏著雪，往南邊翰林巷方向緩緩而去。

近了翰林巷，遠遠聞到幽幽冷梅香。張子厚這才想起來孟府有一片梅林，種著不少老梅花。他抬手摸了摸懷中皇帝的親筆書信，頗有點身為鴻雁的感覺，又有點心虛。官家似乎知道他全部的心思，卻又絲毫不疑心他、不猜忌他。

他還能時不時見一見她，為她分憂解難，已經再好不過了。張子厚忍不住多吸了兩口氣，鼻間縈繞的梅香似乎能透到心底。除舊迎新，終於能乾乾淨淨迎來一個好年頭了。

廣知堂的飛簷上壓了雪，如雪燕的翅膀在空中劃出傲然的印記。岔脊上的琉璃走獸披著雪，穩篤篤地坐著，昏暗的暮色在琉璃瓦蓋著的平滑雪被上顯出一個個白色的凸起。

堂內的地暖早在入冬後就啟用了，走到廊下便能感覺到撲面而來的暖意。張子厚將大氅交給隨從，轉頭問孟家的小廝討了一個手爐暖手，手心裡的些微潮濕被銅爐子烘著，很快變得乾燥溫暖。他這才放下手爐，從懷中將趙栩的信取了出來。

外院的管事親自打起簾子，迎了他入內，恭謹地行了禮：「張相公先請喝盞茶。六娘子和九娘子去陳家探望長安縣君，應該已在回府的路上了。」

張子厚這才想起來，陳小五前些天剛滿了百日，皇太后下詔，敕封她做了縣君，皇帝特賜封號「長安」。陳家軍功卓著，魏氏一直身無誥命，論功敘封，這位陳小娘子雖是大趙最年幼的縣君，實在還是太委屈了些。

幾個侍女上了茶和點心，退到一旁侍立著。張子厚端起茶盞，見雪白的茶沫浮在雨過天青色的汝窯廣口茶盞上，依稀是遠山晨霧之景，觀之心曠神怡，茶湯淺黃，披滿白色茸毛的芽尖挺直如針，卻是福建的白毫銀針。

張子厚記起那日大雨中，他也坐在這同一個座位上聽她說話，想起自己當時小心翼翼吃著梅子糕的模樣，不由得面上一熱，自嘲地苦笑了起來，隨即伸手取了一塊栗子糕入口，栗香濃鬱，甜而不膩，沒想到剛吃了一半，廊下便傳來了紛雜的聲音，他一口囫圇吞了剩下的，卻險些嗆著了自己，趕緊端起茶盞掩飾。

簾子一掀，當頭的卻是身穿蒼青色竹葉紋貉袖的孟在，靴子上還隱隱有些薄雪，顯然剛剛策馬而歸。

孟在身後的孟建快步上前，叉手見禮後便去拉張子厚，親暱地道：「許久不見張兄，今日無論如何要留下來一同喝上幾盅。」

張子厚默默在心底翻了個白眼，誰要和他稱兄道弟了，卻笑著順勢將那栗子糕的碎屑拭在了孟建的手中，呵呵道：「怕是不便叨擾，稍晚還要回宮一趟。」

簾子再一掀，兩個小娘子跨入門內，看起來剛剛摘了風帽，鬢角皆有些鬆散。九娘聞言笑道：「可是洛陽有什麼消息了，要勞煩張相親自登門？」

六娘頓時緊張起來，給張子厚福了一福，便目不轉睛地盯著他。張子厚也不拐彎抹角，直接將洛陽孟存一案娓娓道來，六娘嚇得魂飛魄散，呆坐在椅中，半晌才看向孟在，流淚道：「大伯，我爹爹他怎會要投毒？」

張子厚淡然道：「因你爹爹以為張蕊珠手中有他與阮玉郎往來的證據。」

孟建一拍膝蓋：「果然是他——就知道龍生——」被九娘的目光一掃，孟建悻悻然轉開眼，咳嗽了兩聲：「出了這麼大的事，還是先稟告給翠微堂吧。」

九娘雙眸落在張子厚面上。張子厚避開她的視線，看向六娘：「你爹爹雖拒不認罪，但人證物證俱全，大理寺已定了刑。」

孟在沉聲問道：「如何判的？」

「殘害皇嗣，絞。今日審刑院剛接到案卷。」

大理寺審完案定了罪，交由審刑院複查，知院官和詳議官再上報中書，奏請皇帝決斷，再慢也不過兩個月便會發回大理寺。

九娘側過身子，緊緊握住六娘顫抖不已的手。

張子厚隨即將那案子要緊的幾處細細說了。孟在站起身來抱拳道：「季甫請恕我不周之處，讓九娘陪你略坐一坐。」

張子厚起身拱了拱手。

「六娘隨我去翠微堂罷。」孟在又看了一眼孟建：「三弟也一起去。」

六娘一下子險些沒能站起來，先前她見只有母親帶著貞娘和金盞她們返京，心中已有了不祥之兆，但真的事到臨頭，仍然惶然不知所措，更不知該如何同母親說。

九娘伸手扶住六娘，將她送到廊下，輕聲道：「六姊，四哥跟著大哥正趕回來過年呢，你這幾日千萬別離開二伯娘身邊。」

六娘悚然警醒，娘親自從回府後總有些恍惚，不思茶飯，夜裡也噩夢連連總睡不著，今日她連陳家也沒有去，若是知道爹爹的事——

她打了個寒顫，握著九娘的手，慢慢挺直了背脊，二房現在只有她頂著，她必須頂著。

回到廣知堂上，九娘摸了摸長頸茶瓶，已經涼了。惜蘭趕緊抱著茶瓶出去換水。

張子厚見九娘一雙眸子如墨玉般黝黑，看不出悲喜，不知怎麼想起當初他利用蘇昕之死算計了蘇陳兩家的親事時，九娘憤然的神情。他斂目伸手抵唇，輕輕咳了兩聲：「洛陽的事，都是我安排的。未曾請示過官家，還望娘子恕罪。」

九娘琢磨了片刻便領會了他言外之意，歎道：「我是那般迂腐之人嗎？」

「火藥庫和城防圖兩樁案子，證據湮滅無蹤，我便設計陷害了他。」張子厚又多解釋了一句因果。「連我大伯都認定了是他所為。」九娘輕輕搖了搖頭：「張蕊珠也曾同我六姊說過。當日城破，死傷的百姓和將士，都是一條條鮮活的性命。季甫，我並不是心慈手軟的人，若換做我，也不能放過他。那許多死去的魂靈也不肯。」

九娘深深福了一福：「多謝季甫為六哥排憂解難。你費心了。」

張子厚趕緊側身避讓：「回頭也請六娘子安心，大理寺雖是判了絞刑，還是留了兩處疑點的，審刑院知院官今日在御前已經提出來了。再者，跟著制科殿試以及過年有兩次大赦，又有官家聖壽，審刑院會在大赦前上報中書，大宗正司和宗正寺也都知會過了。最後應該會是流放三千里，不累及家眷。」

孟府雖然已經分了家，但皇后母族五服內卻絕不能有死罪之犯人，而孟存所犯罪行亦不能就此放過，如此也算是折中之舉。

九娘輕歎了一聲，再次深深福了一福。

張子厚受了這一禮，取出皇帝的信來：「這是官家讓我帶來的。」

九娘接過信，回了座坦然拆了開來。

澄心堂紙上只有兩個字：「蘧之。」卻不是趙栩自己所創的字體，反而是體態自然的簪花小楷。

張子厚離得稍遠，卻也能看到那紙上只有兩個字，見她沉吟不語，便低聲問道：「你——可有回信或言語？」

九娘想了想，微笑著搖了搖頭，將信紙疊了，珍重收好。

何須問，蘧蘧栩栩，孰是莊周。

翠微堂裡靜悄悄的，貞娘帶著兩個女史將暈厥過去的呂氏扶到羅漢榻上，又派人去請許大夫。挺著大肚子的程氏歎了口氣，她盼二房倒楣盼了許多年，此時又十分可憐呂氏和六娘，一時也不知說什麼才好。

梁老夫人倒還鎮定，看著孟在和孟建道：「你們該留一個人陪張相公的，真是失禮。」

孟建本就如坐針氈，聞言立刻站了起來：「母親說得是，我這就去。」這身世之謎他也爭了好幾回，但孟存到了這個地步，他卻沒了心思再一探究竟，心裡亂糟糟的。程氏便也跟著站了起來告退。

待他們夫妻二人走了，呂氏也悠悠醒轉過來，抱著六娘大哭起來。

梁老夫人由得她們娘兒倆抱頭痛哭了一陣子後，看了杜氏一眼。杜氏趕緊讓人打水進來替她們淨面。

「仲然做了些什麼，阿呂你是他的枕邊人，心裡也有數。在朝為官，那是一步也不能踏錯的。站得越高，摔得越重。如今皇帝聖明，該如何便是如何。我孟家深沐皇恩，當合族引以為戒。」梁老夫人拿起案上的數珠摩挲起來：「既然官家允了你返京，想來仲然之罪不及妻兒。這也是託了阿婠的福。」

至於能不能大赦滅罪，張子厚沒說，她心裡也沒底，更不能給阿嬋母女個盼頭，一旦無望，才是遭多一回罪。

呂氏不禁又哭了起來。

「這般滔天大罪，能不連累你們娘兒幾個，多虧了娘娘仁慈，今上仁厚。二房以後要靠四郎和六郎。阿呂你要記得為母則剛，幾年後四郎他們兄弟幾個還能否參加禮部試，才是最要緊的。」梁老夫人緩緩地道。

六娘替呂氏拭了淚，扶她坐穩，起身對老夫人和孟在行了一禮：「婆婆、大伯。實不相瞞，爹爹他和阮玉郎共謀，阿嬋親眼所見。今日之果，怨不得旁人。」她原本早已拿定了主意，待趙栩和阿妧大婚後，她便出家為尼了卻殘生，如今卻必須陪著母親，將二房安頓妥當。

呂氏哀哀喚了一聲阿嬋，倒在貞娘身上險些又暈了過去。

第三百四十三章

送走了張子厚，一家老小聚在翠微堂的宴席廳擺了兩席飯。雖然出了這樣的大事，但有梁老夫人鎮定自若地坐鎮著，上下倒不見一絲慌亂。

待用完飯後回到正堂上了茶，孟在和孟建帶著小郎君們先行告退，留女眷們在內說話。

七娘只覺得氛圍怪怪的，看著六娘紅腫未消的眼泡，再瞄了一眼九娘，到底沒敢開口。

梁老夫人看了看媳婦孫女們，開口道：「四郎他們還沒回來，阿呂你便搬來綠綺閣住，也好照顧照顧阿嬋。自打在洛陽遭了那麼大的罪，這孩子那掉了的十幾斤肉怎麼也補不回來。」

呂氏看向下巴頷尖尖的六娘，又愧又疚，又澀又苦，點頭應了下來。郎君生死不明，兒子們前程黯淡，阿嬋她雖然眼下沒事，可擔了個偽帝之妻的名頭，這輩子也毀了。受封的爵位，敘封的誥命，一家子榮華富貴名利雙全夫妻和美子女順妥，轉眼化為雲煙，哪曾想竟會落到這般田地。

看不見孟建和程氏倒罷了，可見到他們夫妻二人也一臉同情地看著自己，心頭更是劇痛無比。呂氏死死絞著手中的帕子，老夫人說得是，阿嬋才是最遭罪的，自己在洛陽時怯懦無能護不住她，眼下又怎能再讓阿嬋受罪。

「多謝娘體恤。」呂氏拭了淚一咬牙：「四郎兄弟幾個好歹是男兒郎，若是被郎君的事牽連了，也是他們為人子的命。若僥倖平安過了這關，就算不能參加禮部試，家裡這些田地家產，只要不被沒官，總能保他們衣食無憂。」

梁老夫人原先是借此把呂氏放在翠微堂裡，免得她急糊塗了出去找娘家人替孟存脫罪，也怕她一時想不開，有六娘看顧著也放心，沒想到她這麼快便明白了利害關係，便安慰她道：「既然張相公說了不累及家眷，你且安心。」

呂氏卻道：「只是阿嬋吃了這麼多苦，媳婦實在心疼。當年我哥哥家的英瑞屬意阿嬋，我爹娘和兄嫂也願意親上加親，只是郎君攔著不肯。如今英瑞一直還未娶親，若是娘也覺得妥當，媳婦明日就請官媒——」如今回頭思忖，只怕當時孟存心裡就有太子妃的念想了，她心中悲涼莫名，更拿定了主意。

「娘！」六娘羞窘之極，難堪地強忍著眼中的淚，打斷了呂氏的話。

梁老夫人卻長歎了口氣垂眸不語。眼下阿嬋若能嫁去呂家，自然是最妥當的，當年的呂英瑞一介白衣，阿嬋配他實在是委屈。今時不同往日，如今呂家卻又未必情願。若開了口呂家不應，只怕連親戚都難做了，對四郎他們更為不利。

杜氏明白當中的利害關係，柔聲撫慰六娘道：「阿嬋，你也莫要羞臊，你娘顧慮得甚是。若換作大伯娘，我也會這麼為女兒打算。大趙律法，罪不及出嫁女。你外翁家書香門第，又是自家至親，你嫁過去你娘和老夫人也才放心。」

六娘掩面低泣起來。

程氏看著梁老夫人的神情，笑道：「娘可是擔心呂家未必情願結親？這有何難？阿嬋雖是再醮，可宗正寺不是都抹去了嗎？自家親戚攤開來說，難不成還不懂這個理？何況阿嬋和阿妧倒比阿姍和阿妧還親一些，呂英瑞以後便和官家做了連襟呢。日後阿嬋得個誥命，在呂家有誰敢低看她一分？對了，阿妧，張相公待我們孟家最是親厚，若是由他保媒才好。」

呂氏站了起來，幾十年頭一遭朝著程氏深深拜了下去：「還請弟妹和阿妧幫著阿嬋——」

六娘、七娘和九娘趕緊上前扶住呂氏。

六娘轉身走到羅漢榻前，在腳踏上跪了下去：「婆婆，娘親還有伯娘、三嬸真心愛護阿嬋，阿嬋無以為報，但阿嬋實在無意談婚論嫁。」她眼睛腫著，眼神卻清明堅定：「自從洛陽死裡逃生後，阿嬋只有一個心願，盼著爹爹能幡然醒悟，盼著娘親能平安歸來。阿嬋願皈依佛門，替爹爹之錯贖罪。」

呂氏大驚：「阿嬋！」死死抓住九娘的手才沒再倒下去。

六娘握住梁老夫人的手，柔聲道：「婆婆，阿嬋不孝。但此念由來已久，並非異想天開，待哥哥們回來照顧母親，待爹爹的事平息，阿嬋再無牽掛，日後在佛祖跟前，天天為婆婆為娘親祈福祝禱，也只有這樣阿嬋才能安心度日。求婆婆成全。」

看著最親的孫女在自己膝下懇求要出家，梁老夫人閉上雙眼，淚濕衣襟，再睜開眼，伸出手輕輕撫了撫六娘的臉頰：「你娘也是擔心你，我們都先不提這事了，日後再議罷。眼下先等你哥哥們回來，阿妧的笄禮，你不是要做贊者的嗎？就要過年了，你可是答應了要給婆婆做個抹額的——」

六娘抱住老夫人，側過臉靠著那雙溫暖的手，低聲道：「記得呢婆婆，阿嬋已經畫好花樣了。」

呂氏無力地靠在杜氏身上抽泣起來。老夫人這是同意阿嬋出家的口氣啊，她怎麼捨得！

梁老夫人看向翠微堂大門口掩得密密實實的夾棉錦簾，喃喃地道：「過完年，三月裡阿妧大婚，你也得陪著她吧？跟著浴佛節，也該陪著婆婆和你娘去大相國寺禮佛是不是？還有端午，婆婆最喜歡你自己做的紅豆沙粽子，你得多做幾個——」

她蒼老的聲音溫柔絮叨，卻再也說不下去了，淚水滴在六娘的手上，慢慢下滑。

翠微堂的燈火暗了下去，安息香熏得暖如春日的室內靜謐又安寧。呂氏緊緊攥著六娘的手，又無聲哭了一刻鐘，才昏昏沉沉睡了過去。六娘慢慢將手抽出來，起身看了看呂氏眉頭緊皺的睡顏，屋裡的地暖熱又燥，她額頭上密密一層細汗。

六娘輕輕下了床，將蓋在兩人被子上頭的大錦被捲了挪到床尾，坐在床沿默默看了母親片刻。她在洛陽宮中的時候，只見過母親兩回，可是真的毫無怨言嗎？也不是。她被下了藥，被挾持著嫁給趙棣時，她也是怨過的。娘為什麼不能救救她，不能幫她，不能反抗爹爹和阮玉郎，她不明白。她被送出門的時候，一直看著娘親，可娘親卻只是讓她入了宮好好侍奉太皇太后。

披了件薄襖，屏風外的羅漢榻上鋪著金盞的被褥，擱在一旁的矮几上，針線笸裡的東西還沒收拾，給程氏肚子裡孩子做的小帽子還沒繡上花，婆婆的抹額花樣子是萬字團花紋，理好的金線整整齊齊擱在上頭。

她剛拿起那縷金線，槅扇門被推了開來。金盞提著暖瓶走了進來，福了一福小聲道：「娘子怎麼起身了？這件小襖薄得很，奴給娘子換一件。」

六娘由得她給自己換了件長襖，問道：「阿妧回去了嗎？」

「奴親自將九娘子送出翠微堂的。九娘子說明早再來綠綺閣。這是玉簪送來的燕窩，娘子趁熱吃了罷。」

六娘微笑道：「這個婆婆每日也逼著我吃，你沒說嗎？還讓聽香閣這麼忙活，怎麼好意思。」

「這是九娘子的一片心意，娘子需領著才是。」金盞給琉璃燈裡添了燈油：「玉簪說了，這是官家送給九娘子的，是宮裡頭最好的。」

金盞服侍她用完燕窩，忽地開口道：「若是娘子執意要出家，奴和銀甌也是要跟著去的。」

六娘一怔，歎了口氣：「你們——這是何苦？我自會好生安置你們的——」

金盞笑著把碗盅收了：「這也是奴婢們的一片心，娘子只需領著才好。」

槅扇門輕輕開了又闔。六娘出了會神，起身走到西窗長案邊站定了，一隻玉兔燈籠，乖巧地趴在書架上看著她，似乎在問她為何要出家，又似乎什麼也沒說。

從秋到冬，北地苦寒，風雪交加，軍中條件極苦，不知道他還好不好。六娘伸手輕輕摸了摸玉兔的長耳朵，將旁邊竹籃上的絲帕揭開來，裡頭的豆沙月餅早分著吃完了，此時她卻後悔了，如果留上一個半個到現在，吃起來應該很甜很甜。

思往事，惜流芳，易成傷。

那燈，那人，從此心頭珍藏。

俗語說三九四九凍破石頭，汴京城雖然沒冷成黃河一帶那般，汴河卻也結了冰。漕運的船隻自十二月起便泊了岸，待過了年入了七九才會再度南下或北上。虹橋碼頭上沒了熙熙攘攘的苦力和役差，連賣吃食水飯的攤子也都撤了。

臘月初八，街巷中三五成群的僧尼往來念佛，帶著銀盆或銅盆，裡頭坐著金銅或木雕的佛像，浸在香水中，楊枝灑浴，逐門逐戶地教化。各大寺廟均開了浴佛會，信徒們排起長長的隊等著領粥喝。

因從臘日開始便算過年，各大街市也都撒了佛花，應節的韭黃、生菜、蘭芽、薄荷等處處可見。二府一早便收到了皇帝御賜的口脂面藥。諸相公、宗室親王、勳貴重臣們府上也都接到宮中賜下的七寶五味粥❶。寒食節的新火，臘八的粥，能接到這兩樣的才是汴京城裡真正的權貴之家。

孟府黑漆大門敞開，設了香案，孟建帶著孟家郎君們在門外一字排開，翹首等著宮中貴人來賜粥。長房以剛從蘇州回京的孟彥卿為首，二房以四郎孟彥翰為首，三房以十一郎孟彥樹當頭，除了在宮中當值的孟彥弼，八個小郎君皆身穿錦袍，頭戴雙腳襆頭，一眼望去人丁興旺氣派十足。

趕來看熱鬧的百姓將翰林巷兩旁擠得水洩不通，皆道汴京城裡如今孟家已越過其他世家大族

❶ 七寶五味粥：《武林舊事》記載，宋代是用胡桃、松子、乳蕈、柿、粟、栗、豆所製，為現今臘八粥的前身。

穩占鰲頭了。孟家三位郎君出了一位使相，一位翰林知制誥，還有一位雖只是戶部的小官，卻是今上的泰山，三兄弟皆有爵位在身。內宅有四位誥命夫人，一位縣君，更要出一位深受皇帝愛重的皇后。這孫輩的小郎君裡，文有孟彥卿才名遠播，開創蘇州孟氏族學，與江南大儒們來往甚密，更有號召士子們投筆從戎抗擊叛軍的義舉，被朝廷封為「義士」。武有孟彥弼，不過二十多歲已是殿前司的副指揮使。眼看明年大比，孟家小郎們或許還能出一兩位進士。這四世同堂花團錦簇，著實羨煞他人。

不多時，宮裡天使快馬飛馳，孟建接了皇帝和皇太后賜下的七寶五味粥，恭恭敬敬送走天使。孟家便關了大門，打開兩側的角門。隨即幾十個僕從搬出許多桌子來，抬著熱氣騰騰的木桶，在門口廣場上一字排開，僕人抬著大筐出來，上千個白瓷大碗一疊疊擺好。跟著又有管事娘子帶著不少侍女抬著木箱出來，打開木箱，裡頭一個個陶盒。

孟建親手將一雙長筷插入七寶粥內，筷子穩穩立著不倒，便點了點頭，吩咐開始施粥。孟彥卿帶著弟弟們套上布衣直裰，挽起袖子，同往年一樣開始掌勺施粥。早有那每年都來的老嫗和婦人們在管事娘子那裡排上了隊，等著領那小陶盒裡的口脂面藥。孟家每年臘八所贈的口脂面藥，治凍傷裂傷最是有效，還帶著極好聞的清香，據說還是宮中的方子。那領到的婦人忍不住打開來嗅一嗅趕緊藏好，雙手合十朝孟府裡拜一拜：「佛祖保佑老夫人康健，保佑皇后娘娘萬福金安。」

這時的九娘，正和六娘、七娘一起，在城東舊曹門街的福田院裡陪著魏氏探望老老小小們。九娘抱著陳小五，和六娘、七娘在羅漢榻上逗著小人兒玩。撥浪鼓響得歡，三姊妹不時大笑起來。

一旁圓桌上，曹大娘將福田院和慈幼局的帳冊都取了來和魏氏對帳。

魏氏奇道：「咿，這兩石米和這十五貫錢是哪位善心人送來的？」

「是開封府戶曹的衙役送來的。說是今上仁德，如今五十歲以上便算老者，十一月開始每人每日可領米一升、錢十文。到正月末，每日能還加發五文柴炭錢。」曹大娘喜氣洋洋地道：「聽他們說，官家敕令新造的城南、城北兩個福田院也建好了，我們陳婆婆的大姊便去了城北福田院，她今年九十一了，聽說每日還能領二十文醬菜錢，夏有布衣，冬有寒衣和棉被。阿彌陀佛，真是多虧了官家仁厚！」

六郎被誇，魏氏心裡也高興，笑眯眯地道：「官家以前還來過這裡，大娘怕是不記得了，別看我家六郎看起來倨傲，不好親近，他那心裡可軟和著呢。」

曹大娘笑了起來：「我老婆子眼睛再花，還能不記得官家嗎？他可是比仙人還好看的人兒，不怕娘子生氣，比起你家二郎來，還好看一些呢。」她看著榻上的三個小娘子，悄聲問：「哪一個是聖人？哪一個是二郎媳婦？」

魏氏轉過頭，輕歎了一聲笑道：「那穿白底紅菊紋薄襖的是六郎媳婦。我家二郎媳婦已經沒了，如今二郎還在孝期內呢。」

曹大娘一怔，拍了拍魏氏的手：「莫憂莫愁，兒孫自有兒孫福，去年這時候娘子你怎麼想得到會有小縣君呢？二郎那麼好的孩子，還怕找不到賢妻嗎？」她又看了九娘兩眼，歎道：「也只有這樣神仙般的小娘子，才能做聖人呢。」

說著門口的簾子被掀了開來，虎頭虎腦的章叔寶跨了進來，叉手行了禮：「婆婆，嬸子帶來的柴炭都放好了，還有肉和菜也都放好了。」

曹大娘端過手旁一碗七寶粥笑眯眯地道：「好孩子，辛苦你了，來，就剩你沒喝粥了。」

魏氏也笑道：「就在這裡吃吧，外頭冷得很。嬸子還沒好好謝過你上回替我送信的事呢。」

章叔寶小臉一紅，撓了撓頭，看了看羅漢榻那邊，便挨著曹大娘身旁坐了半張圓凳，接過碗來，想了想又忍不住抬起頭問魏氏：「嬸子，太尉可知道我哥哥幾時能回來嗎？」

魏氏放下手上的桃符，柔聲道：「你陳家伯伯並不知道，不過二郎前日有信回來，說年前要回京覆命的。你大哥可有信來？」

章叔寶黯然地搖了搖頭，忽地笑了起來：「二哥既然能回來，我哥哥肯定也能回來過年！謝謝娘子。」他用力點了點頭，小心翼翼地端著碗拿起勺喝起粥來。

六娘看著濃眉大眼的少年笑得燦爛，也有一口整齊的白牙，心怦怦跳得慌亂，趕緊轉過頭去逗弄九娘懷裡的小五。

小小的長安縣君陳小五個頭比同齡的嬰兒要小一些，但頭頸已經豎了起來，雪白粉嫩，眉目間不像陳青、陳元初，倒和魏氏十分相似。小人兒被六娘的手指碰了碰那雙下巴，便咯咯地笑了起來，探手就去抓六娘。

六娘被軟糯糯的她笑得心都化了，捏著她的小手問：「你家哥哥就要回來了，小五開心嗎？」

陳小五咿咿呀呀地抬著頭應著她，小腿兒在九娘懷裡一蹬一蹬的。

九娘笑了起來：「可了不得啊，將門出虎女，小五你是想要下地跑嗎？」

魏氏笑道：「她呀，現在略扶一扶，坐得還挺穩當的。」

七娘好奇地摸一摸小五的小腳：「這麼小也能坐起來？」

三個小娘子便把小五放到榻上，太陽透過窗子，將小人兒面上的肌膚照得近乎透明，細細看鬢角還有娘胎裡帶出來的一小塊淡青色胎記。陳小五捏著六娘的手，穩穩地坐好了，咿咿呀呀地又喊了幾嗓子，口水直流，把她們笑得不行，三條帕子幾乎把小人兒的小臉淹沒了。

院子裡傳來一陣驚呼和笑聲。章叔寶一愣，顧不得禮儀，將碗一放，幾乎是蹦跳著出去的：「是我大哥——！我大哥回來了！大哥——」

曹大娘又驚又喜，也站了起來。

六娘睜圓了眼，手中的帕子卻停在了陳小五嘴邊，被她啃了個正著，待回過神來，看到九娘眼中的笑意和鼓勵，臉騰地紅了，輕聲問道：「阿妧，是你嗎？」鼻尖驀然酸澀難當，眼中熱熱的。

九娘笑著將陳小五嘴裡的帕子輕輕抽了出來，塞回六娘手中：「有些事，不試試，會後悔終生。」她笑著看向門口：「我說我自己。」

七娘丈二和尚摸不著頭腦，撅起嘴來悶悶不樂地道：「你們總是啞謎猜來猜去的，討厭死了。來，小五妹妹，我們倆不理她們了。」

簾子再次掀開來，暖陽倏地照亮了小半邊廳堂。一身戎裝的章叔夜大步進來，看了羅漢榻上的人一眼，不再入內，站在門口對魏氏抱拳行了禮，又遙遙對著九娘深深一揖：「娘子萬福金安。官家連著下了三道金牌，叔夜實在不勝惶恐。」

章叔夜見六娘始終背對著自己，停了一停，柔聲道：「多謝娘子費心。方才入宮見駕，我已求了恩旨。請娘子放心，叔夜必不負所託。」

六娘一顆心險些蹦出胸口來。

第三百四十四章

章叔夜話音落地，又行了一禮，乾淨俐落地掀開簾子退了出去。外頭立刻傳來孩子們的歡呼聲。

魏氏和曹大娘納悶地看向九娘。章叔夜求了什麼恩旨？九娘又託付他何事了？

九娘笑問：「表嬸還未告訴我，為何不肯來做我笄禮的正賓？」

魏氏起身走到榻前，擰了擰九娘的小臉：「你這笄禮可是許多人放在心上呢。小五百日那天，尚書內省跟著禮部來頒敕封的詔書，楚尚宮還特意提了，說娘娘想做你笄禮的正賓。我怎好意思和娘娘搶？」

七娘不可思議地瞪圓了眼：「皇太后——竟然會出宮嗎？」

六娘也吃了一驚：「難道是官家的主意嗎？這可不合禮制啊……」阿妧雖然已經記在程氏名下，但畢竟是林姨娘所出。向太后出宮做阿妧笄禮的正賓，不僅是代表後廷宣告天下皇家對阿妧的重視，更是給了孟家天大的恩寵。但大趙開朝以來，雖有過皇后出宮省親的先例，卻從來沒有過皇太后出宮之例。

魏氏抱起小身子往前趴伏的小五，笑道：「皇帝納后之禮，六郎已經開了許多先河了，也不缺這一樁。」

九娘低頭親了親小五濕答答的小臉：「六哥他不曾說起過。」

七娘探頭去看她：「若是娘娘做正賓，官家會來家中觀禮嗎？阿妧，有司或贊者，總該是我和六姊做吧？六姊，你要做有司還是贊者？」

六娘垂首低聲道：「阿妧，我如今這樣，不適合做有司或贊者，能觀禮便好了。既然娘娘來做正賓，你該請阿予做有司才好。」

九娘抬起頭，握住六娘的手：「六姊，你如今怎樣了？難道你不是我最親的阿姊嗎？」

六娘抿唇不語。

「記得兒時我住在綠綺閣的時候，你總愛親自幫阿妧梳頭，那時候不就說好你要做我的贊者嗎？」九娘眼圈一紅：「請六姊替我正笄加冠換衣，六姊——？」

魏氏見六娘尚在猶豫不決，將小五塞到六娘懷裡，柔聲道：「阿嬋，無論你遇到過什麼不好的人，不好的事，都不是你的錯，千萬不要覺得自己配不上更好的良人，又或再也不能發生好的事。贊者要協助正賓行禮，你堂堂正正站在太后身邊，光明磊落地為自己的妹妹加釵正冠，忘卻昔日苦難，重新開始你孟家六娘自己的路，這是阿妧的心意，更是六郎的心意啊。」

六娘摟著小五，垂首靠在小人兒肩頭，奶香撲鼻，熏得她落下淚來。

「我——要做阿妧的贊者。」

魏氏欣慰地拿起一旁的帕子替她拭淚。不由得感歎只有六郎這樣的七巧玲瓏心，才會連阿妧身邊的人都顧念到，默默替她將萬事理順。

「表嬸，那帕子上都是小五的口水！」七娘心直口快地提醒道。

六娘含著淚笑出了聲：「不礙事不礙事。我們小五連口水都是香的呢。」

「阿妧，我正想做有司呢。」七娘喜滋滋地道。比起加禮時才露面的贊者，有司露臉的時間更長，且一直托著最受矚目的釵冠，多好。

魏氏道：「那阿予可得找你打架了。」眾人大笑不已，唯七娘憂心忡忡。

臘月十八，陳青、陳太初一同班師回朝，皇帝親迎於六十里外長亭。陳家軍、東西路禁軍各有五千重騎昂然自南薰門入京，沿御街往宣德門見駕，跟著萬軍演武，騎兵列陣，呼喝震天。京師百姓無不振奮，萬人空巷三呼萬歲。

隨後，契丹長公主耶律奧野率使團抵達汴京，覲見了皇帝、皇太后，帶來兩百匹契丹馬為賀禮，更有厚厚一本禮單冊子。西夏長公主李穆桃也遣使來賀，送來兩百匹夏馬及夏鹽等賀禮。吐蕃、大理、倭國各國大使也均上表稱賀，陷於南島爭奪戰的高麗獻表稱臣，被張子厚扣在中書省，留待年後再說。

臘月二十一，睿謨殿張燈，預賞元宵，曲燕近臣。二府宰執、宗室親王、勳貴重臣，皆率家眷入宮賞燈，各國使者亦笑語晏晏互通有無。翰林巷孟府入宮的卻只有孟在和孟彥卿、孟彥弼三人。程氏昨夜順利產下一子，梁老夫人和杜氏忙著張羅洗三之事。

轉眼到了二十二，孟府木樨院十四郎洗三，百家巷來了蘇矚一家和蘇昉，太尉府陳青夫婦攜陳太初、陳小五齊至，杜家、呂家和程家也都來了人，加上族裡的賓客，雖只是親戚間小賀，廣知堂和翠微堂卻也各擺了六席。

來做客的婦人們探望程氏時，都交口稱讚她是有大福氣的。程氏大剌剌地說都是自家九娘的福厚，連帶著她心想事成。眾人見九娘不驕不躁，言行端莊溫和，少不得又齊聲稱讚九娘一番。那家中有適婚年齡小郎君的婦人們又拉過七娘來說話。誰還不想和官家做連襟呢？

忙完十四郎的洗三，就到了九娘笄禮前一日，杜氏親自按品大妝，攜請正賓書入宮致辭。向太后親自寫了答書，留杜氏在慈寧殿用飯，細細問了笄禮這日的流程，又將宮中觀禮的名單給了杜氏。

杜氏展開來一看，陳素、趙梣、趙淺予一個不少，還有兩位太妃和魯國大長公主也要隨行觀禮，便笑道：「娘娘盡請放心，尚書內省、入內內侍省、殿前司、皇城司日日都有人來翰林巷查看和演練，官家、娘娘和宮中貴人們的大次小次❶皆已準備妥當，吃用行歇，楚尚宮都安排好了。」

剛說完這句，殿外小黃門便高聲唱諾，卻是趙栩朝服都沒換便趕了過來。

杜氏給趙栩見了禮，少不得將明日笄禮的事又稟報了一遍。趙栩又細細問了東房設在哪裡，宮裡送去的釵冠、大袖長裙等服飾可都合適。杜氏都一一回稟了。

趙栩點頭道：「我們禮畢便回宮。有什麼不妥，只管和楚尚宮說。日後若是阿妧回去省親，你們一回生二回熟，置辦起來也方便。」

杜氏又驚又喜，趕緊謝恩。還未大婚，已想到了日後省親，可見皇帝待阿妧真是捧在手心裡含在嘴裡地愛重。

到了二十四這日，正式進入「年」裡，汴京家家戶戶祈禳，焚燒紙幣，誦道佛經，以送故迎新。往年九娘生日，正好碰上這大日子，孟建和程氏晚間在木樨院裡加菜添酒，便算是替她慶生。今年她許嫁而笄，有皇帝親自督辦笄禮，皇太后為正賓，孟府的笄禮帖子真正一帖難求，除非是孟府至親，滿京的內外命婦，只有一貫和向太后甚親厚的魯國大長公主獲邀觀禮。

三更，孟府上下便都換上祭服，往家廟祭祀。隨後孟在、孟建帶著小郎君們出府，往孟氏宗祠祭祀，趕在卯時前再回到府裡。

卯時三刻，三千紫袍禁軍已將翰林巷守得嚴嚴實實，沿途步障一直設到孟府家廟前，黃土鋪地，游龍般的燈火漸近，身穿藍襖黃裙的宮女們捧著一應器具魚貫而入。

家廟院中香案高設，設遊廊東邊的偏房為「東房」，東房外坐東朝西設了冠席。六娘細細檢查所有的衣冠櫛總❷後，將趙栩派人送來的冠笄、冠朵、九翬九鳳冠都以錦帕蒙好，放到冠席之上，再把裙背、大袖長裙等衣掛到冠席南邊的椸上，好讓觀禮的賓客們見到，一應首飾都陳列在服椸南邊的案上。尚書內省的三位女史盛裝靜立在旁。

孟建帶著七娘立於東房外的東階下等著迎接觀禮的賓客，不到辰時，各家至親好友便都齊聚在家廟外的廣場上，敘起了家常。因有了陳小五，陳青也一改往日冰山面孔，滿面春風，對前來問安

❶大次小次：次，謂幄也。大次小次意指帝王祭祀、諸侯朝覲時臨時休息的大、小篷帳。
❷櫛總：梳子、篦子的總稱。

的郎君們也和顏悅色起來。

孟彥弼一把揪住了陳太初和蘇昉，追著他倆問：「快說，你們給阿妧備了什麼賀禮！每年你們都送得比我好，真是惹人厭。」

蘇昉撫平被他弄皺的衣襟，笑道：「二郎你緊張什麼，今日我們誰還能比得過六郎不是？」

陳太初不禁也笑了：「我送了一匹小馬。寬之送的是妝奩箱。二郎你送的是什麼？」

孟彥弼大喜：「還是寬之好，我倆心有靈犀一點通！我先前去杭州，想著阿妧今年生日要送她些京裡見不著的好東西，便順手置辦了幾十盒西湖白氏的胭脂口脂和水粉——」

陳太初溫潤笑容下藏著揶揄：「其實你是討好二嫂，順便給阿妧捎的吧？」

孟彥弼給了他當胸一拳：「臭小子，你要是敢在六郎面前這麼說，可別怪我翻臉。」

蘇昉搖頭笑道：「惱羞成怒了你這是。太初，千萬記得讓二郎翻一翻臉。」

府外隱隱傳來一聲聲高唱，御駕到了。

趙栩在二門處棄輦改步行，前有孟在引路，身後跟著前來觀禮的張子厚。隨身侍從親衛不過四五十人，可謂精簡到了極限。

一眾人等行至家廟內，早有小黃門高聲宣唱，廣場上左側男賓，右側女賓，齊齊下拜行禮。東面臺階下的孟建趕緊示意西面臺階下的七娘一起上前迎駕。

七娘慌張中一瞥，深深拜了下去，轉眼趙栩已吩咐眾人免禮，大步進了向太后、陳素所在的大次。

原來這人也是會笑的。七娘跟著眾人慢慢站定，心裡酸澀得很，他笑起來真是好看，春光蕩漾，雲蒸霞煥，轉念不禁又自嘲起來，這般好看的人，若真是個書僮，她自然不會動心，自己果然有著程家人的勢利。

趙栩先去大次給向太后行了禮，見禮部和尚書內省將御座設在坐北朝南處，便笑著吩咐：「且把御座撤了，今日我是以表兄身份前來觀禮，怎可擋在家廟門前。」連自稱都從「吾」變成「我」。禮部的提舉官和次行尊者趕緊上前帶人一頓忙活。趙栩卻已走了出去，和孟彥弼、陳太初、蘇昉站在了一起，四人毫無君臣之分，自在地說說笑笑起來。

右側觀禮的女賓們連避嫌顧忌都不管了，眼睛根本捨不得看別處。

孟彥弼眯起眼笑嘻嘻：「太初送了阿妧一匹小馬，阿昉送了妝奩箱，我送的西湖白家胭脂水粉口脂。六郎你呢？快和哥哥說說。」

趙栩唇角微翹：「我沒有帶禮物來。」

孟彥弼一愣，小聲道：「要不我送水粉，胭脂和口脂算你送的？」

蘇昉笑了起來：「六郎都請出太后做笄禮的正賓了，還需要送什麼？」

孟彥弼恍然大悟，皺起眉頭搖頭歎氣道：「我說六郎啊，你把阿妧寵上了天，可想過也要給這汴京城的郎君們留一條活路啊。諾，我家娘子年後生日，我這小小的胭脂水粉怎麼送得出手？」

陳太初忍不住握拳抵唇低笑了兩聲道：「原來二哥也知道這胭脂水粉是小小的禮。」

孟彥弼抬手給了他一拳：「你該和我同仇敵愾才是。」

「吉時到——」

向太后步出大次，孟建恭恭敬敬地迎接她入主賓位，隨後請各位觀禮的賓客按次落座，眼看著趙栩泰然坐下了，孟建才鬆了一口氣坐在了主人位上。

「娘子行笄禮。」樂聲響起。

九娘身穿采衣采履，烏黑秀髮幾近垂地，在六娘的引導下出了東房。

向太后柔和的聲音響起：「令月吉日，始加元服。棄爾幼志，順爾成德。壽考綿鴻，以介景福。」初加祝詞完畢，向太后親自跪坐於席上為九娘梳頭加冠笄，起身回席時她看向男賓之中的趙栩，微笑著對他點了點頭。

六娘上前替九娘正笄，再扶起九娘。觀禮的賓客們一同起身稱賀。

九娘只來得及看到趙栩一眼，便被六娘帶回東房更換素衣襦裙，直到穿完襦裙依然忍不住眉眼彎彎，她伸手想要撫平臉上的笑意，卻被六娘一把拉住了手。

「笑得多好看，就算你臉上不笑，眼裡也藏不住。」六娘輕聲笑道：「你高興，六哥更高興，多好。誰說笄禮定要板著臉了？」

外頭樂聲起，九娘入了西邊的醴席面東而坐，跟著脫冠笄，向太后為她二加冠朵，再回東房換大袖長裙。待再卸冠朵三加九翬九鳳冠後，換了深青色鳳紋褕翟衣出來的九娘，下意識便往方才趙栩所在的位置看去，卻沒見到趙栩。

九娘一怔，腳下就慢了下來。六娘趕緊也慢了下來，阿妧她原先是不肯加九翬九鳳冠穿翟衣的，畢竟還未正式大婚，有逾制之嫌疑。尚書內省的尚宮們卻再三懇求，都說皇帝有口諭，當以皇后笄禮規格操辦，不可疏忽，又說這翟衣亦是皇帝親筆所畫式樣，萬忙之中還親自過問了裁剪刺繡細節，要九娘千萬要領官家的深情厚意。

這樣的心意，誰能不領？

向太后看著眼前的小娘子肌膚勝雪，顧盼神飛，忽地笑著讓出了正賓的位置。

九娘一眼便看見了趙栩。蘧之，是他給她取的字。莊周夢蝶，抑或蝶夢莊周，蘧蘧栩栩，他都不在意。他在意的從來只有她這個活生生的人。

趙栩含笑朗聲道：「歲日具吉，威儀孔時。昭告厥字，令德攸宜。表爾淑美，永保受之。可字曰蘧之。」

樂聲起，趙栩親自帶著九娘來到孟建身前，九娘深深拜下去，謝父母養育之恩。孟建頭暈眼花，坐立不安。皇帝這突然跑出來也太不合規矩了，可皇帝自己就是規矩，他也沒法子。

「事親以孝，接下以慈。和柔正順，恭儉謙儀。不溢不驕，毋詖毋欺。古訓是式，爾其守之。」

孟建背了幾十遍的訓辭說得毫無底氣。

九娘再拜：「兒雖不敏，敢不祗承！」

趙栩親自將九娘送到笄者席上，輕聲道：「酉時我來接你。」

九娘一呆。眾賓客已紛紛站起身來稱賀。

冬日裡天黑得早，木樨院裡程氏看著乳母餵飽了十四郎，接過來抱在懷裡，忍不住又親了親他的小臉，才心滿意足地抬起頭來。

「天寒地凍的，出去可得換件厚襖。」程氏叮囑了九娘一句，轉頭吩咐道：「梅姑，去把眉州送來的那個紅狐風帽拿出來給阿妧罷。也是我忙昏了，早該讓她送去你房裡的。」

九娘笑道：「多謝母親，母親懷著身子，我該早些來討才是正理。」

程氏點著頭正色道：「是這個理，你快好好想想，還缺什麼記得來同我說。」

七娘眨了眨眼，扯住程氏的袖子：「娘，我那白狐風帽頭上禿了一處，醜死了。」

程氏擰了她一把：「我前世欠了你的是不是？就知道討債。你看看這血燕可是阿妧孝敬我的，你拿什麼來孝敬我？」

七娘噎住了，氣得滾在程氏懷裡，卻蹭在她胸口溢出的奶水上，腦袋上就吃了程氏兩巴掌。

程氏吃了幾日回奶的藥，胸口漲痛之極，被七娘不知輕重地一撞，疼得眼淚直掉：「冤家哦——！你回來就為了專害你娘的？啊呀，就要到酉時了，阿妧你快去正屋裡等著，千萬別讓官家等你！」

九娘忍著笑福了一福，帶著惜蘭、玉簪等人退了出來。

木樨院各處燈火早已點上，簷下添了過年的一溜各色走馬燈，要一直掛到元宵，九娘一進院子，就看見趙栩正負手仰頭看著廊下的一盞花燈。

旁邊的孟建見九娘來了，鬆了一口氣，他哪裡像泰山了，簡直是被泰山壓頂。官家說話他出汗，官家不開口他更加出汗，臘月寒冬都快被他熱成了三伏天。

趙栩轉過頭來，見九娘穿著冬至祭禮那日他送的大氅，戴了一頂大紅的狐狸風帽，便笑道：「這頂風帽倒是暖和，卻要配朱色或雪色的大氅才好，還是戴我拿來的這個罷。」

成墨趕緊將手中的包袱遞給惜蘭。

孟建給惜蘭使眼色，惜蘭展開來看，卻是和九娘身上大氅的同色風帽，面料花紋全都一樣，裡頭也縫了狐裘，輕暖柔軟也不顯眼。

九娘抿唇笑了：「吳郎上流，安得效此？❸我外家是商賈之家，不在意這毛裘外露的鄙俗。讓六哥見笑了。」

趙栩聽她借用散騎常侍徐鉉訓斥女婿披裘的名言自嘲，不由得大笑起來。

馬車緩緩駛出翰林巷，九娘好奇地掀開車簾一角：「六哥要帶我去哪裡？」

趙栩笑道：「我有份禮要送給你。」

「原來這不是禮嗎？」九娘揚了揚眉，納悶地看向掛在車廂壁上的風帽。

趙栩倒一愣：「這算什麼禮？」

---

❸ 吳郎上流，安得效此？：唐宋時期，漢族的上流社把外穿裘皮視作粗俗無禮。徐鉉為南唐重臣，歸宋後任了散騎常侍，看到女婿穿了裘衣，用這句話斥責他。宋朝服飾的裘都是縫在錦羅裡的。

九娘忍不住問：「那什麼才算是禮呢？」

趙栩想了想，伸出手點了點她髮髻上的喜鵲登梅釵：「這個可算一樣。」

九娘瞪圓了眼：「這件大氅呢？」

趙栩搖搖頭：「這些吃的穿的，只是一眼覺得合適你或是你會喜歡，便覺得都該是你的。本該就是你的東西，又怎麼算是禮？不能算。」

這歪理，九娘聞所未聞。

「你當初把我做的黃胖送給寬之的時候，可想過那是『禮』？」趙栩側目而視，冷哼了一聲。

九娘搖搖頭，坦然承認道：「不曾，就覺得適合他，他會喜歡。若是他拿著會笑一笑，我就高興極了。」

「那不就是了。」趙栩酸溜溜地道。

九娘再仔細看他眼中，還真有兩份酸意，不由得抿唇笑了，輕輕挪了挪膝蓋，側身往趙栩胳膊上靠了靠：「今日我累得厲害，下午也沒睡成，好睏，借我靠一靠罷。」

趙栩胳膊上的肌肉立刻硬了起來又放鬆下去，嘴上卻軟和得不行：「靠兩靠都使得，你儘管靠。」有些招數看起來百試百靈，儘管拿來用。

「那我就等著醒過來看六哥的禮物。」九娘輕輕合上眼。

第三百四十五章

趙栩微微側過頭，低頭看著靠在自己胳膊上的九娘，見她濃密的眼睫輕顫了幾下便如蝶歇花蕊，人也重了不少，竟真的睡著了。

三更不到就起身，笄禮繁複，衣裳就換了三套，肯定累壞了。趙栩默默看了她片刻，拿過她一隻小手握在掌心裡，入手滑膩柔軟，暖暖的，忍不住低頭在她額上偷了一口香，刻意放低了肩膀，讓她下頜枕在自己肩窩裡。九娘在他肩窩裡蹭了蹭，睫毛動了動，舒舒服服地接著睡。

她如今倒不防著他行不軌之舉了，趙栩暗暗反省自己最近難得的幾次見面是不是太正經了些，既未動口也未動手。頸側皮膚被她鼻息熏著，起了一片細密的小疙瘩，又癢又麻。略一垂眸，她嫣紅的唇就躍入眼中，唇弓的那抹優美曲線像鉤子一樣，鉤得他心裡也又癢又麻。車廂內似乎越來越熱，伽南香也越發濃鬱起來，一旦動了歪心思，不免就心猿意馬起來，怕吵醒了她又不敢造次，硬生生逼出了他一頭一身的汗。趙栩輕歎了兩口氣，硬生生壓下翻騰不已的綺念，拿起一旁的書看了起來。

九娘一覺醒來，恍然不知身在何處，抬起頭，險些撞在了趙栩的臉上，呆了一呆。

趙栩見平日靈動無比的人兒因剛剛醒來有些懵懂呆滯，卻見她一側臉頰在自己衣襟上竟壓出了隱約的竹葉紋，不由得笑出聲來，伸手輕輕撫了撫那壓痕：「這可好，算是刻上了我的記號。」隨即偏過頭在她臉頰上輕輕一吻。

九娘陡然被他輕薄了去，回過神來，伸手摸了摸臉頰，瞪了趙栩一眼：「到了多久了，你怎地也不叫醒我？」

趙栩笑道：「那該多難受啊，也才到了半個時辰而已。」他取出懷中的帕子，替九娘印了印有些微濕的鬢角：「車裡熱，仔細出去吹到風著涼。」她睡得安然無汗，這鬢角應是被他的汗浸濕了。

九娘這才留意到趙栩肩窩裡有一處顏色深了許多，眨眨眼臉上更燙了。

成墨聽到車內金鈴響了，趕緊躬身開了車廂門，打起車簾。

九娘將風帽拉了拉，掩住那留著竹葉紋壓痕的臉頰，下了車看了看四周。「金明池？」九娘扭過頭看向趙栩，吃驚不已。金明池歷來入冬閉池，三月初一才再開池。

燈火輝映，不遠處朱漆欄杆若飛虹之狀的橋面，正是金明池的仙橋。冬日池水近岸處的薄冰泛著銀光，池中央卻依然波光粼粼，隱約可見橋盡頭寶津殿百丈餘寬的暗影黑沉沉的。一輪殘月懸在空中，脈脈離雲嶠，娟娟傍畫簷。

趙栩笑著朝成墨點了點頭，攜了她往仙橋上慢慢行去：「這也算是一份禮罷。」

兩人剛剛上了仙橋不久，身後猛然傳來砰的一聲響，九娘回頭一望，空中煙火炸了開來，在仙橋上頭開出一朵燦爛的白色牡丹花，流光四溢，金明池中便也開出了一朵牡丹來。

九娘倚欄佇立，看著空中絲絲點點流光，再看著那流光飛舞撲入水面，握緊了趙栩的手。想告訴他，這禮她十分喜歡，但還沒來得及開口，盡頭的寶津樓最高處陡然亮起一排燈火，樓臺之上響聲不絕，火樹銀花，翠倚紫雲，移下一天星斗，空中焰火璀璨，水中璀璨焰火，美不勝收，足足一刻鐘才停了下來。

方紹樸走到成墨身邊，看著遠處仙橋高處兩個依偎在一起的身影，飄然若仙，不由得緊了緊身上的大氅，歎了口氣。有情不僅飲水就能飽，看來還耐凍。

池面驟然暗了下去，寶津樓上只剩下樓臺一角還亮著微光，跟著一縷笛音悠揚飄來。

趙栩摘下仙橋欄杆上一盞宮燈，牽著九娘往寶津樓而行，九娘側耳傾聽，笛聲吹奏的是一曲〈賀芳辰〉。

寶津樓前昔日諸軍呈百戲的廣場上空無一人，只有一團昏黃光暈牽著兩道細長黑影緩緩前移。幼時來金明池觀百戲的種種浮上心頭。

她墜池入水，在水中他朝自己伸出手來。

原來命運那時候就把她交給了他，可她懵然無知，只將他看成一個外冷內熱的好孩子，連「表哥」都沒排個號給他。

好孩子趙栩捏了捏她的手：「寶津樓上備了烤羊羔，還有鮮魚鍋，鵪子羹也有。」

方才焰火層疊映月華，笛聲悠揚飛九天，轉眼怎麼扯到煙火氣十足的烤羊鮮魚這些吃食上頭了，九娘不禁失笑：「你不怕以後我又變成胖冬瓜？對了，你送我的那個金漆文竹冬瓜盒可還在呢。」

「長胖些才好，現在還是太瘦了些。」趙栩臉上一熱，側頭看了身邊人兒一眼，手指動了動，握得更緊。她自然是該瘦的瘦該有肉的也有許多肉，但還是再圓潤一點好——日後才經得起他折騰。不過他可不是為了那種事希望她胖一些。能吃是福，阿妧要有多多的福才好。

九娘哪知道一念間身邊的郎君已衣冠禽獸又禽獸衣冠了一番，笑道：「慈姑說我以往吃得多，因為要抽條長個子，今年入了冬，反而吃一點就覺得飽了。不知道是不是不會再長高了。」她靠了靠趙栩的胳膊，抬起頭比了一比，很是遺憾：「你比我高出這許多，何況你還能再長高呢。」

趙栩垂眸看著她，唇角翹了起來：「這樣極好。在你面前我樂意低頭。」頭一低，就在她鼻尖上啄了一口。

九娘一個趔趄，歪在他身上。這臉皮比城牆還厚的六郎又回來了，說情話的本事也越來越高，不過這樣一語雙關的情話，她愛聽。

「我也能踮腳的。」

低不可聞的一句話嬌嬌嫩嫩，含糊其辭，隨風飄入趙栩耳中。他手中的燈籠抖了兩抖。

「口說無憑。」

剛走上仙橋中心最高處的成墨等人，見前頭那團暖暖光暈忽地停了下來，兩個身影已融成了一個，趕緊紛紛肅立垂首如鵪鶉，盯著橋面上的精緻浮雕。只有方紹樸歎了口氣，這都過了戌時了，官家你就不能先填飽肚子再談情說愛嗎？這有情飲水飽，看來飲口水更容易飽，只可憐他們這些人又冷又餓，還要眼睜睜看著官家旁若無人地恩愛個沒完沒了。

寶津樓內重重帷幔低垂，一團光暈緩緩而上。兩人才到了二樓，撲面而來一股烤羊的香味，十分特別亦十分熟悉。

「炭張家？」九娘訝然。她還以為是宮中的御廚在這裡。

趙栩笑著朗聲吩咐：「亮燈罷。」

上面驟然光華大放，人聲鼎沸起來。鑼鼓聲、歌聲、叫賣聲此起彼伏。九娘疑似回到了汴京最熱鬧的街市之中。走到最上一層，九娘不禁轉頭看向趙栩，又看向這高臺上，眼睛被大放異彩的各色花燈刺得發酸，脹痛不已。

「六郎？」

寶津樓最高之處各色花燈環繞，熱鬧非凡，雖無諸軍百戲，可那百戲人物都變成了紙燈，懸在兩側高竿上，隨風擺動。

這竟是個從天而降的元宵燈會。兩側廊下是京中最有名的奇人異士，正熱火朝天地演著歌舞百戲，趙野人倒吃冷淘，張九哥口吞鐵劍，李外寧藥法傀儡。還有那雜技雜劇，小曹嵇琴，黨千簫管。空地處猴子凌空翻滾，魚躍刀門，無一不是正月十五元宵節宣德樓前御街兩廊下的正主兒。炭張家的烤羊飄香，宋嫂魚的鮮魚沸騰，還有鹿家包子的布旗下鱔魚包子熱氣四散，凌娘子的餛飩雪白誘人，更有那州橋夜市諸多小吃攤販，賣著鮮花、乾果、各色點心，還有那各色酒水酒香四溢。

最中心處的燈山金碧輝煌錦繡交輝，右邊是元宵燈會上最有名的雙龍戲珠，熠熠生輝。左邊的文殊跨獅子，普賢騎白象，緩緩揮動的手指間射出水花。巨型轆轤緩緩轉動，早已將水絞上燈山上頭的木櫃。見趙栩和九娘上來，櫃門一開，燈山上便多了一道瀑布流光溢彩。

瀑布轟然而下，場中眾人均停了下來，齊齊高聲唱道：「恭祝聖人芳齡永繼，萬福金安——」

「初十立春開始我便要忙了，十四要去五嶽觀，元宵又要宣德樓與民同樂，只能先在這裡陪一陪你。」趙栩笑道：「你要先吃哪樣？」

成墨和方紹樸等人疾步上了樓，見官家正坐在炭張家那邊，拉弓舞劍的一雙手，正右手銀刀快得只見幻影，一條條大小厚薄均勻的羊羔肉落入他左手溫熱的銀盤中。

唉，切個羊肉也要這麼好看，笑得這麼騷包。方紹樸上前行禮，心裡呵呵呵。

九娘抬頭見到是方紹樸來了，笑著朝他招了招手：「許久不見方大哥了。」

「獨樂樂不如眾樂樂。」趙栩瞥了方紹樸一眼：「人多一些才有元宵過節的氛圍。」他將銀盤放到她面前：「嘗嘗，可要再加些胡椒和夏鹽？」

方紹樸躬身道：「多謝陛下體恤微臣——」肚子咕嚕嚕響了起來。

九娘將面前的銀盤朝自己靠了靠，笑道：「方大哥快去吃，別忘記也需付錢哦。」

方紹樸看著她纖纖小手攏住那銀盤，幽怨地看了皇帝一眼，近墨者黑，原先那麼大方豪爽的九娘子，竟然護起食來了，簡直！

九娘朝方紹樸眨了眨眼。她可不是護食，而是護著六郎的心意。

又過了兩刻鐘，蘇昉三兄弟和陳太初三兄弟突然登上了寶津樓。九娘又驚又喜，趕緊在炭張家又要了一隻烤羊、三罈水酒。等肩膀上扛著孟忠厚的孟彥弼帶著十一郎等孟家子弟來的時候，九娘心花怒放，扯著趙栩的袖子問：「這也是禮嗎？我可怎麼還禮給你呢？」

很快就要到趙栩的生辰了，還有他要行冠禮了。九娘心底軟乎乎的，也有一絲著急，她準備的生辰禮，好像很不夠看。

趙栩將她手上的酒盞奪下來，換了一杯果酒給她，笑著指了指入口處剛來的一群人：「他們都是來吃你的生日酒的，算什麼禮？若要算，那兩人倒算是一宗禮。」

陳再初和陳又初兄弟兩個已經大呼小叫起來：「章大哥——這邊這邊！快帶大嫂來這邊——」

九娘瞪圓了眼，陳青夫妻抱著陳小五正走了過來，身後跟著福田院一些身康體健的老人們，還有慈幼局的孩子們，孩子們均高興得不行，已經捏著陳青夫婦給的紅封袋在場中雀躍奔走起來。而站在魏氏身邊的女子抬手摘下帷帽，竟是六娘。

九娘霍地站了起來飛奔過去：「六姊——！」

抱著陳小五的陳青抬腿就給了身旁章叔夜一腳：「還不快點帶阿嬋過去。」

六娘紅著臉，眼風掠過那一側臉更紅的章叔夜，握住九娘溫熱的小手低聲笑道：「壞阿妧，也不早說，嚇了我一跳，表叔、表嬸忽地來家中接我出來，你可少喝幾杯罷。」她看看四周，感歎道：「天下竟有六哥這樣送生辰禮的，真是聞所未聞。」

九娘笑得腮幫子都疼了，趁著酒意毫無顧忌地扯過一旁高大挺拔的郎君，將六娘的手放到章叔夜手中：「叔夜！記得我六姊不能吃辣，最愛看傀儡戲——」

「阿妧——！」

趙淺予喘著氣一把摟住九娘：「六哥最壞了，非要我帶著十五郎來，要不是他磨磨蹭蹭的，我早就到了！」

趙栩翻了個白眼：「也不知道是誰為了見什麼表哥，衣裳換了一套又一套，首飾換了一個又一個——」

轉頭捂住趙栩小嘴的趙淺予，飛速往熱鬧的場地中瞄了一眼，威脅到：「那些吃的可都是要錢的！」

沒帶荷包錢袋的趙栩掙脫開她的手，不屑地飛了趙淺予一眼，拉住九娘的袖子：「六嫂，我餓。我想和表哥們坐在一起。」

九娘笑著牽住他和阿予的手：「走，一同去。」

趙淺予的臉騰地變成了煮熟的蝦子，扭捏起來：「我——我還是陪著舅母和小五罷。」

陳青卻已把陳小五塞入章叔夜懷裡：「叔夜，阿嬋，替我們照顧好小五，她可以喝些甜粥。阿予，你和十五郎跟著阿妧去玩。」

魏氏紅著臉悄悄擰了陳青後腰一把，在孩子們面前這般，真是輕狂。

陳青反手牽住妻子，往那人少的花燈下走去，也不管身後傳來的哄笑尖叫聲。

章叔夜手足無措地捧著一個勁撲騰的小五，再看九娘她們已走遠了，不由得看向六娘：「沒想到奶娃娃的力氣還不小。」

六娘伸出手接過軟糯糯的小五：「我來抱。」兩人手臂相觸，都頓了一頓，臉更紅了。

「我們帶小五去吃甜粥可好？」六娘指了指不遠處的粥婆婆布旗：「周婆婆家的紅豆沙甜粥不稠不稀，小五肯定愛吃。」

章叔夜忽地福至心頭：「你抱著她，我餵你們吃。」

寶津樓上熱鬧非凡，到了巳正時分，一葉扁舟無聲地離開了碼頭，蕩入金明池中，往池中的一輪殘月越靠越近。

九娘推開窗子，還能看見寶津樓樓臺之上，飛舞著的百戲紙燈，宛如神仙，歌聲樂聲嬉鬧聲飄至湖面，不見了大半。寒風一吹，她醉意更濃，摸一摸臉頰，那竹葉紋早褪了，滾燙的。

遠離那些塵世繁華，池水起伏中又只剩下她和他兩個人，九娘站起身，走了兩步，呆呆看著面前執長篙的趙栩。

寬袖鼓風，衣袂翻飛，翩然若仙。這樣的無雙郎君，卻是她孟妧的。

趙栩心有所感，轉過頭來微微一笑，擱下長篙，探手入懷。

淡淡月華下，瑩瑩池水上，一朵白玉牡丹，開在他手心裡。

沙棠舟，小棹游。池水澄澄人影浮。沒了長篙，小船隨池水微微起伏蕩漾著，水面上兩條人影越來越近。

九娘解下風帽，身後艙內的琉璃燈將她纖細輪廓鍍了一道柔柔黃暈。

趙栩伸手扶穩了她，兩人靜立船頭，目光纏綿交織在一處，低頭的眉眼含春，抬頭的愛意無限，誰也沒有驚動這殘月凝碧。

九娘紅著臉微微側過頭，今日她特意只用了喜鵲登梅釵，雲髻上別無飾物。那曾經被她三次退拒的白玉牡丹釵，不知道會不會怨她。

趙栩卻低頭在她鬢角輕啄了一口，鬆開她後退一步，深揖一禮：「吾心悅阿妧已久，唯願與你攜手相將，白首到老。乞阿妧不辭辛勞，為吾生兒育女，為吾治理後廷。大趙後宮，吾在位期間永不納妃，永不選秀。若無子嗣，吾將立十五弟為皇太弟，繼承祖宗江山。」

「六郎——」九娘一震。

趙栩又是一揖：「乞阿妧為我妻，為吾之皇后，為我大趙一國之母。」

九娘淚眼朦朧，卻不願眨眼。

眼前的郎君皚如山上雪，皎若雲間月，情深似海，磐石不移。

九娘深深吸了口氣，雙手平舉齊眉，躬身還了一個深揖禮，柔聲道：「不敢請耳，固所願也。此生能與六郎相守，妧之幸。」

她會愛他慕他，知他信他，尊他敬他。願以餘生來證。

趙栩手腕抬處，喜鵲登梅釵落入袖中。

九娘輕呼了一聲，烏黑亮澤的秀髮已墜了下來，在月華下如一道瀑布，鋪滿她肩頭後背，幾近垂至船板上。

「來，我替你綰髮插釵。」趙栩微微笑，以後他還要替她描眉畫鈿。

趙栩以手指作梳，將垂在九娘臉頰旁的烏髮攏至耳後，卻見她瑩玉可愛的耳朵紅得厲害。除了水聲輕拍在船體上，似乎還能聽到她心跳得極快。

九娘福了一福，背轉過身，緩緩跪坐於趙栩身前，長髮委地，披散於如花瓣散開的深青色大氅之上，瑩瑩生輝，宛如白天笄禮初加時模樣。她微微側過臉，看向趙栩輕笑道：「有勞六郎。」

趙栩舒出一口氣，坦承自己的小心思：「阿妧你這一眼，若是看向旁人的，我大概連殺人的心都有了。」

九娘抬起眼看向他抿唇輕笑：「可再美也美不過那位燕王殿下。」

趙栩一怔，不禁大笑起來：「幾年前那句三分姿色，你是要牢記一輩子嗎？」他一撩大氅下襬，跪坐於九娘身後，雙臂環攏將她摟入懷中，埋首於她肩上深深吸了口氣，湊到她耳邊輕聲問：「不過你這般小氣也好，我認罰，是要打還是罵？」他沿著那秀致又紅得發燙的耳廓輕啄過去，含著笑模糊不清地嘀咕了一句：「打是親，罵是愛。我都喜歡。」

九娘心裡想要避開那惱人的唇舌，奈何身嬌體軟，動彈不得，被攏在他氣息間，頭暈目眩。

「你先鬆開我，君子動口不動手——」九娘嘟囔著抗議。這人方才說得那麼正經，片刻間就化身為禽獸，她連一點準備也沒有。

趙栩揚了揚眉，含著那極可愛的耳珠吮了一口：「我是在動口啊。不過我寧願做個小人。」他忍著笑，手已在她腰間遊走起來。

九娘被他打蛇隨棍上攪得意亂神迷，軟倒在他懷中，耳中全是他溫熱呼吸，耳珠也被這厚顏無恥之徒輾轉含弄，她掙扎著伸手去掰那在自己腰間作祟的大手，不經意被牡丹釵尾刮刺了一下，輕嘶了一聲。

趙栩一停，捉起她小手，見她手指上一點血珠殷紅，便直接含入口中吸了幾口：「疼得厲害嗎？」他忍了許多日子了，感覺自己像那爆竹，略一點火就要炸，忍著疼，不忍也疼。

「你——你是小狗不成？」九娘氣急羞急，手指卻僵著一動也不敢動。

趙栩鬆開她，笑著親了親那傷處，又親了親九娘的鬢角，柔聲道：「不是小狗是大狗。若是髮髻綰得不好，你再一起罰我罷。」他將牡丹釵橫轉，口中銜了長長釵身，那牡丹綻放在他臉頰邊，國色無雙，一雙手已挽起那烏青瀑布，修長手指穿插翻飛，頃刻間已挽了一個峨峨雲髻。

九娘正驚訝於他手下輕柔，頭上一重，牡丹釵斜斜插入，人已被趙栩輕扶著站了起來。

趙栩目光灼灼，盯得九娘面紅耳赤，被他含過的手指和耳珠都麻麻的。九娘垂眸從懷中取出一樣物事：「這個還請六郎收好。」

一顆小乳牙墜在鮮豔紅繩下，搖搖晃晃。

趙栩手指摩挲了兩下那溫熱的小牙，低頭笑道：「你替我戴。」

九娘踮起腳尖，小心地避免紅繩勾到他髮冠上。池水中倒影卻好像她勾住了趙栩的頭頸，有送吻之嫌。

趙栩垂眸看著她，強行克制著要恣意肆虐她唇舌的念頭，只輕輕蹭了蹭她的鼻尖，長歎道：「唉——還要等一百零七天，期間還見不到你，做皇帝也這般不如意，真正無趣。」

九娘抬起頭，見月已過中天，調皮地笑道：「已經過了子時，只剩一百零六天了。」

「來，馬無夜草不肥，我陪你到艙裡用些點心。」趙栩拋下滿心的綺思，牽了她往艙裡走。

九娘不依：「誰是馬兒啊？」

趙栩側過頭，眉梢眼角都笑得別有意味：「我是，我才是。」

九娘心念一轉，不知怎麼，尚書內省司寢女史送來的避火冊子裡有幾幅圖忽地在腦中閃過，她臉唰地又紅了。這壞人笑得如此「淫蕩」，還說他自己是馬兒，一定是她神魂顛倒才會胡思亂想……

胸前忽地多出一雙手來，九娘嚇了一跳。

「艙內炭盆火足，來，脫了大氅。」趙栩無辜地眨眼。若是阿妧沒有想歪，他就不姓趙。

九娘努力集中精神不再想那些不該想的：「可我方才已經吃過許多了。」

趙栩笑著揭開蓋盅：「一碗浮圓子而已，團團圓圓取個意頭，我倆分著吃。」

桂花蜜香撲鼻而來，圓滾滾的六隻浮圓子不大不小，雪白粉嫩，半透明的藕粉糖水漂浮著幾顆朱紅枸杞，金黃丹桂。那桂花蜜的味道十分熟悉。

「你今年不曾釀桂花蜜，這是會寧閣裡藏著的兩罈子。」趙栩笑盈盈取了玉匙給她：「凌娘子的手藝，嘗嘗。」

九娘舀起一匙，輕輕咬開一個小口，笑道：「是紅豆沙餡的，已經不怎麼燙了。」

趙栩湊過頭來：「我嘗一口看看。」

九娘還沒來得及反應，她咬過一口的那個浮圓子已經落入了趙栩口中。

九娘看看手中玉匙，強作鎮定地又舀了一個，猶豫著是要一口吞下去還是若無其事地繼續先咬上一口。

趙栩笑盈盈地看著她，心中大樂。還有什麼比逗弄阿妧更有趣呢，只是她強做鎮定的模樣太過誘人，若不接著欺負她，實在可惜。

「這個我先嘗。」

九娘腦中被什麼糊住了似的，眼睜睜看著自己的手被拉到趙栩唇邊，圓子就被趙栩咬走了一半。

「這個是芝麻餡的，很香。」趙栩將玉匙推到九娘嘴邊：「這一半給你。」

九娘眨眨眼，身不由己地張開了嘴。囫圇吞下後，芝麻餡是什麼味道，她沒來得及細察，只知道很甜很甜。

趙栩笑著伸出手指在她唇角摩挲：「沾到芝麻了。」

九娘看著他把手指放入口中吮了一下，腦中轟地就翻騰起來。

「你也沾到了——」九娘低聲道。聲音似乎從船艙外傳來的，她自己都恍惚起來。

趙栩揚了揚眉，舌尖輕捲，在自己唇角打了個轉，桃花眼瀲灩，眼角春盎然。

吃完第六個圓子，九娘已滿身是汗，紅著臉擱下玉匙，想了一想不禁笑道：「無賴，你故意這般，有以色誘我之嫌。」

趙栩卻蹙起眉頭：「我看是你覬覦我美色已久，才會見色是色。」

九娘瞠目結舌。

趙栩一本正經地道：「但既然你如此期待，等大婚那日，我定傾盡全力，認真色誘。」

「趙栩——！」

池水被驟然震動的小船攪出許多波紋。

寶津樓上依然笙歌不斷，花燈流轉。孩童笑鬧不絕，划拳喝酒的也盡情暢快，陳小五睏極了，躺在章叔夜懷裡睡得很安穩。六娘輕輕給她掩緊了小披風，柔聲問章叔夜：「章大哥一直在照顧我們，可要吃些什麼？我去買。」

章叔夜雙眼一亮：「請買兩個鱔魚包子。鹿家的鱔魚包子會帶來好事。」

六娘一愣，笑著點了點頭。原來他也知道這句話，想來也是阿妧告訴他的吧。不知他想要得到的好事，又是什麼。買好包子，六娘緊緊握著手中的油紙，看著不遠處那高大英挺的身影，心亂如麻。

樓臺的另一端，吹笛人早已離去。趙淺予抱著孔明燈，有些緊張：「阿昉哥哥，今夜沒什麼風，這燈可飄得起來？」

蘇昉看向遠方金明池中隱隱約約的一葉扁舟，笑道：「自然能飛得高高的遠遠的。來，我幫你。」

殘月下，一盞孔明燈緩緩升起，往池中央飄去，悠悠蕩蕩，越來越高。

趙淺予雙手合十，凝視著那遠去的燈火：「阿昉哥哥，以後你還能幫我做孔明燈嗎？」

蘇昉心中突地一跳，想起九娘曾經提起的事，臉上一熱：「能。」

趙淺予大喜，轉過頭來掰起手指：「我要做上許多盞，許上許多願。」

看著她笑顏如花，蘇昉點點頭：「好。」他正好也要做上許多盞，但他的心願，已經實現了。娘說得對，一個男子，若能濟世安民，固然了不起，可若能令身邊的人平安喜樂，同樣了不起。眼前的少女，他見過她流淚，見過她彷徨無助，見過她強作笑顏，她還有多少心願，他想知道。

長篙劃過水面，小舟緩緩歸來。催促年光，舊來流水知何處。怎忘得，樓臺上，攜手處，燈明人醉。

第三百四十六章

檀香燃盡，餘味猶存。長明燈仍長明，故人心卻已不同於往昔。

每年張子厚要來開寶寺三次，她的生辰，她的死忌，他的清明節。每次來都加一盞長明燈，如今已然一片燈海。

他所供的長明燈，燈幡上均不寫蘇家婦，而寫王家女。

今夜的寶津樓，會是何等的熱鬧，她又將會多麼高興，無需多想，他都替她高興。方才在鐵塔最高處，他親眼看著金明池那邊的煙火，足足耀眼了一刻鐘。京城裡士庶百姓也都跟著一飽眼福了。

他知道官家愛重她，視她如珠似寶，放在心尖尖上頭，可他也沒料到官家能愛她愛到這種程度。原來這世上，竟有人比他更懂她，更愛她，毫無顧忌地讓天下人知道她有多寶貴。欣慰之下，還是有一絲惆悵在。他終究不是聖人，只是小人。

「相公。」

張子厚回過神來，淡淡看了身側行禮的兩個舊日大理寺的下屬：「說。」

「禮部劉尚書並無不妥，但左侍郎羅與義的兒子羅嘉偉在翰林院，原先是孟仲然的學生，也在先帝御前做過侍讀，此人和那幾家的郎君頗有深交。」

張子厚冷哼了一聲，揚了揚眉毛：「劉奉世這新官上任的三把火沒燒起來，禮部的猴子要稱大王呢。」

「屬下細細檢閱了往日大理寺所存的暗檔，羅嘉偉曾於舊年在樊樓召過樂伎，還有過將翰林院累年的廢文書賣了的事。不過翰林院清苦，不少學士都會將廢舊文書暗地發賣換些酒錢。」

張子厚負手來回踱了幾步。劉奉世出身寒門，年過半甲，氣勢不足，壓不住或不願壓兩個侍郎，這幾個月來他們膽子越來越大，手都要伸到官家枕頭邊了。那些個勳貴世家，上趕著送女兒孫女入宮，還覺得自己在為國分憂為君分憂呢。

官家一個月前就已經駁回了納妃和選秀的上書，他們竟然還不死心。太后、皇帝、宗室都不發話，他們倒籌劃起選秀一事來了，豬油蒙了心難怪會眼瞎。今上何時在意過所謂的祖宗舊例。最可笑的竟然提議為保日後皇后賢慧有德之名，應先冊封幾位妃嬪，好讓天下人安心。

見皇帝請出皇太后做九娘的笄禮正賓，就拿九娘和阮玉真比？放屁，三千寵愛在一身在他們眼裡就是不合規矩。待要塞女人入後宮，又拿太皇太后的寬宏賢德來要九娘效仿。這幫狗東西！

「過了年，讓梁中淳彈劾羅嘉偉，就拿這兩件事做文章，務必要把羅與義扯下水。」張子厚輕笑道：「那位被禮部盛讚的賢德娘子萬氏，少不得也要照顧一二，她可真有位好娘親。」

「萬娘子之母，乃是朱大學士之女——」

朱大學士，正是罷相還不足一年的朱相朱綸。萬娘子正是朱綸的外孫女。

張子厚點了點頭：「派人去矩州查一查，當年萬伸去了矩州一年，就因為生母病故才丁憂回京的，後來便進了兵部。我記得坊間有傳說是朱氏不滿矩州貧苦，害死了婆母以求回京。後來朱綸大發雷霆，還抓了好幾個說書人。」

空穴來風，未必沒有道理。他當年做事，就喜歡這些坊間小道消息，誰知道哪一天會變成誰頭上的一把斷頭刀。

「是，小人這就親自去。」

「若是有了證據，記得藏起來一些。好讓朱綸一黨能上書保奏萬伸，摻和的人越多越好。」

如今變法方始，已經暗流湧動。來年的賦稅變法，各地豪族再也無法隱瞞土地和隱戶，必然阻力更甚，若能趁此把朱綸拿下，屆時也少了不少掣肘。張子厚在心底把這次西京、東京制科殿試的一甲仔細過了一遍，可用之人委實不少，再念及武舉恩科，便想起了章叔夜。

兩個下屬躬身應了，半晌不見他有吩咐，正待告退，卻聽他淡然問道：「給洛陽蘇留守的信可送出去了？」

「昨夜快馬加鞭出城的，明日午時前定能送到。請相公放心。」

不遠處傳來禪院鐘樓的鐘聲。

章叔夜求官家給他和孟氏六娘賜婚，這也是一件為難事。原本幾次大赦，便能留下孟存一命。但為了章叔夜的前程，孟存卻應該向死才好。孟氏畢竟有個偽帝之妻的名頭，縱使宗室絕口不提，服孝三年也有利於世人淡忘此事，免得被人拿來攻擊九娘和官家。

蘇瞻這廝一貫擅長揣摩聖意，收到他的信若還沒動靜，就不是蘇瞻了。若能這般連環收尾，倒是好事。張子厚唇角微微翹了起來，這個年，總有人稱心如意，有人生死一線，還有人即將大禍臨頭。

但事事皆有因，種瓜得瓜，種豆得豆，怨不得人。至於他自己，從來不懼善惡之報，無妻無子無所牽掛。

洛陽連續下了幾日的雪，入了年，各衙門封印封庫，連著牢獄也寬鬆了不少，獄卒在夜裡也敢偷偷喝上幾杯熱酒，說些閒話。

蘇瞻銳意變法，成效卓著，早已寫信回京言明留在洛陽過年，卻只收到老夫人和蘇矚的回信，蘇昉一字半語都無。他在二府和大內也算耳聰目明，蘇昉尚主一事，先帝尚在時就已經流傳過一陣子，臨到年關，宮中又傳出這樣的話，不免讓他多想，權衡利弊後，他只當作不知。

大理寺因張氏和小皇孫之案，在宮城前殿和後廷之間設了詔獄，收押著相關人犯。孟存乃正三品文官，刑不上士大夫，雖已斷案，但京中還未審刑完畢，依然享有相應柴炭冬衣的供應，牢房之中乾乾淨淨，並無異味。

值夜的胥吏見到蘇瞻，趕緊躬身行禮問安，取了鑰匙打開牢房。

面壁而坐的孟存，形容消瘦，卻依然面容整潔，一身皂色直裰穿了一天也無幾條折痕皺褶，見蘇瞻夜探詔獄，孟存站起身拱手道：「和重兄深夜來訪，有何貴幹？」

蘇瞻在牢房裡轉了兩圈，待隨從引著詔獄胥吏、獄卒退得遠遠的，才歎了口氣：「京中有信，章叔夜章將軍求陛下賜婚，欲求娶孟氏六娘為妻。」

孟存一怔，忽地笑了起來，笑得渾身顫抖不止。

蘇瞻神情毫無波動，靜靜看著他。孟仲然也是極精明的人，否則張子厚不至於抓不到他的把柄。「張子厚派人送了信來，陛下已經允了。」蘇瞻提到張子厚三個字時，語氣毫無起伏。

孟存站了起來，在窄小的牢中來回走了幾步，胸口一把火燒得他又急又怒。他明明是有了活路的，難不成要因為阿嬋的婚事反只剩下死路一條？

「是陛下的意思，還是張子厚的意思？」孟存面上有些扭曲：「亦或，是和重你的意思？」

蘇瞻也不躲避他的目光：「張相為君分憂，乃我等臣子之楷模。」

孟存死死盯著他半晌，忽地笑了起來：「張氏自掘墳墓，和重你非要把這筆爛帳算在我身上。何必用張子厚做藉口？你和他因王九娘結怨，如今他深得官家之心，你幫著他逼死我，我的今日，便是你的明日。」

蘇瞻緩緩搖了搖頭：「蘇孟兩家，也算姻親。自仲然你入獄，我可為難過你半分？蕊珠之死，已有大理寺審理完畢。若我有這等私心，只需斷了炭，你還能這般站得好好的指責我嗎？」

孟存哈哈大笑起來：「到了這個時候，蘇和重你還要掛著君子的名頭放不下身段？阮玉郎那般看不起你，真有幾分道理。」

蘇瞻微笑著拂了拂大氅的寬袖：「仲然終於自己承認和阮玉郎勾結了。蕊珠所言非虛，阮眉娘竟會有手段偷樑換柱，把你和孟叔常調了個包，看來孟老侯爺真是恨極了梁老夫人。只是蘇某不明白，你為何自甘墮落和阮玉郎共謀？以你的資歷能力，就算並非梁老夫人親出，誰又能撼動你在翰林學士院的地位？何況孟府已分了家，你也已承了爵——」

看著蘇瞻若有所思的神情，孟存深深吸了口氣：「今上身世存疑之時，和重你是如何選擇的？今上北上契丹時，和重你為何讓趙棣回京？今上墜於壺口瀑布時，和重你又做了什麼？你同我，原就是同類人，何須問這些多餘的話？」

蘇瞻瞳孔一縮，轉瞬又如沐春風，歎道：「既然仲然坦誠了和阮玉郎的關係，想來心中已有了決斷。」

孟存再次大笑起來，笑彎了腰：「蘇和重，你真是可憐。」

「仲然一路走好。」蘇瞻淡然道，轉身跨出牢門。

「你可知道我的好表哥阮玉郎為何幾次三番非要得到我那好侄女阿妧嗎？甚至最後死在她手上。你可知道張子厚為何那麼維護我的好侄女阿妧嗎？你又知不知道為何你唯一的兒子蘇昉那麼親近我的好侄女阿妧？」孟存的聲音低沉又詭異。

蘇瞻猛然一震。

「我的蠢三弟，你的俗表妹，怎能生得出這般精彩絕豔的九娘？」孟存輕笑道：「和重你從未疑心過嗎？她七歲送完痘娘娘，未經啟蒙便考入我孟氏女學乙班，熟誦四書五經，借機處置刁僕，教導姨娘和幼弟，還耍的一手好捶丸，技壓京中貴女。雖只是那短短幾個月幾件事驚世駭俗，自金明池落水後便再無異狀。可從木樨院到翠微堂，她為人處世，上上下下皆無可挑剔，由庶出變嫡出，不費吹灰之力。隨後更得陳漢臣之青眼，入今上之心坎。」

蘇瞻並未回頭，淡然道：「寬之開蒙一年，便出口成章，七步成詩。養由基舞勺之年❶能開千斤弓、接四方箭。就是今上，舞象之年❷書法已自成一家。自古以來神童雖罕見，卻也不是沒有。若因自己見識少，便疑神疑鬼，豈不坐井觀天？如今令侄女將是大趙皇后，一國之母，仲然之企圖，和重心知肚明，還請勿白費力氣了。」

孟存眼神幽深，聽蘇瞻反駁自己許多句卻未離去，哈哈大笑起來：「人比人，氣死人。我家阿嬋自幼由老夫人教養，出入宮闈，深得太皇太后喜愛，竟只能做阿妧的陪襯。我夫妻二人的確心裡不舒服了好一陣子，直到家中錢老供奉給她卜卦只有一個『無』字，我才開始疑心起來。」

蘇瞻的後背震動了兩下，仍未回頭。

孟存上前兩步，清雋削瘦的面容上露出一絲遺憾：「若無阮玉郎知會，張蕊珠又怎能說出九娘是被妖魂占據了身子？」

蘇瞻終於回過頭來：「蕊珠說過什麼？」

孟存看著他平靜的神情龜裂開來，昂首笑道：「你外甥女說了什麼不重要，而是阮玉郎通過她的口點明了真相。又是怎樣的妖魂附體，引得阮玉郎幾次三番要擄走她？」

---

❶ 舞勺之年：出自《禮記．內則》，指男孩子十三至十五歲期間學習勺舞。

❷ 舞象之年：舞象，謂舞武也，語出《禮記．內則》，意指古代男子十五至二十歲時期。

「我生母阮氏倒告訴我一件有趣的陳年舊事，阮玉郎當年原來求娶過他的姑表妹：元禧太子近臣王方的嫡女王玞，卻被王方和郭氏夫妻所拒。」孟存笑意更濃：「更巧的是，張子厚和你因政見不同分道揚鑣，卻是因王九娘之死而和你水火不容。張子厚在開寶寺可是為王九娘點了無數長明燈，更終身未娶，絕了子嗣。可張子厚和我孟家九娘見過寥寥數面，便極力維護她，還將身邊部曲悉數派來我家中護衛她周全，你可想過這又是何故？」

蘇瞻雙手握拳，掩在寬袖之中，看不出正在微微顫抖。

他自然也疑心過。尤其是她參與朝事以後，那些反駁他的話，那些她思慮安排的事，一言一行，他都似曾相識。還有阿昉那麼信賴她維護她親近她……

竭力平靜的眼神中掩不住他心底的驚濤駭浪。蘇瞻微微笑了笑：「看來仲然你在趙棣稱帝時只怕推波助瀾了許多，難怪那篇告天下書中說太后為妖人所惑。只可惜天命所歸，你家六娘只做了短短幾個月的偽后。時也，命也。這等神怪傳說，毫無真憑實據。仲然若要這般想，我也攔不住，如此你能走得安心一些，也是好事。」

孟存退後兩步，慢慢坐到床邊，看向牢房之外，沉默了片刻後歎道：「真憑實據？自然是沒有的。」他早見識過皇帝和張子厚的手段，任何傳言，只要涉及宮中和九娘的，尚未冒出頭便無聲無息了，連水花也不見一個。如今，又有誰敢議論。

蘇瞻慢慢鬆開了手：「一路好走，孟仲然。」

孟存看著被一豆燈火染成昏黃的土牆，點頭道：「我既然落入你們的算計，就算蒙大赦不死，只怕也熬不過流放的千里之路。如今倒還能有一個不堪冤屈自證清白的機會。只是委屈了阿嬋要守三年孝。三年後她便二十歲了——」

阿嬋能嫁給章叔夜，得個好歸宿，日後也能幫襯她兩個哥哥。孟存轉向蘇瞻，又笑了起來：「既然如此，我便祝蘇和重你和蘇昉父慈子孝，與今上君臣相得，同張子厚化干戈為玉帛，好好做我家孟皇后的表舅吧。」

他站起身疾步走到牢房門前，大喊了幾聲：「來人！」

大理寺的眾胥吏、獄卒聞聲而至，孟存厲聲道：「陛下！臣並未毒殺張氏，若有下毒，我孟氏一族上下皆不得善終。臣不堪折辱，願以死自證！」

眾人方回過神，卻見孟存已軟軟地順著牢門倒了下去，滿面鮮血，雙目圓睜看著他們，唇角尚有一絲笑意。

他身後的蘇瞻，身姿筆挺，面容平靜，默然看著孟存的背影片刻，帶著幾分可惜歎道：「孟大學士以死自證清白，還發下這等驚天毒誓。蘇某當如實上書，奏請三堂會審，如有誤判，必要還你清白。來人，將孟大學士好生收斂，送往京城。」

除夕這日一早剛放完爆竹，翰林巷孟府便收到孟存的喪信。死因出乎所有人的意料，梁老夫人驚得半晌說不出話來，呂氏當場暈厥，二房上下亂成一團。六娘慘白了一張小臉，含淚默默侍奉呂氏。程氏卻暗自鬆了一口氣，雖然守歲要變成守靈，好歹孟家以後再沒什麼能拖累阿妧的人了。

等老夫人鎮定下來，孟在已經讓孟彥卿領著四郎、五郎、六郎披麻戴孝，往城外前引。母子三人再商量了片刻，先各自向皇帝、皇太后上書請罪。

不到午時，宮中來了天使。皇帝敕書，命大理寺、刑部、宗正寺重審洛陽案，准孟府以開國伯爵位為孟存舉喪。因案件未決，一應從簡，不得於街坊張設。

梁老夫人接了旨意，心中明鏡一般。今夜禁中呈大儺❸儀，皇帝的旨意這麼快便到了府裡，只怕早有準備，也算是開恩讓孟存走得清白，二房小一輩的便都安然無恙了，尤其是阿嬋的事應當徹底揭了過去。至於開國伯爵位繼承，官家不提，孟家自然更不能提。按如今變法的趨勢，過了年後朝中還有沒有世襲罔替的爵位，都不好說。

那桃符和春帖子方貼了不久，便被一片素縞蒙上。孟彥弼親自往宗族和幾家至親府上送喪帖。孟府上下將守歲和正旦先擱置一旁，杜氏主內，孟建主外，忙著設靈堂，做法事，派管事往寺廟、道觀、庵堂請人，還要趕買棺木，趕製壽衣和各色喪服。

因京中各大商鋪早已歇業，杜氏不得已將放回家過年的僕從全部召回，一一調配。年關裡已經訂不著酒席，便由范氏帶著七娘、九娘，擬下素席菜單，再派管事娘子們清點庫房裡的一應茶酒、油燭、香藥、帷帳、屏風等白事之物，少不得還要去杜家、呂家借用一些。孟忠厚被乳母抱著去了木樨院，由程氏代為照料。除卻木樨院，整個孟府裡裡外外忙成一鍋粥。

這當下禮部和尚書內省又一起來了人，宣了皇太后的懿旨，卻是為了九娘服喪一事。原先九娘按禮應為堂伯父服喪九個月，因帝后大婚之日早已定下，且君臣有別，洛陽案還未結案，經禮部、中書省商議，擬定九娘以日易月，服喪九日。

作為補償，皇太后許天清、開寶二寺擊鐘。

送走了天使，孟建和程氏才醒悟過來，心中酸甜苦辣說不出滋味。程氏一把拉著九娘的手哭道：「你二伯他怎地不等你大婚後才——爹爹娘親都不能給你送嫁了。」

七娘愣了片刻才回過神，揪著程氏的袖子問：「那我也不能露面了嗎？」

六娘上前朝程氏深深一福，聲音顫抖，語氣卻平靜自持：「都是爹爹害了叔叔、嬸嬸，阿嬋替爹爹賠罪了。」

九娘趕緊扶住六娘：「是我愧對二嬸和哥哥們才是，六姊千萬別這麼說。」

梁老夫人將手中數珠重重拍在了案几上：「皇帝冊后，阿姍你要露什麼臉？」嚇得孟建一個激靈，想說的話憋了回去。

程氏趕緊起身請罪，轉頭狠狠瞪了七娘一眼。

到了黃昏時分，宗族裡來了幾位經驗豐富的婦人幫忙，杜氏才得空喝了兩口水。二門的管事娘子又來稟報靈柩已到了翰林巷巷口，急得杜氏出了一身汗，長房和三房的大功喪服還未齊全，呂氏醒了又暈，魂不守舍躺在翠微堂暖閣裡動彈不得，只能讓六娘先換了斬衰孝服，跟著她往大門外接引。

❸大儺：意指臘月禳祭，期以驅除瘟疫、消災避禍。

待靈柩進了靈堂，總算一切有條不紊地進行起來。內外茶飯妥當，香燭不缺，人人有事做，事事有人管，只等三日後大殮。

不曾想到了亥時，孟府又迎來了貴客，卻是張子厚親自登門求見梁老夫人。張子厚入了翠微堂，卻又提出要請孟在夫婦、孟建夫婦和呂氏以及六娘、九娘一見。他姿態甚低，梁老夫人早已知道他所為何事，長歎了口氣便派人去請。

眾人均身穿孝服，等張子厚發話。

張子厚站起來先對九娘行了禮，九娘趕緊側身讓了，看著他朝孟在、孟建拱了拱手，才又落座。

「季甫深夜造訪，定有要事相商，還請直言無妨。」孟在回了一禮。

「請恕季甫無禮了，只因翰林巷孟府乃是皇后行第，禮部、尚書內省和禁中皆已定下各院落如何安置，過完年便有各部前來演練。若貴府要服喪，卻有諸多不便。如今再要修繕舊尚書省，實在來不及。老夫人睿智，不知可有兩全之策？」張子厚娓娓道來。

程氏眼睛一亮，趕緊看向老夫人。

梁老夫人落淚道：「白髮人送黑髮人，還請張相公恕罪，我這老婆子實在想不出什麼兩全之策。不如請官家、娘娘定奪，我孟家上下定然謹遵聖意。」

堂上一片寂靜。張子厚施施然正準備開口，卻見六娘霍地站了起來。

「婆婆，三年前我爹爹奉旨承了二叔太爺一脈時，也在西城置了宅子，想搬去離國子監和外翁家都近一些。如今哥哥們既然要上山結廬服喪，還請婆婆、阿嬋和娘親搬去西城閉門服喪。」她說到後頭，哽咽不已。

呂氏連哭都哭不出來，險些又暈了過去。阿嬋莫不是瘋了嗎？郎君沒了，四郎還未及弱冠，正是要長房和三房幫襯的時候，怎能搬出去，萬一結案又定下個有罪可如何是好。

張子厚端起手邊茶盞，看著六娘的目光中帶了一絲欣賞。他只要孟存的死別噁心到帝后大婚就行，至於孟家人能不能參禮，他是不在乎的。原本他們也只能於皇后行第拜別。

梁老夫人看向張子厚，聲音暗啞：「張相，仲然名義上是我侄子，實際上卻是我的兒子。阿嬋是我的親孫女，若因帝后大婚，便要老婆子將孫女和媳婦趕出翰林巷，不只是我孟家聲譽掃地，只怕老婆子的心都要碎了，熬不熬得到三月都不曉得。還望張相垂憐。」

九娘牽了六娘的手：「六姊和二伯娘怎可搬走，萬萬不可。」

張子厚放下茶盞，柔聲道：「九娘子勿急，老夫人勿憂。季甫前來，確實有一提議。開國伯既已逝，皇太后允天清、開寶二寺擊鐘，不如暫時移靈於寺廟或道觀供家眷服喪。大趙四海初平，帝后大婚，非孟府一家之事，非孟氏一族之事，乃是天下頭等的大事。官家仁厚，不欲深究孟仲然之罪，可他所作所為，誤國害民，在座各位難道心裡不清楚嗎？即便是內宅婦人不察，伯易你總該心知肚明吧？這汴京罪人，大趙罪臣之名，張某可有冤枉孟存？」

呂氏渾身顫抖，卻說不出一句話來，望向杜氏求救。杜氏卻抿唇轉開了眼。

「六娘子品性純良，一心愛護妹妹，做此提議，張某很是欽佩。」張子厚清雋的面容上浮起真誠的笑容：「在下和大趙子民一樣心思，盼著帝后大婚喜氣洋洋太太平平龍鳳呈祥。其實府上若能上下一心，在三月裡停了服喪，好生準備喜事，豈不皆大歡喜？待辦完喜事，再辦其他事也不遲。」

「好，便依季甫所言，甚妥。」孟在一錘定音，不看老夫人和呂氏，對著孟建和程氏說道：「你和三弟妹只管辦好阿妧的婚事，其他無需你們操心。」隨即他看向六娘：「阿嬋你別多想，就在家裡住著，好生侍奉你娘和老夫人。」

張子厚起身道別，孟在親自送他出了角門。

京城中處處燈火通明，屠蘇酒的香氣籠罩了一城，也有學禁中班直的孩童，戴著假面，往路中丟爆竹。孟在看著皇城的方向，深深作揖下去。

第三百四十七章

爆竹聲聲除舊歲，小甜水巷孟府東角門下，還有僕人無意忘卻的青絹小幡，在驟降的大雪中翻飛不已。明日又將極熱鬧的小甜水巷此刻寂夜無聲，遙遙傳來翰林巷那邊孩童的呼喝聲，雪花很快在地面鋪了層銀毯。

九娘從靈堂出來透口氣，等在廊下的寶相趕緊迎了上來：「九娘子萬安。」

見九娘面露詢問之色，寶相福了一福：「修竹苑的管事娘子方才來稟報，說十三郎忽地發熱了。因夫人早安歇了，姨娘讓奴來稟告娘子一聲，能否請大夫人賜個對牌，好派人出去請大夫。」

府中一旦有紅白大事，各院對牌悉數停用，只有翠微堂的對牌才能出入，好保障門戶嚴實，也免得上下僕婦不知聽哪院的調派而無所適從。

「許大夫剛給二夫人開了方子，才走了不到一刻鐘。」玉簪輕聲道。

九娘略一思忖：「玉簪，你帶寶相進去找大夫人，領了對牌，帶一張二哥的帖子，派燕大駕馬車去馬行街的荊筐兒藥鋪請個好大夫，把各色藥物都買齊了帶回來，省得再出去買。若是荊筐家請不著大夫，就拿二哥的帖子去方殿丞藥鋪找方醫官。對了，從聽香閣取五貫錢帶著。」

寶相一怔：「用不著這許多，素日請大夫買藥不過三五百文的事——」何況這可是翰林巷孟府有事。

「今夜是除夕，又落雪，而且家中舉喪。」九娘披上夾裘大氅，低頭讓惜蘭給自己戴上風帽：「走，惜蘭隨我去修竹苑看看十三郎。」

玉簪趕緊將手爐塞入九娘手中，囑咐惜蘭道：「下大雪了，給娘子換雙靴子再去，修竹苑前頭竹林裡的那條路不好走，仔細照顧娘子。燈籠也要——」

九娘不禁微笑起來：「玉簪你越來越像慈姑了。」

玉簪和惜蘭、寶相也不禁都笑了起來，想到還在服喪中，趕緊又斂容垂目各自行事去了。

漫天風雪，廊下的白幡被吹得刷刷作響。九娘在一旁的耳房裡等侍女送靴子來，惜蘭便將一早備好的燕窩取了出來。

九娘慢慢吃著燕窩，當年十三郎一碗熱湯水把十郎燙得哇哇叫的事，她還記得。後來孟建怕程氏見一次十三郎就要冷笑著刺上他十多句，等十三郎一滿四歲，即刻把這個沉默寡言的幼子送去了修竹苑。程氏按府中舊例派了乳母、女使、侍女、小廝七八個人跟過去服侍。孟建又從族裡選了兩個七八歲的孩子做他的伴當，便安心地當起了甩手爹。因他身份尷尬，外院管事娘子也識相地不來麻煩程氏，木樨院更無人提起。一直到舉家南下，再舉家回京，他也一樣悄聲無息。

由於王瓔兩姊妹，九娘對這個孩子也生不起愛護之心，此時的一念之慈，卻因為想起了原先的小九娘，無端生出了同病相憐之感。

新雪鬆軟，踩下去一步一個腳印。五六盞燈籠在前，惜蘭扶著九娘慢慢穿過竹林，修竹苑的大門緊閉，扣了十多下門環，才有人應了一聲。

開門的是個七八歲的小廝，見到九娘嚇了一跳，趕緊叉手行禮，聽了惜蘭的問話，趕緊帶著她們往十三郎的院子裡走去。

油紙傘刮到了牆外的樹枝細條，撲簌簌落下些雪來，雪屑四飛。

這院子只怕好些時候無人打理了。九娘略一抬眼，府裡雖然規矩森嚴，但這些年換了好幾茬僕婦，不是世僕，總有趨炎附勢之心，難免見高捧見低踩。就算宮中亦是如此，孟家又怎會免俗。

外屋內沒有琉璃燈，只有兩盞油燈和五六枝蠟燭點著，倒也亮堂，地暖也燒著，卻沒有內宅各院裡那麼暖和，角落裡還擱著兩個炭盆。

十三郎的乳母正在羅漢榻上呆呆坐著，聽見門響，抬頭見是九娘，趕緊翻下榻來，深深福了下去，給九娘問安，心裡忐忑不安。

九娘抬手讓她起來，問話間已經進了裡間。兩個守在籐床邊的女使趕緊站起身來行禮問安。九娘見十三郎小臉通紅，雙眼緊閉，鼻子呼啦呼啦地似開了風箱。一旁的高几上，銀盆、帕子、茶盞、茶瓶胡亂堆放著。

九娘用手背碰了碰他的額頭，燙得厲害，再放在他胸口，感覺到心跳得極快，來不及斥責乳母和女使們，趕緊吩咐侍女們去取物事。

不多時，熱帕子、屠蘇酒、乾淨的小衣等一應物事俱全。九娘吩咐乳母將十三郎的衣服除去，用熱帕子浸了屠蘇酒擦拭。

小半個時辰後，雖然臉還紅著，渾身還很燙，十三郎卻慢慢睜開了眼。

「媽媽——」

聲音稚嫩，卻滿是孺慕和依賴，還有委屈。

九娘一愣，輕輕碰了碰他的額頭：「我是你九姊。」

乳母趕緊過來輕聲道：「小郎醒了？媽媽在這裡。」

十三郎卻只盯著九娘看了看，又閉上了眼。

「方醫官親自來了。」惜蘭匆匆走了進來。

九娘拍了拍十三郎的小手：「方大哥醫術精湛，你會好的。」不知為何，她心中並不能把十三郎看做一個五歲小兒。那樣的眼神，那樣的神情，怪怪的。還有那句媽媽，自然不是呼喚乳母的。兩歲就離開生母的小童，能記得什麼呢。

方紹樸一進屋就笑了：「祝九娘歲歲平安，事事如意。」

九娘福了福：「也祝方大哥萬事順遂，難得你今日竟然沒在宮裡，有勞方大哥半夜跑這一趟了。」

方紹樸看向床上的十三郎：「無妨無妨，你可出了五貫錢呢！只是千萬別給官家知道我和你一同守歲，我可不想沿著汴河跑了。」

外院的打更人正在唱更。除夕已過，正旦已至。九娘有些不解，看向忙碌起來的方紹樸，為何他會沿著汴河跑呢，六郎他為難過方大哥嗎……

因舉喪，孟府原先準備的宵夜果兒都收了起來。子時一過，宮裡卻又來了入內內侍省的副都知，如往年一般賜下了宵夜果子盒。

宵夜果兒送到木樨院，程氏已睡醒了一覺，讓人去請九娘，才知道十三郎生病的事。從靈堂回來偷懶的七娘手快，解開果子盒，一層層取出來，見每層裡面都花團錦簇，十般糖、澄沙團、韻果、蜜薑豉、水晶皂兒、蜜酥、小鮑螺酥、市糕、五色萁豆、炒槌栗、銀杏，讓人眼花繚亂。最後一層還有兩隻小巧的花布老虎，一看就是給孟忠厚兄弟和十四郎玩耍用的。

程氏拍開七娘的手：「就你手多，等阿妧來了再開，快蓋上。」

七娘委屈地將盒蓋丟下：「娘——！我還是你親生的女兒嗎？又沒說這是賜給阿妧一個人的，我怎地就不能看上一眼了。自從她要嫁給官家，爹娘的心就偏到眉州去了！」

程氏揚了揚眉，讓梅姑替自己把兔兒毛的臥帽戴上：「往年宮中賜宵夜果兒，只有翠微堂和長房才有，連你二伯院裡都沒有，若不是給阿妧的，你以為你摸得著這果子盒？都幾歲的人，一點眼力見也沒有，若不是爹娘偏心你，你還能好端端坐在這裡？想想阿嫻——」

七娘嘟著嘴，卻不說話了，半晌才低聲問道：「娘，四姊她如今怎樣了？還有姨奶奶，她還活著嗎？」

程氏親手把幾層盒蓋都蓋上，淡然道：「阿嫻是金國四太子妃，那四太子死了，她自然是要守寡的。老夫人說了，以後兩國若是修好，還能通個信什麼的。至於阮姨奶奶，聽說阮玉郎事敗那日就自盡了。」

她抬起眼：「你啊，自小耳根子軟，又沒見識。你給我記著，小時候你那樣叫做淘氣，大人還能睜一隻眼閉一隻眼。但如今再淘氣，可就叫作死了。你可得把那些個小心思都收起來。阿妧笄禮那日，你的眼珠子都盯著誰呢？」

七娘渾身一顫，躲開程氏的眼神，垂首低聲道：「娘你那天又沒在，別聽人瞎說。」

「你大伯娘會瞎說不成？」程氏氣得一個倒仰，側身就狠狠擰了她一把：「你個死丫頭，那位也是你能肖想的嗎？」

七娘急得哭了起來：「疼，娘，我知道了，知道了——」

孟建一進房倒愣住了：「你們娘兒倆這是做什麼呢？」他去修竹苑看了看，聽說宮中賜宵夜果兒，就催著九娘一道回來了。

「你可算回來了。」程氏看向他身後：「阿妧呢？」

「她不放心阿嬋，又去靈堂了。」孟建伸伸手臂，扭了扭脖頸，膩到程氏身邊，打開案上的盒蓋瞄了瞄：「阿姍你哭什麼？方才在靈堂怎地不哭？」

七娘抹了抹淚，氣道：「不是說二伯做了那許多壞事嗎？我作甚要哭，哭不出來。」

程氏嘖了一聲：「你裝也要裝著在哭懂不懂？禮不可廢！等明日小殮親戚們來了，你可記著點。」

「你娘說得對。」孟建疲憊地靠到引枕上，歎道：「不過我也哭不出來。我歇上一刻鐘再去前頭，阿程替我看著點時辰。」

七娘看看已經閉上眼假寐的親爹，沒鬍子可吹但瞪著眼的親娘，心裡又是急躁又是悲傷，又是委屈，乾脆站了起來：「我也去陪六姊了。」

程氏看著她披上大氅風風火火地出了門，長長歎了一口氣。

孟建伸出手拍了拍她：「急什麼，她還小，不懂事。等阿妧大婚後，我們好好給她找個忠厚老實可靠的郎君——」

程氏聽著他口氣，回過神來：「老夫人和你說什麼了嗎？」

孟建睜開眼，看了看妻子，苦笑道：「說了，讓我們多照顧四郎、六娘他們。讓我在二哥喪事上多費些心，替他多做些水陸道場。」

孟建翻了個身，又合上酸澀不已的雙眼。

程氏默然看著丈夫微微顫動的後背，輕歎了一口氣，取過一旁的大食羊毛氈，輕輕蓋在了他身上，斟酌了半晌道：「你也要體諒她，人的心可不天生就是偏的。若是二哥一出事，二嫂他們就搬出去，外頭人會怎麼說我們，又會怎麼說阿妧？涼薄兩個字終究是逃不掉的。再說了，雖已證明了二哥不是她親生的，可到底是她一手養大的，人非草木，孰能無情。阿嬋那丫頭著實可憐——」

孟建哽著嗓子道：「我知道。我——我就是心裡頭不舒服。」他騰地翻回身子，抓過程氏的手捂在自己臉上，一片沁濕，他就不可憐嗎？

「我，我就是想聽她說一句，說我確確實實是她親生的兒子。我沒想別的，她給二哥的那些田產錢財，我也沒想過，二哥的爵位，我更沒想過。我一直親近青玉堂，她心裡不快我知道，一時轉不過來，我也知道。可我——」

程氏輕輕摟住丈夫，這四十的人了，還跟個孩子似的。換做她，忽地有人告訴她十三郎才是她親生的，她能親近得起來嗎？只怕恨自己遠遠恨過那調包之人。

「娘這幾十年來，除了阿嬋，哪裡親近過誰呢？」程氏安慰他：「若不是因為你這個親生的兒子，娘又怎會帶著我們這些婦孺趕回來。她心裡比你難受得多呢，還沒個人說。何況木樨院現在這麼好，錦上添花易，雪中送炭難。你難道忘了？我們從蘇州回來，帶給你那許多蘇繡的衣裳，就連小衣，都是娘親自選的料子讓貞娘她們做的——」

有朝一日，她竟然還會替人說好話，程氏念及此，失笑起來。

一聲喟歎，幾聲啜泣，慢慢地消於永夜。

木樨院又來了人請，九娘也想看看趙栩送了哪些宵夜果兒，便辭別靈堂中的諸位長輩，帶著惜蘭、玉簪和幾個侍女回木樨院。

遠遠的，就見久不住人的青玉堂前有兩盞燈籠。離得近了，九娘趕緊下了肩輿，上前行禮。

「婆婆？」

「是阿妧啊。」梁老夫人玄色大氅外還披著一條薄毯，朝九娘招了招手。

貞娘趕緊在她身邊墊了好幾個錦墊。

美人靠下方的池水早前結的冰中間化了，四周還殘留著薄冰，此時大雪翻飛，看著倒似夏日裡吃的冰碗。

曾經，阮姨奶奶也坐在這裡看一池春水。時隔多年，春去冬來，風景如舊，卻換了人。

梁老夫人視線落在九娘臉上：「你可怪婆婆？」

九娘輕輕搖了搖頭：「婆婆處置妥當，阿妧怎會有怨？二伯走了，家裡自然是該照顧二嬸和哥哥。」

梁老夫人看向木樨院門口的素幡和燈籠，苦笑道：「你爹爹怕是要怨我的。」

九娘靜默了片刻：「爹爹想要的，不過是兩句親熱話而已。婆婆為何——」

梁老夫人愣了愣，聲音帶了些許暗啞，也有些歉意：「有些關，過不去了。」

九娘抿唇不語，世家大族，有些事，只能永遠捂死了。當年青神王氏，亦是如此。如今汴京孟氏，還是如此。那些個體面永遠比脆弱的人心來得重要。她明白，可不能接受。

「你回屋去吧，官家賜了宵夜果兒，你爹娘肯定還在等你呢。」梁老夫人聲音恢復了往日的平和慈祥。

看著九娘的身影消失在木樨院院門之中，梁老夫人慢慢站了起來。

貞娘伸手攙扶住她，歎道：「三郎今夜那般難受，老夫人這是何苦來？」

梁老夫人的面容在燈下微微扭曲起來。

「貞娘。」

「老夫人恕罪，是奴妄言了。」

「回吧。」

幾聲咳嗽被風雪捲了，瞬間就無影無蹤。兩盞燈籠高高舉著，四個婦人抬著肩輿，穩穩地往翠微堂走去。

梁老夫人忍不住回過頭，木樨院裡的燈似乎更亮了。她這一輩子，最終什麼都錯了。她以為她沒做錯，卻失去了他，失去了自由。她以為她無愧於心，盡責盡力挽回了分崩離析的孟家，卻無顏面對叔常，也不能丟棄二房。她的忠，她的信，她的義，她的仁，最終變成了重重枷鎖，將陪著她去見他。

所有的人，都走了。孟山定，太皇太后，阮眉娘，阮玉真，阮玉郎，一個接著一個，只留下了她，看著自己的笑話。

大趙元煦元年元旦這日，大慶殿上，四位身材魁梧的鎮殿將軍站在殿角，皇帝端坐於御座，殿庭上列法駕儀仗，宰執在前，親王在後，京中朝官五品以上均身穿祭服上朝，按次列班。各州進奏史手持地方上進貢的方物，各路舉人的解元以及制科一甲、武舉恩科一甲，均穿青邊白袍，戴二梁冠立班。

吐蕃、回鶻、於闐、大理、西夏、契丹、金國、倭國、高麗、大食等幾十個大小國家的使臣們也都依照漢儀入殿行禮朝賀。皇帝賜大趙元煦曆法、漢裝錦襖。

朝賀完畢，只有契丹、西夏、倭國、大理四國使者得以被留宮賜宴。宮城前已紮起了燈山，待百官退朝時山棚已燈火輝煌，金碧相射。

翌日，皇帝駕至大相國寺燒香。初三，皇帝往南御苑射弓，陳青、陳太初、章叔夜等朝中善弓馬的武將皆隨行，連榮王趙栩也在其中。還有剛摘得武舉恩科狀元郎的秦幼安，被譽為「小陳太初」，尤其引人矚目，果不其然秦幼安得了官家所賜的鬧裝、銀鞍馬，還有不少金銀器物。

轉眼就到了初十立春，開封府進獻春牛入宮，禁中鞭春。開封府衙前也安置了春牛打春。府衙兩旁賣小春牛的人頭濟濟，擁堵不堪。宰執親王百官府上皆被皇帝賜下了金銀幡勝。翰林巷孟府也收到禁中賜下的大春盤和春酒。

立春過了是元宵。御街兩側的山棚已搭建完畢，宣德樓前的燈山，比起寶津樓那夜的，又高出十丈。以宣德樓為中心，直至南薰門，十餘里樂聲嘈雜，人聲鼎沸。

身為皇帝的趙栩，每日忙不停，忙完元宵，正月十六再登宣德門，禮部宣讀萬姓，有那元宵節徹夜不歸的百姓趕早到宣德樓下，瞻見天表，三呼萬歲。待賜宴百官後，再往上清宮，夜裡才返回大內。等正月十九收燈，五城不禁，這個年，才算過完了。

一過完年，汴京人就忙著出城探春。朝廷卻出了進一步的變法條例，皇帝下旨，二府敕書，戶部在全國三百多個州全部推行婺州所試驗過的「魚鱗冊」，調用千餘制科選拔出的有識之士，掛名戶部，前往各州核查大趙國土內所有土地，重新一一丈量。各地士紳豪族大驚失色，再難隱藏土地，一時間，京中各大豪門世家門前車馬如流。朱綸等老臣們的府上人流如織。

御史臺重拳出擊，連著彈劾了羅嘉偉、萬伸等人。朝中頓時一片忙亂。

到了二月初，寒食節一過，臺諫再次彈劾羅與義、朱綸等十多名老臣。孟存身上的幾件案子皆因證據不足而被大理寺判為無罪。

二月底，朱綸首當其衝，因女婿萬伸夫妻殺母案有包庇之嫌，被大理寺收押。為萬伸上書的近三十名官員均被張子厚下令削職或外放。跟著羅與義被皇帝在百官面前訓斥，主動遞表請辭。這番大變，明眼人看得清清楚楚，朝中再無人上書反對核查土地，更無人再提及選秀或皇帝納妃的建議。

三月初，二府敕書宣布，取消所有里甲、均徭、雜役各項徭役，差役法和雇役法也悉數統一為徵銀法。五項戶、丁稅全部按丁數和地畝來核算，田賦和一應進貢方物也都改為徵銀。此項變法，百姓紛紛喊好，地方官們幾乎無油水可撈，有苦說不出。然伴隨徭役變法的，朝廷亦擺明車馬，推出了「歸田金」，文武官員，如能無貪腐，安然致仕，便可領到「歸田金」，按品級從百貫至萬貫不等，以重金養廉吏。這份安穩錢，卻乾乾淨淨，領得心安。

跟著禮部又出新政，各州州府設立大官學，分男子和女子官學，四歲至十三歲皆可應試入學。學優者可獲推薦至東京、西京、南京的國子監繼續就讀，無論男女，皆可參加禮部試。驚動天下的，不只是女子有了官學可上，也不只是女子也能參加禮部試入朝為官，還有三百個州的大官學，只要考進去，所有學費、食宿費用，全部改由官家和聖人的私庫來負擔。

趙栩這日給九娘的字條上只有一句話：「誰道女子不如男！」

大婚在即，這也是他送給阿妧的一份禮。

三月十六，諸事大吉，宜婚嫁。帝后大婚之日，天未亮御街兩側已擠滿了士庶百姓。

皇帝將往翰林巷皇后行第親迎皇后！

整夜都睡不著的趙栩，早早便身穿常服前往冊后和奉迎的文德殿，百官及內外命婦皆已早早朝服大妝，各自列班。

儀鸞司和太常典儀在文德殿內已設了東西房、東西閣。文武百僚、應行事官、執事官位俱安排妥當，只等著臨軒發冊。

眾人只覺得春風拂面。皇帝他，笑得有點傻。

方紹樸默默低下頭去，不是有點傻，是很傻。

趙栩在西閣換上絳紗袍，戴上二十四梁通天冠。成墨跪著替他整理蔽膝，再仔細地將佩綬也擺正。趙棣和陳太初是他去孟府親迎的「御」，此時早已身穿祭服候在一旁。

一夜未睡的趙栩握手成拳，抵唇輕咳了兩聲，舒展開雙臂，有點緊張地問道：「怎樣？」

陳太初見他一臉的忐忑，不由得失笑道：「極好。」

趙棣撩起寬袖，豎起大拇指：「六哥比六嫂還好看。」

趙栩眉頭一蹙：「十五郎也學會奉迎了？明明是你六嫂更好看。」

趙棣雙眼吧嗒吧嗒兩下，有種拍馬屁拍在馬腿上的感覺，不知道該點頭還是搖頭，索性也學著趙栩乾咳了兩聲：「你倆都好看。六哥，那兩隻活雁能讓我抱著嗎？」

前兩日陳元初因不能回京觀禮，特遣親衛從秦州送來兩隻活雁獻給趙栩。趙栩很是高興，命人養在珍禽司裡，被趙栩盯上了。趙栩笑道：「好，你可要抱緊些。小心野雁愛啄人。」被趙栩這麼一打岔，似乎心跳得也沒那麼快了。

出了西閣，成墨趕緊小心翼翼地將手中金寶交給舉寶官。舉寶官躬身接了，垂目見手中的嶄新金寶，一寸五分見方，一寸高，金光閃閃，盤螭紐，繫黃色綬帶，上頭四個古樸蒼勁的篆書「皇后之寶」，威儀天生，他不敢多看，趕緊放入寶匣中。

舉冊官立刻將手中裝著五十簡玉冊的朱漆金塗銀裝冊匣牢牢捧住。

兩省官、待制、權侍郎、觀察使以上官階的官員，入文德殿東西相向列班。

趙栩升御座，樂聲響起，宮中樂官高唱〈乾安〉：

天地奠位，乾坤以分。夫婦有別，父子相親。
聖王之治，禮重婚姻。端冕從事，是正大倫。

鼓樂偃息，舉寶官將皇后金寶放置御座前。宣后冊從東上閣門被捧了出來，典儀高喊：「拜——！」百官下拜冊寶。兩拜以後，禮官高聲宣讀制書：「冊孟氏為皇后，命尚書左僕射兼門下侍郎鄧宛、樞密副使孟在等持節展禮。」

鄧宛和孟在雙雙出列，叩拜冊寶後接過冊寶。百官三拜冊寶。

「太皇太后制，皇帝率平章軍國事張子厚、樞密使兼殿帥太尉陳青等奉迎皇后。」

張子厚和陳青出列再拜受節。百官又拜。

等趙栩回了西閣，百官行禮退出。鄧宛和孟在便先往翰林巷送冊寶。

宮中人馬一出了宣德樓，報信的小廝已飛奔回孟府。翠微堂裡的觀禮女眷們便都停了家長裡短，將偏廳、宴息廳裡的小娘子們喚來，轉去木樨院，恭候發冊使上門。

禮部、太常寺、宗正寺、內侍省、尚書內省、中書省等七八個衙門的官員、胥吏們都開始最後檢查皇后出閣的每個細節。應奉御輦官盯著手下三個小吏，再三叮囑。自聽香閣至家廟告廟，皇后肩擊輦官便有四十八人，頭戴雙腳烏紗襆頭，身穿緋羅單衫，腰繫金塗海捷帶，將聽香閣外的小院子擠得水洩不通。那次供應的十四人和十三個輦官實在爭不過尚書內省的尚宮們，只能等在木樨院的院子裡。

二門外五十三位輦官也已再次整裝素容，靜候皇帝在二門迎接皇后。一路肩輦經過的道路兩側，均設了步障，殿前司禁軍沿路把守，嚴禁無關人等靠近。廣知堂內太常寺管轄指揮使擱下手中茶盞，走到臺階上，見寬闊的院子裡和廊下二十四名歌工已站起身朝自己行禮，十分滿意，揮了揮手，一百九十位樂工帶著簫、笳、笛、羽葆鼓、拱宸管、鐃鼓、小橫吹等樂器，浩浩蕩蕩跟著往木樨院而去。

聽香閣裡，尚書內省的尚服女史一一檢查完畢，確實萬無一失，這才鬆了一口氣，躬身行禮道：「稟娘娘，一切皆已妥當。」

九娘戴著的九龍四鳳冠，兩側還有十二支大小花枝，左右各添了兩個博鬢，足足有十多斤的分量壓在頭上，她不便點頭，只抬了抬手，微微笑了笑。

七娘看著九娘被粉敷得一片雪白的妝容，竭力抿唇，想忍著笑，終還是噗嗤笑了出來。那麼好看的阿妧，此刻看起來和當日嫁入門的大嫂、二嫂也很相似，皇帝能認得出來嗎？程氏趁隙瞪了七娘一眼。眾人浩浩蕩蕩出了裡間，候在外間的范氏、孟彥卿之妻劉氏趕緊帶著一眾女眷向九娘行禮問安。九娘卻停住了腳，柔聲問道：「琅琊郡夫人呢？」

林氏正在最靠門處，先前好幾夜她都興奮緊張得睡不著覺，在聽香閣站了兩個多時辰，正靠在寶相身上打瞌睡，被寶相捅了幾下，才意識到九娘找的是她。從昨日禮部宣敕書後，她這個奴婢出身的孟氏三房侍妾，也是誥命夫人了。

「奴在這裡！娘娘萬福金安——」林氏趕緊探出頭去，卻緊張得邁不出腳，乾脆深深福了下去。

九娘快步走到她面前，扶起了她，微笑著給林氏行了一禮：「媽媽❶生育之恩，時刻感念在心，日後還請常隨母親一同入宮來走動。」因林氏作為皇后生母，有了誥命在身，往日的姨娘二字，便和林氏再無干係了。

林氏今日也按郡夫人的品次大妝，身著從三品翟衣，頭戴花釵冠，格外明豔照人，聽到九娘的話，想到幼時擔心她長得太胖嫁不出逼著她少吃飯，眼淚撲簌撲簌往下掉，哽咽道：「娘娘大喜，請娘娘放心，奴在家中一定好好服侍夫人和郎君。」

九娘又側身對程氏行了一禮：「媽媽性子直爽，還請母親多多包涵她。」她抬起頭含笑看了七娘一眼。

七娘打了個激靈。

程氏趕緊扶起她：「這是自然的，娘娘但請放心。待端午節，我們一同入宮覲見娘娘。」

「還請娘娘前往正廳受冊寶。」尚宮輕聲提醒九娘。

大門外，孟建率領眾郎君按納采那日一應準備，接了鄧宛和孟在，一同上了肩輿，往木樨院發冊。眼見發冊使、副使到了，兩邊的樂官看著指揮使的手勢，鼓樂齊鳴。歌工高聲吟唱冊寶入門的樂歌〈宜安〉：

款承祗事，時惟肅雍。跪奉冊寶，陳於法宮。
以俯以仰，有儀有容。明神介之，福祿來崇。

樂聲止，儀式如納采儀，一切按部就班，最後鄧宛和孟在高聲宣讀：「鄧宛、孟在奉制授皇后備物典冊。」

九娘上前受冊寶，眾人跪拜冊寶。

❶ 媽媽：出自《宋遼西夏金社會生活史》，宋朝子女對父母的稱謂多樣，媽、媽媽是很親近的叫法。

自趙栩登基以來，鹵簿禮儀一切從簡，能省則省，禮部為此多次修改禮、樂、儀衛、輿服等條例。今日帝后大婚，禮部尚書一早便私下徵詢了張子厚的意見，得到一個「多多益善」的答案，便定定心心精神抖擻使出了全身解數。

經趙栩御批後，皇帝迎親用儀衛六千八百八十九人。比起立朝初期大駕鹵簿的兩萬零六十一人，已經少了三分之二，但依然浩浩蕩蕩。

第一引的兩位清道已經到了南門大街，第六引的次重翟車還沒能出宣德門。沿途青色步障後，是密密麻麻的士庶百姓。遠遠宴樂聲方從宣德樓傳來，御街近南門大街的百姓們已歡呼起「吾皇萬歲萬萬歲」。

皇帝端坐於玉輅之上，四柱帷幕間，隱約可見他含笑的面容。

玉輅旁的一匹大理矮腳馬上，榮王趙棣抱著一隻頸繫紅綠綢花的活雁，小身子微微後仰，臉頰上還有一處紅印，他原本抱著兩隻雁兒，卻不妨被其中一隻啄了一口，硬撐著沒掉眼淚。如今那隻罪魁禍首正安安穩穩地被陳太初抱著，時不時還瞟上趙棣一眼。

帝后大婚，雖然以孟府為皇后行第，卻也不能遵從民間婚禮的規矩。九娘在娘家的告廟禮，莊重肅穆。孟建的訓示自然也按禮法變成了：「戒之戒之，夙夜無違命！」

程氏面東而立，為九娘施衿結帨：「勉之戒之，夙夜無違命！」

階下的林氏心裡卻想著，佛祖菩薩道君保佑皇帝永遠不納妃嬪，都聽九娘的話，不違命。

九娘拜別雙親，喜扇遮面，緩緩登上肩輿。眾人浩浩蕩蕩簇擁著肩輿往二門而去。

趙栩大步流星進了廣知堂時，孟建趕緊起身行禮。

趙栩難得對孟建這麼好的臉色，一手扶住了他，轉頭接過趙栩和陳太初手中的活雁，雙手獻上，笑道：「岳丈無需多禮，當是小婿拜見岳丈才是。」話未完，他已經深揖下去。

孟建抱著兩隻活雁，嚇得趕緊側身避開，卻也受了半禮。他緊張地看向趙栩身邊的奉迎使張子厚和副使陳青。

陳青含笑不語，張子厚扯了扯嘴角，算是笑了一笑，眼風卻轉向一旁蠢蠢欲動的禮官。

禮官被張子厚這眼神一飛，只能在肚子裡歎了口氣。什麼禮什麼規矩，唯獨不能框著官家。官家任性。

鼓樂聲大作，三百餘樂官賣力演奏。

趙栩熟門熟路地往二門走去，越走越快。陳太初輕輕咳了一聲，趙栩轉過頭，才見孟建已氣喘吁吁，春日暖陽下一頭的汗。

杜氏、魏氏等人扶著九娘下了肩輿。程氏為她蓋上六尺長的銷金龍鳳蓋頭，身後的兩位尚宮趕緊將垂地的蓋頭拎起來一些。她們也很苦惱，皇帝有口諭，要按士庶婚禮習俗，加蓋頭在花釵冠上，誰敢不從。只是不知道這算親民呢，還是壓根不想外頭的人見到皇后的真容。反正孟皇后是大趙開國以來第一位戴蓋頭的皇后，而在孟皇后身上破例的事已經無數，如今禮部和太常寺、宗正寺都只哦哦哦了。

眼前一暗，九娘竟連趙栩的影子都沒看著，不免有些遺憾。算起來，自生日之後，兩人便再也沒能相見。一方蓋頭，似乎隔開了外間的笙歌鼓樂，也隔開了腳步聲，說話聲，笑聲。驟然間，九娘緊張起來，後背麻麻的。

沒有小黃門的宣示，沒有程氏等人的問安，一雙玄色金飾雲紋靴出現在她身前。修長玉白的手指間，一朵紅綠相間的綢花伸入了蓋頭之下。

「阿妧。」趙栩含笑的聲音在一片樂聲中依然十分清晰。

「六哥——」九娘控制不住眼睛酸酸的，接過綢花，兩人手指相擦而過，都停了一停。趙栩翻手握住她捏了一捏，心花怒放下略有些遺憾，這蓋頭應該出大門前再蓋上的，他太想看上她一眼了。

鼓樂四起，一根紅綠綢，一端在她手，一端在他手。雙人肩輿早已備好。

張子厚眼中發燙：「臣奉迎使張子厚奉制恭請皇后登輿——！」

九娘停了一停，朝他的方向微微點了點頭。

張子厚上前兩步躬身道：「娘娘，請。」

遠遠的，七娘在後頭，隨眾人深深福下去，卻又忍不住抬起眼皮，望向前方。只見九娘跨上肩輿時，身後的銷金蓋頭微微被春風吹動，那蓋世無雙的郎君，伸出手來，輕輕替她壓住了，不知側耳低聲說了什麼，扶著她的手，將她穩穩送上了肩輿，隱約可見到他的側臉，如春風，如春水，笑盈盈，壓下滿園春色。

肩輿漸漸遠離二門。禮部的贊者高喊：「禮畢——！起——！」

林氏撲在慈姑懷中哭了起來，顧不得胭脂花了，黛眉糊了，一邊哭一邊解釋：「奴是高興極了才哭的——」

女眷們起身，紛紛鬆了一口氣，不少小娘子興奮地嘰嘰喳喳起來，以後她們也是皇后的遠親了，婆家總要高看一等。

七娘呆呆地看著遠處，回過頭四處看，才在角落裡找到也在拭淚的六娘。

十幾年光陰，一個接著一個離開了木樨院，從江南回來觀禮的三娘孟娟笑著對程氏道：「下一個可就輪到七妹妹了。三嬸快一些給她尋個如意郎君，我索性在家中多賴上一年半載的，送她出閣。」這世間，哪裡還能尋到她的如意郎君？七娘扯著程氏的袖子喃喃道：「我也要那麼長的銷金蓋頭。」

程氏啐了她一口，笑罵道：「不知羞的丫頭，還真恨嫁起來了。」身邊眾人皆大笑起來。自有女眷考量七娘畢竟是皇后的嫡親阿姊，看她秀麗中帶著爽利，不由得也開始盤算家中有什麼適齡的郎君好相配她。

孟建、孟在帶著眾郎君和觀禮親眷送帝后二人至大門外，跪拜於地。

翰林巷孟府大門外，玉輅緩緩駛動。御座上，帝后二人並肩端坐。鼓樂大作，車駕往御街宣德門方向駛去。

第三百四十八章

近萬人的儀仗車駕，第一引的清道返至宣德門時，帝后所乘的玉輅還未轉上御街。密密麻麻的大傘、方傘之中，朱團扇和鳳扇格外耀目。兩頂華蓋下的玉輅被遮得嚴嚴實實，隱約可見帝后二人的身姿，銷金龍鳳蓋頭在傘扇之間互隱互現。不能一睹皇后玉容的士庶百姓們略覺遺憾，身不由己跟著鑾駕往宣德門移去。

九娘耳邊盡是馬蹄聲、車駕聲、贊者的引導唱諾聲，還有沿途百姓萬歲千歲聲不絕於道。可這許多嘈雜的聲音，比起登上玉輅後便一直在自己耳邊響個沒停的聲音，都似乎遠在千里之外。她也只聽得到他一個人的聲音。

「阿妧你餓不餓？」

「多謝六哥，我不餓。」

「怎地還叫六哥？」趙栩笑道，交疊的寬袖下，手指輕輕撓了撓她的掌心。

九娘癢得一縮，蓋著蓋頭也想像得到，身穿威嚴莊重祭服的皇帝必然是微微挑起了眉頭，翹起了唇角。三分得意三分無賴三分調笑，還有一分是撒嬌。

「多謝官家？」九娘輕聲含笑道，調笑，誰不會？

自從二月中開始籌備大婚以來，她每日被尚書內省的尚宮們折騰個沒完，連看書的時間都沒了，六尚、二十四典、二十四掌的女史們幾乎都在聽香閣裡輪流上過陣，除卻讓她熟悉宮中日常事務的流程，還有各大年節的禮儀宴會接待事項要熟知。相比較這些，背誦鄰國、宗室和勳貴重臣們的譜系名單反而是比較輕鬆的事情。

稍微擠出來的空暇，尚儀、尚寢的女史們追著她保養頭髮、保養肌膚、暖宮，還有尚寢女史有意無意地「傳授」敦倫技巧，加上司膳女史每日督促的藥膳，從早到晚，她完全沒有自己的時間，一個月來弄得九娘心底十分焦躁不安，還有些說不出口的害怕。但和趙栩在二門遇上的那一刻，卻似乎什麼都安定了下來。

趙栩一愣，他自小生活在宮中，習慣了這些繁文縟節，最擔憂的就是九娘會被大婚禮儀搞得疲憊不堪。他每日寫給她的字條，她已經好些日子都只是傳幾句口信而已，現在竟然能出口調戲自己，可見心情甚好，精神也不錯。

手便捉緊了她，又撓了幾下。

「你這是要做外人嗎？嗯——？」趙栩悠然自得，側過頭在她耳邊問。那個「嗯」字微微上揚的鼻音，說不出的曖昧，燒得九娘耳朵紅了起來。

「六郎。」九娘低聲認輸，這可是在大庭廣眾之下萬眾矚目著呢。她拿他沒轍。

那惱人的手指卻繼續在撓她。她強忍著癢意一動不動地端坐著，保持「皇后」應有的儀態。

「還是不對。」趙栩笑意更濃。

九娘寬袖微震，片刻後動彈不得，紅著臉輕聲道：「夫君？郎君？」

趙栩心裡舒坦，美得不行，臉也紅了起來，默默在心底念了一聲娘子，卻拿眼瞟了瞟她，越發覺得這蓋頭礙事，更想逗逗她。

「還有呢？」

九娘哭笑不得，敢情趙栩你制科殿試、禮部試殿試上癮了，連娶妻也要考上幾考，還來個一題幾個答案呢。

狠狠掐了那作怪的手指頭一下，九娘故意沉聲道：「趙栩！」

趙栩眼睛一亮，撫了撫她的手指，笑得通天冠上的東珠都抖了起來。自己的名字，還真沒人這麼喊過，宮裡喊他六郎，朝臣尊稱他封號。阿妧怎麼能把這兩個字叫得這麼好聽呢。雖然她氣囔囔的，聽起來像小時候在家廟時吵架的樣子，可掩藏不住的笑意和嬌氣，全在那揚起的尾音裡。

「再叫一聲。」趙栩低聲道：「阿妧就不能溫柔一些嗎？這世間統共就你一個能喊這兩個字了。」

他這般小心翼翼地哀求著，九娘的心立刻化了，又好氣又好笑，有種自己是百鍊鋼，被他化成了繞指柔的感覺。

「趙栩——」聲音卻不由自主地柔和了下來。

「阿妧。」趙栩笑著應道。若是方紹樸看見他此刻的笑臉，只怕要無語搖頭問蒼天了，這還是那位威震四海的大趙中興之主嗎？

「咳，其實宮中舊例，皇后稱官家，為哥哥。」趙栩乾咳了一聲，裝作不經意地提到，自己的耳尖卻也紅得快滴出血來，很是後悔為何在玉輅上提了這話，明明應該是夜半無人時的私語。

「哥哥？」九娘背上起了一層雞皮疙瘩，無力地抗議道：「那阿予叫你什麼？」

「六哥。」趙栩哀歎一聲，有種捧起石頭砸了自己腳的預感，趕緊岔開話題：「對了，阿妧你渴不渴？我讓成墨備了溫茶、蜜水、燕窩、參湯，你要喝哪個？」

王顧左右而言他？

九娘笑道：「不渴。多謝哥哥。」

趙栩打了個激靈，趕緊道：「算了，你喜歡怎麼稱呼我，我都高興。」別叫哥哥就行。

九娘在蓋頭下笑得不行，銷金龍鳳一震一震的。

趙栩趕緊說起到了宣德門後的禮儀，九娘也早熟記於心，兩人說著這些無關緊要的事，卻有一根無形的線，越扯越緊，將他們越拉越近，仿似回到金明池那夜一葉孤舟上，天地之間，只有他二人。

玉輅至宣德門，百官和宗室早已列班，迎皇后入門。

趙栩手上輕挑，將那蓋頭揭開。兩人四目相對，趙栩不禁一呆。

「不許笑話我。」九娘想到早間在銅鏡中自己看見的模樣，有些喪氣地低下頭。

趙栩忍著笑將蓋頭交給成墨：「這樣也好看——別有風味。」

鐘鼓齊鳴，樂聲大起，帝后落玉輅。百官和宗室齊齊跪拜，高呼：「吾皇萬歲萬萬歲！」「皇后千歲千千歲！」

九娘被悶了一路，放眼望去，宣德門內皆是朱衣緋袍。趙栩攜起她的手，慢慢跨入宣德門。

禮官高聲唱畢，眾臣平身。當頭的第一排，東面張子厚為首，身邊有陳青、孟在等人，隨後蘇昉、陳太初、孟彥弼等人，蘇瞻赫然在第二排之首。宗室這邊以趙栩為尊，跟著岐王等宗室親王、郡王，都是熟悉的面孔。他們無一人抬頭，在年輕的皇帝、皇后面前皆恭謹肅然。

帝后升輿，離開宣德門，前往端禮門。

百官和宗室按禮退下，待申時才再入福寧殿觀禮。眾臣皆面帶喜色，皇帝上次大朝會宣布，日後每年三月十六定為天寧節，從此又多了一日休沐，各衙門無需歇泊。

宣德門前只餘下一些相熟之人邊聊邊行。

蘇昉笑著問陳太初：「就連做皇后也免不了要被塗抹成那樣？」

孟彥弼瞪他一眼：「怎麼！我家妹妹塗成那樣，也是天下最美的小娘子。」

蘇昉笑著一揖：「不錯，我家表妹塗成那樣，也是天下最美的小娘子。」

陳太初無奈搖頭：「寬之把我要說的話搶去說了，看來我以後只能這般說阿予了。」

孟彥弼早知道了蘇昉和阿予的事，立時大笑起來：「不錯不錯。」

蘇昉臉一紅：「無妨，你家不還有小五嗎？」

趙棣卻擠了過來抬頭大聲問陳太初：「小五妹妹今日來不來宮裡觀禮？」

孟彥弼行了一禮，撓了撓頭：「太初，你家妹子還沒週歲，就被惦記上了啊。」

陳太初笑道：「殿下萬安。我娘並無誥命，不在外命婦之列，妹妹已經在孟家觀禮了，就不來宮裡了。」

趙栩一愣，想到會摸自己臉咿咿呀呀的小人兒，急得不行：「長安自己不就有誥命嗎？為何不能來啊。」

陳太初、蘇昉和孟彥弼面面相覷。

「殿下、聖人在福寧殿歇息，若是餓了渴了累了，只怕服侍的女史們不夠體貼，四公主是不是會去相陪？」張子厚清越的聲音在趙栩身後響起。

趙栩倏地一愣，點了點頭，搬動兩條小短腿，趕緊招呼自己身邊的內侍：「快，去福寧殿。」這個討好先生的機會，可不能給四姊一個人得了。他還想也養一隻鷹呢。

陳太初看著他遠去的小身影，笑著拍了拍蘇昉的肩膀：「走，去我爹爹那裡喝盞茶，昨夜秉燭夜談之話題還未盡興。」

蘇昉點頭應了。孟彥弼探頭問：「寬之你何時去成都？走之前我們再去炭張家吃上一頓可好？」

蘇昉笑著剛要開口，身後卻傳來一聲：「寬之——！」

眾人回過頭，卻是蘇瞻一臉肅穆看著蘇昉。

蘇昉淡淡行了一禮：「父親萬安。」

「隨我來。」蘇瞻抬腳往西北崇文院走去。

蘇昉卻站著不動，眉眼間若遠山有霧。

「寬之！」蘇瞻轉身厲喝道，胸口起伏不定。阿昉竟然瞞著他上表，要往成都建立官學和女學，還要從成都開始，沿著利州路往秦鳳路、永興西路等地辦學，他在朝中深得皇帝信任，此時自求外放，沒有三年根本回不了京，他每三日都有書信回百家巷，卻直到昨夜回京才從蘇矚口中得知，要找他說此時，他竟然夜宿陳家不歸。

他是他的兒子！他是他的爹爹！

蘇昉朝陳太初等人團團一揖：「太初先請去，我隨後便來。勿忘記今日不醉不歸。」

孟彥弼低聲道：「記得是要讓六郎不醉不歸，寬之你可別退縮啊。」

張子厚微微揚起下頜，望向蘇瞻，微笑道：「當面教子，背後教妻。和重這是做什麼？今日是官家聖人百年好合的吉祥日子，為何這般氣急敗壞？是洛陽發生了什麼事不成？可要季甫替你出出主意？」

蘇瞻冷笑了一聲：「怎麼，張相公的手這麼長，伸到官家枕邊還不夠，還要伸到我蘇家來嗎？」

陳太初面容一整，聲音不響，冷冽如冰：「大資此話不妥，還請慎言。」

蘇昉臉上顯現過一絲難堪，再次深揖到底：「請張相恕罪，家父並無冒犯天顏之意。多謝太初提醒。」

蘇瞻深深吸了口氣，不再言語。他胸口一團悶火，自昨夜燒到今日，方才見到那少女身著皇后禕衣，頭戴九龍四鳳冠，和皇帝並肩而行。她看見自己了，卻好像沒有看見一樣。

孟妧，誰都能做皇后，你不能。因為，你不是孟妧。可他一個字也不能說出來。

蘇昉和蘇瞻一前一後，跟著兩個小黃門往崇文院去了。孟彥弼皺了皺眉：「蘇家表舅怪怪的。」

陳太初和張子厚對視了一眼，異口同聲道：「無妨。」

蘇瞻，絕不會冒一點點得罪皇帝的風險，蘇昉也絕不會允許他這麼做。

崇文殿的偏殿中，蘇昉靜靜地看著父親，甚至還帶著一絲微笑。

蘇瞻壓抑著怒氣問道：「為何不同我商量過再上表？你才到了翰林學士院不足半年，便要出去辦官學，可知道辦學一事，牽涉甚廣？並不如你所想的那麼簡單？你又是否知道日後想要回京有多難？還有你和四公主又是怎麼一回事？」

「多謝父親賜教。辦學一事，正想今夜告知父親，若有不妥，請父親教誨寬之便是。」蘇昉淡然道：「我即將離京，願效仿外翁。四公主自請帶領兩位郡主，前往成都監督女學設立，也是太后娘娘和陛下的意思，聖人也十分支持——」

「阿昉——！」蘇瞻怒喝道：「我是你的爹爹！你在仕途上這麼大的決定，我卻是最後一個知道的。京中到處流傳你要尚主的消息，你爹爹也是最後一個知道的！堂堂公主，竟然要離京跟著你去成都——成何體統？」

他驟然發怒，屋內竟有了些回音。

蘇昉唇邊的笑容多了幾分無奈，輕聲道：「父親以前也是這樣想母親的吧？」

「好好的青神王氏嫡女，就該相夫教子，守在內宅，」蘇昉歎道：「偏偏母親處處能襄助父親的仕途。」

蘇瞻的瞳孔一縮，澀聲問道：「你說什麼？」

「父親其實十分厭惡這樣的母親，或者說是嫉恨？可惜卻已經離不開母親。」蘇昉眼中充滿了悲憫：「那次自汙入獄絕地求生，是父親自己所做的決定，卻釀成了慘劇，不是嗎？最後母親的病，雖有王瓔作祟，若是父親真的想救她，必然不會和病中的母親商量續弦一事——」

彷似有人重重打了蘇瞻當胸一拳，又將他的心毫不留情地揉成了粉碎。蘇瞻眼圈紅了起來，揚起手來，卻停在了半空，他絕不能再打阿昉了。

「阿昉！你在胡說什麼？我和你娘相知相惜——」蘇瞻的聲音嘶啞低沉。

明明是阿玞提出來的，是為了有可靠的人照顧你！

蘇昉輕輕搖頭道：「上回父親賞寬之耳光時，該說的話，寬之皆已說清楚了。還請父親恕兒子不孝，不能承歡膝下。我三日後便隨禮部、國子監博士們出發去成都，日後還望父親多多保重。」

蘇瞻半邊身子發麻，久久回不過神來。

蘇昉深深一揖：「父親生我之恩，寬之無以為報，必將平生獻於大趙子民。還請父親留意：開女學，讓天下有才的女子能盡顯才華，不只是因為聖人，更是陛下惜才之意。古有木蘭從軍，前朝有武后之治方有開元盛世。我朝有劉太后垂簾聽政，方有成德之治。若因男女之分，便刻意將天下女子禁錮於家宅之中，心胸何等狹窄？眼光何等短淺？望父親三思。」

看著蘇昉離去的挺拔身影，蘇瞻無力地道：「你知道什麼！阿昉，你知道孟妩她其實——」

蘇昉霍地轉過身來：「聖人名諱，請父親避忌。」

「阿昉——！」

「許多事，父親你都是最後一個才知道的。」蘇昉沉聲道，目光幽深：「早知今日，何必當初？俱往矣。」

父子二人形同陌路，在偏殿中四目相對。

蘇瞻渾身冰涼，想要再說些什麼，外頭卻響起張子厚幽幽的聲音：「和重，陛下召你往大慶殿後閣覲見。」

蘇昉深深一禮，大步跨出了殿門。

張子厚站在廊下，背對殿門，雙手攏在寬袖中，仰首看天：「這天，再也不會變了。」

一刻鐘後，蘇瞻慢慢走出了偏殿，背依然挺得筆直。洛陽還有許多事要和皇帝奏對，還有江南幾路的變法依然有許多問題。他心裡清楚得很，皇帝需要他，朝廷需要他，天下萬民亦需要他。

萬蟻噬咬的心，原本早就千瘡百孔。但他絕不會在張子厚面前認輸，終有一日，他會回到京城，站在那百官之首。

第三百四十九章

帝后升輿，自端禮門入文德殿東上閤門，出文德殿後門，入內東門降輿。司輿前導，帝后一同往福寧殿。按舊例在福寧殿門設皇后大次，但趙栩卻將寢殿直接用作九娘歇息之地。

臨別前趙栩忍不住再三叮囑：「若是累了，小睡上片刻，千萬別拘束。晡後才行禮。」

一說到睡字，九娘一顆心便漏跳了一拍，慌慌的。

「我不累。」

趙栩輕笑起來：「不累就好。」

九娘覺得自己似乎說錯了什麼……卻已經被尚宮和尚儀扶著入了寢殿。跨入寢殿之時，她回過頭，趙栩仍然在原地看著她，見她回頭，朝她點了點頭，笑了起來。

再往前走，繞過十六扇錦繡花卉屏風，重重疊疊的帷帳之後，入目便是一張前所未見的大床。

九娘只覺得頭上的九龍四鳳冠壓得自己兩鬢突突的跳，立刻垂目看著自己微微移動的蔽膝。

趙栩的那句「不累就好」更顯得意味深長起來。

周尚服、林尚儀和王尚寢等女史均低眉順眼，簇擁著九娘上了腳踏，在床沿坐了。

「我有些累了。」九娘柔聲道。

周尚服看了一眼角落裡的漏刻，上前行了一禮：「娘娘不如卸了釵冠，脫下褘衣歇上一歇。官家早有交待，離申時還早，娘娘能小睡上一個時辰。」

「也好。」九娘笑著站起身來。眾人復又簇擁著她到了屏風外頭。

離了那張似乎會咬人的大床，九娘才覺得鬆了一口氣。這許多人圍著她和這床，她說不出的渾身不自在。

屏風外的西窗下，是一張黃花梨夔龍紋長案，案前兩張烏木包邊龍戲珠紋圓凳。周尚服扶著身穿素紗中單披了真紅長褙子的九娘坐定，輕聲笑道：「日後娘娘便請在這裡梳妝，上頭每一樣物事都是官家親自為娘娘挑選的。」

九娘抿唇笑了，伸手取過案上的銅鏡，卻是面九獅奪繡球紋的早唐銅鏡，並無鎏金，十分古樸。再看福寧殿的掌飾女史打開的癭木梳妝箱，箱子裡三層格子，只梳子便有玉梳、玳瑁梳、犀角梳，其他各式梳具俱全，便連頭油也是她平日用慣的。

「那裡頭又是什麼？」九娘將銅鏡交給掌飾女史，指了指一旁的三隻一模一樣的梳妝箱。

周尚服親自打開那兩隻箱子，笑道：「這是娘娘日常用的飾物箱、胭脂水粉箱，還有官家的釵冠箱。娘娘和官家的飾物單子明日徐司飾會呈給娘娘過目。需要添置什麼，儘管吩咐奴就是。」

九娘看著箱子裡滿當當的物事，無一不精，無一不美，不由得暗中慚愧起來。平心而論，她花在趙栩身上的心思，真不如趙栩花在她身上這麼細緻周到。

釵冠卸下，九娘才覺得脖頸都僵硬了，柔聲道：「替我將這妝也卸了吧，晚些只上些胭脂口脂便好。」

諸位女史皆一愣。

林尚儀屈膝福了一福：「啟稟娘娘，稍後尚有大禮，只怕——。」

九娘看著銅鏡裡的自己，聲音淡淡地打斷了她：「無妨。」

周尚服趕緊上前躬身道：「是，娘娘。」

林尚儀省悟過來，立刻也屈膝行禮吩咐下去。兩位女史帶著四位宮女行了禮，躡手躡腳退了出去，稍後又捧著一應洗漱物事進來服侍九娘淨面通頭。

待九娘回到裡間，眾女史聽她吩咐悉數退出寢殿，已無一人猶豫，齊齊問安行禮退了出去。

悄無聲息的寢殿中，只餘外間的伽南香悠然綿長。九娘長長舒出了一口氣，雙手交疊放在胸前，這才覺得自在了一些。她側過身又深深吸了口氣，枕上被褥間似乎並沒有趙栩的氣息，想到大婚所用的自然是全新的，九娘有些安心又有些失落，發現自己這點心思的變化，她拉起被褥將自己蒙了起來，心裡亂成了一團。

昨夜她只迷迷糊糊睡了個把時辰，三更不到就被尚宮們請了起來，明明睏倦疲憊得厲害，卻怎麼也睡不著，心跳也慢不下來，一直不願細想的那事怎麼也壓不下去，索性又慢慢坐了起來，仔細打量起這張床來。和她素日睡的籐床不同，四周多了四根柱子，真紅紗帳外是同色帷帳，四角懸著四顆一樣大小的珠子。床裡側有一排雕著並蒂蓮紋夾萬字紋的抽屜，上頭擺設著七八個玉碗，裡頭裝著棗子、花生、蓮子等喜慶物。

九娘忍不住輕輕拉開最近的一個抽屜，裡頭卻放著幾個玉盒，看著十分眼熟，再一轉念，立刻臉熱心跳，砰地將抽屜推了回去，一頭倒在床上閉了眼假寐。

趙栩這個壞人，將這許多祛瘀消腫治外傷的玉容膏擱在這裡是什麼意思！

晡後，福寧殿大殿上，鼓樂聲中，趙栩在眾禮官、內侍們的簇擁下，神采奕奕地登上御座。樂聲再起時，兩位尚宮引著換回褘衣頭戴九龍四鳳冠的九娘來到殿庭之東，面西而立。趙栩見九娘只淡淡用了些胭脂水粉，嘴角不禁抽動了一下，好不容易保持住了儀態。

尚儀跪奏外辦，請皇帝降坐禮迎。趙栩不等尚宮上前來，便已走了下來，走到殿庭西面，朝著九娘深深一揖。

尚宮們趕緊上前引帝后從西階入殿內，在榻前站了。趙栩再對著九娘一揖，方齊齊落坐，用了三口尚食所進的佳饌，再飲一樽酒，重複這般一回，第三飲便用了巹。侍尚儀跪奏禮畢。尚宮上前請趙栩改換常服。王尚寢服侍九娘換下禮服、換上寢衣，安坐於帷帳之內。兩位記錄彤史的女官請過安後便退到了屏風之外。

九娘強作鎮定，身上這真紅軟紗寢衣又薄又透，裡頭肚兜上的花紋都看得一清二楚，手腳都無處安放，卻不能藏於被中，這時才覺得臉上塗那麼白也是有好處的。

只過了兩刻鐘，屏風外便傳來了趙栩清朗的聲音：「全都退下。」

窸窸窣窣的衣裙拂地聲，殿門關閉聲，清晰無比。

九娘臉上越來越紅，越來越燙，心底默念著左右不過是個痛，又不是沒經歷過，可耳朵卻不由自主全神貫注留意著屏風外頭的聲響，一雙手不知不覺絞在一起，有些黏濕起來。

趙栩的腳步聲卻在屏風外頭傳來，慢騰騰往東，片刻後停了下來，連吹燈的聲音也十分清晰地傳至屏風後，屏風外暗下了一團。九娘的心砰地一跳，聽著那腳步聲不緊不慢地又響了起來，跟著另一邊也暗了下去。她抬了抬眼又垂眸看著自己的手指，聽那不急不緩的步子才靠近了屏風，停了下來。

趙栩靠著那十六扇錦繡花卉屏風，靜靜看著端坐在床沿的九娘，察覺他停了下來，正抬起眼來看向自己。她是他的妻子，他是她的夫君。

燈下看美人，美人美得囂張跋扈無法無天。

九娘頭一抬，只見趙栩斜斜倚在屏風上頭，濕漉漉的烏髮隨意披著，白羅中單敞著，陰影中隱隱露出小半胸膛，不笑亦含情的桃花眼水意盎然，眼角隱隱飛著一抹緋紅，唇角微翹，看入他眼中，九娘心慌意亂，險些問出一句：「你為何不過來？」

趙栩將原本就鬆垮欲墜的繫帶輕輕一扯，瑩白的胸口頓時露出大半，線條優美充滿力量，甚至有一點粉紅驟然闖入九娘眼中。中單衣襟驟開又合，掩去無限風光。

九娘呆呆地連眨眼都沒來得及眨，臉上燒得滾燙，她好像看到了，又好像沒看清。

燈還未滅，他就在她面前袒胸露懷了？這種事不是該滅了燈黑暗中摸索麼……憑她前世那點淺薄的經驗，還有尚宮們、尚寢女史的叮囑，似乎從未有過「眼見為實」這一條……

趙栩笑著慢慢走近她，移動間，不僅又一次露了胸，甚至鬆鬆垮垮墜著的白羅貼身褻褲也從衣袂中露了出來，根本遮不住他緊實的腹部，還有她不敢看卻闖入視線中的那處。

九娘腦中轟的一聲，似萬千煙火齊放，炸得整個人都麻了，終於轉開眼看向模模糊糊雲裡霧裡一般的花卉屏風。摸過是一回事，看見又是另一回事，而這親眼所見帶來的震撼實在太大，以至於她只剩餘本能的反應。

又羞又恥，又急又臊，可忍不住想轉回眼再看上一看。

花卉屏風忽地變成了人肉屏風。九娘趕緊低下頭，驚覺自己手指和手背一粉一白被絞成了兩個色。

「這般色誘，阿妧可滿意？」趙栩聲音低沉，纏綿悠長，尾音帶著戲謔，輕輕揚起，在九娘心頭撓了一撓。他不禁滿意，還很得意。阿妧看自己看得轉不開眼，果然好色。

知己知彼，百戰不殆。

金明池小舟上的舊話重提，九娘紅著臉乾咳了兩聲，極力裝作若無其事的樣子，抬眼看著趙栩，用上了尚寢女史所授的標準答案，乾巴巴地道：「天色已晚，不如安置了罷。」

趙栩垂目看著從臉頰到耳尖，從脖子連鎖骨都羞得發紅的她，強忍著一把撲倒她吃乾抹淨的心，聲音越發曖昧撩人：「阿妧莫急，戌正還未到，明日休朝，卯正才去見娘娘，參太妃們。我們足足有五個時辰呢。」

五個時辰！是什麼意思？九娘打了個激靈，幾乎方紹樸附身了：「那——那我先去滅、滅燈。」

趙栩低下身來，將她籠在自己陰影下。九娘往後一仰。兩人鼻息交錯間，趙栩卻一側身坐到她身旁，再往後一倒。

待九娘回過神來，這人已經老神在在地側躺在床上，一手曲起，撐著頭笑眯眯地道：「好。」

他大大方方任由她看，現在該他一飽眼福了。

九娘慢慢站了起來，猶豫了一下，還是沒說此地無銀三百兩的「你別看我」，只裝作不經意地伸手將前頭遮了大半。她將兩側高几邊的床燈和琉璃立燈先吹滅了，卻不知道自己身上的真紅軟紗越靠近燈，越是透明，行動間盈盈一握的腰肢擺動，修長雙腿若隱若現，被趙栩一覽無遺。

「咿？」九娘一愣，回過頭來。

燈是滅了，帳內四角上的夜明珠卻在黑暗中幽幽放光，將床上的趙栩籠在流轉的光華中，春意更濃。

趙栩忍著笑，朝她伸出手：「燈已滅，快來安置。」

九娘硬著頭皮挪上腳踏，還沒坐上床沿，已被緊緊抱了個滿懷，倒了下去，撲鼻而來的是趙栩身上沐浴後的清香，鼻尖所觸，是趙栩滾燙的肌膚，她覺得自己已經很燙，可他比她還要燙，燙得她神魂顛倒。

「帷帳！帷帳——」九娘低喃。這寢殿並不大，外間和裡間只有屏風相隔，門外的彤史女史、尚寢女史等人至少有十多個等著傳喚伺候的，還有抬水的內侍。她想想就不舒服。

也不見趙栩怎麼抬手起身，三重帷帳垂落下來，將這大床變成一方小小天地。

不等她再找什麼拖延的藉口，趙栩頭一低，以吻封緘。

懷中人兒身子漸漸柔軟下去，又因被吻得喘不過氣來扭了兩下，蹭得他那處疼痛難忍。

趙栩喉中發出一聲壓低了的呻吟，既爽快得要命又難受得要命。這一聲貼著九娘的唇舌傳了過去，似火燎原，她不禁顫慄起來。

趙栩強壓欲火，牢記若不耐心地撩得她情動到忘我的地步，她還不知要吃多大的苦頭。

手指輕挑間，真紅軟紗衣半卸半褪，被蹭歪的抹胸皺在一邊。被吻得七葷八素的九娘不敢睜開眼，偏唇舌依然被溫柔堅定地攻占著纏繞著，被帶著薄繭的手指有意無意輕觸，挑逗，戲弄，愛撫，試探。來去間，最後一絲猶疑害怕也被這濃情蜜意融化得無影無蹤。

柔若無骨的身子又扭動了兩下，不自覺地將靠向趙栩尋求依賴。

趙栩吸了口氣，身子一動。

九娘手下一空，才發現自己被放平在床上，睜開眼，那雙桃花眼微微上翹的眼角已從淡淡緋紅變成了桃紅。

兩人鼻尖相抵，趙栩將她小手放在自己胸口，柔聲道：「阿妧你看著我，我快活得很。你摸我，我更快活。」後一句卻落在雙唇若即若離間。

「莫怕，我想要你快活。」趙栩含住她的唇。

九娘手心下是他一顆砰砰跳動得極快的心。

原來他也和自己一樣緊張。想到中秋那夜趙栩在自己手中的脆弱，九娘手指輕輕滑下，不經意劃過一點突起。

「嚶——？」

趙栩渾身一顫，口齒間溢出一聲曖昧到極限的聲音，又似乎疑惑於自己那處從未被發現過的敏感，有些羞澀有些不敢置信有些懷疑還有些驚喜和期待。

九娘手停在他半當中，猶豫著不知上好還是下好。

趙栩在她耳邊軟語哀求：「嬌嬌，再摸一摸我那裡——」

九娘腦中一片混亂，身不由己地伸手又輕輕碰了碰那裡。

趙栩弓起身子，顫抖著粗喘起來，忽地一把捉住那隻懵懂的小手，壓在兩旁，低下頭，便含了住她。

九娘猝不及防，倒羊入虎口又送進去一些。兩人的喘息聲交織著吮吸舔舐之聲，鎖在這重重帷帳中，一時春色無邊。

半晌後，趙栩才直起身子，一把撈起水一樣的人兒，手下不停。九娘迷糊糊地伸手去遮，卻又落回鬆軟被褥間，不由得疑惑地睜開了眼。

「啊？」她一手掩著前頭，一手掩住臉。

趙栩身上大敞的中單早已不知所蹤，他赤裸的上半身肩寬腰窄，線條流暢，腹間肌肉壘壘，宛如獵豹一般充滿力量又不失優雅，動作優美，十分坦然，雙眼依然含情帶笑注視著身下的小嬌嬌，眸色越發幽深，眼角桃紅更豔。

九娘不由得渾身酥麻，擰腰半扭過身子，將半邊臉頰和大半個身子都藏入了被褥中，鋪陳在枕上的如瀑秀髮也有不少遮住了肩頭和手臂。

身下的小嬌嬌，又嬌又姣。趙栩在她唇舌間吻出萬般旖旎，當作賠罪，再鬆開來，見她櫻唇輕張微微氣喘，星眼半閉珠淚朦朧，細汗流香酥胸蕩漾，便直起身子除去她身上最後一件障礙。

九娘驚呼一聲，扭了扭身子，無力地伸手去擋，帶著哭音低聲道：「太亮了——」

「好了，現在不亮了。」趙栩俯身在她耳邊呢喃：「真的不亮了，你睜開眼瞧瞧，乖。」

九娘水濛濛的杏眼微張，瞥見四角的帳鉤上掛著幾片薄薄真紅軟紗，夜明珠的柔暈蒙上了一層豔紅，帳中更顯曖昧，那被撕碎的軟紗平添了幾分淫靡。兩人坦誠相對，肌膚相親，氣息交錯。他盯著自己那雙桃花眼中赤裸裸的欲望毫不掩飾，似乎要將她一口吞了。

就算她閉起眼，也會想到被他恣意妄為的畫面，實在太過羞恥。那點濃情蜜意和豁出去的勇氣瞬間蕩然無存。

「我——我有些累了……」九娘心慌慌地錯開眼，半是退縮半是哀求，小臉往邊上被褥中蹭，徒勞無功地顧左右而言他，手掌擱在趙栩胸前，算是勉強抵住了他。

她手上毫無力氣。趙栩吸了口氣，又好氣又好笑，啞著嗓子道：「乖嬌嬌，不用你動就是。」千般寵萬般愛，今夜卻由不得她推諉，蜀道再難也要上青天，他垂首只一眼，腦中轟的一聲，整個人都掉進了熔爐裡，哪裡還記得事先設想過的種種撩撥手段。

涓涓滴露牡丹心，春雨微沾海棠蕊，任憑風吹雨打，軟紅飛初，春光無限好。

帳內一片春色蕩漾，殿外一片月色如水。

成墨輕手輕腳帶著眾人退出廊下，看著三十步外緊閉的寢殿大門才鬆了一口氣，再想了想官家的口諭，離寢殿越遠越好。索性躬身行了一禮，帶著眾人一直退到了前殿的後閣廊下。

幾位帶御器械官面無表情地看向空中一輪明月。

十五的月亮十六圓。

第三百五十章

汴京城自三月初一金明池開池，便又開始入了夜夜笙歌的日子。適逢帝后大婚定為天寧節，各處瓦舍勾欄更是生意興隆，夜市茶坊人山人海。汴河上畫舫小舟絡繹不絕，歌舞昇平。

翌日，皇后孟氏以朝禮覲見皇太后，參各位皇太妃。擇日至景靈宮行廟見禮。帝后起居一處，坤寧殿只作為皇后處理後宮事務之地。前朝後廷眼見帝后恩愛異常，再無人提及選秀納妃一事。

春來春又去，轉眼京城迎來盛夏，大趙中興之勢已定，各路變法按部就班推行中，第一所官辦女學，也已在成都選址動工。

自今上即位以來，一年裡各處戰事大捷，邊境歇了干戈。年後西北和北疆均重設榷場、馬市，又在四川與吐蕃、大理交界處增設兩處榷場，繁榮市貿。

契丹長公主耶律奧野在帝后大婚後與大趙簽訂了新的和約。天下格局，再起風雲。契丹撤五京為三京。雲州大同府、南京析津府作為入侵之賠償，於五月初五歸還給大趙。兩國仍以兄弟之國邦交。

至此，燕雲十六州中的燕京和雲州時隔百餘年，終於回歸大趙版圖。朝廷上下一片歡呼，跪地大哭者無數。不費一兵一卒，誰能想到契丹竟願意放棄最繁華的陪都南京？

張子厚率領近百文武眾臣，在章叔夜的護衛下，於四月初抵達燕京。契丹左院大王舉辦了極為隆重的歡迎儀式，開始各項交接工作。

四月初八佛誕日，皇帝敕書，詔告天下：燕京、雲州兩地回歸華夏。雲州歸於河東路，設雲州府。改燕京為北京，代替大名府成為陪都，設北京國子監、北京女學。燕、雲兩州田地重新丈量，入魚鱗冊。按大趙律法重新登記戶籍，兩州百姓可免除一年賦稅。志願從軍者家中免除三年賦稅。更從大名府、真定府、濟南府徵求家有百萬貫以上的富商往燕京定居。大名府盧大官人頭一個響應，舉家遷往燕京，至端午，已有五十餘戶富商上表朝廷，願北遷燕京落戶。

敕書一出，燕雲兩州因恐懼兩國之間變故意欲離去的百姓，十有八九都放下了心。更有不少有識之士指出燕雲十六州中燕雲既歸，大趙應仍有後招蓄力未發。元煦帝雄才偉略，朝中猛將如雲，變法半年頗有成效，如今改燕京為陪都北京，難說其他十四州日後是姓趙還是姓耶律。

五月初五，燕京萬人空巷，士庶百姓均聚集在宮城外的廣場四周，觀看章叔夜旗下燕京守軍「飛龍軍」演武及百戲。是夜，處處張燈結綵，榷場、關撲、茶坊皆通宵達旦開著。

五月初六，契丹、大趙兩國皇帝同降敕書，斥金國擅自撕毀去歲的四國盟約背信偷襲，宣布結成趙契北伐聯軍，各自發兵二十萬，北上征討金國。至此天下人才明白何以契丹會讓出燕雲。

五月中旬，陳太初突然出現在秦州，和陳元初率領秦鳳軍鐵騎，佯裝配合李穆桃前後夾攻梁氏，卻在燒毀梁氏和回鶻糧草後，大軍一夜疾馳三百里，奪下蘭州。

六月初六，北伐元帥章叔夜於燕京祭旗，任秦幼安為先鋒，率領河北路、河東兩路、京東京西路五路十軍選拔出的二十萬大軍，往東京道出征。

六月底，回鶻撤軍，陳元初、陳太初仍無歸還蘭州給西夏之意，對此西夏朝廷也罕見地表示了沉默，反將原屬於西壽保泰軍司的柔狼山一帶劃給了衛慕家的卓囉和南軍司，似乎默認了蘭州一帶日後歸屬大趙，專注於圍殲梁氏和回鶻的聯軍，將之逼退回宣化府一帶。

七月中元節前，大趙宣告天下，成立蘭州府，屬秦鳳路管轄，原秦州權知府事調任蘭州權知府事。西夏長公主李穆桃親派使者自興慶府前往道賀。

八月，大趙秦鳳路大軍沿蘭州西下，於宣化府外按兵不動，替李穆桃西征軍壓陣，並借軍糧十萬石給李穆桃西征軍。

九月，宣化府破，梁氏西逃瓜州。李穆桃親率大軍追擊。秦鳳軍以迅雷不及掩耳之勢再占宣化府，陳元初率領五萬鐵騎暴起，突進回鶻的草頭韃靼部，二十天內如狂風暴雨般橫掃沙漠，直達草頭韃靼王庭。黃頭回紇三次欲橫切救援，連敗於神出鬼沒的陳太初手下。九月底，酒泉地區除李氏、梁氏戰事頻繁的瓜州、沙州外，皆落於大趙囊中。期間李穆桃多次遣使前往陳元初軍中求見，皆未果。

李穆桃大軍糧草隨時可能被趙軍切斷，和梁氏之間的戰事也由於秦鳳軍在臥榻之側更需小心翼翼。在得知永興軍路陳兵六萬於安邊城、青崗峽一帶後，李穆桃立刻放棄攻占瓜州，退兵於肅州，重整甘肅軍司。她方退回肅州，永興軍路便開始在安邊城一帶屯田準備過冬。

待西夏梁氏、李氏、回鶻回過神後，大趙只靠拿捏各方微妙平衡的局勢，憑著秦鳳軍的兩次出征，便輕鬆拿下了蘭州、宣化府和酒泉一帶。測繪斥候已經將新的輿圖送往京城。

元煦元年十月，大趙、契丹三十萬大軍，與女真決戰於黃龍府。女真大敗，死傷無數，於大雪中一部分敗退往五國城，一部分敗往長白山脈。金帝上書契丹和大趙求和。契丹收復原東京道，更拿下了長春州。

黃龍府決戰後，章叔夜並未乘勝追擊，當機立斷揮師南歸，大軍卻駐紮在了太行山北支的東南處，燕雲十六州中的薊州、莫州、檀州、瀛洲、涿州的契丹守軍頓時惶惶然起來，生怕自己也變成西夏宣化府那般。

此時十月裡北國已萬里冰原，契丹大軍衡量再三，於東京道休養生息。女真人方能在五國城苟延殘喘，期待逃往長白山脈的人馬早日北歸。

至此，西夏陷於梁李內亂，契丹仍被女真牽制。大趙霸主之相初現。

有朝臣趁機上書，請皇帝往泰山封禪，被御史彈劾為勞民傷財、阿諛奉上的奸佞，流放儋州。

元煦二年早春，眼見燕京富饒更勝以往，雲州百姓安居樂業，薊州、莫州等五州百姓民變，要求跟隨燕京回歸大趙。偏巧此時蟄伏於長白山脈的女真軍北上五國城，糾結了約十萬人馬，再次蠢蠢欲動，欲進攻長春州。上京和中京更兩度遭遇女真奴隸和俘虜譁變，暗中還有室韋的摻和。

三月底，皇帝趙栩攜皇后孟氏、宰執張子厚、樞密副使孟在等重臣，北巡燕京。各國使臣蜂擁而至，燕京城人滿為患。不幾日，各處皇榜貼出告示，燕京將舉辦端陽龍舟賽，以萬貫銀錢為彩頭，促各國邦交，並邀請契丹左院大王、長公主耶律奧野等前來燕京觀賞龍舟賽。

五月初一，皇后於燕京宮城設宮宴，各國使臣的女眷、燕京的內外命婦悉數受邀入宮。更有常駐於燕京的各國大商人的女眷們亦有幸入宮覲見皇后。宴會設在宮城後苑水榭，瓜果、吃食、點心、酒水樣樣精緻，色香俱全。宮人們禮儀周到，並不因座席中有官家夫人和商人婦而區別對待。眾人遙遙得見皇后風采，無不拜服。

宴後，燕京女學、真定女學的學子們和隨皇后來燕京的孟氏女學的學生們，落落大方地演示了煮茶、鬥茶、抹茶之藝，並以茶為題，作詩填詞繪畫，盡顯才華。

皇后點燕京女學的何小娘子的畫為魁首，賞銀百兩，絹兩百匹。

何小娘子卻行跪拜大禮謝恩，懇請聖人允許自己將賞銀全部贈給去歲開設的燕京慈幼局，更期望慈幼局裡的女童有機會像她一般進入燕京女學。得知女學的學子們每月都會去福田院、慈幼局、醫館幫忙後，皇后柔聲嘉許女學子們的品行，允了何小娘子所請，並另撥銀百兩給慈幼局和福田院，更下令將今日較好的詩詞作品一併集結成冊，由燕京進奏院印製。

席間眾女眷們紛起效仿，女學子們的詩畫之作竟被一搶而空。燕京慈幼局、福田院更得銀近三千兩。

為感謝她們的善心，皇后口諭：將席間展示出的福建、四川、江浙各地的逾三百種茶，一一贈送給與宴貴賓。

五月初三，皇后再設宮宴，赴宴帖已有人出高價相求。眾命婦和各家女眷興致勃勃地賞完各地名繡技法和名品後，得的賞賜都是帕子，偏偏帕子上寥寥幾朵蘭花，卻分別出自蜀繡、蘇繡、湘繡、廣繡的技藝，所用繡線材料也各不相同，看似卻又渾然一體說不出的好看。有那婦人貪小利，一出宮門便將繡帕賣出了五貫，得意洋洋回家後，被丈夫怒斥得涕淚交加。再聽說那帕子上的花樣子乃官家親自所繪，一方帕子在燕京有人出價十金相求，哀嚎一聲竟暈了過去。

全燕京的人都抻長脖子等皇后再辦宮宴時，五月初五龍舟賽，盧大官人家的龍舟一舉奪魁。皇帝十分高興，下令前十條龍舟上的槳手們俱有賞，其中一條龍舟上有兩個崑崙奴，得了賞錢太過高興，連人帶龍舟都翻在了水裡。

五月初八，宮中不設宴，卻舉辦了捶丸賽。皇后親自率領孟氏女學的學生迎戰契丹長公主耶律奧野的契丹貴女們。各國使臣、燕京城中四品以上官員及家眷、女學學生們俱受邀觀戰。

賽後，燕京的小娘子們又開始熱衷於捶丸賽，各種結社也風靡燕京。提起連續三次一棒進洞的孟皇后，人人都眼睛發亮。唯一遺憾的是三次宮宴，誰也沒能見到皇帝一眼，皇帝究竟有多好看，燕京的婦人和小娘子們依然不知道，不過很多人言之鑿鑿，那個替孟皇后撿瓷丸、背捶棒的內侍才是美絕人寰。

歷經整整一個多月的和談，契丹大趙約定：大趙於未來十年裡，每年給契丹十萬貫銀，絹帛二十萬匹，作為贖回其他十四州之價。是為「燕京之盟」。

八月，燕雲十六州悉數回歸大趙。是年中秋，大趙舉國歡慶，宮中賞出皇后所釀新酒，於宣德樓前供市人爭飲。汴京一夜無眠，絲篁鼎沸。

這時大趙茶市在燕京一地的稅金竟已一舉超過了四川兩大榷場裡的茶稅。就連皇后當日賞下茶葉時用的哥窯八方茶盒，也仿者如雲，一盒難求。

過完中秋是重陽，跟著立冬、冬至、臘八。還未從收復燕雲十六州的欣喜中平靜下來，大趙百姓迎來了元煦三年的除夕。翻過年去，正旦大朝會萬邦來賀，元宵節皇帝、皇后現身宣德樓，觀賞百戲和燈山，與民同樂。

轉眼汴京春又深。

三月初的隋堤煙柳已從嫩綠變成了翠綠。金烏西墜後，白日裡船舶如織往來如梭的運河變得寧靜起來。汴河兩岸泊著的畫舫上一盞盞燈籠逐次亮起。三月三，正是汴京兒女踏春相會互訴衷腸的好日子。

一艘官船緩緩破浪而來，船頭上的青衣郎君遙望虹橋，微微出神。當年自己遊歷後返京也是坐著船，阿昕也還在。幾年前的風雲變幻驚心動魄，現在念起，已恍如隔世。

當時明月在，曾照彩雲歸。

穿了一件杏色直裰的趙淺予從艙中跑了出來，興致勃勃地道：「阿昉哥哥，成都女學今年出了一位了不得的女榜眼呢，瓊林宴上我可一定要去瞧一瞧。我們一道去可好？你在看什麼？那是虹橋嗎？這麼快就要下船了——」

她語氣裡略帶悵然，說完自覺難為情，不由得偷偷瞥了蘇昉一眼。

蘇昉笑容溫和：「你娘親，還有六郎、九娘要是看到你已經長這麼高了，一定會嚇一跳。」

這兩年裡猛然竄高的趙淺予，像足了陳家人，修長高挑，只比他矮了一個頭。

趙淺予卻皺起了眉頭，苦著臉道：「我可不要再長高了，醜死了！」長手長腳，還那麼瘦，一點也不美。想起九娘，趙淺予不禁眼皮下垂，偷偷溜過自己胸口的「鹿家包子」，想哭。她穿男兒郎的直裰，根本不需要束什麼胸……，這位胸兄，敢問你在何方？

蘇昉失笑道：「你不是志氣滿滿地要搶回大趙第一美人稱號的嗎？」

趙淺予昂首挺胸道：「不錯，讓十五郎看一看，到底是六哥美還是我美，哼！」

蘇昉轉過頭，語氣淡然：「你美。」

趙淺予眼睛眨了眨，竟不敢轉過頭看他一眼。

兩人靜靜站在船頭，虹橋越來越近。

「寬之——！」

蘇昉攜了趙淺予，被一眾隨行之人簇擁著下了船，就聽見有人高喊起來，卻是孟彥弼。

「走走走——我可是奉旨攔人。」孟彥弼笑得眉眼彎彎：「快，炭張家的羊羔肯定已經好了，為了這一頓，我可是連午飯都沒有用。」

蘇昉和趙淺予被他半拖半拽地推上了馬車，只扔下兩百來號隨從、侍衛在碼頭上，被孟彥弼的副將指揮著收拾行李。

下了馬車，一股肉香味撲面而來，趙淺予兩眼放光，跟著孟彥弼蹬蹬蹬上了樓。

孟彥弼推開房門，朝兩人眨了眨眼。

屏風內一張大圓桌上，已坐了好些人。

趙淺予目光掃過去，驀然尖叫起來：「阿妧——你有身子了？」

趙栩的手掌早一步就捂住了九娘的雙耳，瞟了蘇昉一眼：「這咋咋呼呼的性子，你也沒好好治治？」一趕緊又輕輕拍了拍九娘隆起的小腹，柔聲道：「乖女兒，別害怕，那是你最不懂事的姑母，等你長大了好好教她。」

九娘笑著擰了他一把：「不許說阿予壞話。」

趙淺予卻笑著扯住蘇昉：「阿昉哥哥，我要做姑母了！」

趙梣也將雙手從身邊玉雪可愛的小娘子耳朵上放了下來，低聲道：「小五，你看，我早就說過這個阿姊是最討嫌的——」

「十五郎！」趙淺予的尖叫聲再次響了起來。

已經是長安郡主的陳小五圓溜溜的大眼看著趙淺予，忽地溜下圈椅，小短腿跑得飛快，衝上去一把抱住趙淺予的腿，抬起頭就喊：「表哥，抱抱——」

趙梣黑著臉瞪著趙淺予。

趙淺予黑著臉低頭瞪著陳小五。你眼睛真大，我明明是女兒身——！

陳小五咽了一口口水，更大聲地討好她：「哥哥——」

屋內響起了哄堂大笑。九娘笑倒在趙栩懷中，趙栩急得皺眉道：「不可大喜大悲，不可大喜大悲！方紹樸——方紹樸快來——」

天才知道他有多賣力，才種出了這個寶貝。

元煦三年的深秋，汴京又有三大喜事。

先是皇太后下旨，將皇后的姊姊周國夫人孟氏，賜婚忠勇侯章叔夜，婚期定於元煦三年的年底。跟著小蘇郎蘇寬之尚主，即將成為今上的妹夫。楚國長公主下降日定在元煦四年的九月。兩件婚事落定，十月初十，皇后孟氏於宮中順利生下皇長子，皇帝大赦天下。

十月十一，一份賀禮自秦州而來，送達宮裡趙栩手中。

一枚鳳鳥玉璜，蒲紋器表地紋，凹弦紋邊闌。

《秦州志》後來有記，玉泉觀中，目睹陳太初白日飛升者❶，不下百人。

（全文完）

❶陳太初：出自蘇軾著作《東坡志林》之〈道士張易簡〉：吾八歲入小學，以道士張易簡為師。童子幾百人，師獨稱吾與陳太初者。太初，眉山市井人也。余稍長之，學日益，遂第進士制策，而太初乃為郡小吏。其後予謫居黃州，有眉山道士陸惟忠自蜀來，云：「太初已屍解矣。」蜀人吳師道為漢州太守，太初往客焉。正歲旦，見師道求衣食錢物，且告別。持所得盡與市人貧者，反坐於戟門下，遂寂。師道使卒舁往野外焚之，卒罵曰：「何物道士，使我正旦舁死人！」太初微笑開目曰：「不復煩汝。」步自戟門至金鴈橋下，趺坐而逝。焚之，舉城人見煙燄上眇眇焉有一陳道人也。」

story 061

汴京春深 卷八 笑春風（完）

作者 小麥｜**策劃暨編輯** 有方文化｜**總編輯** 余宜芳｜**主編** 李宜芬｜**特約編輯** 沈維君｜**編輯協力** 謝翠鈺｜**企劃** 鄭家謙｜**封面設計 & 繪圖** 劉慧芬｜**內頁排版** 薛美惠｜**董事長** 趙政岷｜**出版者** 時報文化出版企業股份有限公司 **地址** 108019 台北市和平西路三段二四〇號七樓 發行專線—（02）23066842 讀者服務專線—0800231705（02）23047103 讀者服務傳真—（02）23046858 郵撥——九三四四七二四時報文化出版公司 信箱——〇八九九台北華江橋郵局第九九信箱 時報悅讀網 http://www.readingtimes.com.tw 法律顧問—理律法律事務所 陳長文律師、李念祖律師｜**印刷** 勁達印刷有限公司——初版一刷 2023 年 8 月 11 日｜**定價** 新台幣 360 元｜缺頁或破損的書，請寄回更換

時報文化出版公司成立於一九七五年，一九九九年股票上櫃公開發行，
二〇〇八年脫離中時集團非屬旺中，
以「尊重智慧與創意的文化事業」為信念。

有方文化

汴京春深．卷八，笑春風 / 小麥作．-- 初版．-- 臺北市：時報文化出版企業股份有限公司，2023.08

面；　公分．-- (story ; 61)

ISBN 978-626-374-102-7（平裝）

857.7　　112011206

ISBN：978-626-374-102-7
Printed in Taiwan